歷代小説話

二

黄霖 編著

鳳凰出版社

紅樓評夢總評

明齋主人　撰

載於道光元年（一八二一）刊本《紅樓評夢》卷首，後總評單獨流行，附入《金玉緣》、《紅樓摋錦》等本中。作者諸聯（一七六五—？），字星如，號明齋主人，又號晦香，青浦（今屬上海市）人，有《晦香詩鈔》、《明齋小識》等。姚燮《讀紅樓夢綱領》稱此書『多有抉微達隱之筆，可與王氏（王希廉）抗衡』。諸聯認爲，《紅樓》一書，膾炙人口，由來已久，然要正確認識，并非易事，從接受的角度來看，因『閱者各有所得』：『或愛其繁華富麗，或愛其纏綿悱惻，或愛其描寫口吻一一逼肖，或愛其隨時隨地各有景象，或謂其一肚牢騷，或謂其盛衰循環提矇覺瞶，或謂因色悟空回頭見道，或謂章法句法本諸盲左腐遷。亦見淺見深，隨人所近耳。』但他指出，全書可以三字概之，『曰真，曰新，曰文』，可謂中的。在此基礎上論及人物形象、結構布局、文學語言等多有會心之見，即使對一些細小的藝術處理，也往往能獨具慧眼，如以『思』、『惜』、『慘』、『憤』、『恨』、『駭』、『傷』、『爽』、『惱』、『羨』、『敬』、『快』、『歎』、『疑』十四字，點出了《紅樓》中秦可卿等十四人之死『竟無一同者』。此『非死者之不同，乃生者之筆不同也』。諸聯在具體分析與高度評價《紅樓夢》藝術成就的基礎上，指出了它儘管『傳寫兒女閨房瑣事』，但決不是有人所說的是『無用』之作，更不是什麽『導淫之書』，而是『中寓作文之法，狀難顯之情，正有無窮妙義』。他痛斥這批『頭腦冬烘輩』、『不探索其精微，而概曰無用，是人之無用，非書之無用』，積極地捍衛了這部小説的崇高地位。其最後一則云：『小說家結構，大抵由悲而歡，由離而合，是書則由歡而悲，由合而離，遂覺壁壘一新。』此爲借鑒二知道人《紅樓夢說夢》而來，然文字上略作改動，將《紅樓夢》的悲劇性質，點得更爲明確，可惜在一粟的《紅樓夢卷》中被删略，故已爲一般紅學家所罕知。

《石頭記》一書，膾炙人口，而閱者各有所得：或愛其繁華富麗，或愛其纏綿悱惻，或愛其描寫口吻一一逼肖，或愛隨時隨地各有景象，或謂其一肚牢騷，或謂其盛衰循環提矇覺聵，或謂因色悟空回頭見道，或謂章法句法本諸盲左腐遷。亦見淺見深，隨人所近耳。

書中無一正筆，無一猒筆，無一複筆，無一閒筆，皆在旁面、反面、前面、後面渲染出來。中有點綴，有翦裁，有安放，或後回之事先爲提挈，或前回之事閒中補點，筆臻靈妙，使人莫測。總須領其筆外之神情，言時之景狀。

作者無所不知，上自詩詞文賦，琴理畫趣，下至醫卜星相，彈棋唱曲，葉戲陸博諸雜技，言來悉中肯綮。想八斗之才，又被曹家獨得。

全部一百二十回書，吾以三字概之，曰真，曰新，曰文。

名姓各有所取義。賈與甄，夫人知之矣。若賈母之姓史，則作者以野史自命也。他如秦之爲情，邢之爲淫，尤之爲尤物，薛之爲雪，王之爲忘，林之爲靈，政之爲正，璉之爲戀，環之爲頑，瑞之爲瘁，湘蓮之爲相憐；赦則言其獲罪也，釵則言其差也，黛則言其代也，紈則言其完節也，晴雯言其情文相生也，襲則言其充美也，鴛鴦言其不得雙飛也，司棋言其厮奇也；鶯爲出谷，言其得隨寶釵也；香菱不在園中，言與香爲鄰也；岫煙同於就煙，言其無也；鳳姐欲壑難盈，故以豐爲之補，平爲之概；鸚卿善哭，故婢爲啼血之鵑，雪中之雁。其餘亦必有所取，特粗心人未曾覺悟耳。

書本脱胎於《金瓶梅》，而褻嫚之詞，淘汰至盡。中間寫情寫景，無些黠牙後慧。非特青出於藍，直是蟬蜕於穢。

凡值寶、黛相逢之際，其萬種柔腸，千端苦緒，一一剖心嘔血以出之，細等縷塵，明如通犀。若云空中樓閣，吾不信也；即云爲人記事，吾亦不信也。

公子之名，上一字與薛家同，下一字與林家同。自己日趣於下，父母必欲其向上；洎乎飄然遠去，則又不上不下。

所引俗語，一經運用，罔不入妙，胸中自有爐錘。

寶玉之於黛玉，木石緣也；其於寶釵，金玉緣也。木石之與金玉，豈可同日語哉！

予謂寶釵更可憐，纔成連理，便守空房，良人一去，絶無眷顧，反不若齎恨以終，令人憑吊於無窮也。要之，均屬紅顔薄命耳！

或指此書爲導淫之書，吾以爲戒淫之書。蓋食色天性，誰則無情？見夫釵、黛諸人，西眉南臉，連袂花前月底，始是鶯儔燕侶，彼村婦巷女之憨情妖態，直可糞土視之，庶幾懺悔了竊玉偷香膽。

凡稗官小説，於人之名字、居處、年歲、履歷，無不鑿鑿記出，其究歸於子虛烏有。是書半屬含糊，以彼實者之皆虛，知此虛者之必實。

自古言情者，無過《西厢》。然《西厢》只兩人事，組織歡愁，摛詞易工。若《石頭記》，則人甚多，事甚雜，乃以家常之説話，抒各種之性情，俾雅俗共賞，較《西厢》爲更勝。

白門爲六朝佳麗地，係雪芹先生舊游處，而全無一二點染，知非金陵之事。且鳳姐臨終時，聲聲要到金陵去，寶玉謂：『他去做甚？』又於二十五回云跳神，五十七回云鼓樓西，八十三回云衚衕，八十七回云南邊北邊，明辨以晰，益知非金陵之事。

總核書中人數，除無姓名及古人不算外，共男子二百三十二人，女子一百八十九人，亦云夥矣。

園中諸女，皆有如花之貌。即以花論，黛玉如蘭，寶釵如牡丹，李紈如古梅，熙鳳如海棠，湘雲如水仙，迎春如梨，探春如杏，惜春如菊，岫煙如荷，寶琴如芍藥，李紋、李綺如素馨，可卿如含笑，巧姐如荼蘼，妙玉如檐蔔，平兒如桂，香菱如玉蘭，鴛鴦如凌霄，紫鵑如蠟梅，鶯兒如山茶，晴雯如芙蓉，襲人如桃花，尤二姐如楊花，三姐如刺桐梅。而如蝴蝶之栩栩然，游於其中者，則怡紅公子也。

昔賢詔人讀有用書，然有用無用，不在乎書，在讀之者。此書傳兒女閨房瑣事，最爲無用，而中寓作文之法，狀難顯之情，正有無窮妙義。不探索其精微，而概曰無用，是人之無用，非書之無用。

頭腦冬烘輩，斥爲小説不足觀，可勿與論矣。若見而信以爲有者，其人必拘；見而決其爲無者，其人必無情。大約在可信可疑、若有若無間，斯爲善讀者。

人至於死，無不一矣。如可卿之死也使人思，金釧之死也使人惜，晴雯之死也使人慘，尤三姐之死也使人憤，二姐之死也使人恨，司棋之死也使人駭，黛玉之死也使人傷，金桂之死也使人爽，迎春之死也使人惱，賈母之死也使人羨，鴛鴦之死也使人敬，趙姨娘之死也使人快，鳳姐之死也使人嘆，妙玉之死也使人疑，竟無一同者。非死者之不同，乃生者之筆不同也。

昔仲春之夕，與友會飲晦香居，酒既啉，各述生平奇夢。一客曰：『吾曾夢歷天庭，手捪星斗，雲霞拂衫袖，下視城郭，蠕蠕欲動。』一曰：『吾夢爲僧，結廬深山頂，覺爾時萬緣俱寂。』一曰：『吾夢得窖銀數百萬，遂治園亭，蓄姬媵，食必珍羞，出必車馬，座上客滿，譽聲盈耳，若固有之矣。』一曰：『吾夢與靈均談，維時蘭蕙百畮，香沁心腑，徐叩《天問》、《招魂》諸篇意義，笑而不答。』一曰：『吾夢涉海，汪洋萬頃，四顧無人，不知身之所如。』一曰：『吾夢錦標簪花以歸。』一曰：『吾夢諸兒成立，侍養無缺。』一曰：『吾夢殺賊，振臂大呼，群醜悉竄，盗魁倔强，引刀斬之，髑髏滚地，血濺衣履。』一曰：『吾夢至地獄，見斷手缺足者，現諸苦惱狀。』一曰：『吾夢爲丐，饑腸作鳴，沿門叫呼，訖無一應。』余時不語。客詰之，余曰：『備聞諸夢，幻也，壯也，清也，妖也，噩也。諸公之夢，皆吾之夢。吾多夢，吾亦無夢，且與諸公同讀《石頭記》一夢。』

余自嘆年來死灰槁木，已超一切非非想，只鏡奩間尚恨恨不能去。適來無事，雨窗展此，唯恐擅失，竊謂當煮苦茗讀之，爇名香讀之，於好花前讀之，空山中讀之，清風明月下讀之，繼《南華》、《離騷》讀之，伴《涅槃》、《維摩》讀之。天下不少慧眼人，其以予言爲然乎否乎？

袁子才《詩話》，謂紀隨園事，言難徵信，無釐毫似處。不過珍愛倍至，而硬拉之，弗顧旁人齒冷矣。

二知道人《説夢》曰：『寶玉如主司，金陵十二釵爲應試諸生。迎春、探春、惜春似回避不入闈者；湘雲、李紋、李綺似不屑作第二想，竟不入闈者；岫煙、寶琴業已許人，似隔省遊學生，例不入闈者；紫鵑、鶯兒似已列副車，臨榜抽出者；寶釵似頂冒而僥倖中式者；襲人似以關節中副車者；其餘諸婢，似録遺無名，欲觀光而不能者。』吾謂：黛玉似因奪元而被擯者；可卿似進場後斃於號舍者；妙玉、鴛鴦似弗工時藝，不及入闈者；金釧、晴雯似犯規致黜者；平兒、香菱似佐雜職，不許入闈者；五兒似繳白卷者；小紅似不得終場者；芳官、四兒似未入泮，不敢入場者；他若李紈、尤氏、鳳姐諸人，皆紛紛送考者耳。

又云：『賈赦，色中之厲鬼；賈珍，色中之靈鬼；賈璉，色中之餓鬼；寶玉，色中之精細鬼；賈環，色中之偷生鬼；賈蓉，色中之刁鑽鬼；賈瑞，色中之饞癆鬼；薛蟠，色中之冒失鬼。』吾謂：秦鍾，色中之倒運鬼；湘蓮，色中之强鬼；賈薔，色中之倒塌鬼；焙茗，色中之小鬼。

賈媪生二子一女。赦之出也，愛其媳；政之出也，愛其子；敏之出也，愛其女。其爲愛也，公而溥。

小説家結構，大抵由悲而歡，由離而合，是書則由歡而悲，由合而離，遂覺壁壘一新。

（道光元年刊本《紅樓評夢》）

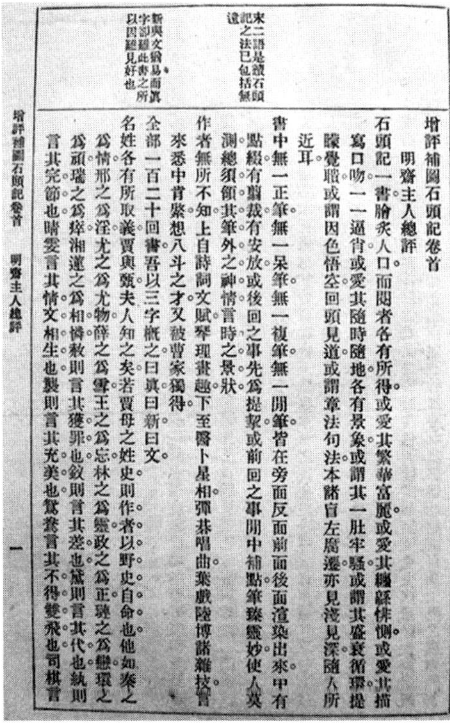
來二語是讀石頭記之法已包括無遺
新與文翁易而異字割題此書之所以因絕見好也

增評補圖石頭記卷首

明齋主人總評

石頭記一書膾炙人口而閱者各有所得或愛其繁華富麗或愛其縲紲悱惻或愛其描寫口吻一一逼肖或愛其隨時隨地各有景象或謂其一肚牢騷或謂其盛衰循環提朦覺瞶或謂因色悟空回頭見道或謂章法句法本諸盲左腐遷亦見淺見深隨人所近耳

書中無一正筆無一呆筆無一複筆無一閒筆皆在旁面反面前面後面渲染出來中有點綴有翦裁有安放或後回之事先爲提挈或前回之事閒中補點筆臻靈妙使人莫測總須領其筆外之神情言時之景狀

作者無所不知上自詩詞文賦琴理畫趣下至醫卜星相彈棊唱曲葉戲陸博諸雜技言來悉中肯綮想八斗之才又被曹家獨得

全部一百二十回書吾以三字概之曰眞曰新曰文

名姓各有所取義賈與甄夫人知之矣若賈母之姓史則作者以野史自命也他如秦之爲情邪之爲淫尤之爲尤物薛之爲雪王之爲忘林之爲靈政之爲正璉之爲戀環之爲頑瑞之爲痒湘蓮之爲相憐赦則言其獲罪也斂則言其蹉也黛則言其代也紈則言其完節也晴雯言其情文相生也襲則言其充美也鴛鴦言其不得雙飛也司棋言

增評補圖石頭記卷首　明齋主人總評　一

紅樓夢總評

王希廉　撰

載於道光十二年（一八三二）雙清仙館刊本《新評繡像紅樓夢全傳》卷首。評者王希廉（一八〇五—一八七七），原名希棣，字旭昇，號雪薌、雪香，晚號雪髯老人。吴縣東山人。監生，浙江候補府經歷，評《紅樓夢》時署『洞庭護花主人』。另著有《孿史》。他論人以『福、壽、才、德』四字爲綱，認爲『寧、榮二府，只有賈母一人』兼全，餘皆有缺。特别指責黛玉『一味癡情，心地褊窄，德固不美，只有文墨之才』，而認爲寶釵雖然『福薄』，然却是賈母、元春之外唯一『有德有才』之人，這就自然引起『尊林者流，群起詬之』（吴克歧《懺玉樓叢書提要》）。然本文對《紅樓夢》之結構、章法，批評特細，將全書分爲二十一段，逐段説明大意，且認爲『五回爲四段，是一部《紅樓夢》之綱領』，又指出『全部最要關鍵，是真假二字』，均有灼見。其分析全書『賓主』、『正反』、『明暗』、『虛實』、『伏筆』、『照應』等具體的表現手法，也多有精到之論。最後十二條指出《紅樓夢》的不足之處也較實事求是。姚燮稱其評點『尚稱辨晰』（《讀紅樓夢綱領》），不無道理。

《紅樓夢》一百二十回，分作二十一段看，方知結構層次。第一回爲一段，説作書之緣起，如制藝之起講，傳奇之楔子。第二回爲二段，叙寧、榮二府家世及林、甄、王、史各親戚，如制藝中之起股，點清題目眉眼，纔可發揮意義。三、四回爲三段，叙寶釵、黛玉與寶玉聚會之因由。五回爲四段，是一部《紅樓夢》之綱領。六回至十六回爲五段，結秦氏誨淫喪身之公案，叙熙鳳作威造孽之開端。按第六回劉老老一進榮國府後，應即叙榮府情事，乃轉詳於寧而略於榮者，緣賈府之敗，造釁開端，實起於寧。秦氏爲寧府淫亂之魁，熙鳳雖在榮府，而弄權實始於寧府，將來榮府之獲罪，皆其所致，所以首先細叙。十七回至二十四回爲六段，叙元妃沐恩省親、寶玉姊妹等移住大觀園，爲榮府正盛之時。二十五回至三十二回爲七段，是寶玉第一次受魔幾死，雖遇雙真持誦通靈，而色孽情迷，惹出無限是非。三十三回至三十八回爲八段，是寶玉第二次受責幾死，雖有嚴父痛責，而癡情益甚，又值賈政出差，更無拘束。三十九回至四十四回爲九段，叙劉老老、王鳳姐得賈母歡心。四十五回至五十二回爲十段，於詩酒賞心時，忽叙秋窗風雨，積雪冰寒，又於情深情濫中，忽寫無情絶情，變幻不測，隱寓泰極必否、盛極必衰之意。五十三回至五十六回爲十一段，叙寧、榮二府祭祠家宴，探春整頓大觀園，氣象一新，是極盛之時。五十七回至六十三上半回爲第十二段，寫園中人多，又生出許多唇舌事件，所謂興一利即有一弊也。六十三下半回至六十九回爲第十三段，叙賈敬物故，賈璉縱欲，鳳姐陰毒，了結尤二姐、尤三姐公案。七十回至七十八回爲第十四段，叙大觀園中風波叠起，賈氏宗祠先靈悲嘆，寧、榮二府將衰之兆。七十九回至八十五回爲第十五段，叙薛蟠悔娶，迎春誤嫁，一嫁一娶，均受其殃，及寶玉再入家塾，賈環又結仇怨，伏後文中舉、串賣等事。八十六回至九十三回爲第十六段，寫薛家悍婦，賈府匪人，俱召敗家之禍。九十四回至九十八回爲第十七段，寫花妖異兆，通靈走失，元妃薨逝，黛玉夭亡，爲榮府氣運將終之象。九十九回至一百三回爲第十八段，叙大觀園離散一空，賈存周官箴敗壞，并了結夏金桂公案。一百四回至一百十二回爲第十九段，寫寧、榮二府一敗塗地，不可收拾，及妙玉結局。一百十三回至一百十九回爲第二十段，了結鳳姐、寶玉、惜春、巧姐諸人，及寧、榮二府事。一百二十回爲第二十一段，總結《紅樓夢》因緣始末。此一部書中之大段落也。至於各大段中，尚有小段落，或夾叙别事，或補叙舊事，或埋伏後文，或照應前文，禍福倚伏，吉凶互兆，錯綜變化，如綫穿珠，如珠走盤，不板不亂，《總評》中不能臚列，均於各回中逐細批明。

《紅樓夢》一書，全部最要關鍵是『真假』二字。讀者須知，真即是假，假即是真；真中有假，假中有真；真不是真，假不是假。明此數意，則甄寶玉、賈寶玉是一是二，便心目了然，不爲作者冷齒，亦知作者匠心。

《紅樓夢》雖是説賈府盛衰情事，其實專爲寶玉、黛玉、寶釵三人而作。若就賈、薛兩家而論，賈府爲主，薛家爲賓。若就寧、榮兩府而論，榮府爲主，寧府爲賓。若就榮國一府而論，寶玉、黛玉、寶釵三人爲主，餘者皆賓。若就寶玉、黛玉、寶釵三人而論，寶玉爲主，釵、黛爲賓。若就釵、黛兩人而論，則黛玉却是主中主，寶釵却是主中賓。至副册之香菱是賓中賓，又副册之襲人等不能入席矣。讀者須分別清楚。

甄士隱、賈雨村爲是書傳述之人，然與茫茫大士、空空道人、警幻仙子等俱是平空撰出，并非實有其人，不過借以叙述盛衰，警醒癡迷。劉老老爲歸結巧姐之人，其人在若有若無之間。蓋全書既假託村言，必須有村嫗貫串其中，故發端結局皆用此人，所以名劉老老者，若云家運衰落，平日之愛子嬌妻，美婢歌童，以及親朋族黨，幕賓門客，豪奴健僕，無不雲散風流，惟剩者老嫗收拾殘棋敗局。滄海桑田，言之酸鼻，聞者寒心。

《紅樓夢》專叙寧、榮二府盛衰情事，因薛寶釵是寶玉之配，親情更切，衰運相同，故薛蟠家事，亦叙得詳細。

從來傳奇小説，多託言於夢。如《西厢》之草橋驚夢，《水滸》之英雄惡夢，則一夢而止，全部俱歸夢境。《還魂》之因夢而死，死而復生，《紫釵》仿佛似之，而情事迥別。《南柯》、《邯鄲》，功名事業，俱在夢中，各有不同，各有妙處。《紅樓夢》也是説夢，而立意作法，另開生面。前後兩大夢，皆游太虚幻境，而一是真夢，雖閲册聽歌，茫然不解；一是神游，因緣定數，了然記得。且有甄士隱夢得一半幻境，絳芸軒夢語含糊，甄寶玉一夢而頓改前非，林黛玉一夢而情癡愈錮。又有柳湘蓮夢醒出家，香菱夢裏作詩，寶玉夢與甄寶玉相合，妙玉走魔惡夢，小紅私情癡夢，尤二姐夢妹勸斬妬婦，王鳳姐夢人强奪錦匹，寶玉夢至陰司，襲人夢見寶玉，秦氏、元妃等托夢，寶玉想夢無夢等事，穿插其中。與别部小説傳奇説夢不同，文人心思，不可思議。

《紅樓夢》一書，有正筆，有反筆，有襯筆，有借筆，有明筆，有暗筆，有先伏筆，有照應筆，有着色筆，有淡描筆，各樣筆法，無所不備。

一部書中，翰墨則詩詞歌賦、制藝尺牘、爰書戲曲，以及對聯扁額、酒令燈謎、説書笑話，無不精善；技藝則琴棋書畫、醫卜星相，及匠作構造、栽種花果、畜養禽魚、針黹烹調，巨細無遺；人物則方正陰邪、貞淫頑善、節烈豪俠、剛强懦弱，及前代女將、外洋詩女、仙佛鬼怪、尼僧女道、娼妓優伶、黠奴豪僕、盗賊邪魔、醉漢無賴，色色俱有；事迹則繁華筵宴、奢縱宣淫、操守貪廉、宫闈儀制、慶吊盛衰、判獄靖寇，以及諷經設壇、貿易鑽營，事事皆全；甚至壽終夭折、暴病亡故、丹戕藥誤，及自刎被殺、投河跳井、懸梁受逼、吞金服毒、撞階脱精等事，亦件件俱有。可謂包羅萬象，囊括無遺，豈别部小説所能望見項背！

書中多有説話衝口而出，或幾句説話止説一二句，或一句説話止説兩三字，便咽住不説。其中或有忌諱，不忍出口；或有隱情，不便明説，故用縮句法咽住，最是描神之筆。

福、壽、才、德四字，人生最難完全。寧、榮二府，只有賈母一人，其福其壽，固爲希有，其少年理家事迹，雖不能知，然聽其臨終遺言説『心實吃虧』四字，仁厚誠實，德可概見；觀其嚴查賭博，洞悉弊端，分散餘貲，井井有條，才亦可見一斑，可稱四字兼全。此外如男則賈敬、賈赦，無德無才，賈政有德無才，賈璉小有才而無德，賈珍亦無德無才，賈環無足論，寶玉才德另是一種，於事業無補。女則邢夫人、尤氏無德無才，王夫人雖似有德，而偏聽易惑，不是真德，才亦平庸。至十二金釵：王鳳姐無德而有才，故才亦不正；元春才德固好，而壽既不永、福亦不久；迎春是無能，不是有德；探春有才，德非全美；惜春是偏僻之性，非才非德；黛玉一味癡情，心地褊窄，德固不美，只有文墨之才；寶釵却是有德有才，雖壽不可知，而福薄已見；妙玉才德近於怪誕，故陷身盜賊；史湘雲是曠達一流，不是正經才德；巧姐才德平平；秦氏不足論：均非福壽之器。此十二金釵所以俱隸薄命司也。

《紅樓夢》一書已全是夢境，余又從批之，真是夢中説夢，更屬荒唐。然三千大千世界，古往今來事物，何處非夢，何人非夢？以余夢夢之人，夢中説夢，亦無不可。

《紅樓夢》結構細密，變換錯綜，固是盡美盡善，除《水滸》、《三國》、《西遊》、《金瓶梅》之外，小説無有出其右者。然細細翻閲，亦有脱漏紕謬及未愜人意處。余所閲袖珍是坊肆翻板，是否作者原本，抑係翻刻漏誤，無從考正。姑就所見，摘出數條，以質高明。非敢雌黄先輩，亦執經問難之意爾。

第二回冷子興口述賈赦有二子，次子賈璉。其長子何名，是否早故，并未叙明，似屬漏筆。

十二回内説是年冬底林如海病重，寫書接林黛玉，賈母叫賈璉送去。至十四回中又説，賈璉遣昭兒回來投信，林如海於九月初三日病故，二爺同林姑娘送靈到蘇州，年底趕回，要大毛衣服等語。若林如海於九月初身故，則寫書接黛玉應在七八月間，不應遲至冬底。況賈璉冬底自京起身，大毛衣服應當時帶去，何必又遣人來取？再年底纔自京起程到揚，又送靈至蘇，年底亦豈能趕回？先後所説，似有矛盾。

史湘雲同列十二金釵中，且後來亦曾久住大觀園，結社聯吟，其豪邁爽直，别有一種風調，則初到寧、榮二府時，亦當叙明來歷態度。及十二回以前，并未提及，至十三回秦氏喪中，叙忠靖侯史鼎夫人來吊，忽有史湘雲出迎，亦不知何時先到寧府。突如其來，未免無根。恐係翻刻誤填，非作者原本。

十七回大觀園工程告竣，櫳翠庵已圈入園内，究係何時建蓋，何人題名，妙玉於何時進庵，如何與賈母等會面，竟無一字提及，未免欠細。

十八回元妃見山環佛寺，即進寺焚香拜佛，自然即是櫳翠庵。維時妙玉若已進庵，豈敢不迎接元妃？抑係尚未進庵，或暫回避，似應叙明。

三十四回襲人赴寶釵處，等至二更，寶釵方回來，曾否借書，一字不提，竟與未見寶釵無異，似有漏句。

三十六回襲人替寶玉繡兜肚，寶釵走來，愛其生活新鮮，於襲人出去時，無意中代繡兩三花瓣。文情固嫵媚有致，但女工刺綉，大者上綳，小者手刺，均須綉完配裏，方不露反面針脚。今兜肚是白綾紅裏，則正裏兩面已經做成，斷無連裏刺綉之理，似於女紅欠妥。

三十五回寶玉聽見黛玉在院内説話，忙叫快請。究竟曾否去請，抑黛玉已經回去，與三十六回情事不接，似有脱漏。

五十三回賈母慶賞元宵，將上年囑做燈謎一節，竟不提起，似欠照應。

五十八回將梨園女子分派各房，畫薔之齡官是死是生，作何着落，并未提及，似有漏筆。

六十三回平兒還席，尤氏帶佩鳳、偕鸞同來，正在園中打鞦韆時，忽報賈敬暴亡，尤氏即忙忙坐車帶賴昇一干老家人媳婦出城。佩鳳、偕鸞并未先遣回家，稍覺疏漏。

尤三姐自刎，尤老娘送葬後，并未回家，自應仍與尤二姐同住。乃六十八回王鳳姐到尤二姐處，并不見尤老娘，尤二姐進園時，母女亦未一見，殊屬疏漏。

六十九回尤二姐吞金，既云人不知、鬼不覺，何以知其死於吞金？不於賈璉見屍時將吞金屍痕叙明一筆，亦似疏漏。

七十三回賈政差竣回京，先一日珍、璉、寶玉既出迎一站，回家伺候，應先禀知賈母、王夫人，次日即應俱在大門迎接，何致賈政已在賈母房中，直待丫頭匆忙來找，寶玉始更衣前去？此處叙事，未免前後失於照應。

七十七回晴雯被逐病危，寶玉私自探望，晴雯贈寶玉指甲及换着小襖，是夜寶玉回園，臨睡時襲人斷無不見紅襖之理，寶玉必向説明，囑令收藏。乃竟未叙明，實爲缺漏。

八十三回説夏金桂趕了薛蟠出去，雖八十回中曾有『十分鬧得無法，薛蟠便出門躲避』之句，似不過偶然暫避，旋即回家。若多日不回，薛姨媽、寶釵豈有不叫人尋找，聽其久出之理？今寫金桂同寶蟾吵鬧，竟似薛蟠已久不回家，未免先後照應不甚熨貼。

一百十二回賈母所留送終銀兩尚在上房收存，以致被盗，則鴛鴦生前豈有不知？乃一百十一回中鴛鴦反問鳳姐銀子曾否發出，此處似不甚鬥筍。

林黛玉雖是仙草降凡，但心窄情癡，以致自促其年。即返真歸元，應仍爲仙草，與寶玉之石頭無異，纔是本來面目。論其生前情欲，不應即超凡入聖，遽爲上界神女。至瀟湘妃子，不過因其所居之館，又善於悲哭，故借作詩社别號。且妃子二字，亦與閨媛不稱，何必坐實其事。一百十六回中寶玉神遊太虚幻境，似宜同尤三姐等恍恍惚惚，似見非見，引至仙草處，見其微風吹動，飄摇嫵媚，及仙女説出因緣，便可了結。末後絳殿珠簾請回侍者一段文字，轉覺畫蛇添足，應否删節，請質高明。

一百十九回寶玉不見，次日薛姨媽、薛蝌、史湘雲、寶琴、李嬸娘等俱來慰問，惟李綺、邢岫煙二人不到。李綺當是已經出閣，邢岫煙與寶釵爲一家姑嫂，且寶釵素日待之甚厚，乃竟不一來，終覺欠細。

（道光十二年雙清仙館刊本《新評繡像紅樓夢全傳》）

紅樓夢評花

王希廉　撰

載於道光十二年（一八三二）雙清仙館刊本《新評繡像紅樓夢全傳》卷首。此本卷首有警幻、寶玉、黛玉以下六十四人的繡像，人各一圖，每圖選《西廂記》中一語作品評，反面又畫一花，實爲以花來象徵不同的人物形象，這是一種頗有創造性的形象化的人物批評。後《石頭記評贊》、《紅樓夢評贊》及《香豔叢書》本等將其文字録出成一帙《石頭記評花》，缺喜鸞、智能二人。或署『佚名』撰，實爲王希廉所作。

警幻仙姑——凌霄：我是散相思的五瘟使
寶玉——紫薇：俏東君與鶯花作主
黛玉——靈芝：多愁多病身
寶釵——玉蘭：全不見半點輕狂
秦可卿——海棠：夢兒相逢
元春——牡丹：一個仕女班頭
迎春——女兒花：體態是温柔，性格是沉
探春——荷花：忒聰明，忒煞思
惜春——曼陀羅：禮三寶
史湘雲——芍藥：夢不離柳影花陰
薛寶琴——梅花：嬌滴滴越顯紅白
邢岫煙——野薇：可憐我爲人在客
妙玉——水仙：真假
李紈——梨花：穿一套縞素衣裳
李紋——李花：好人家風範
李綺——蘭花：德言工貌

王熙鳳——妬婦花：酸醋當歸浸
尤氏——含笑花：俏聲兒窺伺
尤二姐——桃花：游絲牽惹桃花片
尤三姐——虞美人：斬釘截鐵
夏金桂——水木樨：似這般單相思好教撒呑
傅秋芳——瓊花：只許心兒空想
巧姐——牽牛：織女星
嬌杏——杏花：做夫人便做得過
佩鳳——鳳仙：鳳友
偕鸞——青鸞花：鸞交
香菱——菱花：早掩過翠裙三四摺
平兒——夾竹桃：好教我左右做人難
鴛鴦——女貞：鳳隻鸞孤
襲人——刺蘼：只待覓別人破綻
晴雯——曇花：虚名兒誤賺我
紫鵑——杜鵑：早醫可九分不快

鶯兒——櫻桃：小名兒真不枉喚做鶯鶯
翠縷——翠梅：和小姐閒窮究
金釧——金絲桃：將我侍妾來逼凌
玉釧——玉竹：禁不起甜話兒熱趲
彩雲——金絲荷：若非奸作盜拿
彩霞——向日葵：他不瞅人待怎生
司棋——夜合花：人約黄昏後
侍書——玫瑰：冷句兒將人厮侵
入畫——淡竹叶：濕透凌波襪
雪雁——雁頭花：北雁南飛
麝月——茉莉：風清月朗夜深時
秋紋——蓼花：盈盈秋水
碧痕——碧桃：溢起藍橋水
柳五兒——夜來香：遮遮掩掩穿芳徑
小紅——月季：檀口點櫻桃
春燕——燕尾草：管什麼拘束親娘

四兒——結香：有心待舉案齊眉
喜鸞——□□，不識憂不識愁。
寶蟾——楊花：用心兒撥雨撩雲
傻大姐——薺菜：不識憂，不識愁
萬兒——萬壽菊：鬧中取静
文官——丁香：啓朱唇，語言的當
齡官——孩兒花：隔花人遠天涯近
芳官——素馨：芳心自警
藕官——蝴蝶花：小生薄命
蕊官——玉蕊：小孩兒口没遮攔
藥官——白芍藥：嬌鶯雛鳳失雌雄
葵官——蜀葵：女孩兒恁饗喉嚨
艾官——艾花：是玉人帽側烏紗
豆官——紅豆：將言詞説上
智能——西番蓮：佛囉成就了幽期密約
劉姥姥——醉仙桃：真是積世老婆婆

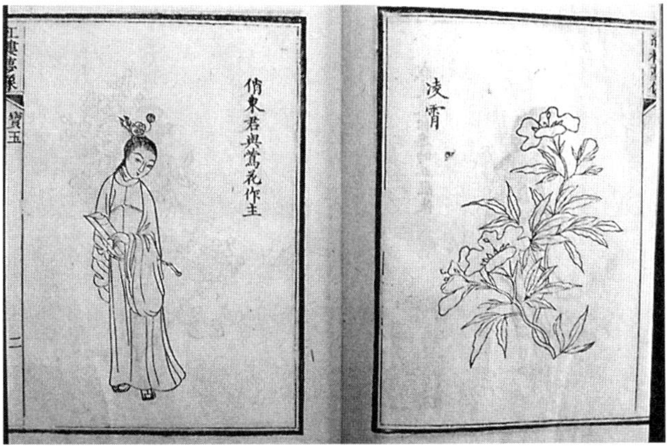
寶玉
倩東君與鶯花作主
凌霄

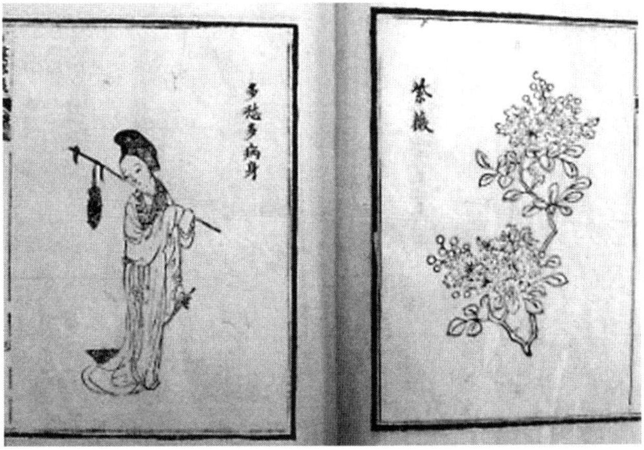
多愁多病身
荼蘼

林蘭香叢語

寄旅散人　撰

載於道光十八年（一八三八）本衙藏板本《林蘭香》卷首。小説作者隨緣下士及批點者寄旅散人生平均不詳，似活動於嘉慶、道光年間。本文作者在正文夾批中，對小説之人物品性、文法布局等有較詳細的點評，然此『叢語』較爲簡略，第一則所言讀小説不出爲『情重』與『忘情』兩類，具有高度的概括性與普遍意義。作者對各類『情重』之人事，雖亦贊美，但歸根到底是透露了當以『忘情』爲旨歸。

山簡聞王戎之言，乃大哭而別，以其爲情重人也。惠子聞莊生之語，竟大笑而去，以其爲忘情輩也。看《林蘭香》者，總不出此兩種。

王元美宴客，一術士謁之。座客争叩吉凶，元美曰：『吾自曉大八字，不用苦推算。』士問：『何爲大八字？』元美曰：『我知人人都是要死的。』此《林蘭香》一部人物所以大半皆有收結。

覺隱有詩云：『一派青山景色幽，前人田産後人收。後人收得休歡喜，又有收人在後頭。』遍觀古今，感慨繫之矣。而五院荒凉，特其渺焉者也。

李德裕戒子：『毋以平泉花木與人。』身没未幾，竟爲烏有。魏徵之宅，大唐撤殿材成之，少間即至易姓。蕭瑀之宅改爲薦福寺，馬燧之宅改爲奉誠園，郭汾陽之宅改爲法雄寺。遷易靡常，倏如傳舍。所以泗國府節不細叙。

唐云叟寄秦尊師云：『翠娥紅粉嬋娟劍，殺盡世人人不知。』耿朗溺於色，以致促其年是也。

遼懿德蕭后以寫《十香詞》被誣賜死，是即夢卿題壁書扇之前車。

晋公主謂王戎曰：『親卿愛卿，是以卿卿。我不卿卿，誰復卿卿？』此等韻致，愛娘有焉。

陶穀買得党家故妓，取雪茶共飲，謂曰：『党太尉應不識此？』妓曰：『彼安得有此？但能於銷金帳下淺酌低唱，吃羊羔兒酒耳。』若耿朗家可謂兼之。

唐吉温、羅希奭爲侍御史，隨李林甫所欲，鍛煉成獄，時謂『羅鉗吉網』，是乃茅球前身。

顧希武曰：『積財可以備患，患亦生於多財。與其因患而破財，孰若不積財而無患？』此是與任自立一流人説法。

竺法深對劉尹云：『君自見爲朱門，貧道如遊蓬户。』公明達，季貍之交，耿朗是也。

向子平尚男婚女嫁畢，遂遊五岳名山，莫知所終。此公明達之證。

徐洪客虬髯公，乃赫連照之證。

成化時，内官覃吉，温雅篤誠，是全義之證。

李生之舅盧某，有道術。邀李詣其居，曰：『求得一妓，兼善箜篌，令侍飲。』箜篌上有朱字曰：『雲中辨江樹，天際識歸舟。』後娶陸長源女，乃所見於盧家者，果善箜篌，朱字宛然，此攝魂之證。

陳眉公云：『人生在世，生老病死關，誰能透過？但常人猶可，獨美人名將，老病之狀尤爲可憐。西子之泛五湖，姚平仲之入青城山，他年亦未必不死，但不使人見末後一段醜態耳！』燕夢卿之早死，季子章之遠去，良用此意。

有僧問希遷大師：『如何是解脱？』師曰：『誰縛汝？』又問：『如何是净土？』師曰：『誰垢汝？』又問：『如何是涅槃？』師曰：『誰將生死與汝？』若淫僧惡道，奸醫蠱婢，乃自縛自垢自死之也。

陳熙爲人最腐，五十方娶，自喜得偶，謂人曰：『僕少處山谷，莫預世務。不知衣裾之下，却有此珍美物事。』季三思及門館先生，毋乃似此。

孟宗一哭，冬自生筍，孝之所感也。寇公歸葬，枯竹生芽，忠之所感也。夢卿死去，花木亦枯，情之所感也。

道光戊戌年新鐫
林蘭香
本衙藏板

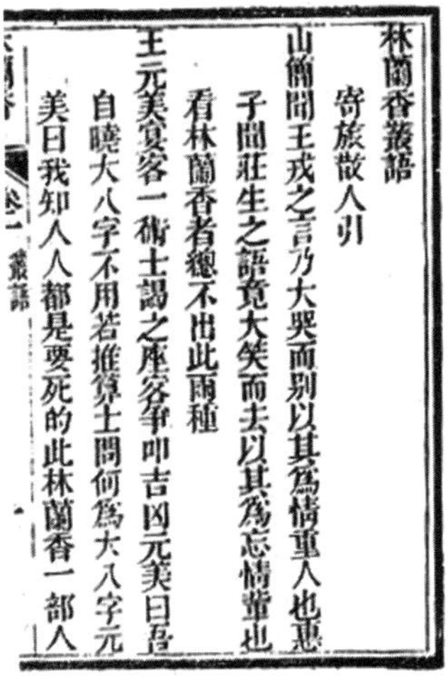
林蘭香叢語
寄旅散人引
山簡聞王戎之言乃大哭而别以其爲情重人也惠
子聞莊生之語竟大笑而去以其爲忘情輩也
看林蘭香者總不出此兩種
王元美宴客一術士謁之座客爭叩吉凶元美曰吾
自曉大八字不用若推算士問何爲大八字元
美曰我知人人都是要死的此林蘭香一部人
林蘭香　卷一　叢語

紅樓夢論贊

涂瀛　撰

道光十二年（一八三二）雙清仙館刊本《新評繡像紅樓夢全傳》卷首載其《贊》與《問答》而無《論》。單行本較早的有道光二十二年（一八四二）養餘精舍刊本，另有紅藕花盦主人刊『石頭記集評』本均較完備。後有『石頭記評贊』本、『紅樓夢評贊』本、『紅樓夢叢刊』本等多種本子收録，流傳甚廣，但多有闕略。涂瀛，字鐵綸，號香雨，又號讀花人，桂林人。此書包括《紅樓夢論》一篇、《紅樓夢贊》七十四首、《紅樓夢論後》一篇，并附録《紅樓夢問答》二十三則。其主體是《賈寶玉贊》、《林黛玉贊》等七十四個人物的贊，實際上是七十四篇短小精悍、情文并茂的人物論。作者將這些文章集在一起，不妨也當作一種小説話來看待。其論人，一般都能概括人物形象的基本性格，有褒有貶，時而生發一些人生感慨，人稱『新見超解，多可悦人』（《讀紅樓夢綱領》）、『議論精審，褒貶適宜』（《懺玉樓叢書提要》）。

紅樓夢論

性情嗜好之不同，如其面焉。不能强巢許爲功名，猶巢許不能强堯舜爲隱逸也。但能各寶其寶，各玉其玉，斯不負耳。然世俗之見，往往以經濟文章爲真寶玉，而以風花雪月爲假寶玉。豈知經濟文章，不本於性情，由此便生出許多不可問不可耐之事，轉不若風花雪月，任其本色，猶得保其不雕不鑿之天。然此風花雪月之情，可爲知者道，難與俗人言，故不得不仍世俗之見，而以經濟文章屬之真，以風花雪月屬之假。意其初必有一人如甄寶玉者，與賈寶玉締交，其性情嗜好大抵相同，而其後爲經濟文章所染，將本來面目一朝改盡，做出許多不可問不可耐之事，而世且艷之羡之，其爲風花雪月者乃時時爲人指摘，用爲口實。賈寶玉傷之，故將真事隱去，借假語村言演出此書，爲自己解嘲，而亦兼哭其友也。故寫賈寶玉種種越人，而於斷制處從無褒語，蓋自謙也。寫甄寶玉初用貶詞，嫌其與己同；後用褒語，明其與己異也。然則作書之意，斷可識已。而世人乃謂譏賈寶玉而作。夫寶玉在所譏矣，而乃費如許獅子搏象力，爲斯人撰一開天闢地絶無僅有之文，使斯人亦爲開天闢地絶無僅有之人，是譏之實以壽之也。其孰不求譏於子？吾以知《紅樓夢》之作，寶玉自況也。

紅樓夢贊

自有天地以來，生其間者不知幾恒河沙數矣。開天明道有人，主治立極有人，扶持世教有人，羽翼經傳有人，獨閨閣無傳心之諦，作養之人。造物有憂之，於是萃日之精月之華，花木之靈芬，山川之秀異，篤生一不道不德、不功不業、不雅不俗、不頑不靈者，爲蛾眉調其氣，爲脂粉和其神。夫色愛易也，敬爲難；親易也，養爲難。此處有急索解人不得者。是必由生知安行，加以盡性至命工夫，直造到人欲盡净，天理流行，然後一念之仁而衆美各若其性，一念之義而衆美各暢其情，一念之禮而衆美各忘其形，一念之智信而衆美各盡其才，各奠其位而已也。乃如度花之風，意在花而不爲花住；照花之月，意在花而不爲花私。夫然後香温玉軟，不摧於怨雨凄風；緑膩紅酥，不侮於狂蜂醉蝶。於以主持巾幗，護法裙釵，極大塊之文章，實人間之瑞事。

賈寶玉贊

寶玉之情，人情也，爲天地古今男女共有之情，爲天地古今男女所不能盡之情。天地古今男女所不能盡之情，而適寶玉爲林黛玉心中目中、意中念中、談笑中、哭泣中、幽思夢魂中、生生死死中悱惻纏綿固結莫解之情，此爲天地古今男女之至情。惟聖人爲能盡性，惟寶玉爲能盡情。負情者多矣，微寶玉其誰與歸！孟子曰：『伯夷聖之清者也，伊尹聖之任者也，柳下惠聖之和者也。』讀花人曰：『寶玉聖之情者也。』

林黛玉贊

人而不爲時輩所推，其人可知矣。林黛玉人品才情，爲《紅樓夢》最，物色有在矣。乃不得於姊妹，不得於舅母，并不得於外祖母，所謂曲高和寡者，是耶非耶？語云：『木秀於林，風必摧之；堆出於岸，流必湍之；行高於人，衆必非之：其勢然也。』於是乎黛玉死矣。

薛寶釵贊

觀人者必於其微。寶釵静慎安詳，從容大雅，望之如春，以鳳姐之黠，黛玉之慧，湘雲之豪邁，襲人之柔奸，皆在所容，其所蓄未可量也。然斬寶玉之癡，形忘忌器，促雪雁之配，情斷故人，熱面冷心，殆春行秋令者與！至若規夫而甫聽讀書，謀侍而旋聞潑醋，所爲大方家者竟何如也？寶玉觀其微矣。

史湘雲贊

處林、薛之間，而能以才品見長，可謂難矣。湘雲出而顰兒失其辨，寶姐失其妍，非韻勝人，氣爽人也。惟是遭際早厄，與顰顰共不辰之憾，宜乎同病相憐矣。而乃佐襲人，詆寶玉，經濟酸論，厭人聽聞，不免墮幾窠臼。然青絲拖於枕畔，白臂擱於床沿，夢態决裂，豪睡可人，至燒鹿大嚼，裀藥酣眠，尤有千仞振衣、萬里濯足之概，更覺豪之豪也。不可以千古與！

賈探春贊

可愛者不必可敬，可畏者不復可親，非致之難，兼之實難也。探春品界林、薛之間，才在鳳、平之後，欲以出人頭地，難矣。然春華秋實，既温且肅，玉節金和，能潤而堅，殆端莊雜以流麗，剛健含以婀娜者也。其光之吉與？其氣之淑與？吾愛之，旋復敬之畏之，亦復親之。

薛寶琴贊

薛寶琴爲色相之花，可供可嗅、可畫可簪，而卒不可得而種，以人間無此種也。何物小子梅，得而享諸！雖然，蘆雪亭之雪非即薛寶琴之薛乎？櫳翠庵之梅非即梅翰林之小子梅乎？則白雪紅梅，天然配偶矣。惜乎園中姊妹修不到此也。爰醒其意曰：『玉京仙子本無瑕，總爲塵緣一念差。姊妹是誰修得到，生時只許嫁梅花。』

平兒贊

求全人於《紅樓夢》，其維平兒乎！　平兒者，有色有才，而又有德者也。然以色與才德，而處於鳳姐下，豈不危哉？　乃人見其美，鳳姐忘其美；人見其能，鳳姐忘其能；人見其恩且惠，鳳姐忘其恩且惠。夫鳳姐固以色市、以才市而不欲人以德市者也，而相忘若是，鳳姐之忘平兒與？　抑平兒之能使鳳姐忘也？　嗚呼！　可以處忌主矣。

鴛鴦贊

司馬子長有言：『死或重於泰山，或輕於鴻毛。』若是乎死之必得其所也。鴛鴦一婢耳，當赦老垂涎之日，已懷一致死之心，設使竟死，何莫非真氣節。然古今來以此自裁，卒湮没而不彰者，何可勝道，彼鴛鴦何以稱焉？　則泰山、鴻毛之辨也。死而有知，不當偕母入賈氏之祠乎！　他年赦老來歸，將何以爲情也？

紫鵑贊

忠臣之事君也，不以羈旅引嫌；孝子之事親也，不以螟蛉自外。紫鵑於黛玉，在臣爲羈旅，在子爲螟蛉，似乎宜與安樂，不與患難矣。乃痛心疾首，直與三閭、七子同其隱憂，其事可傷，其心可悲也。至新交情重，不忍效襲人之生；故主恩深，不敢作鴛鴦之死，尤爲仁至義盡焉。嗚呼，其可及哉！

芳官贊

芳官品貌似寶玉，豪爽似湘雲，刁鑽似晴雯，穎異似黛玉，而其一往直前、悍然不顧之概，則又似鴛鴦，似尤三姐。合衆美而爲人，是絶人而爲美也，人間那得有此？然不有鷹鸇之王夫人，其墮落亦未可究竟。夫人之狂暴，夫人之慈悲也。不識佛如來，其母能容否？

晴雯贊

有過人之節，而不能以自藏，此自禍之媒也。晴雯人品心術，都無可議，惟性情卞急，語言犀利，爲稍薄耳。使善自藏，當不致逐死。然紅顔絶世，易啓青蠅；公子多情，竟能白璧。是又女子不字、十年乃字者也，非自愛而能若是乎？

金釧贊

金釧金簪落井之對，與漢高祖對楚霸王龍駒龍馭之喻相彷佛。顧霸王不殺高祖，而王夫人已殺金釧，是喑啞叱咤之雄，尚慈於持齋念佛之婦也。於是乎殺機動矣，大觀園之禍亟矣。讀《紅樓夢》者，且不暇爲金釧惜也。

賈迎春贊

才者造物之所忌也，則德尚已。然女子無才謂之有德，若迎春者非其人耶？何所遇之慘也！説者以爲非賈赦遺孽不至此。由是言之，婚姻之故，雖曰天命，豈非人事哉！

賈惜春贊

人不奇則不清，不僻則不净，以知清净法門皆奇僻性人也。惜春雅負此情，與妙玉交最厚，出塵之想，端自隗始矣。然玉不去則志終不决，恐投鼠者傷器也。非大有根器而能若是乎？彼夫柳怒而花嗔、鶯讒而燕妬者，真塵且俗耳。奇僻何負於人哉？或云妙玉之去，惜春與知之。

妙玉贊

妙玉之劫也，其去也。去而何以言劫？混也。何混乎爾？所以卸當事之責，而重劫盜之罪也。何言乎卸當事之責而重劫盜之罪也？妙玉壁立萬仞，有天子不臣、諸侯不友之概，而爲包勇所窘辱矣。其去也，有恨之不早者。而適芸、林當事，劫盜鬧事之日，以情論，失物爲輕，失人爲重；以案論，劫財爲重，劫人爲輕。相與就輕而避重，則莫若混諸劫。此賈芸、林之孝妝點成文，而記事者故作疑陣也。不然，其師神於數者，豈有勸之在京，以待强盜爲結果乎！且云以脅死矣，而幻境重游，獨不得見一面，抑又何也？然則其去也，非劫也。讀花人曰：『殆《易》所謂「見幾而作，不俟終日」者與！其來也吾占諸鳳，其去也吾象諸龍。』

秦可卿贊

可卿香國之桃花也，以柔媚勝。愛牡丹者愛之，愛蓮者愛之，愛菊者亦愛之。然賦命群芳爲至薄，女子忌之，故談星相者，以命帶桃花、面似桃花爲病。可卿獲於人而不獲於天，命帶之乎？亦面似之也。愛可卿者，并怨桃花。

香菱贊

香菱以一憨，直造到無眼耳鼻舌心意，無色聲香味觸法。故所處無不可意之境，無不可意之事，無不可意之人，嬉嬉然蓮花世界也。其殆袁寶兒後身乎？何遇之奇也！然一爲煬帝妃，一爲獃霸王妾，帝之與王其號雖殊，其名貴則一也。且安知今之王不即古之帝與？嘻嘻！

侍書贊

以詞令見長者，除鳳姐俚俗外，如黛玉之新穎，湘雲之豪爽，探春之壯麗，平兒之端詳，類皆一時選，然總不若侍書對王善保家數語，尤爲珠圓玉潤，味腴韻辣，使人受不得，辭不得。竊謂黛玉近於《騷》，湘雲近於《策》，探春、平兒近於《史》，若侍書其寢食於盲左者乎！可與康成婢抗衡矣。

藕官贊

以真爲戲，無往而非戲也；以戲爲真，無往而非真也。惟在有情與無情耳。藕官多情，故以戲情爲真情，因是由戲入真，由真入魔，由魔入惡，而患且不測。非遇多情公子，其能已於禍耶？夫人不幸而多情，又不幸不獲多情相與言情，則寧無情而已矣。然豈我輩之所爲情哉！

蕊官荳官葵官贊

兔死狐悲，物傷其類，此義氣也。然末俗偷漓，往往有視沉溺不救，又從而下石者，未嘗不在讀書談道之儒。此無他，利害分明之過也。蕊官等惟不知利害，故不避死生，一時義氣激發，直與顔佩韋、楊念如、馬傑、沈揚、周文元同其梗概。以小喻大，不難執干戈以衛社稷也。禮失而守在夷，典亡而求諸野，蕊官諸人顧可少乎哉！

秋紋贊

國士衆人之説，可以施之常人，不可施之君父，以臣子但知感恩戴德，不知其他也。秋紋丫鬟中衆人耳，借他人之餘光，爲自己之福澤，亦可悲矣。而乃感恩戴德，言不足而長言，長言不足而反覆言，任他人譏笑訕駡，己惟頌德謳仁，何其誠也！使易處襲人之位，其晚節必有可觀。誰爲遏抑者，而竟以衆人終也。悲夫！

麝月贊

小人甘爲小人，又定不樂人爲君子，故必多方束縛之，挾持之，其不從者必掘之使去，其從者則暫借爲黨援，事成之後亦必掘之盡去，如襲人之於麝月是也。麝月有爲善之資，不自振拔，往往爲所制伏，至不敢以真面目對寶玉。此亦少年鋭進，苟且以就功名之誤也。豈知事尚未成，而秋宵伴讀，已不獲與差遣，其後悔何及哉？然寶玉出家，猶及見襲人抱琵琶上別船去，或亦忠厚之報與！

邢岫煙贊

斂才就範，抑氣歸神，此詣非十年讀書、十年養氣不到也。邢岫煙在親較寶釵近，在遇比黛玉難，然厚寶釵如彼，薄黛玉如此，人情概可知矣。秋水菱花，能無顧影自憐耶？乃漠然其遇，淡然其衷，不忮不求，與人世毫無争患，則超超元箸也。謂非學養兼到之作與！攬其風度，如披古會元風。

李紋李綺贊

李紋、李綺，行事無所見其大致，只於一二詩句仿佛之，倘亦南康公主所謂我見猶憐者也。想其豐韻在明月梅花之間，良欲得爲友焉。

繡橘贊

已無才而能用人之才，不失其爲才也；已無智而能用人之智，不失其爲智也。惟不能自用，又不能用人，斯真無用耳。繡橘才智，以輔探春則不足，以相迎春則有餘，莫謂秦無人也。乃教歌者不能教喉嚨，教哭者不能教眼淚，此却正所以屢窘於安樂公也。木從繩則正，其如朽者何！

入畫贊

小題大做，在作文則見才思，在科罪則爲深文。入畫之事，若以之命題，則私下傳送四字，可以大發議論，包舉全史；若以之科罪，直不應輕律薄責之而已矣，而何遽逐之也？良禽擇木，良臣擇主，有以也夫！

蕙香贊

同生爲夫婦之語，不聞諸奶奶經也，度亦小兒胡謅，聊以相戲云爾。而構釁者乃直以爲莫須有證據，池魚之殃，未有無辜如此者，而卒不聞一語自辨。豈以寶玉鷄肋，固已食之無肉、棄之良得耶？蕙香真晦氣也。

賈母贊

人情所不能已者，聖人弗禁，况在所溺愛哉！　寶玉於黛玉，其生生死死之情見之數矣，賈母即不爲黛玉計，獨不爲寶玉計乎？　而乃掩耳盜鈴，爲目前苟且之安。是殺黛玉者賈母，非襲人也；促寶玉出家者賈母，非黛玉也。嗚呼！『我雖不殺伯仁，伯仁由我而死』，是誰之過與？

賈政贊

賈政迂疏膚闊，直逼宋襄，是殆中書毒者。然題園偶興，搜索枯腸，鬚幾斷矣，曾無一字之遺，何其乾也？　倘亦食古不化者與！　孔子曰：『孟公綽爲趙、魏老則優，不可以爲滕、薛大夫。』政之流亞也。

王夫人贊

人不可以有才，有才而自恃其才，則殺人必多；人尤不可以無才，無才而妄用其才，則殺人愈多。王夫人是也。夫人情偏性執，信讒任奸，一怒而死金釧，再怒而死晴雯，死司棋，出芳官等於家，爲稽其罪，蓋浮於鳳焉。是殺人多矣，顧安得有後哉？蘭兒之興，李紈之福，非夫人之福也。

賈元春贊

元春品貌才情，在公等碌碌之間，宜其多厚福也，然猶不永所壽，似庸才亦遭折者。説者謂其歉於壽，全於福矣。使天假之年，歷見母家不祥之事，傷心孰甚焉！天不欲傷其心，庸之也，越於史氏多矣。

李紈贊

李紈幽閒貞静，和雍肅穆，德有餘矣，而不足於才。然正惟無才，故能暗淡以終。雖無奇功，亦無厚禍，淵淵宰相風度也，可與共太平矣。

賈蘭贊

賈蘭習於寶玉而不溺其志，習於賈環而不亂其行，可謂出淤泥而不染矣。然乳臭未脱，即諄諄然以八股爲務，是於下下乘中覓立足地也，其陷溺似比甄寶玉猶深。嗣是而仕途中多一熱人矣，嗣是而性靈中少一韻人矣。可以救庸而不可以醫俗，惜哉！然而李紈有子矣。

王熙鳳贊

鳳姐治世之能臣，亂世之奸雄也。向使賈母不老，必能駕馭其才，如高祖之於韓、彭，安知不爲賈氏福？無如王夫人、李紈昏柔愚懦，有如漢獻，適以啓奸人窺伺之心。英雄之不貞，亦時勢使然也。『騎虎難下』，豈欺人語哉！然亦太自喜矣。

賈巧姐贊

鳳姐一生權力，適足爲後人斂怨。媒鬻之報，人嫌其後矣，而卒之臨危有救。豈以毒攻毒，以火攻火，法有靈與？抑敬老憐貧，善足以敵之也？乃明珠欲墮，援來陌路之人；白璧無傷，媒作田家之婦。倘所謂絢爛歸於平淡者，有如是耶？爲之咏曰：『聽罷笙歌樵唱好，看完花卉稻芒香。』何悲乎巧姐？

薛姨媽贊

優柔寡斷，至足以貽數世之憂，家與國無二理也。薛姨媽進旅退旅，有李東陽伴食之風，顧黛玉終身，業已心及之矣，而卒未聞一言之薦，豈非姑待之説中之與！卒之黛玉死矣，寶玉出家，而寶釵亦因之以寡，伊戚之貽，誰之咎也？孟子曰：『是亦羿有罪焉。』

尤氏贊

人之美者曰尤，然不曰美人而曰尤物，其爲不祥可知。尤氏見於書，已在徐娘半老之會，然風情固不薄也。設鷄皮未皺，更復何如！氏之曰尤，蓋比於夏姬也。

傻大姐贊

傻大姐無知無識，蠢然如彘，而實爲《紅樓夢》一大關鍵。大觀園中落之故，實始於此。其宋之逐狗者與？楚之獻黿者與？抑周之賣檿弧箕服者也？人耶妖耶，吾不得而知之，則以爲傻大姐而已矣。

小鵲贊

鵲報喜者也，然鵲之小者，自忘其爲鵲，人亦共忘其爲鵲。不特忘之也，或且疑爲鴉，己亦自疑爲鴉。由是杯弓蛇影，總屬真情；鶴唳風聲，盡成實相。無所爲計，只獲將大千世界，佛脚歷歷遍抱，而佛菩薩乃在極樂園中吃吃笑不休，真堪絶倒也。然究之所爲，不失爲喜也。謂之爲鵲，誰曰不宜？

小紅贊

杯弓蛇影之疑，有致死不悟者，起禍者不知也，受禍者不知也，即嫁禍者亦不知也，然而禍自此始矣，則莫如小紅失帕，寶釵聞之而故爲覓黛玉一事。夫以黛玉之招忌也，有無端而訕議者矣，況中其心病哉！則異日衆人之前，未有不力爲排擠者，黛玉厄而寶釵亨矣。若小紅者，其應劫之魔與？秦漢間發難之陳涉也。

柳五兒贊

繼晴雯而興者，有柳五兒，然已在平王東遷、康王南渡之後矣。雖曰英雄，其如無用武地何！況卧榻之側，眈眈者已有人也。吁嗟乎！當年渡口，桃花作意引來；此日門中，人面不知何處。五兒得毋有撫景神傷乎？爰有眼淚別灑旃。

鶯兒贊

鶯兒憨憨，直欲登香菱之堂而嗜其胾，亦卧榻之側所不容貯足者也。而襲人首薦之，毋亦以寶釵之故。然而鄭靈之鼎已無異味矣，雖欲染指，何可得哉？其後與秋紋、麝月不知所終，以意度之，大約比襲人修潔。

翠縷贊

翠縷陰陽究論，如村童覆書，愈詰愈亂；如竈嫗說鬼，愈出愈奇。然其妙，妙在通而不通。若使鑿鑿言之，便老生常談矣，安得爲詩瘋子婢哉？

劉老老贊

劉老老深觀世務，歷練人情，一切揣摩求合，思之至深。出其餘技作游戲法，如登傀儡場，忽而星娥月姐，忽而牛鬼蛇神，忽而癡人說夢，忽而老吏斷獄，喜笑怒罵，無不動中窾要，會如人意。因發諸金帛以歸，視鳳姐輩真兒戲也。而卒能脱巧姐於難，是又非無真肝膽、真血氣、真性情者。殆黠而俠者，其諸彈鋏之傑者與！

板兒贊

蝶吾知其戀花也，蜂吾知其採花也；非蜂非蝶，不知戀亦不知採，而能與花爲緣者，其花之蝨乎？板兒何竟似此！然而蝶有怨矣，蜂有嗔矣，惟蝨飽飲花露，倦卧花心，不識不知，真花花世界也。蜂蝶羡蝨，吾羡板兒矣，幾生修得到此？

琥珀贊

古來孤臣孽子，往往以遭際迍邅，遂成不朽之事業，從知盤根錯節，乃以別利器也。琥珀言談舉動，絶肖鴛鴦，然烈烈者如彼，庸庸者如此，豈才有不逮與？亦遇之無奇也。則所爲士窮見節義、世亂識忠臣者，非不窮不亂，無節義忠臣也，特不見不識耳。由是言之，鴛鴦之不幸乃其幸，琥珀之幸乃其不幸也夫。

玉釧贊

玉釧於寶玉，有不反兵之義，徒以主僕之故，敢怒而不敢言，而眉睫間餘憾未平也。胡頹顏公子又欲賣癡憨，作息夫人之蠱哉？則使心機費盡，强博一笑於紅顔；而詞色不親，終帶三分乎白眼。於義有足多焉！

焙茗贊

寶玉栽培脂粉，作養蛾眉，爲花國之靖臣，作香林之戒行，宜其深仁厚澤，罔不淪肌浹髓矣。乃除黛玉外，别無一知己，而能如人意。不盡如人意，莊也而出之以譃，諧也而規之以正，順其性而利導之，如大禹之治水，適行其所事，而卒也無不行之言，嗚呼！其惟焙茗乎？東方曼倩之儔也。

尤二姐贊

尤二姐容貌性情，兩無所惡，置身大觀園中，在在爲花柳生色，而顧不齒於群芳者，徒以爲路柳墻花耳。嗚呼！一失足成千古恨，再回頭已百年身，若是乎解之無可解也。然揚雄服事新莽，荀彧輔弼曹瞞，其所失與二姐未識如何！使一旦望漢來歸，其蹂躪踐踏之形，正復何如也！嗚呼，失身而不爲長樂老人，其悔豈可及哉！

賈蓉贊

賈蓉絶好皮囊，而性情嗜好每每與寶玉相反。寶玉憐香，賈蓉轉能蹂香；寶玉惜玉，賈蓉專能碎玉。花柳之蟊賊也！鳳姐錯識人矣。然小意動人，頗能忘恨，故鳳姐終愛之。啜茗傳神，良有以也。

賈璉贊

賈璉燒琴煮鶴，大煞風景，紅樓市中物也。以配鳳姐，且在所辱，况平兒哉！然負荆一節，頗能自降，拔其幟而樹娘子幟，亦腹負將軍解風雅者也。收入色界中，置風流壇外，作金剛尊者。

尤三姐贊

士爲知己者死，尤三姐之死，死於不知己矣。不知己而何以死？然而三姐則固以湘蓮爲知己也。湘蓮知己而適不知己，仍不失爲知己，則捨知己而適不知己，仍不失爲知己之湘蓮。天下斷無有不知己而能知己如湘蓮者。天下而無不知己而能知己如湘蓮矣，而竟有知己而適不知己，仍不失爲知己之湘蓮，是知己而適不知己，仍不失爲知己者，乃真知己也。而竟不知己，則安得而不死哉？然而湘蓮去矣，是知己而適不知己，仍不失爲知己，而竟不知己者，究未嘗不知己也。三姐何嘗死哉！

柳湘蓮贊

柳湘蓮一風流蕩子耳，尤三姐遽引爲知己，豈曰知人？然紈袴中無雅人，文墨中無確人，道學中無達人，仕宦中無骨人，則與其爲俗子狂生、腐儒禄蠹之婦也，毋寧風流浪子耳。不然，三姐死矣，幾見紈袴之儔、文墨之儔、道學仕宦之儔，能與道人俱去者哉？湘蓮遠矣！

齡官贊

齡官憂思焦勞，抑鬱憤懣，直於林黛玉脱其影形，所少者眼淚一副耳。然烏知非責之過卑，而利已無所輸乎？亦烏知非負之過深，而本已有所虧乎？是安得有放來生債者，預借一副眼淚爲今日揮灑地也？而其債將濫矣，危哉！賈薔何修而得此！

賈薔贊

賈薔市井小人耳，烏足以言風雅！然其於齡官，意柔柔而斐亹，情款款而紆縈，似非不知道者。意衣鉢真傳，必有所自祖也。其寶玉大弟子乎！可與言情矣。

司棋贊

從古以過而創爲奇節者，君子悲其志，未嘗不諒其人。司棋失身潘又安，過已。乃竟一其心相待，以死繼之。非節非烈，何莫非節非烈也！蓋其志已定於搜贓時矣。觀過知仁，諒哉！

潘又安贊

人當無可如何之際，計無所出，惟以一死自絕。此以死塞責者耳，非以爲樂也。若夫當死之時，無感慨，無憤激，無張皇却顧，心平氣和，意静神恬，其死也與哉？其歸也。真叠山所謂從容就義者，潘又安其知道乎！有死以來，未有暇豫如斯者也。

襲人贊

蘇老泉辨王安石奸，全在不近人情。嗟乎奸而不近人情，此不難辨也，所難辨者近人情耳。襲人者奸之近人情者也。以近人情者制人，人忘其制；以近人情者讒人，人忘其讒。約計平生，死黛玉，死晴雯，逐芳官、蕙香，間秋紋、麝月，其虐肆矣，而王夫人且視之爲顧命，寶釵倚之爲元臣。向非寶玉出家，或及身先寶玉死，豈不以賢名相終始哉？惜乎天之後其死也！咏史詩曰：『周公恐懼流言日，王莽謙恭下士時。若使當年身便死，一生真僞有誰知。』襲人有焉。

蔣玉函贊

寶玉動謂男子爲濁物，度一面目黧黑、于思于思者耳。使温潤如好女，未嘗不以脂粉蓄之。然未有纏綿如蔣玉函者，豈從來冤家大抵由歡喜結來耶！巾之持贈也，玉實主之矣。襲人之嫁，玉函之娶，或無憾焉。

彩雲贊

人各有一知己，不得謂君子是而小人非，特慮其不終耳。彩雲之於賈環，其相與可無究，至甘心爲此作賊，亦何淫且賤也。然平兒詰盜，慨然挺身，寶玉認臟，毫無輸色，落落乎石乞子風也，而不可以對賈環耶？然而環且貳矣。古今來陷身於賊而卒爲所疑者，豈少人哉！君子是以知小人之必無知己也。

賈環贊

賈環純秉母氣，蜂目而豺聲，忍人也。獨赦老賞鑒之，氣味有在矣。然政老御之，亦卒較恕於寶玉，豈以公子州吁固嬖人之子也耶？賢如賈政，尚莫知其子之惡，又何奇乎衛莊哉！

李嬤嬤贊

李嬤嬤龍鍾潦倒，度其年紀，在賈母之上，不足爲寶玉乳也。至其老而不死，尤當叩脛者耳。然襲人一生隱惡，從無發其覆者，獨此老借題發揮，一泄無餘，比陳琳討操檄尤爲淋漓痛快，亦愈頭風之良劑也。昔蘇子美讀漢文至博浪沙一椎，擊節叫快，浮一大白，用以此賞之。

趙姨娘贊

食色性也，而亦有不盡然者。鮮于叔明嗜臭蟲，劉邕嗜瘡痂，賀蘭進明嗜狗糞。今將趙姨娘合水火五味而烹炮之，不徒臭蟲、瘡痂也，直狗糞而已矣。而賈政且大嚼之有餘味焉，豈所賞在德耶？然糞穢卒產靈芝，鴟鴞能卵雛鳳。賦詩斷章，或不誣焉。

雪雁贊

《春秋》責備賢者，然當君父之際，亦不容以庸愚之故，稍寬悖逆之責者，良以臣子所許在心耳。雪雁於黛玉，有更相爲命之形，所謂生死而肉骨者也。即萬不容已，寧不可以死辭？而乃覥然人面，捨瀕危之故主，伴他人作姑娘，豈復有人心哉！人將不食其餘矣。速作之配，絶之也。

王善保家贊

段秀實之擊朱泚也，吾聞其聲矣，若拊朽然，其雋不足稱也；淮南王之擊辟陽侯也，吾聞其聲矣，若築腐然，其快不足稱也。若夫積之愈厚，煅之而堅，炮焉而不能攻，鑽焉而莫可入，有佛菩薩焉，運五指之峰，作巨靈之擘。香風蓋去，春雷與新筍齊生；翠袖翻來，鴻爪共烏泥并現。嘻，此何聲也？其殆博浪椎之嗣響乎！贊曰：『探春之掌，是震是響；老嫗之喙，惟脂惟脆。蛾眉吐氣，爲大白浮者三；老魅煞風，爲舞劍起者再。』

賈赦邢夫人贊

賈赦似剛非剛，乃剛愎之剛；邢夫人似柔非柔，乃柔邪之柔。剛愎之剛非理之剛也，故有小泥鰍之禍；柔邪之柔非理之柔也，故有金鴛鴦之羞。竊謂賈赦之剛有似乎楚子玉，邢夫人之柔殊類乎魯哀姜。

賈敬贊

天下豈有神仙，然但能盡我性，怡我情，傀儡場中何莫非洞天福地也。故有富貴之神仙，有忠孝之神仙，有詩酒花月之神仙，有托鉢叫化之神仙，而乘雲跨鶴者不與焉。彼燒丹燒汞、導引胎息者，直自討苦吃耳。然伊古以來，輕萬乘而速禍敗者，史不絶書，竪儒何知焉！

賈珍贊

十惡之條，一曰内亂，犯此者在家必喪，在國必亡。賈珍席祖父餘業，恣其下流，即比房婣婧，列屋柔靡，亦何不可，而乃爲不鮮不殄之求，作大蛇小蛇之弄，西府中無完人矣。藉非獅子介石之堅，其能免乎！然吾聞之方山子，賢者生平得獅子力居多，賈珍胡不幸焉！

賈瑞贊

賈瑞雅負癡情，不以草茅自廢，顧觀光於上國，亦有志之士也，特未免不自諒耳。鳳姐遽置之死，無乃過甚。

焦大贊

賈家法，於乳母頗厚，重於酬庸矣，然而人盡母也，惟其乳而已。焦大以身捍患，似什伯乎乳之勞，即祔賈廟以血其食，非幸也。而乃混於輿臺，儕於隸僕，致僕婦奴子皆得牛馬走之，宜其無限塊壘，借酒杯以澆之也。然而馬糞之塡，亦未始非努力勸加餐之意，不可謂不厚者，特恐醉漢飽不知德耳。

秦鍾贊

秦鍾者，情種也。爲鍾情於人之種耶？爲人鍾情之種耶？爲鍾情於人之種，斯爲風流種；爲人鍾情之種，則爲下流種。然爲鍾情於人，固不得不爲人鍾情之人，則合風流、下流二種而爲種，斯爲真情真種。其於智能也，莫爲之前，雖美勿彰；其於寶玉也，莫爲之後，雖盛莫傳。然顧前不顧後，其象爲夭，故不永厥壽云。

薛蟠贊

薛蟠粗枝大葉，風流自喜，而實花柳之門外漢，風月之假斯文，真堪絶倒也。然天真爛漫，純任自然，倫類中復時時有可歌可泣之處，血性中人也，脱亦世之所希者與！晋其爵曰王，假之威曰霸，美之謚曰獃。譏之乎？予之也。

北静王贊

北静王表表高標，有天際真人之概，嫦娥思嫁之矣，何論乎談文章説經濟者也，而林黛玉直以臭男人蓄之。嗟乎，王也而乃臭乎哉！是天下更無不臭者矣。天下而更無不臭者也，捨寶玉其誰與哉？死矣。

甄寶玉贊

太上忘情，其次多情，其次任情，其下矯情。矯情不可問矣。甄寶玉不能爲太上之忘情，不失爲其次之多情也。自經濟文章之説中之而情矯矣，則甄寶玉者世俗之偉人，而實賈寶玉之罪人也。罪人則黜之而已矣，故終之以甄寶玉云。

紅樓夢論後

人生一大夢耳，夢無不醒之時，則林黛玉死矣，寶玉出家矣。由黛玉而推之，晴雯、鴛鴦、鳳姐、尤二姐、尤三姐、可卿、迎春、司棋、金釧、齡官、元春，以及潘又安、秦鍾、賈瑞罔不然。由寶玉而推之，惜春、紫鵑、芳官、藕官、蕊官、荳官、葵官、柳湘蓮，以及寶釵、湘雲罔不然。其不醒者，獨襲人耳。然則何以處探春？曰此其福分最大，好夢正長者也。然則何以處岫煙等？曰此其心思各別，同床異夢者也。然則何以處巧姐？曰此其情思昏昏，方纔入夢者也。文至此，不已東方既白與！何續貂者又欲强人入夢也，豈非天下之怪夢哉？無惑乎牛鬼蛇神，紛紛囈語也，顧安得大棒棒醒之！

紅樓夢問答

或問：『《紅樓夢》伊誰之作？』曰：『我之作。』、『何以言之？』曰：『語語自我心中爬剔而出。』

或問：『《紅樓夢》爲子意中之書，而獨翻妙玉之案，則何也？』曰：『予亦不自知其何心，第覺良心上煞有過不去處。』

或問：『子能作寶玉乎？』曰：『能。』、『何以痛詆襲人也？』笑曰：『我止不能爲襲人之寶玉。』

或問：『寶釵似在所無譏矣，子時有微詞，何也？』曰：『寶釵深心人也。人貴坦適而已，而故深之，此《春秋》所不許也。』

或問：『寶釵深心，於何見之？』曰：『在交歡襲人。』

或問：『襲人不可交乎？』曰：『君子與君子爲朋，小人與小人爲朋，方以類聚，物以群分。吾不識寶釵何人也，吾不識寶釵何心也。』

或問：『寶釵與襲人交，豈有意耶？』曰：『古來奸人干進，未有不納交左右者。以此卜之，寶釵之爲寶釵，未可知也。』

或問：『寶釵與黛玉，孰爲優劣？』曰：『寶釵善柔，黛玉善剛。寶釵用屈，黛玉用直。寶釵徇情，黛玉任性。寶釵做面子，黛玉絶塵埃。寶釵收人心，黛玉信天命。不知其他。』

或問：『襲人與晴雯，孰爲優劣？』曰：『襲人善柔，晴雯善剛。襲人用屈，晴雯用直。襲人徇情，晴雯任性。襲人做面子，晴雯絶塵埃。襲人收人心，晴雯信天命。不知其他。』

或問：『《紅樓夢》寫寶釵如此，寫襲人亦如此，則何也？』曰：『襲人，寶釵之影子也。寫襲人，所以寫寶釵也。』

或問：『《紅樓夢》寫黛玉如彼，寫晴雯亦如彼，則何也？』曰：『晴雯，黛玉之影子也。寫晴雯，所以寫黛玉也。』

或問：『寶玉與黛玉有影子乎？』曰：『有。鳳姐地藏庵拆散之姻緣，則遠影也；賈薔之於齡官，則近影也。潘又安之於司棋，則有情影也；柳湘蓮之於尤三姐，則無情影也。』

或問：『藕官是誰影子？』曰：『是林黛玉銷魂影子。』

或問：『齡官是誰影子？』曰：『是林黛玉離魂影子。』

或問：『傻大姐是誰影子？』曰：『是醉金剛影子。』

或問：『寶玉古今人孰似？』曰：『似武陵源百姓。』、『黛玉古今人孰似？』曰：『似賈長沙。』、『寶釵古今人孰似？』曰：『似漢高祖。』、『湘雲古今人孰似？』曰：『似虬髯公。』、『探春古今人孰似？』曰：『似太原公子。』、『寶琴古今人孰似？』曰：『似藐姑仙子。』、『平兒古今人孰似？』曰：『似國大夫。』、『紫鵑古今人孰似？』曰：『似李令伯。』、『妙玉古今人孰似？』曰：『似阮始平。』、『晴雯古今人孰似？』曰：『似楊德祖。』、『劉老老古今人孰似？』曰：『似馮驩。』、『鳳姐古今人孰似？』曰：『似曹瞞。』、『襲人古今人孰似？』曰：『似吕雉。』

或問：『子之處寶釵也將如何？』曰：『妻之。』、『處晴雯也將如何？』曰：『妾之。』、『處芳官等也將如何？』曰：『子女之。』、『處紫鵑也將如何？』曰：『臣之。』、『處湘雲也將如何？』曰：『友之。』、『處平兒也將如何？』曰：『賓之。』、『處探春也將如何？』曰：『宗師之。』、『處寶琴也將如何？』曰：『君之。』、『處寶玉也將如何？』曰：『佛之。』、『處黛玉也將如何？』曰：『仙之。』

或問：『何以蓄劉老老也？』曰：『俳優之。』、『何以蓄鶯兒等也？』曰：『奴之。』、『何以蓄鳳姐也？』曰：『賊之。』、『何以蓄襲人也？』曰：『蛇蝎之。』

或問：『王夫人逐晴雯、芳官等，乃家法應爾，子何痛詆之深也？』曰：『《紅樓夢》只可言情，不可言法。若言法，則《紅樓夢》可不作矣。且即以法論，寶玉不置之書房而置之花園，法乎否耶？不付之阿保而付之丫鬟，法乎否耶？不遊之師友而遊之姐妹，法乎否耶？即謂一誤，不堪再誤，而用襲人則非其人，逐晴雯則非其罪，徒使僉人幸進，方正流亡，顛顛倒倒，畫出千古庸流之禍，作書者有危心也。貶之，不亦宜乎！』

或問：『鳳姐之死黛玉，似乎利之，則何也？』曰：『不獨鳳姐利之，即老太太亦利之。何言乎利之也？林黛玉葬父來歸，數百萬家資盡歸賈氏，鳳姐領之。脱爲賈氏婦，則鳳姐應算還也；不爲賈氏婦，而爲他姓婦，則賈氏應算還也。而得不死之耶？然則黛玉之死，死於其才，亦死於其財也。』

或問：『林黛玉數百萬家資盡歸賈氏，有明徵與？』曰：『有。當賈璉發急時，自恨何處再發二三百萬銀子財，一再字知之。夫再者，二之名也。不有一也，而何以再耶？』

或問：『林黛玉聰明絶世，何以如許家資而乃一無所知也？』曰：『此其所以爲名貴也，此其所以爲寶玉之知心也。若好歹將數百萬家資横據胸中，便全身煙火氣矣，尚得爲黛玉哉？然使在寶釵，必有以處此。』

或問：『《紅樓夢》有病乎？』曰：『有。元春長寶玉二十六歲，乃言在家時曾訓詁寶玉，豈三十以後人尚能入選耶？其他惜春屢言小，巧姐初不肯長，後長得太快，李嬤嬤過於龍鍾，諸如此類，未可悉數。然不可以此疵之者，故作罅漏，示人以子虛烏有也。』

（道光二十二年養餘精舍刊本《紅樓夢論贊》）

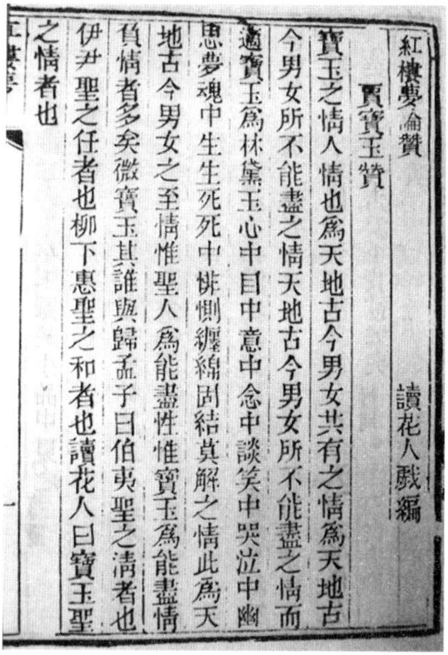
紅樓夢論贊　讀花人戲編

賈寶玉贊

寶玉之情人情也爲天地古今男女共有之情爲天地古今男女所不能盡之情天地古今男女所不能盡之情而適寶玉爲林黛玉心中目中意中念中談笑中哭泣中幽思夢魂中生生死死中悱惻纏綿固結莫解之情此爲天地古今男女之至情惟聖人爲能盡性惟寶玉爲能盡情負情者多矣微寶玉其誰與歸孟子曰伯夷聖之清者也伊尹聖之任者也柳下惠聖之和者也讀花人曰寶玉聖之情者也

紅樓夢或問

張子梁　撰

載於延恕堂藏抄本《評訂紅樓夢》卷首。作者張樅頤，字子梁，山東渠邱人，以二十餘年之力，批點《紅樓夢》約四十五萬字，成於道光二十四年（一八四四）。卷首另有《讀法》，非小説話體，乃爲一篇專論，論其閱讀《紅樓夢》的三個層次：『始喜其格局之丰采，繼則賞其文章之細緻，終則服其旨義之精微』。此《或問》，呼應王希廉所論，力主黛、釵之間以黛爲主，然指出之所以『黛玉既爲書中上上人物，反寫得尖酸刻薄』，只因黛玉對寶玉『惟其癡也，真也，寶釵既不能癡，又不能真』。又論《紅樓夢》『斷斷不是淫書』，揭出『寶玉之淫，不過意淫，而終久打破色欲關頭』。又認爲『作者雖托於寶玉，而實非寶玉』，『問真者到底是何如人？曰：除非問作者便知』，實際上已否定了以後的『自傳説』。

或問：《紅樓夢》中畢竟誰是主人？曰：寶玉爲主，黛玉次之，寶釵又次之。曰：寶玉、寶釵終爲夫婦，黛玉乃半途而死，何言乎其爲主人也？曰：獨不見先有絳珠仙草，然後有神瑛澆灌；有神瑛澆灌，然後有絳珠還債。此二人者緣已結於先天，彼寶釵不過代黛玉受污，一替身耳，而烏能僭越耶？曰：元、迎、探、惜諸人，俱列十二釵中，亦不得爲主人乎？曰：大凡作書如調味然，使不有伴和，則其味不美。若此數人者，第味中之伴和也；至若十二釵外，則是油鹽醬醋；賈母諸人，則是庖師厨頭；若兩府上下男女，以及往來親友、尼姑道婆之輩，或爲買辦，或爲挑水，或爲抱柴續火。要之，大家忙忙碌碌，只不過調和此一品菜而已矣！又何疑焉？

或問：黛玉既爲是書中上上人物，反寫得尖酸刻薄，何也？曰：非尖酸刻薄也。蓋自認寶玉爲知己後，心目中止此一人。及見寶玉心目中似猶有他人，則不禁逆諸心而形諸口，亦卧榻不容人酣睡之意，且因是以徵其壽短也。曰：假使寶玉姻緣定在黛玉，則寶釵亦將死乎？曰：黛玉之死，唯其癡也，真也。寶釵既不能癡，又不能真，則亦如襲人之嫁而已矣，那得便死？

或問：寶玉果何如人？曰：警幻言之詳矣，乃天下古今第一淫人也。曰：然則《紅樓夢》之爲淫書明矣。曰：寶玉雖是淫人，《紅樓夢》却斷斷不是淫書。蓋寶玉之淫，不過意淫，而終久打破色欲關頭，是并寶玉亦不淫矣。寶玉且不淫，而《紅樓夢》安得謂淫？曰：寶玉到底共染幾人？曰：其明寫者則有襲人、寶釵，他若碧痕之洗澡，麝月之篦頭，其事亦在若隱若現之間。外此，實無一人。曰：據此言，是書已難言不淫矣。况賈瑞之於熙鳳，賈璉之於二姐，秦鍾之於智能，茗煙之於萬兒，其敷演風情，動輒滿篇，又何異《金瓶梅》之寫西門、敬濟事乎？夫《金瓶梅》既是淫書，《紅樓夢》又安得不是淫書？曰：『子以《金瓶梅》爲淫書乎？若以《金瓶梅》爲淫書，則《紅樓夢》亦謂之淫書而已矣，吾又何必辨。』

或問：此書緣起，作者自云曾歷過一番夢幻之後，與借通靈説《石頭記》等語，其自託於寶玉明矣。然其屢屢大罵賈氏，且更言夢中與可卿有兒女之事，不亦自污之甚乎？曰：作者雖託於寶玉，而實非寶玉也，即實非賈氏也，非賈氏而罵賈氏，與作者何尤？且其寫可卿之配寶玉也，必其心中有怨痛之人，而故假此事以辱之，是亦即其心中人泄其心中恨而已矣。曰：其心中既欲泄恨於斯人，又何必寫得秦氏人品端方，而屢贊之耶？曰：安見其贊之語云『欲知其人，先觀其友』？今觀其最親之人，惟有鳳姐，諒其行事，不過鳳姐一流。幸而履世不久，得歸情天，庶免懸梁之報，誰謂流俗之口，爲可以定人品哉！

或問：甄、賈兩寶玉，固是一形一影，究竟誰爲形，誰爲影？曰：自然甄爲形，賈爲影。曰：凡人以形就影，未有絲毫不同者。今則名同矣，貌同矣，胡爲同類，一證其性情乃冰炭不投耶？曰：若必處處一樣，則是觀其假可，可以知其真非，所謂假語村言，真事隱去矣。曰：然則兩人者，初皆爲閨閣良友，其後果入於空門者爲假，入於仕途者爲真乎？曰：是又不必然。觀書中假作真時真亦假之意，即甄亦不必其真也。曰：其真者到底是何如人？曰：除非問作者便知。

或問：作小説者，皆有年代可考，是書獨不載年代，何也？曰：他書皆託於真，是書獨託於假。既云假矣，何必年代？此蓋諱之之意也。曰：書中雖最重之人，恒多不記歲數，亦此意乎？曰：若係此意，則當一無所記。然亦偶有記之者。大抵因其人甚夥，又係無要緊事，使必悉爲記之，倘偶有差錯，反貽膠固者之譏，不如從而略之，亦省事之一法耳。曰：當賈母接外孫時，寶、黛兩人，大約不過十歲，何遽知情乃爾乎？曰：是皆有夙慧人，何可與世俗共論。

或問：寶、黛既無夫婦之緣，則淚債已償，即死者死，僧者僧而已矣，而又寫此一番金玉之緣，不已蛇足乎？曰：使無此事，則兩人之夢不醒。惟經此失意事也，然後死得決絶，僧得乾净。曰：寶玉雖終於爲僧，而既與寶釵纏綿矣，妙合矣，又奚云乾净耶？曰：自賞花失玉以後，真寶玉已經離塵，其與寶釵配合者，第賈府一頑公子耳，迨真玉復還，旋即徹悟而去，又何不乾净之有？

或問：作者既欲寶玉返璞歸真，則於夢幻中警以兼美足矣，又何必寫其試雲雨情，且必待成婚而後悟也耶？曰：未曾入得去，怎算闖出來？曰：若是，又何不多以嘗之？曰：如君所言，是濫惡也，非意淫也，豈所以位置神瑛。曰：然則亦使黛玉與寶玉配合，然後仙去，獨不可乎？曰：是無論絳珠之清白不容玷污，而大願既償，將作何死法？

或問《紅樓夢》起結，特寄於賈雨村、甄士隱兩人。夫甄士隱本清高逸士，以起結寄之可也。若賈雨村不過一勢利小人，亦何取於彼，而亦以起結寄之乎？曰：此又作者之隱情也。蓋云真事既已隱去，則書中所暗藏之人，不必清高；假語却能村言，則意間所最恨之事，定係勢利。故始終借此二人之名，以舒其感憤不平也。曰：然則是書果假語村言乎？曰：吾第知其真事隱去耳。

或問：《紅樓夢》究竟是何等書？曰：斷斷是才子書。曰：其較古來諸才子書何如？曰：稍遜。曰：其稍遜處可得聞與？曰：諸事皆可追蹤前人，但行文略欠簡净耳。

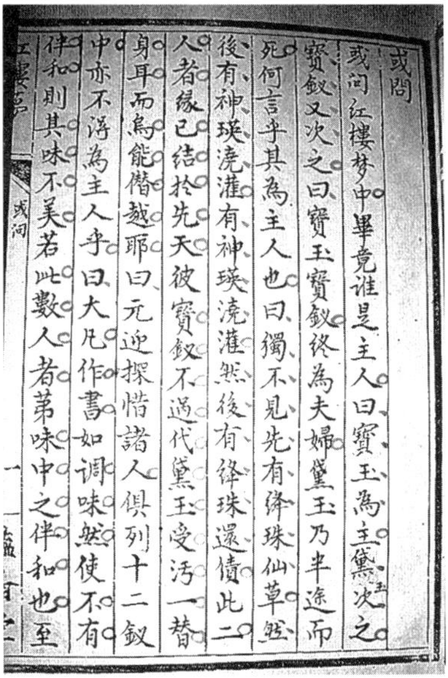
或問
或问紅樓梦中畢竟谁是主人曰寶玉為主黛玉次之
寶釵又次之曰寶玉寶釵終為夫婦黛玉乃半途而
死何言乎其為主人也曰獨不見先有絳珠仙草然
後有神瑛澆灌有神瑛澆灌然後有絳珠還債此二
人者緣已结於先天彼寶釵不過代黛玉受污一替
身耳而烏能僭越耶曰元迎探惜諸人俱列十二釵
中亦不得為主人乎曰大凡作書如调味然使不有
伴和則其味不美若此數人者第味中之伴和也至

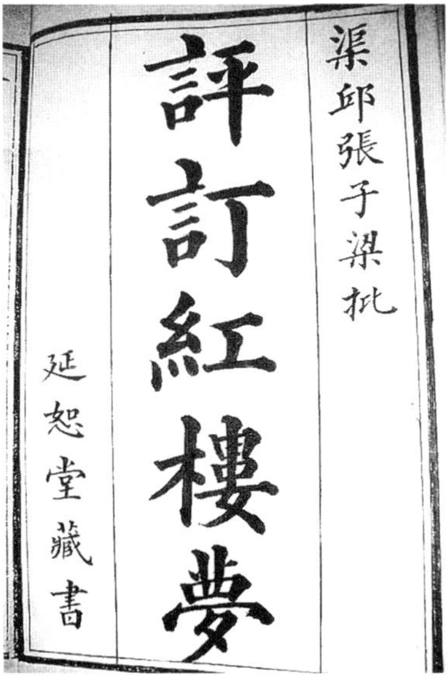
渠邱張子梁批
評訂紅樓夢
延恕堂藏書

新譯紅樓夢讀法

哈斯寶 撰

載於一九七九年内蒙古人民出版社出版的、亦鄰真譯的《新譯紅樓夢》卷首。内蒙古大學等藏多種蒙文譯本。哈斯寶，號施樂齋主人、耽墨子，内蒙古卓索圖盟人。於道光二十七年（一八四七）至咸豐四年（一八五四）間，以寶、黛愛情爲中心，將《紅樓夢》摘譯成四十回蒙文本，并每回作回評，另寫《序》、《讀法》、《總録》各一篇，在藝術表現及人物形象的分析方面，多有獨到、細緻的見解。然其認爲全書的主題是清氣與邪氣的鬥争。此《讀法》即强調作者撰寫此書，是因『上不能事主盡忠，下不能濟民行義，無奈之餘寫下這部書來洩恨書憤的』，『黛玉懷着不移如一的深情死去』，就是這一象徵，『一部書的真正關鍵就在此』。作者自道其批書是爲了『使牧人農夫讀也不妨』，爲古代評點家中所少見。其《總録》所闡發的真假論、冷熱論及强調他所譯、批之書『便是我的另一部《紅樓夢》』，雖無新意，但也值得注意。

《紅樓夢》一書的撰著，是因忠臣義士身受仁主恩澤，唯遇奸逆擋道，讒佞奪位，上不能事主盡忠，下不能濟民行義，無奈之餘寫下這部書來泄恨書憤的。何以這樣説？書中寫出補天不成的頑石，癡情不得遂願的黛玉，便是比喻作者自己的：我雖未能仕君，終不應像庶民一樣聲消迹匿，總會有知音的仁人君子，於是有自悲自愧的頑石由仙人引至人間出世。你們雖然蒙蔽人主，使我坎坷不遇，但皇恩於我深厚，我至死矢不易志，於是有黛玉懷着不移如一的深情死去。這一部書的真正關鍵就在於此。第一回裏説書中寫的是『親見親聞的這幾個女子』，不過是指松説柏的手法，并非其實。仁人君子應當品味他『我堂堂鬚眉』，『背父兄教育之恩，負師友規訓之德』這些話，切勿爲他移花接木的手段瞞過了。這些不必我來絮叨，明哲之士留心讀下去，自會明白。

讀此書，若探求文章的神靈微妙，便愈讀愈得味，愈是入神；若追求熱鬧騷噪，便愈讀愈乏味，愈是生厭。尋求熱鬧故事的人自不願看我譯的書，我也壓根兒不願那種人讀我譯的書。聖歎先生批《西厢記》，説：『發願只與後世錦綉才子共讀，曾不許販夫皂隸也來讀。』我則不然。我批的這部書，即使牧人農夫讀也不妨。他如果讀而不解，自會厭倦。這部書裏，凡是寓意深邃、原有來由的話，我都傍加了圈；中等的佳處，傍加了點；歹人秘語，則劃綫標識。看官由此入門，便會步入深處。此書中，從一詩一詞到謎語戲言都有深意微旨，讀時不查，含糊滑過，就可惜了。

讀了小可爲每回所寫的批評，如有不符事理之處，就請提筆郢正。

抄録窺自太虚幻境的十二釵正册，擬繪肖象，謹供看官鑒閲。

原書繪有插圖十一幅。第一圖畫兩棵枯樹挂玉帶，雪地插釵，題：『可嘆停機德，堪憐咏絮才。玉帶林中挂，金簪雪裏埋。』第二圖畫弓和石榴，題：『二十年來辨是非，榴花開處照宫闈。三春争及初春景，虎兔相逢大夢歸。』第三圖畫二女，一在海岸放風筝，一在海船中哭泣，題：『才自清明志自高，生於末世運偏消。清明涕泣江邊望，千里東風一夢遥。』第四圖畫飛雲流水，題：『襁褓之間父母違，湘江水逝楚雲飛。』第五圖爲泥中玉，題：『欲潔何曾潔，云空未必空。可憐金玉質，終陷淖泥中。』第六圖畫狼追一女，題：『中山狼，無情獸。覷着那侯門艶枝同蒲柳。嘆芳魂艶魄，一載蕩悠悠。』第七圖爲一鳳鳥，題：『機關算盡太聰明，反算了卿卿性命。』第八圖爲廟中看經的道姑，題：『勘破三春景不長，緇衣頓改昔年妝。可憐繡户侯門女，獨卧青燈古佛傍。』第九圖是荒樹野店中紡績的女人，題：『勢敗休云貴，家亡莫論親。偶因濟村婦，巧遇得恩人。』第十圖是一盆蘭花，一個婦人，題：『桃李春風結子完，到頭誰似一盆蘭。』第十一圖畫一對水中鴛鴦，題：『畫梁春盡，不肖自紅出，施恩薛沾情。』插圖之後尚有《紅樓夢十二釵綜曲》一拍，係摘自原文第五回中各曲，將『都道是金玉良緣，俺只念木石前盟』、『喜榮華正好，恨無常又到』、『終久是雲散高唐，水涸湘江』、『過潔世難容』、『中山狼，無情獸』、『將那三春看破，桃紅柳綠待如何』、『枉費了意懸懸半世心』、『勸人生，濟困扶窮』、『鏡裏恩情，更哪堪夢裏功名』、『擅風情，秉月貌，便是敗家的根本』諸句，略加改動，叶蒙古語頭韻，連綴成一者。

總録

論來世界上最真莫過於綱常，最假不外乎財色。綱常中，君臣、朋友、夫婦是相結相合的，而父子、兄弟則有如同源之水、同根之木，流分枝離，并不是自來非真。但又出來假父假子假兄假弟這一等人，從根上就是假的，何能不假？富貴則假可成真，貧賤則真亦成假。富貴是熱，熱則莫不成真，其真即是假；貧賤是冷，冷則莫不成假，其假中亦有真。不唯熱冷二字可將真假顛倒到如此地步，且那熱冷本身亦是無定的。今日冷而明日熱，則今日之真便成假，明日之假便成真；今日熱而明日冷，則今日之真全是明日之假。咳，自來是欲業使人迷於財色，由財色生冷熱，冷熱攪亂真假。彼輩作僞，爲行其奸諂，使我輩之真皆致貽害。所以一展卷便論真假，結尾又講冷熱。

既有假父假子，自有假母假女；既有假兄假弟，便有假妯娌；既有假夫婦，當有假媵妾；既有假親戚，自有假孝子。看到他們的假，便能測知他們的冷熱。我守真，我自盡孝。但是彼輩上蔽我主，下誤我黎民，且害我宗族，使我欲作忠臣而成爲不忠，欲作義士而成爲無義，於是有此書成。寫成此書，豈不就能以墨水洗恨，以筆劍報仇麽？呵，可親可悲！

我就是這樣解説，這樣批評的。

有人説作者原意實爲如此，還有人説實非如此。若實爲如此，我便是作者世後的知音。若實非如此，則摘譯者是我，加批者是我，此書便是我的另一部《紅樓夢》。未經我加批的全文本則是作者自己的《紅樓夢》。

王右軍《蘭亭序》中説：『後之視今，亦猶今之視昔。』後世明哲讀此書，若以我的評論爲是，則他便是我的知音。若另有所釋另有批評，那又是他的別一部《紅樓夢》，而非我今日之《紅樓夢》了。但他若另作批評，必是看出我批評的謬誤，所以我説他便是我師。

去一邊！把這書題爲夢，豈非太無道理？我批此書原是批不盡的。莫説此書是夢，連這世間一切原來全是一場夢。但夢有長有短，有大有小。我要全譯此書，怎奈學淺才疏，不能如願，便摘出兩玉之事，節譯爲四十回，故此書亦可名之爲《小紅樓夢》了。

大吉祥！

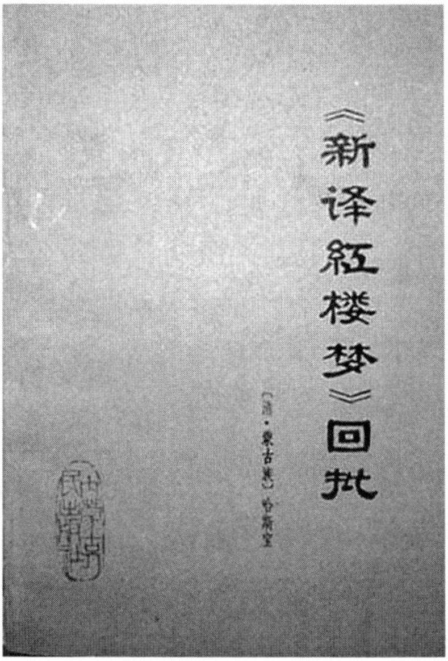

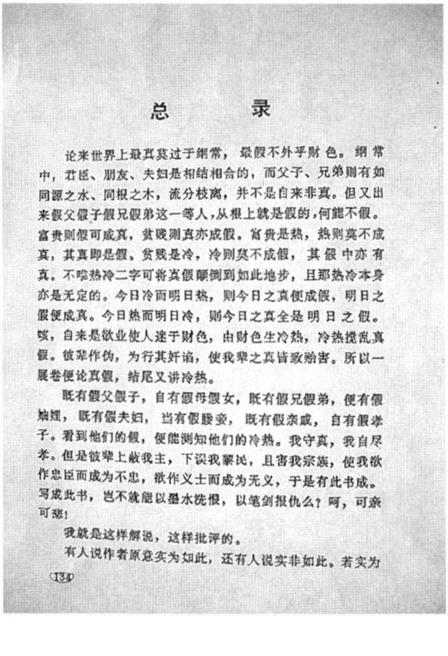

总　　录

论来世界上最真莫过于纲常，最假不外乎财色。纲常中，君臣、朋友、夫妇是相结相合的，而父子、兄弟则有如同源之水、同根之木，流分枝离，并不是自来非真。但又出来假父假子假兄假弟这一等人，从根上就是假的，何能不假。富贵则假可成真，贫贱则真亦成假。富贵是热，热则真不成真，其真即是假。贫贱是冷，冷则莫不成假，其假中亦有真。不啻热冷二字可将真假颠倒到如此地步，且那热冷本身亦是无定的。今日冷而明日热，则今日之真便成假，明日之假便成真。今日热而明日冷，则今日之真全是明日之假。咳，自来是欲业使人迷于财色，由财色生冷热，冷热搅乱真假。彼辈作伪，为行其奸谄，使我辈之真皆致贻害。所以一展卷便论真假，结尾又讲冷热。

既有假父假子，自有假母假女，既有假兄假弟，便有假妯娌，既有假夫妇，当有假媵妾，既有假亲戚，自有假孝子。看到他们的假，便能测知他们的冷热。我守真，我自尽孝。但是彼辈上蔽我主，下误我黎民，且害我宗族，使我欲作忠臣而成为不忠，欲作义士而成为无义，于是有此书成。写成此书，岂不就能以墨水洗恨，以笔剑报仇么？呵，可亲可悲！

我就是这样解说，这样批评的。

有人说作者原意实为如此，还有人说实非如此。若实为

134

紅樓夢讀法

太平閒人 撰

載於抄本《妙復軒評石頭記》卷首，文字與光緒七年（一八八一）湖南卧雲山館刊行本《繡像石頭記紅樓夢》卷首略異。評者張師吉，字新之，晚號太平閒人，齋名妙復軒，山西平陸人，官至福建臺灣太守，於道光八年（一八二八）至三十年（一八五〇）評成《紅樓夢》。其基本觀點是：『《石頭記》乃演性理之書，祖《大學》而宗《中庸》』，『全書無非《易》道也』。在方法上，多循《易》理和陰陽五行之説，而較少文學藝術的批評，故此書儘管名噪一時，實多附會之説，只有個別之論，尚有所見，如云『是書叙事，取法《戰國策》、《史記》、三蘇文處居多』，『脱胎在《西遊記》，借徑在《金瓶梅》，攝神在《水滸傳》』等等。又堅決反對後四十回續

作説，力主《紅樓夢》一百二十回的完整性。

《紅樓》一書，不惟膾炙人口，亦且鐫刻人心，移易性情，較《金瓶梅》尤造孽，以讀者但知正面，不知反面也。間有巨眼能見知矣，而又以恍惚迷離，旋得旋失，仍難脱累。閒人批評，使作者正意，書中反面，一齊涌現，夫然後聞者足戒，言者無罪，豈不大妙。

《石頭記》乃演性理之書，祖《大學》而宗《中庸》，故借寶玉説：『明明德之外無書。』又曰：『不過《大學》、《中庸》。』是書大意闡發《學》、《庸》，以《周易》演消長，以《國風》正貞淫，以《春秋》示予奪，《禮經》、《樂記》融會其中。

《周易》、《學》、《庸》是正傳，《紅樓》竊衆書而敷衍之是奇傳，故云：『倩誰記去作奇傳？』

胡氏曰：『孔子作《春秋》，常事不書，惟敗常反理乃書於策，以訓後世，使正其心術，復常循理，交適於治而已。』是書實竊此意。

『世事洞明皆學問，人情練達即文章。』是此書到處警省處，故其鋪叙人情世事，如燃犀燭，較諸小説，後來居上。

通部《紅樓》，止左氏一言概之曰：『譏失教也。』

《易》曰：『臣弑其君，子弑其父，非一朝一夕之故，其所由來者漸矣。』故謹履霜之戒。一部《紅樓》，演一漸字。

《鶴林玉露》云：『《莊子》之文以無爲有，《國策》之文以曲爲直，東坡平生熟此二書，爲文唯意所到，俊辨痛快，無復滯礙。』我欲以此語轉贈《石頭記》。

是書叙事，取法《戰國策》、《史記》、三蘇文處居多。

《紅樓夢》脱胎在《西遊記》，借徑在《金瓶梅》，攝神在《水滸傳》。

《紅樓夢》是暗《金瓶梅》，故曰意淫。《金瓶梅》有《苦孝説》，因明以孝字結，此則暗以孝字結。至其隱痛，較作《金瓶》者爲尤深。

《金瓶》演冷熱，此書亦演冷熱。《金瓶》演財色，此書亦演財色。

今日小説，閒人止取其二：一《聊齋志異》，一《紅樓夢》。《聊齋》以簡見長，《紅樓》以煩見長。《聊齋》是散段，百學之或可肖其一；《紅樓》是整章，則無從學步，千百年後人或有能學之者，然已爲千百年後人之書，非今日之《紅樓》矣。或兩不相掩未可知，而在此書，自足千古。故閒人特爲着佛頭糞，其他續而又續，及種種效顰部頭，一概不敢聞教。

《紅樓夢》乃此書正名，而開首空空道人因空見色一段文中，有《石頭記》、《情僧録》、《風月寶鑒》、《金陵十二釵》諸名目，而絶無《紅樓夢》三字。即此便是捨形取影，乃作大主意。故凡寫書中人，都從影處着筆。

《紅樓夢》三字出於第五回，即十二釵之曲名，是《十二釵》爲夢之目，《情僧録》情字爲夢之綱。

故閒人於前十二回分作三大段，第一段結《石頭記》，第二段結《紅樓夢》，第三段結《風月寶鑒》，而《情僧録》、《十二釵》一綱一目在其中矣。

百二十大書，若觀海然，茫無畔岸矣，而要自有段落可尋。或四回爲一段，或三回爲一段，至一二回爲一段，無不界劃分明，囫圇吞棗者不得也。閒人爲指出之，省却閲者多少心目。

寶玉有名無字，乃令人在無字處追尋。所謂『喜怒哀樂未發之前』，又『先天本來無字』也。

是書叙釵、黛爲比肩，襲人、晴雯乃二人影子也。凡寫寶玉同黛玉事迹，接寫者必是寶釵；寫寶玉同寶釵事迹，接寫者必是黛玉。否則用襲人代釵，用晴雯代黛。間有接以他人者，而仍必不脱本處。乃一絲不走，牢不可破，通體大章法也。寫黛玉處處口舌傷人，是極不善處世、極不自愛之一人，致蹈殺機而不覺；寫寶釵處處以財帛籠絡人，是極有城府、極圓熟之一人，究竟亦是枉了。這兩種人都作不得。

或問是書因緣，何必内木石而外金石？答曰：玉石演人心也。心宜向善，不宜向惡。故《易》道貴陽而賤陰，聖人抑陰而扶陽。木行東方，主春生；金行西方，主秋殺。林生於海，海處東南，陽也；金出於薛，薛猶云雪，錮冷積寒，陰也。此爲林爲薛、爲木爲金之所由取義也。

此書凡演姻緣離合，其人如尤二、尤三、夏金桂等，不可枚舉，而無非演寶、黛、釵。凡演天人定勝，其人如王道、王醫、包勇、傻大姐等，不可枚舉，而無非演劉老老。换湯不换藥，如此而已。解如此觀，勢如破竹。

書中詩詞，悉有隱意，若謎語然。口説這裏，眼看那裏。其優劣都是各隨本人，按頭製帽。故不揣摩大家高唱，不比他小説，先有幾首詩，然後以人硬嵌上的。

是書名姓，無大無小，無巨無細，皆有寓意。甄士隱、賈雨村自揭出矣，其餘則令讀者自得之。有正用，有反用；有莊言，有戲言；有照應全部，有隱括本回；有即此一事，而信手拈來：從無有隨口雜湊者。可謂妙手靈心，指揮如意。

書中大致凡歇落處每用吃飯，或以爲笑柄，殊不知大道存焉。寶玉乃演人心，《大學》正心必先誠意。意，脾土也；吃飯，實脾土也；實脾土，誠意也。問世人解得吃飯否？

書中多用俗諺巧話，皆地道北語京語，不雜他處方言，有過僻，間爲解釋。

是書又總三大支：自第六回初試雲雨情至三十六回夢兆絳雲軒爲第一支，以劉老老爲主宰，以元春副之，以秦鍾受之，以北静王證之。自四十回三宣牙牌令至六十回吞生金自逝爲第二支，以鴛鴦爲主宰，以薛寶琴副之，以尤二姐受之，以尤三姐證之。自七十回無意遇鴛鴦至一百十三回鳳姐托村媪爲第三支，以劉老老、鴛鴦合爲主宰，以傻大姐副之，以夏金桂受之，以包勇證之。是又通身大結構。

一部《石頭記》，計百二十回，灑灑洋洋，可謂繁矣，而實無一句閒文。《〈石頭〉評》三十餘萬言，瑣瑣碎碎，亦可謂繁矣，而尚有千百剩義，是望善讀者觸類旁通，以會所未逮耳。

有謂此書止八十回，其餘四十回乃出另手，吾不能知。但觀其中結構，如常山蛇，首尾相應，安根伏綫，有牽一髮渾身動摇之妙，且詞句筆氣，前後略無差别，則所謂增之四十回，從中後增入耶？抑參差夾雜入耶？ 覺其難有甚於作書百倍者。 雖重以父兄命，萬金賜，使閒人增半回，不能也。 何以耳爲目，隨聲附和者之多？

閒人初讀《石頭記》，見寫一劉老老，以爲插科打諢，如戲中之醜脚，使全書不寂寞設也。 繼思作者既設科諢，則當時與燕笑，乃百二十回書中僅記其六至榮府，末後三至乃足完前三至，則但謂之三至也可，又若甚省而珍之者。 而且第三至在喪亂中，更無所用科諢，因而疑。 再詳讀《留餘慶》曲文，乃見其爲救巧姐重收憐貧之報也，似得之矣。 但書方第六回，要緊人物未見者正多，且於寶玉初試雲雨之次，恰該放口談情，而乃重頓特提，必在此人，又源源本本，叙親叙族，歷及數代，因而疑轉甚。於是分看合看，一字一句，細細玩味，及三年，乃得之，曰： 是《易》道也，是全書無非《易》道也。 太平閒人《石頭》批評實始於此。 試指出： 劉老老，一純坤也，老陰生少陽，故終救巧姐。 巧姐生於七月七日，七，少陽之數也。 然陰不遽陰，從一陰始。 一陰起於下，在卦爲姤☰☴。 以寶玉純陽之體，而初試雲雨，則進初爻一陰而爲姤矣，故緊接曰『劉老老一進榮國府』。 一陰既進，馴至於剥☶☷，則老老之象已成，特餘一陽在上而已。 剥，九月之卦也，交十月即爲坤☷☷，故其來爲秋末冬初，乃大往小來至極之時，故入手尋頭緒曰『小小一個人家』、『小小之家姓王』、『小小京官』，『小小』字凡三見，計六『小』字，悉有妙義。 乾三連即王字之三横，加一直破之，則斷而成坤。 其斷自下而上，初爻斷爲巽☴，巽爲長女，故爲母居女家。 二爻斷爲艮☶，艮爲狗，故婿名狗兒。 三爻斷爲坤☷，坤，臣道也，故做官與王姓聯宗，則因重之爲六畫之坤☷☷。自姤☰☴，而遁☰☶，而否☰☷，而觀☴☷，而剥☶☷，而坤☷☷，悉自小小而進，其勢甚利，不可制止，故聯宗爲勢利，而榮府正當盛時，其極尚遠，故爲遠族。狗兒之祖，但曰姓王，但曰本地人氏，而無名。本地人氏，坤爲地也，地道無成，而代有終，故不名，而名其子爲成，亦相繼身故也。狗兒一艮，王成亦即艮，艮東北之卦，萬物之所成終而所成始也，故曰成。東北爲春冬之交，故生子名板兒，板文木反，水令退木令反矣。又生一女名青兒，青乃木之色，由北生東，是即老陰生少陽也。艮在五行爲土，故以務農爲業。老寡婦無子息，陰不生也。久經世代者，貞元運會，萬古如斯。而聖人作《易》，扶陽抑陰，及至無可如何，而此生生不息之真種，必謹謹保留之，是則此謂劉老老也。劉，留也。奈何世人於身心性命之際，獨不理會一劉老老，而且爲王熙鳳之所笑？悲夫！

書中借《易》象演義者，元、迎、探、惜爲最顯，而又最晦。元春爲《泰》☷☰，正月之卦，故行大。迎春爲《大壯》☳☰，二月之卦，故行二。探春爲《夬》☱☰，三月之卦，故行三。惜春爲《乾》☰☰，四月之卦，故行四。然悉女體。陽皆爲陰，則元春《泰》轉爲《否》☰☷，迎春《大壯》轉爲《觀》☴☷，探春《夬》轉爲《剥》☶☷，惜春《乾》轉爲《坤》☷☷，乃書大消息也，歷評在各人本傳。

凡説部皆用○、丶、△、丨以分眉目，此可不必。緣其精義佳文奥旨經評出，無煩更爲抉摘，故本文但加單圈，評注但加單點，以界句讀而已。

是書因西府而生東府，爲珍所居，實爲寫一造釁開端之秦氏也。今改東府曰嬴國府，亦正與秦氏恰合，嬴，秦姓也。改賈二舍名曰琜，與其本音同，解亦同。

原刻綉像二十四幅，具合書意。其題辭則惟第一幅之石頭及結末之僧道，暗合書旨，《石頭》演一心，僧道演《易》理也；餘則悉從書面著筆，隱隱在若即若離、有意無意之間，皆出作者原手。今改原刻加語爲大板，其綉像畫幅題詞則照原本摹繪，以存其舊也。其有坊刻另本，綉像僅十五幅，有像無景，闕賈氏宗祠、太君、賈政王夫人、寶琴、紋綺岫煙、尤三姐、菱襲、晴雯、女樂九頁，其於書中情節則大謬。

（抄本《妙復軒評石頭記》）

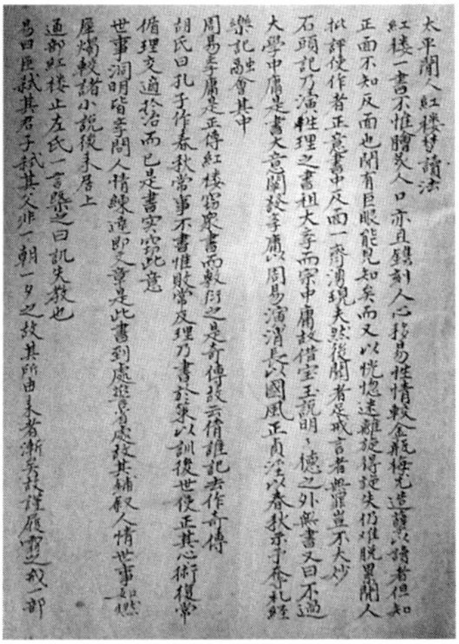
太平閒人紅樓夢讀法
紅樓一書不惟膾炙人口亦且鐫刻人心移易性情較金瓶梅尤造孽以讀者但知
正面不知反面也間有巨眼能見知矣而又以恍惚迷離旋得旋失仍難脫累閒人
批評使作者正意書中反面一齊涌現夫然後聞者足戒言者無罪豈不大妙
石頭記乃演性理之書祖大學而宗中庸故借寶玉說明、德之外無書又曰不過
大學中庸是書大意闡發學庸以周易演消長以國風正貞淫以春秋示予奪禮經
樂記融會其中
周易學庸是正傳紅樓竊眾書而敷衍之是奇傳故云倩誰記去作奇傳
胡氏曰孔子作春秋常事不書惟敗常反理乃書於策以訓後世使正其心術復常
循理交適於治而已是書實竊此意
世事洞明皆學問人情練達即文章是此書到處警省處故其鋪叙人情世事如燃
犀燭較諸小說後來居上
通部紅樓止左氏一言槩之曰譏失教也
易曰臣弒其君子弒其父非一朝一夕之故其所由來者漸矣故謹履霜之戒一部

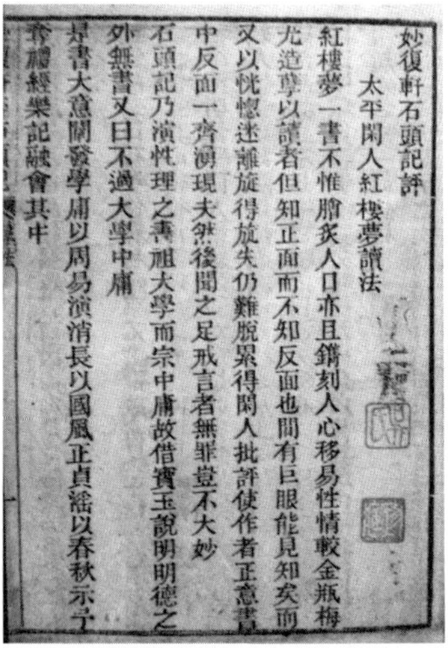
妙復軒石頭記評
太平閒人紅樓夢讀法
紅樓夢一書不惟膾炙人口亦且鐫刻人心移易性情較金瓶梅
尤造孽以讀者但知正面而不知反面也間有巨眼能見知究而
又以恍惚迷離旋得旋失仍難脫累得閒人批評使作者正意書
中反面一齊涌現夫然後聞之足戒言者無罪豈不大妙
石頭記乃演性理之書祖大學而宗中庸故借寶玉說明明德之
外無書又曰不過大學中庸
是書大意闡發學庸以周易演消長以國風正貞淫以春秋示予
奪禮經樂記融會其中

讀西遊補雜記

佚名　撰

載於空青室藏板本《西遊補》卷末，無署名。據卷首天目山樵（張文虎）序，作者當爲三一道人，書成於癸丑（一八五三）前後。文章論『情』曰：『情之在人，視其所用：正則爲佛，邪則爲魔。』作者明確《西遊補》的特點是寫『幻境』，寫得『離奇惝恍，不可方物』，『非思議所及』。此『種種幻境，皆由心生』；但同時又『人情世故，瑣屑必備，雖空中樓閣，而句句入人心脾』，是虛與實的美妙結合。作者又充分地肯定了小説家的作文技巧：『至其行文，有起有訖，有伏案，有繳應，有映帶，有穿插，有提挈，有過峽，有鋪排，有消納，有反筆，有側筆，有頓折，有含蓄，有平衍，有突兀，有疏落，有綿密。』且在小説之中鑲嵌了詩、歌、文、辭，乃至平話、戲曲等多種文體，『無不具體』，反映了當時人們心中的一種『能文』的小説觀。

《續西遊》摹擬逼真，失於拘滯，添出比邱靈虚，尤爲蛇足。《後西遊》瀟灑飄逸，不老婆婆一段，借外丹點化，生動異常；然小行者、小八戒未免窠臼。此於『三調芭蕉扇』後補出十六回之文，離奇惝恍，不可方物；未來世界入勘秦一段，尤非思議所及。至其行文，有起有訖，有伏案，有繳應，有映帶，有穿插，有提挈，有過峽，有鋪排，有消納，有反筆，有側筆，有頓折，有含蓄，有平衍，有突兀，有疏落，有綿密；且帙不盈寸，而詩、歌、文、辭、時文、尺牘、平話、盲詞、佛偈、戲曲，無不具體，亦可謂能文者矣。

前書羅刹女一案，實行者生平所未經，稍稍立脚不定，便入魔障；故《後西遊》以不老婆婆一段擬之。此則即借其意，從本文引入情魔，由情入妄，妄極歸空，爲一切世間癡情人説無量法。十六回書中，人情事故，瑣屑必備，雖空中樓閣，而句句入人心脾，是真具八萬四千廣長舌者。

行者第一次入魔是春男女，第二次入魔是握香臺，第三次入魔最深：至身爲虞美人。逮跳下萬鏡樓，尚有翠繩娘、羅刹女生子種種魔趣：蓋情魔累人，無如男女之際也。

或曰：『以鬥戰勝佛之英雄智慧，而困於情，可乎？』曰：『人孰無情？有性便有情，無情是禽獸也。且佛之慈悲，非佛之情乎？情之在人，視其所用：正則爲佛，邪則爲魔。是故勘秦檜，拜武穆，尋師父，莫非情也。情得其正，即爲如來，妙真如性。』

或問：『悟空之爲悟幻何也？』曰：『第二回提綱，大書「西方路幻出新唐」，明自此以下，皆幻境也。故起首特揭出「悟空用盡千般計，只望迷人却自迷」二句。夫迷悟空者，即悟空也。世出世間，喜怒哀樂，人我離合，種種幻境，皆由心造。心即鏡也。心有萬心，斯鏡有萬鏡。入其中者，流浪生死而不自知，方且自以爲真境。緑玉殿，見帝王富貴之幻；廷對秀才，見科名之幻；握香臺，見風流兒女之幻；項王平話，見英雄名士之幻；閻羅勘案，見功名事業、忠佞賢奸之幻。幻境也，鬼趣也，故以閻羅王終之。自跳出鬼門關，扯斷紅綫，艱難歷遍，覺悟頓生。然而小月王宫中之師父猶非真師父也。彈詞茗戰，以瀟灑爲悟；仿古晚郊，以閒適爲悟；擬古昆池，以山水爲悟；蘆中漁唱，以疏野爲悟。悟矣乎？猶未也。情根未絶，妄相猶存，命竟何如？不堪回首！始而悲，繼而哭，既而疑，終而亂，道味世味，交戰於中；大憤大怒，莫知所適；於此真實用力，然後憬然真悟，幻境皆空。蓋非幻亦空，始是立脚之處。虚空主人一喝：「悟空不悟空，悟幻不悟幻。」正爲將悟人對病發藥。蓋能悟幻，始能悟空。然但能悟幻，而未悟空，則其悟仍幻。用力有虚實，見道有淺深，此悟空悟幻之分也。』

三調芭蕉扇，其因也；波羅蜜王，其果也；言下指點，明示歸結。

曰虚空，曰主人，虚空有主人乎？虚空而無主人，是頑空也。然畢竟如何是虚空主人？請讀者下轉語。

按鈕玉樵《觚賸續編》云：『吴興董説，字若雨，華閥懿孫，才情恬適，淑配稱閨閣之賢，佳兒獲芝蘭之秀。中年以後，一旦捐棄，獨皈净域，自號月涵，所至之地，緇素宗仰，於是海内無不推月涵爲禪門尊宿矣。月涵於傳鉢開堂，飛錫住山之輩，視若蔑如；而身心融悟，得之典籍。每一出游，則有書五十擔隨之，雖僻谷之深，洪濤之險，不暫離也。余幼時曾見其《西遊補》一書，俱言孫悟空夢游事，鑿天驅山，出入莊老，而未來世界曆日，先晦後朔，尤奇。』據此，知《西遊補》乃董若雨所作。按若雨《豐草庵雜著》凡十種，曰：《昭陽夢史》，《非煙香法》，《柳谷編》，《河圖卦版》，《文字障》，《分野發》，《詩律表》，《漢鐃歌發》，《樂緯》，《掃葉録》。其見於《四庫全書總目》者，有《七國考》十四卷；見於《存目》者，有《易發》八卷，《運氣定論》一卷，《天官翼》無卷數，及《漢鐃歌發》一卷而已。朱竹垞《明詩綜》云：『董説，字若雨，烏程人，晚爲僧，名南潛，字寶雲，有《豐草庵》等十八集。』《易發提要》云：『董説，字若雨，湖州人，黄道周之弟子也。後爲沙門，名南潛。其論《易》專主數學，兼取焦、京、陳、邵之法，參互爲一，而推闡以己意，其根柢則黄氏《三易洞璣》也。』然則若雨爲僧後，改名南潛，字寶雲，而月涵乃其别號。所著諸書，惟《七國考》刊於雪枝從父《守山閣叢書》爲最著，其餘皆就湮没，故《西遊補》一書，宜亟刊之以傳世也。

問：『《西遊補》，演義耳，安見其可傳者？』曰：『凡人著書，無非取古人以自寓。書中之事，皆作者所歷之境；書中之理，皆作者所悟之道；書中之語，皆作者欲吐之言。不可顯著而隱約出之，不可直言而曲折見之，不可入於文集而借演義以達之。蓋顯著之露，不若隱約之微妙也；直言之淺，不若曲折之深婉也；文集之簡，不若演義之詳盡也。若雨令妻賢子，處境豐腴，一旦棄家修道，度必有所大悟大徹者，不僅以遺民自命也。此書所述，皆其胸膈間物。夫其人可傳也，其書可傳也，傳其書，即傳其人矣。雖演義，庸何傷？」

第四回云：「堯舜到孔子是『純天運』。」按董君之學出於黄石齋。石齋《易象正》以周桓元年當《蒙》卦，則非其師説。而宋牛無邪傳邵子之學，以堯之世當《賁》，則亦非邵學。其所著《易發》中，其《天官翼》以章蔀紀元元會運世立論，謂曆數出於卦爻，所列恒星過宫、年干入卦二表，以星次遞相排比，至帝堯甲子，適值『張』、『心』、『虚』、『昴』，居四仲之中，與《堯典》中星合，遂據以爲上溯下推之證。則其用卦爻起曆，蓋以堯時爲本，正與《西遊補》中語相應。軌革之術，隨人推衍，本無一定也。玉史仙人似影指宣聖而言。八卦爐中，殆其自謂。

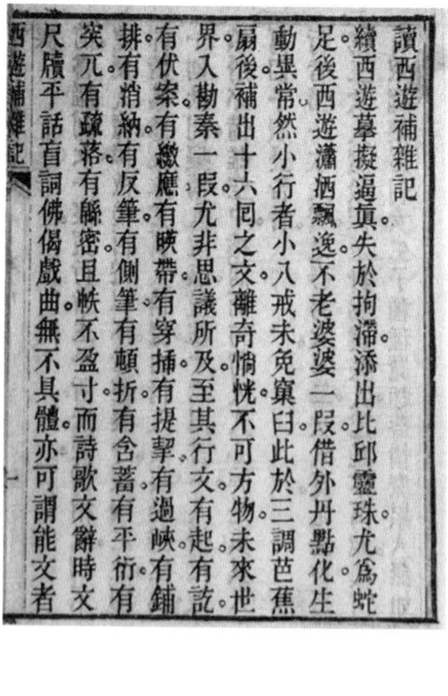
讀西遊補雜記
續西遊摹擬逼眞失於拘滯添出比邱靈珠尤爲蛇足後西遊瀟洒飄逸不老婆婆一段借外丹點化生動異常然小行者小八戒未免窠臼此於三調芭蕉扇後補出十六回之文離奇惝恍不可方物未來世界入勸素一段尤非思議所及至其行文有起有訖有伏案有繳應有映帶有穿插有提挈有過峽有鋪排有消納有反筆有側筆有頓折有含蓄有平衍有突兀有疏落有緜密且帙不盈寸而詩歌文辭時文尺牘平話盲詞佛偈戲曲無不具體亦可謂能文者
西遊補雜記

三一道人評閱

西遊補

空青室藏板

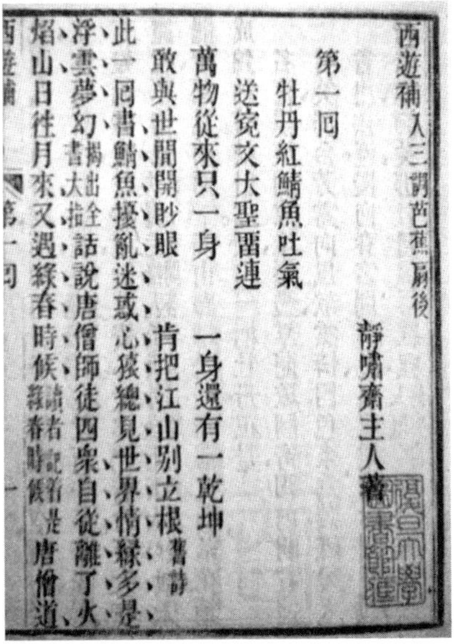

西遊補入三調芭蕉扇後　靜嘯齋主人著

第一回

牡丹紅鯖魚吐氣

送冤文大聖留連

萬物從來只一身　一身還有一乾坤

敢與世間開眇眼　肯把江山別立根書詩

此一回書鯖魚擾亂迷惑心猿總見世界情緣多是浮雲夢幻揭出全書大指話說唐僧師徒四衆自從離了火焰山日往月來又過綠春時候綠春時候讀者記着是唐僧道

西遊補　第一回　一

讀紅樓夢綱領

姚燮 撰

有慈谿魏友棐藏姚燮稿本。一九三八年，經魏校寫後交同鄉洪荆山在其主筆的《遠東日報》上連載，未完。一九四〇年上海珠林書店鉛印出版時，曾題作《紅樓夢類索》。卷首有咸豐十年（一八六〇）姚燮自序，稱『雪芹曹氏，以涵古蓋今之學，撰空前絶後之書』，自己『園居之暇，分類蒐輯之，爲讀者作南針之指，而以鄙見所獲者附之』。作者姚燮（一八〇五—一八六四），字梅伯，號復莊，别署野橋、大梅山民等，浙江鎮海人，道光舉人，善詩、詞、曲、駢文，又長於繪畫。有關於《紅樓夢》的評點，先於光緒十年（一八八四）由同文書局印於《增評補像全圖金玉緣》，後經廣百宋齋鉛印後廣爲流行。此《讀紅樓夢綱領》卷一爲『人索』，分本族、親屬、内眷、性情容貌述、稱謂等項；卷二爲『事索』，分幻境寓言集述、紀年、都邑第宅、器物、藝文等項；卷三爲『餘索』，分叢説、糾疑、諸家撰述提要等項。全書主要是資料排比，唯『餘索』中的『叢説』與『糾疑』兩項，更類小説話，被一粟《紅樓夢卷》全録。作者在此所作的分析，有的確實有利於對作品的理解，如將『兩府中上下内外出納之財數』一一列出，以證書中所云花錢『如淌海水者』；又如將『寶、黛二人相見争慪之事』、寶玉細心體貼園中姐妹、丫頭及『立誓之奇』等等一一排比，對認識人物性格頗有幫助。也有個别地方直接表露了姚氏的藝術見解，如云『赦老純乎官派氣，政老純乎書腐氣，珍兒純乎財主氣，璉兒純乎蕩子氣，蓉兒純乎油頭氣，寶玉純乎傻子氣，環兒純乎村俗氣，我惟取蘭哥一人』。

原序

雪芹曹氏，以涵古蓋今之學，撰空前絶後之書，灑灑洋洋，爲卷者百有二十。上自公卿，下及屠販，罔不讀之而嘖嘖然稱道之。然心解者少，耳食者多，大抵經緒紛繁，得此遺彼，信非澄心默識，有不能辨其途者。園居之暇，分類搜緝之，爲讀者作南針之指，而以鄙見所獲者附之。至章晰條分，余别有著，兹不復孱云。心無所用，較已猶賢，姑分爲二册存稿。暇日校補完成，再行分卷可耳。

咸豐十年庚申秋七月復翁手抄。

魏序

是書原名《讀紅樓夢綱領》，分上下兩卷，鎮海姚梅伯先生遺著也。先生以駢文名家，能書畫，好讀《紅樓夢》説部，今坊間有大某山人手批《紅樓夢》本，即出先生手筆。是書總括全書，因類指事，綱目井然，雖餘事，非能手不辨也。前年春，余理故籍，得是書，識爲先生手稿，乃爲校寫一過，謀付剞劂。會故友同里洪通叔君主筆《遠東日報》，見而好之，因索副本排日刊登報端，未終卷而報紙中輟。復一年，洪君亦歸道山。校印既竣，言念故人，彌深黄罏之痛矣！

中華民國二十九年十月慈谿魏友棐識於穹樓

目録

卷三　餘索

卷一　人索

本　族　附王公勛爵

寧榮二公世系圖

始祖東漢賈復

寧，榮二公一母同胞，作第二世。

寧國公　演——長子，配無考，寧公府第爲東府，生四子，餘俱無考。

第三世　代化——寧公長子，配無考，生二子。

第四世　敷——代化長子，八九歲早死

敬——代化次子，世襲，配無考，生子一，又生一女惜春。

第五世　珍——敬冢子，世襲，配尤氏，生子一。

第六世　蓉——珍子，配秦氏，續胡氏，無出。

第二世

榮國源公 源一作法，次子，配無考。生數子，餘不傳。榮公府第爲西府。

第三世

代善 榮公子，世襲，配史氏，生二子三女，一女適林海，生黛玉，其二女不傳，無考。

第四世

赦 代善長子，世襲，配邢氏。生二子一女，女名迎春，庶出。

政 代善次子，配王氏，生二子一女，女名元春，妾趙氏生子一，女一名探春。

第五世

赦——□ 長子早死，失名無傳。

　　——璉 赦次子，配王氏，生女一巧姐，無子。

政——珠 政長子，早卒，配李氏，生一子。

　　——寶玉 政次子，配薛氏。

　　——環 政三子，庶出未聘。

第六世

珠——蘭 珠子，未聘。

王公勛戚內外官爵人考

東平郡王

南安郡王

西寧郡王

北静郡王（名世榮。右稱四王）
南安郡王之孫
西寧郡王之孫（右二王孫，於秦氏喪時來吊奠）
勛襲東安郡王穆蒔
忠順親王
西平郡王（奉旨賈府查抄者）
樂善郡王（拜賈太君壽者）
永昌駙馬（拜賈太君壽者）
鎮國公牛清之孫現襲一等伯牛繼宗
理國公柳彪之孫現襲一等子柳芳
齊國公陳翼之孫世襲三品威鎮將軍陳瑞文
治國公馬魁之孫世襲三品威遠將軍馬尚
修國公侯曉明之孫世襲一等子侯孝康
繕國公之孫石光珠（右六家與寧、榮二府稱八公）
義忠親王（後壞事，革職）
外藩王爺（賈芸騙賣巧姐者）

平原侯之孫世襲二等男蔣子寧
定城侯之孫世襲二等男兼京營游擊謝鯤
襄陽侯之孫世襲二等男戚建輝
景田侯之孫五城兵馬司裘良
錦鄉侯韓
川寧侯
保寧侯
忠靖侯史鼎（即史侯，湘雲之叔，賈太君之侄，一作中靖侯。合上七家稱八侯）
寧國公賈演
榮國公賈源（或作賈法，二人兄弟，一母同胞生）
寧國公子原任京營節度使世襲一等神威將軍賈代化
世襲榮國公賈代善（史太君之夫，政、赦之父）
丙辰科進士追賜五品職銜賈敬（代化次子，珍父）
世襲一等將軍賈赦（世襲榮國公代善長子，璉父，字恩侯）
授額外主事銜入部學習升工部員外郎郎中欽命學差放江西糧道降職工部員外上行走後承襲榮國公世職賈政（世襲榮國公代善次子，寶玉父，字存周）

世襲三品爵威烈將軍賈珍（敬之子，蓉父，後革職發海疆效力）
現捐同知銜賈璉（赦次子。　璉有兄，其名失傳）
中式丙辰第七名鄉魁賜號文妙真人賈寶玉（政次子）
防護內廷紫禁道御前侍衛五品龍禁尉賈蓉（應天府監生，珍子）
丙辰科中式一百三十名舉人賈蘭（政長男珠之子）
　以上賈氏本支
進士出身蘇州知縣復選金陵應天府轉升御史擢吏部侍郎署兵部尚書京兆府尹兼管稅務協理軍機參
　贊朝政大司馬賈化（字時飛，號雨村，湖州籍，後革職）
太師鎮國公賈化（名與雨村同，被王忠所劾）
世襲三等職銜賈範（縱放家奴殺死節婦，被劾）
　右三家寧榮外族或遠支
蘭臺寺大夫欽點巡鹽御史賜探花及第出身林海（字如海，姑蘇籍，列侯之裔，爲賈代善婿，黛玉之父）
京營節度使升九省統制奉旨出都查邊特進內閣大學士賜謚文勤王子騰（賈政舅兄，王夫人弟，鳳姐
　叔）
國子祭酒李守中（李紈父，金陵人）
鎮守海門等處總制周瓊（探春夫之父）

世襲指揮現在兵部候缺推升孫紹祖（迎春夫，大同府人，其祖上軍官出身，乃寧榮門生）
工部營繕郎秦邦業（可卿之父，蓉之岳父）
欽差金陵省體仁院總裁甄應嘉（字友忠，甄寶玉父，功勛之後，賈府老親）
　以上賈府親
特晉爵太傅前翰林院掌院王希獻
長安節度使雲光
永興節度使黄
永興節度使馮胖子
雲南節度使王忠（獲私帶槍藥者）
安國公（征剿越寇者）
慶國公
江西巡撫吴大人（升見時保舉賈政者）
南韶道張大老爺（邢夫人親戚）
蘇州刺史李孝
京畿道胡老爺（蓉續配之父）
梅翰林

楊侍郎
李員外（上三人，賞菊時送寶玉筆墨玉扇等物者，皆政之友）
通判傅試（賈政門生）
神武將軍馮唐（紫英之父）
廣西同知
趙侍郎（清虚觀醮時送禮者）
樞密院大人（賈政朝中所見者）
平安節度使（見六十八回）
樞密張老爺（以王子騰訃聞者）
長安府知府
太平縣知縣（以薛蟠案革職）
平安州知州（爲李御史所參）
保寧侯之子（王子騰之婿）
北静王府長史
錦衣府趙全（亦稱户部堂官老趙）
粤海將軍鄔

臨昌伯
臨安伯
六宫都太監夏秉忠
大明宫掌宫内監戴權
總理内廷都檢點太監裘世安
忠順府長府官（至榮府索琪官者）
孫大人（欲與賈府求親者）
王大爺（替寶玉做媒者）
王大人（在散花寺做水陸道場者）
廣東的官兒（來賈府拜會者）
嚴老爺（拜士隱者）
王老爺（拜雨村者）
于老爺（智能之師父，净虚所往者）
胡老爺（在饅頭庵念《血盆經》者）
總理虚無寂静教門僧録司正堂萬虚
總理元始正一教門道紀司葉生

敕號大幻仙人現掌道録司印加封終了真人清虚觀張法官

以上九十四人或軼名姓，皆有事實

賈氏本族人考

賈敷（敬之兄，早殀）

賈珠（政長子，十四歲入學，早死，李紈之夫）

賈環（政第三子，妾趙氏出）

賈代儒（寶玉師）

賈代修（二人代字輩）

賈敕

賈效

賈敦（三人文字輩，赦、政從兄弟）

賈琮（養賈赦處年尚幼）

賈㻞

賈瓊（清虚觀醮時上二人同往與事）

賈珩

賈瓔

賈玳
賈琛
賈璘（上五人秦氏喪時俱集，瓊、琛、璘三人派陪客者）
賈瑞（字天祥，代儒孫，死於王鳳姐手）
賈璜（行大，故其妻金氏稱璜大奶奶，二府嫡派。以上玉字輩）
賈薔（正派元孫，跟賈珍過活，於省親時下姑蘇聘教習、採買女孩子、置辦樂器行頭等事，後在梨香院教習，即總理日月出入銀錢等事，及諸凡大小所需物料帳目）
賈藍
賈菌（上二人俱榮府近派重孫，與寶玉嘗同塾。菌少孤）
賈芸（住西廊上，五嫂子之子，一作後廊上。園中派管花木工程事，皆呼爲廊上二爺）
賈菖
賈菱（上二人俱在鳳姐麾下辦事）
賈芹（住榮府後街上，管小和尚道士，稱爲三房裏老四）
賈蓁
賈萍（曾與菖、菱二人監大觀園刻石工，寶玉遭五鬼時嘗過望）
賈藻

賈蘅
賈芬
賈芳
賈芝（以上於秦氏喪時俱集）
賈荇
賈芷（二人見祭宗祠時。以上草字輩）

以上三十四人見前，官爵考者不重載。

親　屬 附門客僮僕

親　屬

邢德全（赦妻邢氏之弟，稱傻大舅）
邢忠（岫煙之父）
王子勝（政妻王氏弟，即子騰弟，其大兄即鳳姐之父，無考）
李紈之兄（失名，五十三回接紈、綺等去家住者）
王仁（璉妻王氏兄）
卜世仁（賈芸母舅）

薛蟠（字文起，皇商，金陵籍，薛姨媽之子，寶玉表兄并妻舅）
薛蝌（蟠從弟，寶琴兄）
秦鍾（字鯨卿，蓉妻秦氏弟，邦業子）
甄寶玉（應嘉之子，李綺之夫）
周統制少君（探春夫，政婿）
周富户的兒子（巧姐夫，璉婿）
金榮（璜妻之侄）
王成（本京人，與子騰聯族，東府中認親者）
王狗兒（王成子，即劉老老之婿）
王板兒（狗兒子，劉老老外孫）

以上十六人

門　客

詹光（字子亮，善棋能畫，工細樓臺。詹光者，借光也）
單聘仁（善騙人也）
卜固修（不顧羞也）
胡斯來（來言賴也）

程日興（本古董客，能畫美人）
嵇好古（善琴）
王作梅（字爾調，善棋）

以上七人

家人僮僕

來陞（寧府都總管，嘗辦敬老生日筵席）
賴陞（即賴二，寧府大總管）
賴大（榮府總管，同辦建造大觀園事）
賴尚榮（賴大之子，後捐知縣）
林之孝（賈家世僕，收管各處田房事務）
吴新登（銀庫房總領，同辦建造大觀園事）
戴良（倉房頭目，與賴大、吴新登并經營出入帳目）
余信（登各廟月例銀）
周瑞（管各莊頭蔬果税等，即經管春秋兩季地租。子兼跟爺們出門事）
來旺（即旺兒，爲鳳姐鷹犬）
張材（管繡匠工）

趙天梁
趙天棟（二人爲賈璉乳母趙嬤嬤之子，司採辦女樂等事）
趙國基（趙姨兄弟）
司棋父秦管家（在寧府服役）
秦顯（在榮府）
費大娘的兒子（邢夫人陪房之子）
金彩（鴛鴦之父，在南京看房子）
金文翔（金彩子，賈母處買辦）
錢華（買辦）
王興
錢槐（趙姨内親，派跟賈環上學）
錢槐的老子（在庫上管帳）
俞禄（東府小管家）
吴貴（即貴兒，晴雯姑舅哥哥，伺候園中買辦雜差）
旺兒的小子（求彩霞爲妻者）
彩哥（鳳姐遣送賴嬤嬤東西者）

柳氏的侄兒
柳家的哥哥（二人皆榮府當差）
何三（周瑞乾兒子）
包勇（甄府薦來，後仍還甄府）
李德（揭門口揭帖者）
鮑二
焦大（老僕）
昭兒
李貴（寶玉乳媽李嬷嬷之子）
王和榮
錢啓
張若錦
趙亦華（以上五人俱跟寶玉）
茗煙（葉媽子，即焙茗）
掃紅
鋤藥

墨雨
引泉
掃花
挑雲
伴鶴
雙瑞
壽兒（以上俱寶玉小廝）
喜兒
壽兒（二人珍童）
住兒（二門外該班小廝）
隆兒
興兒
慶兒（以上三人璉之童）
黑兒（管花果老婆子家中人）
拴兒（赦之童）
多渾蟲（榮府廚子）

李十兒（賈政江西任上門上）
周二爺（江西任上用）
烏進孝莊頭
郝家莊莊頭
霍啓（甄士隱家人）
杏奴（柳湘蓮小厮）
賴林兩家子弟老大老三（與芸、薔、王仁等同飲者，合二人）
賈政的小厮頭兒
看尤二姐新房老頭兒

以上六十九人

雜流人品

吴天祐（吴貴妃之父）
梅翰林之子（薛寶琴夫）
沈世兄（逸其名，寶玉嘗赴飲）
史湘雲之夫（無姓名可考，所云爲人和平，學問又好者）
馮公子紫英（神武將軍之子）

錦鄉伯公子韓奇
陳公子也俊
衛公子若蘭
長安府小舅子李衙内
長安守備的公子
仇都尉的兒子（被紫英打傷）
皇糧莊頭子張華（尤二姐原夫）
甄費（字士隱，蘇州人）
封肅（士隱岳父，大如州人）
冷子興（京中古董客，周瑞之婿）
張如圭（揚州人，雨村同僚一案被參人）
馮淵（小鄉紳之子，與薛蟠争英蓮被蟠打死）
香憐
玉愛（二人寶玉同塾）
花自芳（襲人之兄）
張德輝（薛氏典中攬總）

柳湘蓮（行二，或稱小柳，本世家子弟）
王信（爲鳳姐料理尤二姐訟事）
李祥（同薛蝌經理蟠兒人命事）
吴良（太平縣民，薛蟠案中人）
當槽兒張三（李家店被蟠以碗砸死）
張大（張三之父）
張二（張三之叔）
潘三保（馬道婆案中人）
鮑音（鎮國公家人，私帶槍藥案首犯）
時福（賈範案中首犯）
石獃子（售古扇人，爲雨村陷害）
詹會（江西糧道署糧房書辦）
夏三（金桂之兄）
拐香菱的拐子
胡山野子（起造大觀園籌畫圖樣者）
潘又安（司棋表兄）

馬販子王短腿（倪二賭處）
花兒匠方椿（住西門外賈芸買樹處）
醉金剛倪二（賈芸緊鄰）
周太監
小旦蔣琪官（即蔣玉函）
小么兒兩人（東府賭時勸傻大舅酒者）
卜者毛半仙
測字劉鐵嘴
張友士（本紫英從學先生）
鮑太醫
王濟仁
王君效（本太醫院）
胡君榮
畢知庵（上六人皆醫士）
鐵檻寺住持色空
葫蘆廟小沙彌（後在雨村處當門子）

智通寺老僧
真人府法官（在大觀園驅邪者）
老王道士（即王一貼，居西城門外天齊廟）
玉皇閣張道士
清虚十三歲小道士
癞和尚
跛道人（二人即茫茫、渺渺之化身也）
曹雪芹

以上六十二人

内　眷 附妾婢

賈氏内屬

賈代善妻史太君（即賈母。金陵史侯女，湘雲之祖姑也，赦、政之母）
賈赦妻邢氏（即邢夫人。邢德全姊，璉之母）
賈政妻王氏（即王夫人。王子騰姊。或以爲子騰妹，非也。九十六回子騰死，有王夫人哭弟云云。
王夫人行二，上有姊，無考）

賈珍妻尤氏（其出無考。尤老娘乃其繼母，尤氏非其所出。蓉之母）

賈璉妻王氏熙鳳（王夫人大兄之女，父名無考。觀十四回鳳姐寫家信稟叩父母，則斯時鳳之二親猶在）

賈珠妻李氏紈（字宫裁，李守中女，賈政媳，早寡，蘭母）

賈寶玉妻薛氏寶釵（薛蟠妹，薛姨媽女，政次媳，金陵人）

賈蓉妻秦氏可卿（字兼美，爲秦邦業從養生堂抱養女，五品宜人，珍之媳，寧府冢婦也）

賈蓉續配胡氏（京畿道胡之女）

適林氏賈敏（史太君女，赦、政胞妹，適林如海，黛玉之母。按賈敏姊妹三人，敏行三，其二姊早死失傳）

由女史晉封鳳藻宫尚書加封賢德妃謚賢淑貴妃賈元春（政之長女，王夫人出）

適孫氏賈迎春（赦庶出，逸其母姓，從小依王夫人處。適孫紹祖）

適周氏賈探春（政妾趙氏出，適周總制之子）

賈惜春（敬出。母姓無考，珍之胞妹也。未字，依王夫人處）

適周氏賈巧姐（賈璉女，赦孫女，王熙鳳出，適周富户之子。以上賈氏二府）

賈璜妻金氏（金榮之姑）

賈芸母五嫂子卜氏（卜世仁之妹）

賈㻞母

賈瓊母（以上二人姓氏無考）
賈喜鸞（瑞妹）
賈四姐（瓊妹）
賈芹母周氏
賈藍母婁氏（以上賈府族中女眷）

以上二十三人

賈氏姻眷

邢嫂子（邢夫人之嫂）
邢岫煙（邢嫂之女，與薛蝌爲妻）
舅太太王子騰夫人（王夫人弟婦）
王子騰之女（與保寧侯之子爲妻）
薛姨媽（王夫人妹，寶釵母。本書香族，有百萬之富。蟠母）
薛寶琴（薛姨媽侄女，蝌妹，爲王夫人乾女兒，適梅氏）
夏金桂（薛蟠妻，在户部挂名行商稱桂花夏家之女，與薛蟠本姑舅兄妹，供奉内用桂花，故稱桂花夏家）
夏奶奶（金桂之母）

史湘雲（賈母侄孫女兒，無父母，依其叔子小侯爺家）
李嬸（李紈之嬸，寡婦）
李紋
李綺（二人李嬸女，紈從妹也。綺適甄寶玉）
尤老娘（尤氏繼母）
尤二姐（賈璉私娶，爲鳳姐逼勒吞金死）
尤三姐（上二人，尤老娘前夫所生女。三姐自刎死）
甄太太（甄應嘉妻，甄寶玉母，賈府老親）
甄府三姑娘（甄太太女。按書中叙甄府，有甄府老太太，甄府兩位小姐及甄府别位太太云云，俱不列）
林黛玉（字顰兒，寶玉字之以顰卿。林如海女，賈母外孫女也。小依賈府）

以上十八人

乳娘僕婦

王嬷嬷（即王奶媽，黛玉乳母，自揚州帶來者）
李嬷嬷（寶玉奶媽。玉之奶媽有四人，餘不傳）
趙嬷嬷（璉乳母。趙天梁、天棟之母）

周奶媽（湘雲乳母）
李媽（巧姐乳母）
賴嬷嬷（賴大之母）
宋媽媽（在怡紅院當差，即老宋媽媽）
費婆子（即費大娘，邢夫人陪房）
周瑞家的（王夫人陪房）
旺兒媳婦（即來旺家的，鳳姐陪房）
王善保家的（邢夫人陪房）
吴興家的
來喜家的（右二人與周、來等稱五家陪房）
程華家的
吴新登媳婦（即吴大娘）
鄭時好媳婦
賴陞媳婦
來陞媳婦（寧府有頭腦之内總持）
王興媳婦（榮府）

白老媳婦（金釧、玉釧母）

老王家的

張材家的

金文翔媳婦（鴛鴦之嫂）

趙二家的

夏婆子（藕官乾娘，在賈母處，漿洗上頭兒，小蟬之老娘）

單大娘（即單大家的）

老祝媽（管園中竹子。其老頭并兒子本代代管竹子者）

老田媽（管稻香村種植，本出身種莊家的）

老葉媽（焙茗娘，稱誠實老人家，管園中花木）

鶯兒的媽（葉媽親戚）

秦顯家的（司棋嬸子）

柳家媳婦（曾當梨香院女樂差使，撥入内小厨房，即柳家的。柳五兒之娘）

傻大姐的娘（漿洗處當差）

玉柱兒媳婦（迎春乳母之媳）

迎春的乳母

柳家媳婦之妹

林之孝兩姨親家（以上三人賭案中之頭家）

何媽（春燕娘，芳官乾娘，嘗派管梨香院女樂，即欲爲寶玉吹湯者）

鮑二家的

林之孝家的

吴貴媳婦

賴大家的

春燕的姑媽

墜兒的母親

余信家的

周瑞家的女兒

園中後門上值日婆子

後門上張媽

孫家婆子（迎春病中遣來的）

史侯家女人（史府使至賈母處者）

外藩王爺家女人（到邢夫人處相巧姐的）

龔婆子（寶玉打時托其傳信者）
薛家婆子（送蜜餞荔支與黛玉，又金桂爺死來王夫人處傳話者，今并作一人）
傳試家女人（本有三四人）
甄府女人（來賈府本有四人）
駕娘（園中撑船者）

以上五十六人。凡如晴雯、綺霞的老子娘之類其無考者，概不列入。

妾婢

嫣紅（年十七，銀八百兩所買者）
翠雲（上二人，賈赦妾）
趙氏（即趙姨娘，生賈環、探春。趙國基妹）
周氏（即周姨娘。上二人賈政妾）
佩鳳
偕鸞（上二人珍妾）
文花（同上，書中嘗云東府丫鬟侍妾等，其名多不傳）
秋桐（璉妾，賈赦所賞）
平兒（本鳳姐陪嫁婢，爲璉妾。鳳姐陪嫁婢四人，餘已嫁，只剩平兒一人）

嬌杏（本甄家婢，爲雨村妾）
花襲人（本名珍珠，花自芳妹，從賈母房中撥與寶玉者。先服侍賈母，次湘雲，後派與寶玉，終嫁蔣玉函）
秋紋
晴雯（先是賴大買與賈母，賈母遣侍寶玉，被讒攆出死）
麝月
綺霞
碧痕
茜雪（早攆去。次一等丫頭）
四兒（即蕙香，本名芸香，襲人改爲蕙香，與晴雯同時攆。次一等丫頭）
檀雲（自廿四回其母病接去家中後，不復入賈府）
林小紅（本名紅玉，林之孝女兒，後爲鳳姐要去。次一等丫頭）
柳五兒（柳嫂子女兒。以上俱大丫頭）
佳蕙
墜兒（以偷鐲被攆）
何春燕（何媽的女兒）

未留頭小丫頭(攏綺霞花樣叫小紅描者。以上十五人,俱寶玉房中。據書云,除襲人外,晴雯等大丫頭七人,名亦不全。又寶玉房中小丫頭八人,亦無全名可考)

金鴛鴦(金彩女,金文翔妹,賈母死後縊殉)

琥珀

鸚鵡

珍珠(補襲人闕,故仍名珍珠)

翡翠

玻璃

傻大姐(以上俱賈母房中。賈母房中大丫頭八人,餘名不傳。大姐係粗使婢)

白金釧(白老媽女兒,投井死)

白玉釧(金釧妹)

彩雲(與環兒有首尾)

彩霞

彩鳳

綉鳳

綉鸞(上四人,寶玉過王夫人俱在廊檐下站班)

彩鸞（以上俱王夫人房中）

甄香菱（即士隱女英蓮，被拐兒掠賣者，後爲薛蟠妾）

同喜

同貴（以上薛姨媽處）

臻兒（香菱小婢）

小霞（彩霞妹）

小吉祥兒

小鵲（以上趙姨房中）

銀蝶兒（尤氏婢）

瑞珠（秦氏婢，觸柱殉死）

寶珠（秦氏婢，爲秦氏義女，持喪後不知所終）

豐兒

彩明（鳳姐房中平兒以外，惟此二人有名。按鳳姐生日有爲賈璉看門小丫頭二人，不傳其名，姑即事序列於後）

穿廊下站立小丫頭

院門前探頭兒小丫頭

素雲
碧月（上二人李紈婢。按李紈陪嫁丫頭俱早遣出，故名不傳）
抱琴（元妃婢）
秦司棋（其父寧府僕，抄園後攆出，爲潘又安觸石死）
綉橘
小蓮花兒（以上迎春房中）
侍書
翠墨
小蟬兒（以上探春房中）
入畫
彩屏（即彩兒。二人惜春婢）
黄金鶯（即鶯兒）
文杏（二人寶釵婢）
紫鵑（自賈母房中撥與黛玉）
雪雁（黛玉自南邊家中帶來者，後配小斯）
鸚哥（賈母撥侍黛玉，後仍伏侍賈母）

春纖（上四人黛玉房中）
翠縷（湘雲婢）
小螺（寶琴婢）
篆兒（岫煙婢）
寶蟾
小舍兒（二人金桂婢）
萬兒（東府婢）
可人（早死）
良兒（嘗偷玉者）
定兒
善姐（鳳姐遣事尤二姐者）
尤二姐新房丫頭（本有二人，名不傳）
妙玉的侍兒（嘗跟妙玉至賈母處望病）

以上八十三人。據書云：賈府姐妹自乳母外，另有四個教引媽媽，除貼身掌管釵釧盥沐二個丫頭外，另有四五個灑掃房屋來往使役小丫頭，今有名者止此。

女　伶 後分派各房服役

旦齡官（即畫薔之椿齡，不知所終）
旦文官（派與賈母）
小生寶官
正旦玉官（上二人遣後不知所終）
正旦芳官（何媽乾女兒，派入怡紅院，後拜智通作師爲尼）
大面葵官（派與湘雲）
小旦蕊官（派入蘅蕪院）
小生藕官（派入瀟湘館。以上二人後皆拜圓信爲師，出家地藏庵中）
小面荳官（派與寶琴）
老外艾官（派與探春）
老旦茄官（派與尤氏）
小旦藥官（早死）

以上十二人。

女　冠

妙玉（蘇州人，住大觀園櫳翠庵中，帶髪修行，本仕宦之後，身邊有二個老嬷嬷，一個丫頭伏侍，從本

京西門外牟尼院聘來，盜劫去不知所終）
妙玉之師父（能演先天神數）
水仙庵老姑子
净虛（饅頭庵老姑子）
智能
智善（智能師兄）
智通（三人皆净虛之徒，住水月庵，即饅頭庵也）
鶴仙（水月庵女小道士）
沁香（水月庵小女沙彌。以上二人賈芹犯事者）
圓信（地藏庵尼。按庵中兩個姑子，嘗至賈府，其一名不傳）
大了（散花寺姑子）

以上十一人。

女屬拾餘

老太妃
周貴妃
吳貴妃

南安王太妃
北静王太妃
西安郡王妃
北静王妃
鎮國公誥命
錦鄉侯誥命
臨昌伯誥命
楊提督太太
忠靖侯史鼎夫人
封氏（甄士隱妻，香菱生母）
劉氏（王狗兒之妻，劉老老女）
胡氏（璜嫂子之嫂，金榮母）
張王氏（張二屍親）
王奶奶（住卜世仁對門）
劉老老（本京人，老寡婦，狗兒妻母）
張金哥（長安張財主女）

卜銀姐（卜世仁女兒）
襲人之母
司棋之母
税官的女兒（芸兒爲寶玉説親者）
張小姐（南韶道女兒，爾調爲寶玉作媒者）
傅秋芳（傅試之妹）
青兒（劉老老外孫女）
村莊中紡紗女子（稱二丫頭者）
紅衣女（襲人兩姨妹子）
多姑娘兒（多渾蟲妻，後嫁鮑二）
馬道婆（寶玉寄名乾娘，後以巫蠱事發就刑）
官媒婆朱嫂子（即朱大娘）
錦香院妓女雲兒
説書女李先兒
真真國女孩子
以上三十四人。

總計男二百八十二人，女二百三十七人，合共五百十九人。據明齋《偶評》云，是男子二百三十二人，女子一百八十九人。姜季南云：男子二百三十五人，女子二百十三人。均有遺漏未核。警幻宫諸人另列，不入此數。

性情容貌述

書中每一人出場，必舉其性情容貌，括論數言，使讀之者如接其謦欬，此亦史家之遺法也。然或有不當者，其褒譏之意，當於言外求之，因掇集一門，以便稽取。

賈赦（平静中和）

賈政（端方正直；又云：謙恭厚道；又云：禮賢下士，拯溺救危，大有祖風；又皇上稱其人品端方，風聲清肅；又在糧道時，上司謂其古樸忠厚）

賈敬（一味好道，只愛燒丹煉氣；又云：和那道士們胡羼）

賈珍（不肯讀書，一味高樂）

賈璉（不喜讀書，於世路上好機變，言談去得；又云：内懼嬌妻，外懼孌童）

賈寶玉（王夫人云：孽根禍胎，混世魔王；又書云：頑劣異常，不喜讀書；又云：最喜在内幃廝混；又云：面若中秋之月，色如春曉之花，鬢若刀裁，眉如墨畫，鼻如懸膽，眼若秋波，雖怒時而如笑，即瞋視而有情；又黛玉目中所見，意以爲面如傅粉，唇若塗硃，轉盼多情，語言若笑，天然一段風韻，全在眉梢，平生萬種情思，悉堆眼角；又云：面若春花，目如點漆；又云：愚拙偏僻；賈政意中謂其神采飄逸，秀色奪人）

賈環（賈政意中云：其人物委瑣，舉止粗糙）

賈蓉（面目清秀，身材夭矯）

賈薔（外相既美，内性又聰敏）

賈芸（容長臉，長挑身材，着實斯文清秀）

賈芹（也是風流人物）

賈蘭（文雅俊秀）

秦鍾（眉目清秀，粉面朱唇，身材俊俏，舉止風流，怯怯羞羞有女兒之態，靦腆含糊的；又云：形容標致，舉止温柔；又云：靦腆温柔，未語先紅）

薛蟠（天下最弄性尚氣的人，而且使錢如土；又云：性情奢侈，言語傲慢；又云：惟有鬥鷄走狗，游山玩景；又云：行止浮奢。又云：氣質剛硬，舉止驕奢）

柳湘蓮（世家子弟，讀書不成，父母早喪，素性爽俠，不拘細事，酷好耍槍舞劍，賭博吃酒，以至眠花卧柳，吹笛彈箏，無所不爲，而又年輕貌美，不知者誤認作優伶一類。璉云：那樣標致的人，最是

冷面冷心的）

蔣琪官（嫵媚温柔；又忠順王云：隨機應答，謹慎老成；又云：面如傅粉，唇若塗硃，鮮潤如出水芙渠，飄揚如臨風玉樹）

薛蝌（秉性忠厚）

孫紹祖（相貌魁梧，體格健壯，弓馬嫻熟，應酬權變；又云：家資饒富，并非詩禮名族之裔）

北静王（美秀異常，性情謙和；又云：才貌俱全，風流跌宕；又云：面如美玉，目如明星，真是秀麗人物）

香憐、玉愛（嫵媚風流）

甄士隱（稟性恬淡）

賈雨村（腰圓背厚，鼻直口方；又云：劍眉星眼，直鼻方腮；又云：貪酷；又云：恃才侮上；賈政謂其像貌魁偉，言談不俗）

茗煙（寶玉第一個得用；又云：年輕不諳事）

包勇（身長五尺有零，肩背寬肥，濃眉大眼，磕額長髯，氣色粗黑。又云：直爽的脾氣）

甄妻封氏（性情賢淑，深明禮義）

嬌杏（儀容不俗，眉目清秀）

史太君（鬢髮如銀）

邢夫人（禀性愚弱，只知承順賈赦以自保，次則貪取貨財爲自得，鳳謂其有些左性的）

尤氏（獨掌寧府家政）

李紈（曾讀《女四書》、《列女傳》，認得幾個字，以紡績女紅爲要；又云：居處膏粱錦綉，竟如槁木死灰一般；又云：惟知侍親教子外，陪侍小姑等針黹誦讀而已。又平兒謂其似佛爺）

王熙鳳（冷子興云：模樣標致，言談爽利，心機深細。黛意云：放誕無禮。賈芸云：喜奉承，愛排場的。賈母云：有名潑辣貨，亦稱其爲鳳辣子。珍云：有殺伐決斷。來陞云：有名的烈貨，臉酸心硬。興兒云：心裏歹毒，口裏尖快。黛玉初見時云：丹鳳三角眼，柳葉掉梢眉，身量苗條，體格風騷，粉面含春威不露，丹唇未啓笑先聞。尤二姐初見時云：眉彎柳葉，高吊兩梢，目横丹鳳，神凝三角，俏麗若三春之桃，清素若九秋之菊；又書云：舉止大雅，言語典則；又云：素喜攬事，好賣弄能幹；又云：素性好勝）

薛寶釵（肌骨瑩潤，舉止嫻雅；又云：品格端方，容貌美麗；又云：行爲豁達，隨分從時；又云：唇不點而紅，眉不畫而翠，臉若銀盆，眼如水杏，罕言寡語，人謂裝愚，安分隨時，自云守拙；又云：比林黛玉另具一種嫵媚風流，賈母喜他穩重和平；又新嫁時見他盛妝艷服，豐肩軟體，鬟低鬢嚲，眼潤息微，真是荷粉露垂，杏花煙潤了。又云：貞静和平；又云：沉厚）

秦可卿（生得裊娜纖巧，行事又温柔和平；又云：其鮮艷嫵媚，有似乎寶釵，風流裊娜，則又如黛玉；又云：形容裊娜，性格風流；又云：於長輩和順，於平輩和睦，於下輩慈愛，而又愛老慈

幼，惜賤憐貧）

夏金桂（頗有姿色，心中邱壑涇渭，頗步熙鳳後塵，從小嬌養溺愛，釀成一個盗跖心性，自己尊若菩薩，他人穢如糞土，外具花柳之姿，内禀風雷之性，在家中和丫鬟們等使性賭氣，輕駡重打的）

周姨娘（怎麽没人欺他，他不尋人去）

元春（賢孝才德）

迎春（肌膚微豐，身材合中，腮凝新荔，鼻膩鵝脂，温柔沉默，觀之可親；又云：言語遲慢，耳軟心活，是不能作主的。綉橘云其軟弱，寶玉云：向來不會和人拌嘴）

探春（削肩細腰，長挑身材，鵝蛋臉兒，俊眼修眉，顧盼神飛，文彩精華，見之忘俗；又云：素日平和恬淡；又云：精細；又言語安静，性情和順）

惜春（身量未足，形容尚小；又云：天性孤僻；探春云：其孤介太過，再扭不過他的）

林黛玉（兩彎似蹙非蹙籠煙眉，一雙似喜非喜含情目，態生兩靨之愁，嬌襲一身之病，淚光點點，嬌喘微微，閒静似嬌花照水，行動似弱柳扶風，心較比干多一竅，病如西子勝三分；又云：孤高自許，目無下塵；又云：聰明俊秀；又云：弱不勝衣；又云：舉止言談不俗；又云：素日形體嬌弱；小紅云：林姑娘嘴裏又愛克薄人，心裏又細）

史湘雲（蜂腰猿背，鶴勢螂形）

邢岫煙（鳳云：極温厚可疼的人，薛姨媽以爲端雅穩重，是個荆釵裙布的女人；又云：有廉耻，有心

計，又守得貧，耐得富）

薛寶琴（年輕心熱，本性聰敏，自幼讀書識字）

佩鳳、偕鸞（亦是青年姣憨女子）

尤二姐（蓉謂璉云：舉止大方，言語温柔，無一處不令人可愛可敬；書又云：温柔和順；又園中諸女，謂其温柔和悦）

尤三姐（燈光下越顯得柳眉籠翠，檀口含丹，一雙秋水眼，吃幾杯酒，越發横波入鬢，轉盼流光；又書云：脾氣異樣詭僻，愛打扮出色，做出許多萬人不及的風流體態）

妙玉（天性怪僻，又文墨也極通，經典也極熟，模樣又極好）

智能（妍媚）

花襲人（柔媚佼俏；又云：細挑身子，容長臉兒；又賈母云：心地純良；又王夫人以爲行事大方，心地老實）

甄香菱（模樣出脱的齊整；又云：眉心有米粒大胭脂痣；周瑞家的云：品格似可卿；鳳云：其温柔安静）

金鴛鴦（其白膩不在襲人下；鳳云：極有心胸見識的丫頭；又云：蜂腰削肩，鴨蛋臉，烏油頭髮，高高鼻子，兩邊腮上微微幾點雀瘢）

秦司棋（梳髯頭，高大豐壯身材）

晴雯（水蛇腰，削肩膀兒，眉眼有些像黛玉，大有春睡捧心之態；又性情爽利，口角鋒芒）

四兒（有幾分水秀，視其行止聰明，皆露在外面，又生得十分清秀；又云：乖巧不過的，變盡萬法，籠絡寶玉）

林小紅（嬌音嫩語；又云：十分精細乾净；説話簡便俏麗；寶玉意云：黑鴉鴉一頭好頭髮，容長臉面，細巧身材，十分俏麗甜净；釵云：眼空心大，是頭等刁鑽古怪東西；鳳亦云：乾净俏麗）

黄金鶯（嬌腔宛轉，語笑如癡）

柳五兒（生得人物與平、襲、鴛、紫相類；黛云：倒也還頭臉兒乾净；寶意云：嬌娜嫵媚）

寶蟾（有三分姿色，舉止輕浮可愛）

卍兒（雖不標致，到白净，微亦有動人心處）

椿齡（眉蹙春山，眼顰秋水，面薄腰纖，裊裊婷婷，大有林黛玉之態）

芳官（面如滿月猶白，眼似秋水還清）

傻大姐（年十四五歲，體肥面闊，兩隻大脚，做粗活爽利簡捷，且心性愚頑，一無知識，出言可笑；黛意云：濃眉大眼）

柳嫂子（最小意殷勤）

周瑞家的（仗着王夫人的陪房，心性乖滑，專慣各處獻勤討好）

秦顯家的（高高兒的孤拐、大大的眼睛，是最乾净爽利的）

吴貴媳婦（打扮妖妖調調，兩隻眼水汪汪的招惹人）

稱謂

國公爺　老爺　小爺　家叔祖　晚生　好祖宗
老子　兄弟侄兒　大伯子　大爺大娘　姨表兄　小叔子
族中子侄　親哥哥　愛哥哥　小女婿子　姑舅兄弟　舅舅
好孩子　姑表兄弟　伯爺　晚輩親友　新姑爺　外孫子
乾兄弟　姑爺　祖爺爺　重孫　老世翁　哥兒
門下　老公們　老祖宗　老太太　太太　姑奶奶
姨太太　嬸母　嬸子　嫂子　大娘　爺爺
嬸娘　老子娘　老妯娌　老姨奶奶　乾娘　外祖母
姨父　家姑母　家母家祖　太婆婆　親家媽　舅太太
舅奶奶　小大奶奶　姐姐　姑娘　二嬸娘　婆婆
娘兒們　妹妹　奶奶　孫子孫女兒　小孫女兒　外孫女兒
姑娘們　小兒子媳婦　姨娘　小姨子們　侄孫女兒　女主兒們
姑媽　舍表妹　大舅母　管家娘子　家生女兒　女孩兒

屋裏的人　重孫子媳婦　兒子媳婦　内侄女兒　姑姑　少奶奶們
孫子媳婦　小姐　新姨娘　兩姨姑表姊妹　小子們　奶媽子們
嬷嬷　底下姑娘們　奴才　小廝　丫頭們　媳婦子
小嬸子　老婆子　孩子　粗使丫頭　姑子　小丫頭子
小幺兒們　小老婆　老爺們　爺們　二爺　媽媽們
内姊　妞妞　妞兒

卷二　事索

幻境寓言集述

離恨天　灌愁海　大荒山　無稽崖　青埂峰　放春山　遣愁洞
北邙山　急流津　迷津　彼岸　靈河岸　三生石
以上地名
太虚幻境（一名太虚元境）　真如福地（幻境别名）　赤霞宫　空靈殿（鑄造寶鑒處）　癡情
司　結怨司　朝啼司　暮哭司　春感司　秋怨司　薄命司（上六司賓，此司爲主，俱在

幻境中）

以上宮殿及司守

金陵十二釵正册　金陵十二釵副册　金陵十二釵又副册

以上薄命司所藏册籍

紅樓夢仙曲十二支　素練魔舞歌姬一隊

以上幻境中歌舞

秘情果　灌愁水（爲灌愁海之水）

以上二物絳珠所食

群芳髓（油名）　千紅一窟（茶名）　萬艷同杯（酒名）

以上三物寶玉夢至幻境所食

風月寶鑒（幻境中鏡名）　警幻仙姑（幻境主）　癡夢仙姑　鍾情大士　引愁金女　度恨菩提　木居士　灰侍者　黄巾力士（幻境中有職守人等）　神瑛侍者（媧皇補天石所化，托生爲寶玉）　絳珠仙子（絳珠草化身，以神瑛灌溉得活，托生爲黛玉，故有還淚之因）　空空道人（即情僧，故此書又名《情僧録》）　茫茫大士　渺渺真人（即癩僧、跛道人本身，始終此書之因果者）　（附）知機縣　覺迷渡口草庵（甄士隱、賈雨村相見，爲全書之旨作綱紐）

紀年

全書自黛玉入榮府爲己酉年。至寶玉毗陵驛别賈政，爲丙辰。其間相去者八年。

己酉

第三回黛玉初入榮府，約在是年秋末冬初。第四回東府看梅，爲己酉之冬。至第六回劉老老入榮府，八回過寶釵看金鎖皆冬底之事。是年賈母七十五歲，寶玉十二歲，黛玉十一歲，寶釵十二歲，晴雯十一歲，雪雁十歲，薛蟠十四歲，襲人十四歲。

右入正傳之第一年，前兩回無考。

庚戌

第九回，寶玉同秦鍾入塾，已爲次年庚戌之春。時寶、秦二人俱十三歲。至十一回云，寧府菊花開爲九月時節，又云到了二十日云云，是九月二十日也，又云明日大初一，乃十二月初一也，又嘗記十一月三十日云云，又記是年冬底如海病重云云。是年鳳姐二十歲，賈蓉十七歲，賈薔十六歲。

右入正傳之第二年。

辛亥

第十二回，鳳姐治秦氏喪事，已入第三年辛亥之春，至第十八回，點明十月。是年妙玉十八歲。

右入正傳之第三年。

壬子

以後入元妃省親，爲壬子春之正月十五日。至二十二回，記寶釵生日，則是年之正月二十一日也。時寶釵十五歲。二十三回，記二月二十二日諸姊妹分入大觀園住，黛玉葬花，爲是年三月中。二十五回入四月望後事。二十七回記四月二十六日未時芒種餞花一段。二十九回清虚觀打醮，入五月初一日事。三十回是年六月事。三十一至三十五回，俱夏間事。三十六回已由夏入秋。三十七回點明八月二十日賈政赴學差任。自結海棠社賞桂咏菊，至四十二回方抵八月末，四十三回至四十六回，皆九月初事。至四十八回，始入冬十月間事。至第五十三回，始及冬底。是年賈芸十八歲，小紅十七歲，鴛兒十六歲，襲人十七歲，王夫人五十歲，寶玉、寶釵皆十五歲，黛玉十四歲，鳳姐二十二歲，賈母七十八歲，劉老老七十五歲。

右入正傳之第四年。是年之事，共計書四十五回，其叙最詳。

癸丑

接落五十三回祭宗祠之後，入癸丑之春。五十四至五十七回皆叙癸丑春時事，至六十一回，方入夏時。至六十九、七十兩回癸丑年方盡。是年五兒十六歲，甄寶玉十三歲，餘年可遞增。查是年襲人已十八歲，晴雯十五歲，寶釵十六歲，香菱無年歲可稽，而六十三回云晴、寶、香與襲同庚，殊失檢點。

右入正傳之第五年。

甲　寅

七十回接入第六年仲春二月，至末遞入夏末秋初。至七十一回詳叙賈母八十壽，爲八月初三日。八十七回入是年九月，八十九回入十月中旬。九十四回入十一月，怡紅院賞花妖，寶玉失玉。九十五回記十二月十九日元妃薨。是年賈蘭十三歲，晴雯十六歲，黛玉十六歲，寶玉、寶釵俱十七歲，夏金桂十七歲。

右入正傳之第六年，此年叙春時事甚略。

乙　卯

九十六回入乙卯春，至九十九回夏秋之交，一百一回入秋時，至一百七回，是年方盡。黛玉於是年死，年十七歲。寶釵於是年出閣，年十八歲。

丙　辰

一百八回，記爲寶釵作生日，已入丙辰之春，蓋寶釵之生日，爲正月二十一日也。是春賈母死，年八十二歲，作八十三歲者誤。是年鳳姐死，年二十六歲。寶玉中舉爲秋，毗陵驛別賈政爲冬，而書遂完結矣。

右二年入正傳之第七、第八年。

都邑第宅

都　邑

奉天永建太平之國　應天府江寧縣　金陵　維揚　姑蘇城閶門　長安府　大同府

大如州　平安州　太平縣　孝慈縣（離京都十日路程）　石頭城　興邑　京口

南海　西京（見薛蟠案狀）

村坊道里

黑山村（在口外賈府莊上）　十里街仁清巷（在蘇州）　郝家莊　小花枝巷（寧榮街後二里遠近）　十里屯（離京二百餘里，王子騰亡處）　二十里坡　十字街　紫檀堡（離東城二十里）　李家店（薛蟠犯命案處）　南門大街（賈芸買香料處）　本京西門外（花兒匠住處）　興隆街（雨村寓）　本京北門大道（玉祭金釧處）　西城門外　北門外頭橋上、北門外葦塘（柳二打薛蟠處）　鼓樓西大街（恒舒當）　（附）潢海鐵網山　黛山林子洞（寓言）

宮　垣

鳳藻宮　靈寶宮（元妃拜佛處）　大明宮（領宴處）　臨敬殿（賈政陛見處）　臨莊門　外西垣門

寺觀庵廟

葫蘆廟（蘇州）　鐵檻寺（賈氏寧、榮二公修造，有香火地畝，在北門外）　智通寺（揚州）　水月庵（離城二十來里，與鐵檻寺近，即饅頭庵。一曰水月寺）　玉皇廟　達摩庵（二處俱在園隅）

牟尼院（本京西門外，妙玉出身處）　善才庵　清虚觀　蟠香寺（在元墓）　地藏庵

水仙庵（出北城二里地）　天齊廟（西城門外）　散花寺　元真觀（敬老修養之所）

第宅園亭

寧國府（東府）　榮國府（西府。中爲賈氏宗祠）

會芳園諸境（東府舊園）

天香樓（賈敬壽日於是樓宴女客）

登仙閣（秦氏停靈處）

凝曦軒（賈敬壽日宴客打十番處）

叢緑堂（賈珍於此賞中秋）

大觀園諸境（西府園，計三里半大，元妃賜名）

省親别墅（正殿，本名天仙寶境，後改）

大觀樓（正樓）

綴錦閣（東廂樓，迎春住）

含芳閣（西厢樓）
榆蔭堂
嘉蔭堂
議事廳（園門口南邊三間小花廳，有補仁諭德匾）
怡紅院（本名怡紅快緑，寶玉住）
瀟湘館（本名有鳳來儀，黛玉住）
蘅蕪院（寶釵住）
瀩葛山莊（即稻香村，李紈住）
櫳翠庵（有東禪堂，妙玉住）
秋掩書齋（即秋爽齋，探春住）
藕香榭（惜春住）
蓼鳳軒
曉翠堂（在秋爽齋中）
蘆雪庭
紅香圃（即芍藥圃）
凸碧山莊（在土山峰背）

凹晶館

暖香塢（在藕香榭）

杏葉渚（接柳堤一帶，或即荇葉渚）

紫菱洲（近綴錦閣，迎春住）

花溆（本名柳汀花溆）

滴翠亭（在池邊）

沁芳橋（并有沁芳亭、沁芳閘）

翠煙橋（怡紅至瀟湘必由之路）

蜂腰橋

賴家花園

此外又有梨花春雨、桐翦秋風、荻葉夜雪，又有木香棚、薔薇院、芭蕉塢、牡丹亭等處。園之東曰東角門，西曰聚錦門，後曰後宰門。

附　録

榮慶堂（賈母設壽宴處）

榮禧堂（榮府正大堂）

夢坡齋（王夫人院内小書房）

梨香院（榮府舊園，在東南角上，薛氏曾寄居）
絳芸軒（寶玉舊住）
逗蜂軒（寧府）
綺散齋（賈母一邊，榮府二門外小軒）
枕霞閣（史府舊宅）
悼紅軒（曹雪芹撰《紅樓》處）

房屋諸名飾

角門　甬道　抱厦廳　粉油大影壁　雪白粉墻　銅瓦泥鰍脊　虎皮石　清涼瓦舍
水磨磚墻　绿窗油壁　垂花門　花障編月洞門　沙屉子　雕鏤槅子　十錦槅子
月洞窗　花障子　超手遊廊　穿山遊廊　園内腰門　花廳　二門外鹿頂内
甬路　傍階　臺階　樓房　套間暖閣　井臺上　廊檐下　房門後檐下　窗根下　穿
廊下　槅扇　東角門　窗屜　玻璃窗　内宅門　暖閣外邊　後門口　三門裏
院門外邊　暖閣裏　書房門口　三門外頭　月臺底下　廳柱下石階上　大門　儀
門　大廳　内三門　内儀門　塞門　正堂　黑油柵欄内　白石甬路　窗槅門户
廊檐内外　遊廊罩柵　廊上　園門裏茶房内　外頭院子裏　東邊的屋子　地炕
上　花廳後廊上　游廊角門　園門口南邊三間小花廳　西南角上聚錦門　暖閣裏地炕

上　園子後角門　内壺　門檻子　穿堂内　西邊小角門　套間　園中前後東西角門　畸角子一帶地方　月臺上　小敞廳　西院裏　東廊房　二門上　東廂房　窗户根底下　外書房　該班的房内　北界墻根下　卷篷底下　後身屋裏　穿廊月洞門影屏　門外平臺底下　夾道子墻壁上　西院房上　東耳房　小正房　大跨所十餘間房屋　東跨所　西邊院子裏

器　物

輿馬儀具

龍旌　鳳翣　金頂金黄綉鳳鸞輿　雉羽宫扇

銷金提爐　曲柄七鳳金黄傘　翠幄青油車　朱輪華蓋車

翠蓋珠纓八寶車　鐵青大走騾　雕鞍彩轡白馬　青紬油傘

馱轎（附小竹轎）　緑轎（有八抬四抬）　大車（附車轎網絡）

屏　簾

紫檀架大理石屏風　玻璃十二扇大屏（又玻璃炕屏）　十二扇大紅緞子刻絲滿床笏一面泥金百壽圖大屏　二十四扇紫檀雕刻硝子石漢宫春曉圖屏（紫英所售）　紗照屏（賈母與寶釵）　妝蟒綉堆刻絲彈墨各色綢綾大小幔（一百二十架）　猩猩氈簾（二百掛）　湘妃竹簾（二百掛）

金絲藤紅漆竹簾（二百掛）　黑漆竹簾（二百掛）　五彩綫絡盤花簾（二百掛）　大紅灑花軟簾（熙鳳室中）　紅紬軟簾（梨香院寶釵住室）　繡綫軟簾（黛住處。一本作繡緑）　葱緑撒花軟簾（怡紅院）　猩紅氈簾（藕香榭）　大紅繡幔（怡紅院暖閣上）

几椅床榻附諸飾床枕

梅花式洋漆小几（二具）　猩紅洋毯　大紅金綫蟒引枕　秋香色金綫蟒大條褥（以上王夫人耳房）　青緞靠背引枕（并坐褥）　彈花椅袱（王夫人東廊三間小正房）　碧紗厨（賈母套間暖閣内，怡紅院亦有之）　壽昌公主含章殿卧榻　同昌公主連珠帳　西子浣過紗衾　紅娘抱過鴛枕（以上可卿房中）　大紅條氈炕衣　鎖子錦靠背引枕　金心綫閃緞大坐褥（鳳姐院中。以上三件）　杏子紅綾被（湘雲所卧）　大紅銷金撒花帳　填漆床（上二件怡紅院）　凉榻（王夫人處）　夾紗被（寶玉所需）　小楠木桌子（游園時擺早飯用）　花梨大理石大案（以下三件探春房中）　拔步床　葱緑雙繡花卉草蟲紗帳　水墨字畫　白綾帳（賈母與釵）　青紗帳幔（蘅蕪院）　海棠梅花荷葉葵花及方圓諸式雕漆几（園宴所用）　大狼皮褥（賈母坐）　灰鼠椅搭（黛玉坐）　大紅繡彩雲龍捧壽靠背引枕坐褥　黑狐皮袱子大白狐皮坐褥　一色灰鼠椅搭小褥（附地紅氈。以上尤氏上房）　雕夔龍護屏矮足短榻（附靠背引枕全。元宵宴賈母坐）　大紫檀雕螭案　藤屉子春凳　輕巧洋漆描金几　花梨圓炕桌　雕漆椅　藕合色花帳　玫瑰芍藥花瓣裝玉色夾紗紅香枕　鮫綃帳　瑪瑙枕　芙蓉簟（附小几子、脚踏）

銀紅撒花椅搭

（附）園中船具

棠木舫（坐船、劃子、篙、槳、遮陽幔）　採蓮船四隻

宴飲諸器

海棠花式雕漆填金云龍獻壽小茶盤　填漆茶盤　小連環洋漆茶盤　舊窑十錦小茶杯　成窑五彩小蓋鍾　官窑脱胎填白蓋碗　點犀𧑁　绿玉斗　王愷𤓰瓟斝　九曲十環一百二十節蟠虯整雕竹根大𨦟　茶筅（以上茶具）　玉杯金銀盞　烏銀梅花自斟壺　烏銀洋鏨自斟壺　暖銀壺　海棠凍石蕉葉杯　十錦琺琅杯　竹根大套杯　黄楊木雕套杯　白彩定窑碟　纏絲白瑪瑙碟　小攝絲盒　十錦攢心盒子　捏絲戧金五彩大盒子　大紅漆捧盒　大荷葉式翡翠盤　老年四楞象牙鑲金筷　烏木三鑲銀箸　爐瓶三事（以上宴器）

陳設物玩

文王鼎（香合匙箸全）　大鼎　鏨金彝　玻璃盒　青绿古銅鼎　汝窑美人觚　汝窑盤　紫檀架大官窑大盤（盛佛手）　趙飛燕舞盤　聯珠瓶　舊窑小瓶（插歲寒三友及玉堂富貴等）　土定瓶　墨煙凍石鼎　美女聳肩瓶（插紅梅）　斗大的汝窑花囊（插水晶球白菊）　石頭盆景兒　玉石條水仙花盆　龍文鼎　白玉比目磬　安禄山擲太真乳木瓜　金玉如意　香玉如意　數十方寶硯　筆筒筆海　各種名人法帖　各種書籍　十番樂大

鐘表　螺甸櫃金自鳴鐘　挂鐘　大銅爐　象鼻三足泥鰍流金金琺琅大火盆　紫檀雕嵌
大紗透繡花草詩字各種纓絡

名人書畫

燃藜圖　唐六如海棠春睡圖　米襄陽煙雨圖　仇十洲艷雪圖　仿李龍眠白描鬥寒圖
唐顏魯公聯　宋學士秦太虛聯　墨龍待漏朝天大畫

日用雜玩諸件

茶桶　薰籠　一丈青　筐蘿　小壺兒　大棕箱家伙厨　大茶盤　火盆　湯婆子
鏇子　茶吊子　漚子　藥銱子　羹匙　小磁墁　花噴壺　鬼臉青花瓮　矮板榻
臉盆　沐盆　小螺鈿櫃　算盤戥子　花鋤　花帚　紗囊　韻牌匣子　金西洋
自行船　鴛鴦劍　象牙花名令簽　美人拳　臘油凍佛手　西洋琺琅春畫鼻煙壺　子母
珠　海南扇子　湘妃竹書畫古扇蕉扇　宮制詩筒　波斯國玩器　黑漆銅釘花腔令鼓
沉香拐杖　銀嗽盂　銀唾盒　白犀麈　眼鏡　洋巾　金鑲雙星玻璃小匾盒　珠兒綫
沙子燈　花炮（有滿天星、九龍入雲、飛天十響、平地一聲雷各名）　自行人　酒令兒
泥人戲　泥捏小像　水銀灌的打筋斗小小子　美人沙雁鳳凰　大魚、螃蟹、蝙蝠、大蝴蝶各
式風箏　風箏籰子　短琴　醒酒石　柳枝編的籃　真竹根宮的香合　膠泥垛的風爐
金壽星吉慶有餘銀錁　紫金筆錠如意錁　壓氣錢錁　金魁星　狀元及第小金錁　新式

金銀錁　上等宫扇　制荷葉湯銀模子　鐵爐叉　鐵絲蒙　紡車

各種香藥

斗香　安息香　梅花香餅　御賜百合宫香　松柏香　鷄蛋香　靈柏香　夢甜香

香雪潤津丹　福壽香（以上香）　冷香丸　調經養榮丸　山羊血嶗峒丸　益氣養榮

補脾和肝湯　獨參湯　桑蟲猪尾　敗毒散　人參養榮丸　八珍益母丸　延年神驗萬

金丹　左歸丸　右歸丸　棒傷藥　天王補心丹　香薷飲　解暑湯　梅花點舌丹

紫金錠　活絡丹　催生保命丹　依弗哪（西洋頭痛膏藥）　祛邪守靈丹　開竅通神散

十香返魂丹　至寶丹　黑逍遥散　歸肺固金湯　鈎藤湯　定心丸（以上藥）

各種箋紙

雪浪箋　捶油紙　大紅雙喜箋　泥金庚帖　泥金角花粉紅箋　紫墨色泥金雲龍箋

各種綢緞衣料

富貴長春宫緞　福壽綿長宫緞　彩緞　上用妝緞蟒緞　上用雜色緞　上用各色紗

宫綢　大紅妝緞　鳳尾羅　虎文錦　冰鮫縠　蟬翼紗　霞影紗（銀紅色）　軟煙羅

（有百蝶穿花、流雲蝙蝠諸様，有雨過天青、松緑秋香色）　青紗月白紗　繭綢

各種燈

大海燈　宫燈　矗燈　明角提燈（上有榮國府三字）　小巧精致圍屏燈　手燈　玻璃

繡球燈　羊角燈　玻璃彩穗燈　戳紗料絲繡畫絹紙各式燈　羊角手罩　洋鏨琺琅倒垂
荷葉燭插　四角平頭白紗燈

奩具佩帶

武則天寶鏡　小菱花鏡　大穿衣鏡　靶兒鏡子　篦　抿子　鏡袱　皂頭繩　花
露油　淘净花露胭脂膏　茉莉粉　玉簪花粉　桂花油　薔薇硝　玉絛環　一炷香
朝天凳象眼塊方勝連環柳葉攢心梅花諸式絡子　零苓香念珠　伽楠念珠　紅麝香串
　腕香珠　檳榔荷包　春畫繡香囊　宮製四面扣合荷包　漢玉九龍珮　璧玉珮　核
桃金表　玉塊扇墜　赤金點翠麒麟　檀香小護身佛　手絹　通靈玉　仿式通靈玉
　僞造通靈玉　漢玉塊　金鎖　寄名鎖　護身符　金璜玉玦等件

男服飾

束髮嵌寶紫金冠　累絲嵌寶紫金冠　二龍搶珠金抹額　雙龍出海抹額　金螭瓔珞　髮
辮大珠及金八寶墜脚　净白簪纓銀翅帽　束髮金冠　金銀項圈　金藤笠　大紅猩氈
斗笠（即猩猩氈斗篷）　石青貂裘排穗褂　石青起花八團倭緞排穗褂　大紅猩猩氈盤金彩
繡石青妝緞沿邊排穗褂　海龍小鷹膀褂子　元狐腿外褂　白蟒箭袖　二色金百蝶穿花大
紅箭袖　秋香色立蟒白狐腋箭袖　大紅金蟒狐腋箭袖　荔支色哆羅呢箭袖　江牙海水五
爪龍白蟒袍　俄羅斯雀金泥裘　青肷披風　半舊狐腋褂　猞利猻大皮襖　茄色哆羅呢

狐狸皮襖　貂頦滿衿暖襖　大紅綿紗小襖　銀紅灑花大襖　半舊紅綾短襖　白綾子棉
襖　松花綾子夾襖　茜香國大紅汗巾　緑汗巾　五彩絲攢花結長穗宮絛　碧玉紅鞋帶
攢珠銀帶　五色胡蝶鸞絛　藕合紗衫　銀紅紗衫　玉針蓑　絲紗小衣　松花灑
花綾褲　緑綢撒花褲子　緑綾彈墨夾褲　血點般大紅褲子　一裹圓　錦邊彈墨襪
掐金滿繡棉紗襪子　青緞粉底小朝靴　石青靴　厚底大紅鞵　胡蝶落花鞋　棠木屐
（附）氈帽青布衣裳　撒鞋

内服飾

慵妝髻　妙常髻　黑漆油光鬢兒　攢珠累絲金鳳　金絲百寶攢珠髻　朝陽五鳳挂珠
釵　攢珠勒子　赤金盤螭瓔珞圈　金累絲攢珠金項圈　點翠嵌寶石金項圈　珠嵌蝦鬚
鐲　赤金匾簪　硬紅鑲金墜子　小玉塞子　絳紋石戒指　金玉戒指　挖雲鵝黃片金
裏大紅猩猩氈昭君套　紫貂昭君套　雪帽　觀音兜　灰鼠暖兜　巾兜　宫制堆紗花
大紅猩猩氈斗篷　羽毛緞斗篷　灰鼠斗篷　大貂鼠風領　梟鸝裘　大紅羽縐白面狐狸
皮鶴氅　蓮青斗紋錦上添花洋綫番羓絲鶴氅　水紅妝蟒狐肷褶子　石青刻絲灰鼠披風
五彩刻絲石青銀鼠褂　玫瑰紫二色金銀鼠比肩褂　貂鼠腦袋面子大毛黑灰鼠裏子裏外發燒大
褂子　紫褐羢褂　羽緞褂　青緞灰鼠褂　大紅羽緞對襟褂子　青縐綢一斗珠羊皮褂子
多羅呢對衿褂子　青緞掐銀綫褂子　佛青銀絲褂子　雪褂子　石青刻絲八團天馬皮

褂子　銀鼠坎肩　桃紅百花刻絲銀鼠襖　靠色三厢領袖秋香色盤金五色綉龍窄褙小袖掩衿銀鼠短襖　桃花灑花襖　縷金百蝶穿花大紅雲緞窄褙襖　藕色綾襖　蜜合色棉襖　彈墨綾子薄棉襖　海棠紅小棉襖　玉色紅青駝羢三色緞子斗水田小夾襖　紅綾襖　月白緞子襖　葱緑杭綢小襖　松花綾子夾襖　月白綾襖　月白綉花小毛皮襖　大紅洋縐小襖兒　松花色綾子一斗珠小皮襖　大紅小襖　月白素綢襖兒　水紅綾子襖兒　桃紅綾小襖兒　銀紅襖兒　大紅襖　紅綢小棉襖　金絲織成瑣子中洋錦襖　片錦邊琵琶衿小緊身　撒花緊身兒　青綢掐牙背心　青緞掐牙背心　青緞子背心　青緞夾背心　水田青緞鑲邊長背心　紅綢子小衣　葱緑抹胸　紅綾抹胸　白縐綢汗巾　柳緑汗巾　松花緑汗巾　青金閃緑雙環四合如意縧　胡蝶結子　長穗五色宮縧　秋香色絲縧　白綾細折裙子　水緑裙子　翡翠撒花洋縐裙　葱緑盤金彩綉棉裙　大紅洋縐銀鼠皮裙　石榴紅裙　葱黄綾棉裙　楊妃色繡花綿裙　寶藍盤錦鑲花綿裙　淡墨畫白綾裙　白綾素裙　緑綢灑花夾褲　水紅灑花夾褲　石榴紅灑花夾褲　紅褲　緑襪新綉紅鞋　紅鞋　鹿皮小靴　掐金挖雲紅香羊皮小靴　(附)玉色綢里多羅呫包袱　彈墨花綾水紅綢裏子夾包袱

食　品

楓露茶　暹羅國貢茶　老君眉　女兒茶　普洱茶　惠泉酒　屠蘇酒　西洋葡萄酒

紹興酒　合歡花酒　玫瑰露　糖腌玫瑰鹵　木犀清露　茯苓霜　潔粉梅片雪花洋糖　牛乳　蒸羊羔　鴿子蛋　炸鵪鶉　野鷄瓜子　醃胭脂鵝脯　暹羅猪魚糟鵪鶉　糟鵝掌鴨信　火腿炖肘子　生鹿肉　火腿鮮筍湯　野鷄崽子湯　酸筍鷄皮湯　青筍紫菜蝦米火肉白菜湯　蝦丸鷄皮湯　酸湯　合歡湯　酸梅湯　蓮葉羹建蓮紅棗湯　松子瓤　粉脆鮮藕　風乾栗子　蜜餞荔支酒釀　清蒸鴨子　朱橘、黄橙、橄欖各果　法製紫薑　吉祥果　茄鯗　豆腐皮包子　油鹽菜芽　鷄髓筍　蘿蔔炸兒　椒油莼齏醬　鷄蛋豆腐　面筋醬　麻油醋拌五香大頭菜　棗泥餡山藥糕糖蒸酥酪　菱粉糕　鷄油捲兒　藕粉桂花糖糕　松瓤鵝油卷　螃蟹餡小餃兒　奶油炸小麵果　大芋頭奶油松瓤捲酥　桂花糖蒸栗粉糕　如意糕　元宵　壽桃銀絲挂麵條子　瓊酥金膾　多碧粳粥　鴨子粥　燕窩粥　紅稻米粥　紅米粥　棗兒粇粳米粥　綠畦香稻粳米飯

(附)鼻煙　旱煙

藝文

藝文

賈雨村《中秋對月有懷》五律　跛道人《好了歌》　甄士隱解《好了歌》　長短曲一章　警幻

仙姑所歌　警幻宫《麗人賦》　《嘲通靈玉》七律　《大觀園記》　《省親頌》（右二題有題無文）　幻境所歌《紅樓夢曲》十二闋　大觀園應制詩（迎、探、惜七絶各一。紈、釵七律各一。黛五律一。寶玉五律四）　寶玉《大觀園四時即事詩》四首　顰卿《題羅帕》七絶三首　探春《徵詩社啓》　賈芸貽寶玉白秋海棠箋　《咏白秋海棠》七律　《菊社十二咏》七律　《咏螃蟹》七律　林顰卿《葬花歌》七古　林顰卿《秋窗風雨夕》七古　薛寶琴《懷古十咏》十絶句　真國女子《海上即事詩》五律　顰卿《五美吟》七絶　顰卿《桃花行》七古　《柳絮詞》小令　《中秋夜大觀園即景聯句三十五韻》五言長排　《蘆雪亭賞雪聯句》五言長排　《姽嫿將軍詩》　寶玉吊晴雯《芙蓉女兒誄》　寶玉《紫菱洲即景》七古　香菱《咏月》七律　寶釵寄黛玉書并《琴歌》四闋　顰卿《琴歌》四闋　十一日賞《海棠花》絶句三首　寶玉感孔雀裘懷晴雯臨雙調《望江南詞》　薛蝌《感懷》七絶句　甄友忠貽賈存周薦包勇書　周總制求親書　毗陵驛僧道歌

戲劇

《牡丹亭·還魂》　《長生殿·彈詞》　《雙官誥》　（右三齣敬生日天香樓演）　《一捧雪·豪宴》　《仙緣》　《乞巧》　《離魂》　《相約相罵》（右省親演）　《丁郎認父》　《黄伯大擺陰魂陣》　《孫行者大鬧天宫》　《姜太公斬將封神》（右寧府演）　《西遊記》　《劉二當衣》　《魯智深大鬧五臺山》（右寶釵生日演）　《白蛇記》　《滿床笏》　《南柯夢》（右清虚觀

演）　《荆釵記》（鳳姐生日演）　《西樓記·樓會》　《八義記·觀燈八齣》　《牡丹亭·尋夢》（芳官）　《西厢記·惠明下書》（葵官。右元宵家宴）　《蕊珠記·真昇》　《琵琶記·吃糠》　《達摩渡江》　（右賈政陞官時并黛玉生日演）　《占花魁》（琪官）　（右臨安府演）　《壽筵開》　《掃花》（寶玉生日芳官唱）　《游園驚夢》（梨香院教演）　（附）《將軍令》　《燈月圓》（元宵時鑼鼓）　女先兒説王熙鳳公子李雛鸞小姐故事（同上）　打蓮花落　耍百戲（元宵時）

儷辭偶掇

一輪明月，飛彩騰輝。　擔風袖月。　偶因風蕩，或被雲摧。　腮凝新荔，鼻膩鵝脂。　朱闌玉砌，緑樹清溪。　弱不勝衣。　甜香襲人。　眼餳骨軟。　人迹不逢，飛塵罕到。　靨笑春桃，雲堆翠髻。　春梅綻雪，秋蕙披霜。　風回雪舞。　冰清玉潤。　鳳翥鸞翔。　松生空谷，霞映澄塘。　龍游曲沼，月射寒江。　幾縷飛雲，一灣逝水。　朱簾繡幕　畫棟雕檐。　嬌若春花，媚如秋月。　輕敲檀板，款按銀筝。　緑窗風月，綉閣煙霞。　耀眼争光。　滿面春風。　紋若檳榔，味若檀麝，以手扣之，聲如玉石。　紅蓮緑葉，五色鴛鴦。　西風乍緊猶聽鶯啼，暖日當暄又聞蛩語。　擁爐倦繡，濃熏繡被。　光摇朱户，金鋪地雪。　照瓊窗，月作宫。　輕裘寶帶，美服華冠。　大如雀卵，燦若明霞，瑩潤如五色酥花絞纏護著。　燈明火彩，客送官迎。　電卷風馳。　佳木蘢葱，奇花爛灼。　層樓高起。　青松拂檐，玉蘭繞砌，金輝獸面，彩煥螭頭。　粉垣環護，緑柳周垂。　絲垂金縷，葩吐丹砂，帳舞盤龍，簾飛彩鳳。　琉璃世界，珠寶乾坤。　簾捲蝦鬚，毯鋪魚獺。　庭燎繞空，香屑布地。　火樹琪花，金窗玉檻。　花招綉帶，柳拂香風。　湘簾垂地，悄無人聲。　星眼微餳，香腮帶赤。　蒼苔露冷，花徑風寒。　桃羞杏讓，燕妬鶯慚。　雕甍綉檻，皆隱於山坳樹杪之間。　青溪瀉玉，石徑穿雲。　遠無鄰村，近不負郭。　高無隱寺之塔，下無通市之橋。　種竹引泉。　上則薜蘿倒垂，下則落花浮蕩。　鼎焚百合之香，瓶插長春之蕊。　銀光雪波。　琳宮綽約，桂殿巍峨。　金門玉户神仙府，桂殿蘭宫妃子家。　登樓步閣，涉水緣山。　醉魂酥魄。　桃腮帶怒，薄面含嗔。　金碧輝煌，文章閃爍。　鳳尾森森，龍吟細細。　臨風灑淚，對月長吁。　赤日當天，樹陰合地，滿耳蟬聲，静無人語。眉蹙春山，眼顰秋水。　蒲艾簪門，虎符繫背。　倚檻迎風。　竹影參差，苔痕濃淡。陰陰翠潤，几簟生凉。　天氣清朗。　翠竹夾路。　衰草殘菱，更助秋興。　錦籠紗罩。　金彩珠光。　清寒透幕。　花吐胭脂，香欺蘭蕙。　温香拂臉。　粉妝銀砌，月光如水。　蛾眉倒竪，鳳眼圓睁。　金翠輝煌，碧彩閃灼。　柳垂金线，桃吐丹霞。　烏髮如銀，紅顏似槁。　春困已醒。　搴幃下榻，微覺輕寒。　土潤苔青。　葉纔點碧，絲若垂金。　紅飛翠舞，玉動珠摇。　香夢沉酣。　賓客如雲。　爐裊殘煙，奠餘玉醴。　燈光掩映，微月半天。　釵斜鬢鬆，衫垂帶褪。　風清月朗，銀河微隱。　微風一過，粼粼然池面皺碧叠紋。　龕焰猶青，爐香未歇。　香草依然，門窗掩閉。　車馬填門，貂蟬滿座。

與神合靈，與道合妙。　清風明月，蒼松怪石。　風催雨送。　十里荷花，三秋桂子。

林鳥歸山，夕陽西墜。　春花秋月，水秀山明。　香車畫舫，紅杏青簾。　雲影横空，月華如水。

鮮潤如出水芙渠，飄揚似臨風玉樹。　荷粉露垂，杏花煙潤。　案上紅燈，窗前皓月。

錦綉叢中，繁華世界。　竹梢風動，月影移墻。　月光已上，照耀如水。　滿地下重重樹影，窈無人聲。

日影横窗。　凄凉滿目，臺榭依照。　風清日暖。　珠簾高掛。

天空地闊，萬籟無聲。

方言諧諺

一撒　狗命　承辦　呼唤　滿懷　潭府　引逗　領情　生分

打撈　心病　開心　嗤的　惡心　巧人　慌張　踉蹌　慣嬌

洗澡　耽待　心酸　壓派　口角　搭赸　哽噎　抱怨　孽障

嘔氣　赸笑　奚落　狠命　猴兒　胡鬧　阻擋　抬身　納福

大臉　亂顫　尋趁　一躺　發怔　攛掇　混鑽　圓謊　膀子

臂膊　亂硼　入港　撒謊　花拉　挨餓　脖子　淡話　造孽

擺手　眉窩　乾喧　歪才　坎兒　飛災　情鬼　臭錢　意淫

胡唚　哇的　紫漲　抿嘴　墜子　款兒　腌臢　醒脾　老貨

餳澀 懶賊 滑賊 癖性 撒野 祿蠹 貧嘴 獃雁 內縴
抓乖 辣水 借胎 抬舉 害臊 咽人 坑死 彎腰 一跤
栽倒 扢搭 厲聲 淘氣 前情 撕擺 淚人 伸腿 拌嘴
老臉 老命 點卯 弄鬼 燥尿 霸道 怪膩 没臉 磨牙
湊趣 涎臉 妝胖 潑皮 擺布 輪班 混熟 堵噎 串通
牙磣 眼熱 蓋臉 賭氣 搶白 沉吟 頭裏 痛樂 席面
乖乖 氣怯 逞强 訛詐 鎮嚇 銅商 掌着 伏手 體己
飲驢 貧婆 財主 扯臊 操心 鬧鬼 虧空 聽聽 跌足
盤算 布施 泥胎 磊著 撮弄 同心 怯上 胡纏 爽性
搥腿 硬朗 槽牙 頑笑 噹噹 園子 打趣 窩兒 鬢角
逛逛 膩煩 喝采 佛爺 打發 口袋 莊家 暴發 瞎鬧
黑心 細緻 妥當 駁回 尖兒 償命 狠手 布散 腿酸
心凈 多心 碰巧 嚇的 挨駡 悲切 睁眼 嚎啕 跺脚
蹧塌 霸佔 單弱 懸心 體統 挺屍 轄治 嚇怔 鈴壓
撩逗 厮鬧 拷問 把戲 垂涎 犯夜 逼住 捏合 迷關
疤痂 圈套 腔兒 圓房 説舌 砸碰 踐踏 揭挑 外祟

盤考　舛錯　搪塞　心坎　焦躁　海罵　角口　炭勁　打横
疑團　天配　道乏　屏息　跑腿　趁錢　搭轉　跴緝　破例
一揚　掏錢　臊皮　毛賊　囚攮　腦袋　填眼　眼尖　探子
搭幫　魔意　囉唆　聒噪　混説　納罕　傻子　估量　邪書
恩典　花子　心氣　飛紅　燙手　火熱　使唤　爆炭　小竊
噓噴　醒鼻　俏皮　順手　倒茶　攢沙　閃失　老貨　皺眉
齊心　精窮　支吾　擔險　打盹　迎面　惹禍　嘴巧　乖嘴
影像　托懶　姣客　開例　鎮壓　榜樣　膀背　買轉　緊溜
貢辦　白丢　粘補　額外　毛病　臭肉　肫兒　啓齒　保山
搗光　作踐　排揎　上頭　渣兒　撴摔　叨登　頂缸　軟禁
趁願　陷害　禁當　直口　吵嚷　順脚　頂頭　貴婿　破格
亂挺　厮混　勾搭　心花　擺弄　努嘴　隔肢　機變　首尾
脊梁　謡言　惦記　符膽　撕擄　白疼　戗敠　臉急　獃爺
掣肘　違拗　挑飭　鋒利　掇弄　折磨　抹掉　陣仗　蠻纏
捏酸　掉包　孤鬼　鬼混　骯臟　混浸　香芋
趁空兒　雪珠兒　小性兒　靴掖兒　胥朵兒　托懶兒　撥嘴兒

眼珠兒　擠眼兒　做保兒　兩口兒　鄉老兒　野老兒　供尖兒
妝憨兒　一零兒　黑星兒　脚蹤兒　錯縫兒　撴嘴兒　捲包兒
醒醒兒　小命兒　腔調兒　放頭兒　歪歪兒　木主兒　挨門兒
撒嬌兒　衚衕兒　獻勤兒　没味兒　歇歇兒　希鬆的　癡癡的
白白的　嚴嚴的　赸赸的（一作訕訕）　鬆鬆的　懶懶的
緊緊的　突突的　撲哧的　吱吱的　咯噔的　噹噹的　怪羞的
慢慢的　獃獃的　熱心的　俏皮的　狠狠的　烘烘的　重重的
怔怔的　忙忙的　怪熱的　忿忿的　獃獃的　苦苦的　撲嗤的
颯颯的　巴巴的　怏怏的　怪臊的　悄悄的　怪俊的　滚熱的
攝脚兒　阿物兒　脱滑兒　窗眼兒　粉團兒　眼圈兒　打牙兒
像生兒　巧宗兒　接手兒　做情兒　小么兒　打盹兒　起頭兒
銀人兒　把柄兒　跐牙兒　一樁樁　黑壓壓（或作烏壓壓）
直瞪瞪　金晃晃　喘吁吁　直挺挺　顫巍巍　油汪汪　牙癢癢
白汪汪　白漫漫　花簇簇　亂烘烘　汗津津　唿喇喇（一作豁喇喇）
蕩悠悠　黑魆魆　硬幫幫　空落落　眼睜睜　熱刺刺　油膩膩
冷颼颼　明亮亮　戰兢兢　毛烘烘　姣怯怯　吱嘍嘍　唰刺刺

黑油油 笑欣欣 笑嘻嘻 豁啷啷 偷瞧瞧 寒浸浸 惡狠狠
熱騰騰 碧瑩瑩 亂嘈嘈 撲簌簌 呼喇喇 咬咬牙 瞧瞧他
争争氣 探頭兒 明晃晃 洗洗清 握握罷 鬧攘攘 散散悶
一扭身 二木頭 手一拍 手一撒 一溜煙 一歪身 開開心
矮一等 一彎腰 一嘟嚕 一陣煙 趔趄着 堵着門 咬着牙
揚著頭 瞪着眼 摸着臉 扎煞着 拿捏着 老臉上 説天話
耳旁風 拉硬屎 窩心脚 使眼色 瞎生氣 膝子裏 脱身計
墊踹窩 下死眼 没意思 没性子 咬舌子 搯下臉 小粉頭
昧心錢 人肉酸 黑炭頭 遮眼色 叫心肝 促狹嘴 扭了腰
小蹄子 小腿子 嚼舌根 没頭腦 見世面 夾子肉 仗腰子
掌不住 弄左性 醒鼻涕 好胎子 打嘴巴 煞住脚 混又口
啃骨頭 瞎操心 偷嘴吃 抱住腿 送虚情 背地裏 耳刮子
毛丫頭 挑脚漢 嚼舌頭 沉了臉 耳報神 歪了腿 喪氣話
手脚大 揉胸口 悶唱咄 絶出奇 没要緊 氣不忿 化布施
是非場 秃歪刺 猴在馬 老背晦 糊塗蟲 撈什子 花胡哨
母蝗蟲 夜叉星 苦瓠子 活寶貝 辨謊記 香餑餑 半瓶醋

無事忙　療妬湯　舊精魂　鬼靈精　壞蹄子　未留頭　打饑荒
老心虔　下死勁　響亮話　誆騙他　新相知　鬧黃了　上了當
假撇清　小孽障　當頭陣　賤骨頭　扎煞手　蓬頭鬼　猴兒尿
撒個姣　守活寡　小雜種　倒脱靴　浪帖子　兩條腿　草姑娘
歪派他　過堂風　坐纛旗　護官符　毛丫頭　耗子精　促狹鬼
令祖宗　仇人蕙　糊塗爺　虎丫頭　小祖宗　病西施　獃霸王
狐媚子　傻丫頭　燈穗子　煞性子　好日子　好娼婦　住馬圈
壓的住　叉巴子　腮幫子　馬棚子　女清客　薄片子　老妖精
老風流　老壽星　老廢物　老實人　巧法子　碰釘子　扎窩子
打抽豐　屯里人　跴滑了　小見識　大家子　説歪話　老列人
女兒氣　打悶棍　混吵嚷　串門子　攬家精　命根子　餓跑了
没遮攔　大方話　知好歹　詩瘋子　打擂抬　大節下　觔斗雲
花兒匠　山子匠　正經貨　薄沙地　沾帶些　傻孩子　伏上水
小崽子　靴統内　毛崽子　窩裏炮　鑽了來　拘的慌　猫兒食
靸了鞋　窮小子　鬼聰明　支架子　瞎張羅　雨打鷄　吃年茶
臭男人　臭小子　臭小廝　老冤家　嘴巴子　小娼婦　累得狠

嫦娥花　女兒棠　鯽爪兒　樓子花　母蝗蟲

咕咚咕咚　嬉和嬉和　排解排解　咯吱咯吱　接引接引　勸解勸解

管理管理　張羅張羅　照管照管　表白表白　斟酌斟酌　歇息歇息

火速火速　查考查考　凑搭凑搭　護庇護庇　嘟嘟囔囔　罪罪過過

膩膩煩煩　葳葳蕤蕤　鬼鬼祟祟　溶溶蕩蕩　抽抽噎噎　嚴嚴密密

喜喜歡歡　飄飄蕩蕩　唏唏哈哈　趔趔趄趄　潑潑撒撒　規規矩矩

悲悲切切　喊喊喳喳　舒舒服服　咭咭呱呱　兢兢業業　戰戰兢兢

瑣瑣碎碎　豐豐富富　嘮嘮叨叨　老老實實　咕咕唧唧　含含糊糊

恍恍惚惚　昏昏沉沉　消消停停　藏藏躲躲　咕咕噥噥　順順溜溜

長長遠遠　興興頭頭　齊齊整整　奇奇怪怪　清清净净　頑頑皮皮

體體面面　將將就就　裏裏外外　哭哭喊喊　瀝瀝淅淅　意意思思

絮絮叨叨　昏昏默默　哭哭啼啼　髣髣髴髴　妖妖調調　慌慌張張

唧唧噥噥　忙忙碌碌　癡癡顛顛　蝎蝎螫螫　伶伶利利　重重疊疊

謹謹慎慎　舒舒坦坦　嗚嗚咽咽　叮叮噹噹　滴滴點點　飄飄摇摇

連連接接　乾乾净净　穩穩重重　迷迷癡癡　瘋瘋傻傻　影影綽綽

鬼鬼頭頭　鬧鬧攘攘　溜溜湫湫　灣灣曲曲　躺躺歇歇　哽哽咽咽

扯扯拽拽 和和氣氣 搖搖落落 粗粗笨笨 冒冒失失 三三兩兩
斷斷連連 咈咈哧哧 飄飄拽拽 亂亂吵吵 急急忙忙 安安逸逸
風光風光 使喚使喚 殷殷勤勤 周周全全 無法無天 好離好散
一點半點 三步兩步 撒嬌撒癡 涎言涎語 醒的臭的 偷典偷賣
三千五千 百依百隨 問長問短 做湯做水 劈頭劈臉 一件半件
要東要西 没晝没夜 多歪多妬 動手動脚 倚老賣老 剩東剩西
挑幺挑六 傻頑傻睡 對嘴對舌 七事八事 又懶又夯 不清不渾
探頭探腦 不尷不尬 無拘無束 弄湯弄水 不稂不莠 偷偷摸摸
斯抬斯敬 現世現報 一針一綫 説嘴打嘴 混嚷混喝 上千上萬
七旺八旺 開導開導 賣頭賣脚 爬爬兒的 忽刺巴的 眼睛珠兒
拉長綫兒 反叛肏的 弄小性兒 變個法兒 黄澄澄的 烏壓壓的
愛花粉兒 神鬼似的 田地裏的 離離格兒 鹹浸浸的 外侄女兒
短一分兒 冷清清的 推乾净兒 一條藤兒 饞嘴猫兒 黄黄臉兒
乾的濕的 氣哼哼的 赤條條的 愛巴物兒 直蹶蹶的 對了檻兒
三不知的 有頭臉的 使眼色兒 笑吟吟的 動一動兒 一打躉兒
散鬆鬆的 活巴巴的 趁油似的 小東西兒 熱刺刺的 煞一煞兒

煞了性兒　水性人兒　没心眼兒　甜絲絲的　小狗攮的　一揚脖兒
小挨刀的　輕狂樣兒　摇摇頭兒　嬌嫩物兒　點點頭兒　狐狸似的
氣狠狠的　刻薄嘴兒　抽個頭兒　喪聲歪氣　好長腿子　眼饞肚飽
探頭縮腦　打嘴現世　舐唇咂嘴　心甜意洽　掩耳盗鈴　八目勾留
擠眉弄眼　抓耳撓腮　臉酸心硬　氣弱聲嘶　面如金紙　咬指吐舌
心拙口夯　乜斜着眼　渾身亂戰　沉下臉來　牽腸挂肚　睡裏夢裏
死皮賴臉　脚不沾地　把臉一扭　心直口快　浮萍心性　打太平拳
噯聲嘆氣　哭天抹淚　五内摧傷　如刀刺心　給臉子瞧　眼色一丢
堵起嘴來　骨軟筋酥　少魂失魄　黑心種子　閒打牙兒　嘻皮笑臉
連駡帶説　伶牙俐爪　牛心左性　小蹄子兒　兩車子話　腦袋瓜子
肉刺眼釘　煩惱鬢毛　粉身碎骨　藏頭露尾　哭喪着臉　虚心下氣
甜嘴蜜舌　氣噎喉堵　平頭整臉　鬅眉濁物　一裏腦子　眉開眼笑
笑岔了氣　彎腰屈背　摇頭吐舌　札手舞脚　渾身發顫　美人胎子
泥腿市俗　遂心如意（一作趁心）　拿腔作勢　白瞪兩眼　蓬頭赤脚
哭作一團　滿嘴白沫　大聲小氣　齒竭唇亡　打牙撂嘴　巧語花言
心活面軟　耳鬢斯磨　露出馬脚　綿花耳朵　花馬吊嘴　調情鬥口

鐵石心腸　面情字兒　背前背後　千金貴體　淌眼抹淚　乍着膽子
心慈面軟　心癡意軟　魂飛天外　連頭帶尾　挖心搜膽　兩眼睜睜
糊塗心腸　人多心壞　年輕心熱　嗐聲躲脚　剁了尾巴　拱肩縮背
頭疼腦熱　鼻塞聲重　眼睛摳摟　老砍頭的　没進益的　躡足潛蹤
老臉厚皮　心巧嘴乖　窮嘴夯腮　臉白氣噎　心術利害　依頭順尾
眼内出火　折腿爛手　人多嘴雜（嘴別作口）　鹹嘴淡舌　眼珠子裏
裝肚子疼　扭頭暴筋　眼紅面青　手撕頭撞　耳朵又軟　頭皮兒薄
詞鈍意虚　直眉瞪睛　揎拳擄袖　眉梢眼角　髒心爛肺　傾心吐膽
悶愁胡恨　眼腫腫的　水性楊花　一口咬定　口中流沫　兩顴鮮紅
古怪脾氣　活活筋骨　捶腿揉胸　插不上手　雙眸炯炯　眼中一黑
臉都唬黄　肝腸崩裂　擱在唇邊　心軟意活　恣意耍笑　脖項一扭
嘴唇一撅　熱鬧頭上　眼大心肥　蓬頭垢面　拖着膊膊　心冷嘴冷
乘勢作臉　寒毛一乍　合眼裝睡　微微睜眼　齊心打夥　偷閒歇力
粉身碎骨　養家活口　攙前落後　説東談西　拈花惹草　馬仰人翻
偷鷄戲狗　殺鷄抹脖　啞吧東西　夾槍帶棒　碗大雹子　金奴銀婢
三街六巷　七手八脚　三災八難　調三惑四　拉三扯四　橫三竪四

狂三詐四　三四倍子　三房四妾（别作五妾）　言三語四
三媒六聘（别作六證）　七大八小　千災百病　丟三忘四　察三訪四
四肢五内　提三説二　千方百計　三言兩語　三茶六飯　七上八下
聯三聚五　省一抿子　穩吃三注　四角俱全　嘮三叨四　調三窩四
七死八活　推三拉四　一窪子水　一味獃笑　七嘴八舌　一宗心事
七顛八倒　獃了一獃　百裏挑一　三等成色　低三下四　當家立業
尋伙覓伴　尋姑覓嫂　嬌羞怯怯　神天菩薩　菩薩哥兒　混賬女人
監社御史　菩薩姑娘　腼腆小姐　奴才秧子　猴兒崽子　閻王老婆
烈性孩子　北邙鄉女　伶俐姑娘　青年姊妹　混賬老婆　忘八羔子
千金小姐　利害婆婆　下流種子　公子出身　半個主子　雜種羔子
心腹小童　生死弟兄　小模樣兒　正頭夫妻　小騷達子　金花娘娘
清俊男人　巡海夜叉　鎮山太歲　混賬行子　老没正經　侯門千金
小猴兒精　稍長大漢　花妖月媚　青天老爺　糊塗行子　游頭浪子
弄去賣錢　三番五次　翻箱倒籠　鈎連内外　葉落歸根　蜂纏蝶戀
火上澆油　八病九痛　鋒利尖酸　狗仗人勢　走魔入火　親上做親
撒村搗怪　門當户對　頂門壯户　迷天大罪　雷嗔電怒　長吁短嘆

覆去翻來　喝了黃湯　倚姣作媚　你可要死　錦團花簇　三求四告
翻江倒海（倒別作攪）　打亮挪子　顛頊了事　家翻宅亂　喬妝躲閃
涼了半截（涼別作冷）　哭天哭地　你們世界　茶坊酒鋪　紅口白舌
一個悶雷　連哄帶慪　兩顴紅赤　偷梁換柱　來蹤去迹　移船泊岸
吞聲飲泣　壓壓邪氣　哽嗓氣噎　狐群狗黨　寄人籬下　邪侵入骨
上下打點　水落歸漕　頭破血出　把嘴一掀　謠言恐嚇　移花移木
風情月債　耍刀弄棍　通天本事　柔情蜜意　冤孽症候　拉篷扯縴
如魚得水　兩頰紅潮　酸文假醋　死眉瞪眼　脱滑頑去　見機行事
轟雷掣電　瞞神弄鬼　上高臺盤　鷄生鵝鬥　混沌世界　哀天叫地
混鬧胡説　無精打彩　熬油費火　金蟬脱殼　老天拔地　什麽田地
有天没日　偷鷄戲狗（戲別作摸）　泥猪爛狗　狼犺蠢大　懼貴怯官
天誅地滅　含羞忍辱　上學應卯　搬是弄非　清白處治　天翻地覆
坐纛旗兒　搖山振嶽　狐朋狗友　刀斬斧截　淡嘴賤舌　遭殃横死
鬧上天去　國賊禄鬼　鴉雀無聞　括拉上他　斷綫珍珠　驚師動衆
針挑刀挖　青紅皂白　拈風惹草　大清早起　內中有因
勇男蠢婦　閨瓊秀玉　裹頭糊塗　東道主人　千恩萬謝

慢步大走（一作邁）　歇馬涼亭　内造上用　没見世面　前仰後合
墳圈子裏　狐媚魘倒　河涸海乾　分金瓣兩　正根正苗　忍饑挨餓
弄神弄鬼　弄鬼掉猴　巴高望上　外頭路數　互相埋怨　冰炭不投
擦脂搽粉　明火執仗　官銜燈籠　捏造假賬　萬人咒罵　死緊攥住
猷猷而去　千湊萬挪　黑夜白日　海誓山盟　穿花度柳　留門看道
眉來眼去　如膠如漆　一團高興　醋缸醋瓮　這步田地　左右開弓
嚎天動地　安了根子　抓乖賣俏　烈火乾柴　驚官動府　翦草除根
打人罵狗　赤條精光　天天盤算　大驚大險　千奇百怪　碰在網裏
闢門候户　鬼使神差　天地至公　提名道姓　輕薄脂粉　搓綿扯絮
雅没雀静　包攬閒事　酌量辦理　打個千兒　爲王稱霸　大呼小叫
排班按序　根生土長　逞強鬥智　尖酸刻薄　騎上老虎　街坊鄰居
太陽地裏　刁鑽古怪　胡亂花費　捶床搗枕　佯羞詐鬼　一門親家
山南海北　躅免遺發　不識抬舉　狼號鬼哭　家反作亂　揚鈴打鼓
發咒賭誓　大吆小喝　髒塘臭溪　拿三搬四　若玉小姐　楊葉竄兒
天空地静　粉裝玉琢　有嘴無心
顧前不顧後　顧頭不顧尾　没籠頭的馬　貪多嚼不爛　比登天還難

登高必跌重　捏着一把汗　馱一輩子碑　揀遠路兒走　一里一里的
上不得臺盤　給個榧子吃　摸不着頭腦　毒日頭地下　主雅客來勤
轟去了魂魄　氣的黃了臉　不妨頭的人　和木頭似的　中看不中吃
溜油光的頭　比鐵鍬還沉　往網裏碰去　揉一揉腸子　狗長尾巴尖
一盞茶時候　着三不着兩　酒蓋住了臉　梳頭的家伙　老婆子樣兒
養老婆小子　排插兒坐下　滴里搭拉的　落得做人情　有了房頭兒
誰守一輩子　借借你的壽　尋出由頭來　走了大褶兒　臊一鼻子灰
摇頭三不知　別混支使人　熱鍋上螞蟻　樹倒猢猻散　命中天魔星
毛脚鷄似的　脂油蒙了心　捧鳳凰似的　六國販駱駝　鷄蛋碰石頭
野馬上籠頭　掃帚顛倒竪　告謊假脱滑　外頭的風聲　借些果子香
推順水船兒　如一盆火兒　拉的下臉來　碰的頭山響　丢在脖子後
仗着酒蓋臉　顧三不顧四　磕頭如搗蒜　摘了肩兒了　乜斜了眼兒
宫女兒下人　鬧出亂子來　皺了一皺眉　斜簽着身子　打不得撒手
够不着乾急　話頭來得便　搶頭報似的　遞了一袋煙　打嘴的東西
矮墻淺屋的　冤家路兒狹
老祖宗老菩薩　兒一聲肉一聲　金剛丸菩薩散　天不怕地不怕

千不該萬不該
混供神混蓋廟
風裏言風裏去
守得貧耐得富
餓了吃困了睡
越歷練越老成
曲盡丈夫之道
井水不犯河水
做個醒酒湯兒
懶狗扶不上墻
狗顛屁股兒的
綾羅裹大了的
心里刀絞似的
不問青紅皂白
忒兒一聲飛了
會說話不讓人

人不知鬼不覺
又不老又不小
花腸肚雪肌膚
有廉耻有心計
死不死活不活
大女人小女人
得了饞癆是的
好個愛八哥兒
無地縫兒可鑽
兩個妖精打架
官鹽反成私鹽
好似蜜裏調油
功不成名不就
膽子比斗還大
打墻也是動土
筋都疊暴起來

抱怨天抱怨地
橫不是竪不是
沉的沉漂的漂
樂一天是一天
軟的欺硬的怕
混往人身上拉
一步緊似一步
趕熱竈火來了
天天坐在井裏
貴脚幸踏賤地
早已灰了一半
獃磕磕的發怔
頑是頑笑是笑
刀擱在脖子上
不受這口軟氣
積古的老人家

丁是丁卯是卯
文不文武不武
千叮嚀萬囑咐
挨一會是一會
治一經損一經
没趣兒的東西
當家人惡水缸
拘的火星亂迸
饒壓着我的頭
誰敢哼一聲兒
捽臉子說塞話
提防着他的皮
銀子成了土泥
幾百年的熬煎
青了碗大一塊
如聽綸音佛語

嫂子長嫂子短
却像個糊塗人
倒抽了一口氣
没孝心的種子
酒糟透了的人
天子脚下世面
花了幾個臭錢
和我梆子似的
如今亂爲王了
碰到龍犄角上
生米煮成熟飯
有一萬個心眼子
火上澆油的性子
堆山積海的罪過
大風吹倒梳妝樓
忒婆婆媽媽的了

略猜着了八九
倒拿我作筏子
嘴像核桃車子
白眉赤眼兒的
鬼拉着我的手
碗大來的雹子
黑母鷄一窩兒
燒糊了洗臉水
大肚子彌勒佛
人口多費用大
已是楞子眼了
徹底來翻騰一陣
金子還是金子換
一步挪不了三寸
排出這個空兒來
脂粉隊裏的英雄

撅着鬍子坐着
油鍋裏撈出來
雁翅擺在兩傍
眼淚流成大河
送在火坑裏去
紗羅裏的美人
操上一百分心
跑出來浪漢子
没造化的種子
魔了這好幾年
領一頓水馱棍
也没彈我一指甲
帶到棺材裏使去
如來佛比人還忙
過了河兒就拆橋
難道我手上有蜜

扭着頭只管躲
爬上高枝兒去
避猫鼠兒似的
謅掉了下巴胳
忘八脖子一縮
風兒都吹的倒
三五代的陳人
唱戲的小粉頭
寶天王寶皇帝
前言不搭後語
壞透了的蹄子

指桑説槐的抱怨　如此不堪的田地　一塊石頭落了地
黄鷹抓住鷂子脚　順着竿子爬上來　兩腮如胭脂一般
水晶心肝玻璃人　死促狹小娼婦兒　醋罐子打個稀爛
跑解馬的打扮兒　我是老虎吃了你　四個眼睛兩個心
拿我作隱身草兒　牛不喝水强按頭　陳穀子爛芝麻的
風流場中耍慣的　雀兒揀着旺處飛　山坳海沿子上人
[火奄]毛的小凍猫子　快夾着你那毬嘴　打個爛羊頭似的
打了個焦雷一般　不怕下割舌地獄　不省事的小冤家
風裏言風裏語的　惟有燈知道罷了　説的比菩薩還好
編的連畜生不如　别做娘的春夢了　一個蘿蔔一頭蒜
纔説嘴就打了嘴　沉甸甸的不伏手　大火燒了毛毛蟲
這酒蜜水兒似的　和樹林子做街坊　那裏就走大了脚
丢下爬兒弄掃帚　頭似撥浪鼓一般　大奶奶是個菩薩
好似鐵捶砸下來　鷄蛋往石頭上碰　心裏已有了稿兒
天下老鴰一般黑　那牌兒名上的人　促狹鬼使的黑心
呼群的騾子似的　一個巴掌拍不響　你吃不了兜着走

没臉面的奴才們
白閒着混飯吃的
公婆難斷床幃事
打扮得花枝招展
鬧的腦袋都大了
不配抬舉的東西
只剩得一把骨頭
狗也比你體面些
變驢變狗報答你
情人眼裏出西施
有酒膽無飯力的
静悄悄一無人聲
啃淥淥一片瓦響
渾推渾趕出來的
大蘿蔔還用尿澆
瞎跑他娘的腿子

狗攧屁股兒似的
賣油娘子水梳頭
踢天弄井鬼聰明
嘻嚠嘩喇的亂響
兩隻眼水汪汪的
説什麽詩云子曰
鼻空裏哧哧兩聲
鱉着一肚子悶氣
頂梁骨走了真魂
没事人一大堆了
鑽入魔道裏去了
見了生人的是的
三十六局殺角勢
寅年吃了卯年的
教一句他説一句
黑心的養漢婆娘

朝廷原有注誤的
醉泥鰍姑舅哥哥
三面兩刀的東西
給你拾鞋也不要
人怕出名猪怕壯
那不了的浪東西
哭的如醉人一般
鋸了嘴子的葫蘆
一頓脚跺個稀爛
新過門的小夫妻
趁熱竈一氣炮製
持刀執棍的逼勒
皇天菩薩小祖宗
你還在罈子裏呢
化到爪窪國去了

就算你是一個尖兒
接二連三牽五挂四
月滿則虧水滿則溢
以毒攻毒以火攻火
水來伸手飯來張口
心裏歹毒口裏尖快
呼三喝四喊七叫八
天有多高地有多厚
八下裏水落石出了
胡捽亂打跌慣了的
誰蒸下饅頭等着你
一團私欲愁悶氣色
那一個眼睛看得上
慌慌張張鬼趕似的
來生也變個女孩兒
扭的扭股兒糖似的

三日打魚兩日曬網
明一盆火暗一把刀
耳鬢斯磨心情相對
遇難成祥逢凶化吉
思茶無茶思水無水
今日朝東明日朝西
稱三贊四恨五罵六
要生不能要死不得
你忒婆婆媽媽的了
同女孩兒一般人品
丢在九霄雲外去了
瘦死的駱駝比馬大
西洋花點子哈巴兒
屋子裏跑出青天來
當着矮人別説矮話
泰山高遮不住太陽

見鷄殺鷄見犬殺犬
烈火烹油鮮花着錦
鬼不成鬼賊不成賊
説一是一説二是二
横針不拈竪綫不動
欲近不敢欲遠不捨
嫁鷄隨鷄嫁狗隨狗
説遠就遠説近就近
吃着碗裏瞧着鍋裏
没有個不散的筵席
轟了魂魄目瞪口獃
餓虎撲食猫兒捕鼠
青臉紅鬚的瘟神爺
天上掉下個活龍來
裏頭外頭大的小的
人急造反狗急跳墻

一股酸辣透入顖門
聾子放炮仗散了罷
手心裏又剥一層皮
一五一十説個不清
糊塗渾嗆了的忘八
急的眼睛鈴鐺一般
乘機撩撥眉目傳情
連一個影兒也没有
給他個炭簍子帶上
没有砍兩顆頭的理
含着骨頭露着肉的
看個風頭等個門路
却一盆火兒的趕着
説笑了你們就值錢
一個人牙兒也没有
數一數二的大門户

花開一朵各表一枝
像吃了蜜蜂屎兒的
怕糞草埋了他不成
大海裏那裏撈針去
反化了許多昧心錢
繡房鑽出個大馬猴
眼睛腫得桃兒一般
打牙撂嘴兒的頑笑
撞着這位太歲奶奶
擺設的水晶宫似的
掩旗息鼓捲包而去
男大須婚女大須嫁
不乾不净的毛丫頭
揉搓成一個面團兒
底下字號的奶奶們
出落得花朵似的了

吃飯的地方都没了
一日叫娘終身是母
我腸子裏爬出來的
竟是個狐狸精變的
往虎口裏探頭兒去
金簪兒掉在井裏頭
調理的水葱兒似的
爲打老鼠傷了玉瓶
又是貪多嚼不爛的
在這裏作眼睛珠兒
老鴉窩養出鳳凰來
恨鐵不成鋼的意思
就漸漸的持戈試馬
好茶好飯混着不吃
眼裏揉不下沙子去
終年間吃糧不管事

在外頭撒野撍訛頭
冤化了若干的銀子
繼了一個混賬兒子
越睄越愛越想越要
并没有過明路兒的
朝廷還有三門子窮親
十日不好也有一日好
多大碗兒吃多大的飯
什麽花姑娘草姑娘的
二百年的事都想起來
狗嘴裏還有象牙不成
天上吊下火紙來燒着
只拿着軟的做鼻子頭
抖腸搜肺炙胃扇肝的
癩蝦蟆想要天鵝肉吃
哭兩缸淚醫不好棒瘡

我是犯過案的賊麽
把我一詐就嚇毛了
都付與東洋大海了
去運氣的不要惹他
不覺打了個焦雷一般
拔一根寒毛比腰還壯
連一個影兒也摸不着
魂也要一日來一百遭
拿着腔兒哼哼唧唧的
逼着你殺人你也殺去
充什麽外圍子的防護
頭頂上響了一個焦雷
一對天生地設的夫妻
知道什麽粉頭麵頭的
黑老鴰子長出鳳頭來

我看你活得活不得
不成材料的狗男女
你們眼裏的刺似的
也學了這一派酸論
好似木雕泥塑的一般
胳膊折了往袖子裏藏
從門前過順路的人情
狗咬吕洞賓不識好歹
眼皮子又淺爪子又輕
説謊的似那架上鸚哥
心中像澆了一盆冰水
三人抬不過一個理字
偷來的鑼鼓兒打不得
把魂嚇掉了還没歸竅
兩眼就像那鸄鷄似的

到像一對雙生的弟兄
別人是插不下嘴去的
隔了肚皮是不中用的
這種蠢貨有什麽情種
仔細肚子裏麵筋作怪
痰迷了心胎油蒙了竅
乾瞅着把個妙人走了
把一個指頭探在嘴裏
竟是見一個愛一個的
不像那些等米下鍋的
搭趄着找這個弄那個
如今焦了尾巴稍子了
單絲不成綫獨木不成林
恨不得渾身化在他身上
穿紅着綠帶寶插金的人
花兩個錢教他學些乖來

和尚無兒孝子多着呢
想那個耗子不偷油呢
就如那花的含苞一樣
假周勃以安劉的法子
醋汁子老婆擰出來的
没家親引不出外鬼來
打扮的像個西施樣子
以後不知飛在誰手裏
誰必是借誰的光兒呢
我們弟兄們是一樣的
累的成了個病包兒了
狀元難道没有糊塗的
拚着一身剮皇帝扯下馬
巧媳婦做不得没米的飯
誰又是二十四個月養的
白刀子進去紅刀子出來

草棍子還没有的日子
不能衝喜竟是催命了
兩眼汪汪咬着牙發狠
左不是你三個多嫌我
立起兩隻眼睛來罵人
未免釀成個盜跖心性
你如今不是副小姐了
羊群裏跑出駱駝來了
反到拿我打起卦來了
安心打擂臺打撒手兒
連骨頭都没有一些兒

病來如山倒病去如抽絲
錐子扎不出一聲兒來的
熬油費火鬧的上下不安
生是你的人死是你的鬼
油鍋裏的還要拿出來花
真人不露相露相不真人
就是這麽拿糖作醋的來
恨不得長出百十個嘴來
天下有幾個都是貴妃命
天下事那裏有多少真呢
留得青山在依舊有柴燒
兩個猫兒一遞一聲廝叫
花爲腸肚雪作肌膚的人
虎狼屯於階陛尚談因果
只在鼻子眼裏笑了一聲
只管揪鬍子打我這老臉

銀子花的像淌海水似的
倒像一把子四根水葱兒
滿嘴裏的你呀我呀起來
難道把我擘分瓣子不成
公公道道貼一罏子燒餅
鬧得没上没下没裏没外
便有些饑不擇食的光景
胖子也不是一口兒吃的
叫人家騎上頭來欺負的
小孩子家魂兒還不全呢
也是惺惺惜惺惺的意思
一大堆的事没個動秤兒
前人灑土迷了後人的眼
添了宋太祖滅南唐之意
東扯西扯弄的牛鬼蛇神
即刻叫人牙子來賣了他

人有吉凶事不在鳥聲中

專在女孩兒身上用工夫

以後便亂世爲王起來了

叫人鬼支使的失魂落魄

梅香拜把子都是奴才罷咧

没吃個猪肉也看見個猪跑

墊着磁瓦子跪在太陽地下

摸你脖子上幾個腦袋瓜子

蒼蠅兒不抱没縫兒的鷄蛋

天地間没有了我到也乾净

你要活人腦子也弄來給你

耗子尾巴上長多少膿血兒

千日的不好還有一日的好

你弄出個獃人替他們出氣

拿着我們的小軟兒出氣呢

又叫我們跟着打悶葫蘆了

索性死了心也省得來纏

牡丹雖好全仗緑葉扶持

看他是幾個腦袋幾隻手

蹺起一隻腿比你的頭還高

人家給個棒棰我就認作針

包管腿上的筋早折了兩根

要有個横勁那龍也下蛋了

一對燒糊的卷子和他混罷

也斷不透他是明白是糊塗

巧媳婦做不出没米兒粥來

先奸後娶没漢子要的婦女

一點半點兒都要認起真來

把你頭上的榪子蓋揪下來

就是那活活兒的現世報了

不但日子好還是好日子呢

我也不敢去虎頭上捉蝨子
交給你們這一起伏上水的
哧的一笑又瞅着他咂嘴兒
又不是你下的蛋怕人吃了
把眉頭兒眨瞅着發起怔來
千里搭長棚，没有不散的筵席
大事化爲小事，小事化爲没事
若錯過了打着燈籠還没處尋
説好話的人少，説獃話的人多
恨的牙癢癢要撕你的肉吃呢
將一條街燒得如火焰山一般
店房有個主人，廟裏有個住持
只有打顫的分兒，那裏撕得動
盤着腿合着手，閉着眼撅着嘴
走開不好，站着不好，坐下不好
越使錢越叫人拿住了刀靶兒

如同將身撂在大海裏一般
嚇得個個像木雕泥塑一般
千刁萬刁的大姑子小姑子
活活兒的把個小命兒要了
輾轉纏綿竟好像轆轤一般
必定裝蚊子哼哼就是美人了
把你兩個的牛黄狗寶掏出來
只等有熱竈火坑讓他鑽去罷
倒像殺了賊王擒過反叛來的
如同猫兒狗兒抓咬了一下子
拿草根兒戳老虎的鼻子眼兒
娶了親的人，還是那麽孩子氣
任憑弱水三千，我只取一瓢飲
天下那裏有這樣没造化的人
下身自覺咯得疼，狠命的掌住
你死了的娘陰靈兒也不容你

一個手一個心一個嘴裏調度
這裏是踹一頭兒撬一頭兒的
你們就這麼三六九等的兒了
不多幾年已巴到極頂的分兒
那臉上紅撲撲兒的一臉酒氣
交的人總不過是些酒肉兄弟
風啊雨的横竪淋不到你頭上來
拿着皮肉倒往不相干的外人貼
朱紅高大臘燭點的像金龍一般
便是孫大聖聽見了緊箍咒一般
食量大如牛，吃個老母猪不抬頭
便大嚷起來，只是兩隻脚挪不動
寧撞金鐘兒一下，不打鐃鈸三千
眉眼兒上頭也不是個狠安頓的
爲這些忠心兒掩不住纔這麼説
丈八的燈臺，照見人家照不見自己

誰是你一個衣胞裏爬出來的
自許州官放火，不許百姓點燈
如今索性連眼兒也都不瞧了
吃着自己的飯，替人家趕獐子
如今的奴才比主子强着多呢
嫁出去的女孩兒，潑出去的水
誰蒸下饅頭等着你，怕冷了不成
一個是美人燈兒，風吹吹就壞了
若從外頭殺來，一時是殺不死的
嚇的兩眼直瞪，半句話都没有了
我雖丈六金身，還借你一莖所化
覺着腦袋上加了幾個腦箍似的
連他脚底下的泥我還跟不上呢
比我們三等使喚的丫頭還不如
好容易講《四書》似的纔講過來了
摇車兒裏的爺爺，拄拐棍兒的孫子

化的銀子照樣打出你這個銀人兒

楚霸王也要兩隻膀子，好舉千斤鼎

到像有幾千斤重的一個橄欖似的

人家養猫拿耗子，我的猫只咬倒鷄

就是三頭六臂的男人還撑不住呢

各自過各自的，誰也不肯做誰的主

多多少少的穿靴帶帽的强盗來了

撞喪醉了，夾着你的腦袋挺你的屍去

這鴨頭不是那丫頭，頭上那有桂花油

打破了這個燈虎兒，這饑荒纔難打呢

天打雷劈，五鬼分屍，没良心的種子

我這一脚把你兩個小蛋黄子踢出來

我拉蒲團之外不知天地間尚有何物

眼見得白花花的銀子只是不能到手

看頭做帽子，要一些兒富餘也不能的

身子有千百斤重，兩隻脚却像踹着綿花

黄柏木作磬槌子，外頭體面裏頭苦

白瞪着兩隻眼，一句話也說不出來

爬灰的爬灰，養小叔子的養小叔子

就是個韓信、張良也把智謀嚇回去

誰家没個碟大碗小磕着碰着的呢

朝裏那些官兒，這都是城裏的人麽

把眼直瞪瞪的瞅了兩三句話的工夫

都三般兩樣掂人的分量放出來兒了

誰家的人做了賊被人打死要償命麽

拔去肉中釘、眼中刺，大家過太平日子

出去的多進來的少，總繞不過灣兒來

可不說的，三生石上百年前結下的麽

總不要一去了把我擱在腦杓子後頭

見咱們勢頭兒敗了，各自奔各自的去

女兒是水做的骨肉，男人是泥做的骨肉

又恨不得把銀子錢省了下來堆成山好

天地鬼神日頭月亮照着，膝子裏頭生疔

化了幾萬銀子，只算得牛身上拔一根毛

得了什麽不來問我，丢了東西就來問我

便是小户人家還是挣一碗飯養活母親

夯雀兒先飛，省得臨時丢三落四的不齊全

要把我拉在渾水裏，弄一個不清不白的名兒

實在天地間的靈氣獨鍾在這些女子身上了

真是李後主説的，此間日中只以眼淚洗面矣

嘴甜心苦，三面兩刀，上頭笑着，脚底就使絆子

他便妖妖喬喬、嬌嬌癡癡的問寒問熱，忽喜忽嗔

天天宰猪割羊、屠鵝殺鴨，好似臨潼鬥寶的一般

没有長翎毛根兒就忘了本，只揀高枝兒飛去了

一個娘肚子裏跑出這樣天懸地隔的兩個人來

是塊肥羊肉，無奈燙的慌，玫瑰花兒可愛，刺多扎手

唐僧取經，白馬馱着他，劉智遠打天下，瓜精送盔甲

把我王家地縫子掃一掃，就彀你們一輩子過的了

不是東風壓了西風，就是西風壓了東風

要天上的月亮也有人去拿下來給他頑

兩個眼已經乜斜了，兩腮上也覺紅暈了

這樣混帳的東西留的種子也是没帳的

弄他那麽一個珍珠的人來，不會説話也無用

兩個眼睛倒像個活猴兒似的，東溜溜西看看

一盆纔透出嫩箭的蘭花，送到猪圈裏去一般

兩頰微紅，雙眸帶赤，别有一種謹愿可憐之意

家裏有了一個女孩兒，生得好些，便是獻寶似的

一嫁了男子，染了男人的氣味，就這樣混帳起來

兩個人的腔調兒都彀使的了，别打諒誰是傻子

也是出兵放馬，背着主人逃出命來了人的不成

倉老鼠向老鴰去借糧，守着的没有，飛着的倒有

咱們金玉一般的人，白叫這兩個現世寶沾污了去

真乃從古至今天上人間第一件暢心滿意的事了

個個好像烏眼鷄似的，恨不得你吃了我，我吃了你

天上星宿，山中老僧，洞裏的精靈，他自具一種性情
氣兒大了，吹倒了林姑娘，氣兒緩了，又吹化了薛姑娘
可知天下男子之心，真真是個冰寒雪冷、令人切齒的
他便抹粉施脂，描眉畫鬢，奇情異致的打扮收拾起來
娶一個天仙來也，不過三夜五夜，也就丢在脖子後頭了
人家鳳凰似的好容易養了一個女兒，比花朵兒還輕巧
立個長生牌位，天天燒香磕頭，保佑你一輩子福壽雙全
真真的小短命鬼兒，放着屁不挺，半夜三更嚎你娘的喪
你的嘴裏難道有茄子塞着，不就是他們給你嚼子銜上了
打了銀的又要金的，看了珠子又要寶石，吃着肥鵝又宰肥鴨
顔色雪白，身子恍恍蕩蕩的，眼睛也直直的在那裏東轉西轉
惟有喉中哽咽的分兒，却一字説不出，那眼淚一似斷綫珍珠一般
咱們清水雜麵，你吃我看，提着影戲人子上場兒，好歹别戳破這層紙兒
上山看虎鬥，借刀殺人，引風吹火，站乾岸兒，推倒油瓶不扶，都是全挂子的武藝
只是這裏掃帚顛倒竪，也没有主子，也没有奴才，也没有妻，没有妾，是個混帳世界了
此時心裏竟是油兒醬兒、糖兒醋兒倒在一處的，一般甜苦酸鹹，竟説不出什麽味兒來了

賈不假，白玉爲堂金作馬；阿房宮，三百里，住不下金陵一個史；東海缺少白玉床，龍王來請金陵王；豐年好大雪，珍珠如土金如鐵

四時閒課

下棋	趕圍棋	下象棋	磕瓜子兒
擲骰子搶紅	抓子兒贏瓜子	彈琴	解九連環
趕羊	搶快	抹骨牌	打天九
打雙陸	唱檔子	掏促織	掏雀兒
飼鸚	喂金魚	釣魚	看畫眉洗浴
打十番	猜燈謎	撲雪人兒	放花燈
聯句	餞花神	辦消寒會	踢球
鬥百草	打絡子	放煙火	拉冰床
編柳葉籃	射覆	打鞦韆	放風箏
射鵠子	養蟈蟈兒	玩月	掐花兒
扎花兒	拉鎖子	撕扇	看舞鶴
射小鹿	鬥馬吊牌		

卷三 餘索

叢說

書中之生日可證者，元春正月初一日，又爲太祖冥壽，寶釵正月二十一日，薛姨媽、賈政并在二三月間，日月無考，王夫人三月初一日，賈璉三月初九日，王子騰夫人亦三月間，其日無考，林黛玉二月十二日，與襲人同日生，寶玉、岫煙、寶琴、平兒、四兒五人同日生，大約在四月間，探春在三月初三日，薛蟠五月初三日，巧姐七月初七日，鳳姐九月初二日，與金釧同生日，賈敬在九月，王子騰在十一月底，其日均無考，賈母則八月初三日也。

王雪香總評云：『一部書中，凡壽終，夭折，暴亡，病故，丹戕，藥誤及自刎，被殺，投河，跳井，懸梁，受逼，吞金，服毒，撞階，脱精等事，件件俱有。』今查林如海以病死，秦氏以阻經不通水虧火旺犯色欲死，瑞珠以觸柱殉秦氏死，馮淵被薛蟠毆打死，張金哥自縊死，守備之子以投河死，秦邦業因秦鍾智能事發老病氣死，秦鍾以勞怯死，金釧以投井死，鮑二家以吊死，賈敬以吞金服沙燒脹死，多渾蟲以酒癆死，尤三姐以姻親不遂攜鴛鴦劍自刎死，尤二姐以誤服胡君榮藥將胎打落後被鳳姐凌逼吞金死，鴛鴦之姊害血山崩死，黛玉以憂鬱急痛絶粒死，晴雯以被攆氣鬱害女兒癆死，司棋以撞墻死，潘又安以小刀自刎死，元妃以痰厥死，吴貴媳婦被妖怪吸精死，賈瑞爲鳳姐夢遺脱精死，石獃子以古扇一案自盡死，當槽兒被薛蟠以碗砸傷腦門死，何三被包勇木棍打死，夏金桂以砒霜自藥死，湘雲之夫以弱症夭死，迎春被孫家揉搓死，鴛鴦殉賈母自縊死，趙姨被陰司拷打在鐵檻寺中死，鳳姐以勞弱被冤魂索命死，香菱以産難死，則足以考終命者，其惟賈母一人乎！

賈府姊妹自乳母外，有教引老媽子四人，貼身丫頭二人，充灑掃使役小丫頭四五人，自撥入大觀園後，各添老嬷嬷二人，又各派使役丫頭數人，以一女子而服役者十餘人，其他可知矣。

論月費一項，王夫人月例每二十兩，李紈每月月銀十兩，後又添十兩，周、趙二姨每月二兩，賈母處丫頭每人每月一兩，外錢四吊，寶玉處大丫頭每人月各一吊，小丫頭八人每人月各五百，其餘各房等皆如例，即此一項，其費已侈矣。

内外下人俱各有花名檔子册，凡取物各有對牌，其有犯事者，或革去月錢，或交總事者打四十板、二十板不等，或撥入圊厠行内，或捆交馬圈子裏看守，或竟攆出，具見大家規矩。

查抄以後，一切下人除賈赦一邊入官人數外，府中管事者尚有三十餘家，共計男女二百十二名，至賈母喪時，查剩男僕二十一人，女僕十九人，盛衰之速如此。

鳳姐放債盤利，於十一回中，則平兒嘗説旺兒媳婦送進三百兩利銀；第十六回云，旺兒送利銀來；三十九回云，將月錢放利，每年翻幾百兩體己錢，一年可得利上千；七十二回鳳姐催來旺婦收利賬。叙筆無多，其一生之罪案已著。

鳳姐叫寶玉所開之賬，爲大紅妝緞四十匹、蟒緞四十匹，各色上用紗一百匹，金項圈四個，雖卒未知其所用，亦見其侈靡之一端。

兩府中上下内外出納之財數，見於明文者，如芹兒管沙彌道士每月供給銀一百兩；芸兒派種樹，領銀二百兩；給張材家的繡匠工價銀一百二十兩；貴妃送醮銀一百二十兩；金釧死，王夫人賞銀五十兩；王夫人與劉老老二百兩；鳳姐生日湊公分一百五十兩有餘；鮑二家死，璉以二百兩與之，入流年賬上；詩社之始，鳳姐先放銀五十兩；賈赦以八百兩買妾；度歲之時，以碎金二百五十三兩六錢七分，傾壓歲錁二百二十個；烏莊頭常例物外繳銀二千五百兩，東西折銀二三千兩；襲人母死，太君賞銀四十兩；園中出息，每年添四百兩；賈敬喪時，棚扛孝布等共使銀一千一百十兩；尤二姐新房，每月供給銀十五兩；張華訟事，鳳姐打點銀三百兩，賈珍二百兩，鳳又訛尤氏銀五百兩；金自鳴鐘賣去銀五百六十兩；夏太監向鳳姐借銀二百兩；金項圈押銀四百兩；薛蟠命案薛家費數千兩；查抄後欲爲監中使費，押地畝數千兩；至鳳姐鐵檻寺所得銀三千兩；賈母分派與赦、珍等銀萬餘兩；賈母之死，禮部賞銀一千兩。無論出納，真書中所云如淌海水者，宜乎六親同運，至一敗而不可收也。

元妃寵時，其所載賞賜之隆，不一而足。至賈母八十生壽，其賞賜及王侯禮物亦可謂富盛一時。至酬贈如甄家進京時，送賈府禮，叙上用妝緞蟒緞十二匹，上用雜色緞十二匹，上用各色紗十二匹，上用宫綢十二匹，官用各色紗緞綢綾二十匹。賈敬死時，甄家送打祭銀五百兩。舉此二端，凡所酬贈者可知。至禮節如寶玉行聘之物，叙金項圈、金珠、首飾八十件，妝蟒四十匹，各色紬緞一百二十匹，四季衣服一百二十件，外羊酒折銀。舉此一端，其他之婚喪禮節可知。殆所謂開大門楣，不能作小家舉止耶。

詳叙烏莊頭貨物單，所以紀其盛，而此時賈珍之辭，猶以爲未足。詳叙抄没時貨物單，所以紀其衰，而此時赦、政之心殊苦。其他多一入一出，一喜一悲，禍福乘除，信有互相倚伏者。

英蓮方在抱，僧道欲度其出家。黛玉三歲，亦欲化之出家，且言外親不見，方可平安了世。又引寶玉入幻境。又爲寶釵作冷香丸方，并與以金鎖。又於賈瑞病時授以風月寶鑒。又於寶玉鬧五鬼時，入府祝玉。又於尤三姐死後，度湘蓮出家。又於還寶玉之玉後，度寶玉出家。正不獨甄士隱先機早作也，則一部之書，實一僧一道始終之。

諺云『一生無病便爲福』。今書中所記，如云『寶玉急火攻心，以致吐血』，如云『尤氏素有胃痛症』，如云『迎春病』，如云『襲人偶感風寒，身體發重，頭疼目脹，四肢火熱』，如云『探春病』，如云『秋紋到家養病幾日』，如云『巧姐方病，賈母感風寒亦病』，如云『王夫人多病多痰』，如云『蘆雪亭賞雪時迎春病』，如云『寶琴之母素有痰症』，如云『李紈以時氣感冒』，如云『邢夫人害火眼』，如云『湘雲在園中病』，如云『五兒多病』，如云『李紈因蘭兒病不理園事』，如云『五兒受軟禁後又病』，如云『賈母感風霜病』，如云『薛蟠因出門不服水土生病』，如云『琥珀有病』，如云『五兒之病愈深，似染怔忡之症』，如云『寶玉又以外感風寒成病』，如云『香菱有乾血之症』，如云『薛姨媽被金桂慪得生肝氣病』，如云『巧姐驚風内熱』，如云『妙玉以打坐走魔得病』，如云『寶釵病重』，如云『王夫人心疼病』，如云『尤氏自園中歸大病，賈珍亦病』，如云『賈母以感冒風寒得病』，如云『寶玉去後襲人急病』，如云『賈赦有痰症』之類，幾乎無人不病過矣，則病固人所難免乎？ 至於鳳姐、黛玉諸人，其因病而死者，書中所述，又難盡記者矣。

凡寶、黛二人相見争慪之事，若游園歸後將荷包翦碎一段，史湘雲來時門口一段，看《會真記》以謔詞激怒一段，怡紅院不開門一段，因落花傷感一段，賈母處裁衣口角一段，元妃賜物時論金玉口角一段，清虚觀懷麒麟後一段，剪玉穗子大鬧一段，瀟湘館大鬧擲帕與拭淚一段，兩人訴肺腑一段，向襲人誤認黛玉一段，鉸扇套兒一段，聽寶與湘説林妹妹再不説這話一段，放心不放心二人辨説一段，黛玉奠親後寶玉過談并看《五美吟》一段，夢中見剖心一段，聽琴後論知音一段，聞雪雁寶玉定親之語自己遭塌身子一段，聞傻大姐語過寶玉見面一段，皆關目之緊要者，須玩其一節深一節處，斯不負作者之苦心。

寶玉立誓之奇，有令人讀之噴飯者。 其對襲人云『化一股輕煙，風一吹便散』，拿簪子跌斷云『同這簪子一樣』； 對湘雲云『我要有壞心，立刻化成灰，教萬人踐踏』； 對黛玉云『若有心欺負你，明兒我掉在池子裏，叫了癩頭黿吃了去，變個大忘八，等你明兒做了一品夫人，病老歸西的時候，我往你墳上替你馱一輩子碑去』。 又云『再説這樣話，就長個疔，爛了舌頭』； 又云『天誅地滅，萬世不得人身』； 又對襲人云『我就死了，再能彀你哭我的眼淚，流成大河，把我屍首漂起來，送到那鴉雀不到的幽僻之處，隨風化了，自此再不要託生爲人，就是我死的得時了』；對紫鵑云『我只願這會子立刻我死了，把心迸出來，你們瞧見了，然後連皮帶骨一概都化成一股灰，再化成一股煙，一陣大風，吹得四面八方，都登時散了，這纔好』；對尤氏云『人事莫定，誰死誰活，倘或我在今日明日，今年明年死了，也算是隨心一輩子了』。聊集録之，以供一覽。此書者，真能以匪夷之想肖之。

寶玉於園中姊妹及丫頭輩，無在不盡心體貼。釵、黛、晴、襲身上，抑無論矣。其於湘雲也，則懷金麒麟相證；其於妙玉也，於惜春弈棋之候，則相對含情；於金釧也，則以香雪丹相送；於鶯兒也，則於打絡時嘵嘵詰問；於鴛鴦也，則湊脖子上嗅香氣；於麝月也，則燈下替其篦頭；於四兒也，則命其翦燭烹茶；於小紅也，則入房倒茶之時，以意相眷；於碧痕也，則群婢有洗澡之謔；於玉釧也，有吃荷葉湯時之戲；於紫鵑也，有小鏡子之留；於藕官也，有燒紙錢之庇；於芳官也，有醉後同榻之緣；於五兒也，有夜半挑逗之語；於佩鳳、偕鸞也，則有送鞦韆之事；於紋、綺、岫煙也，則有同釣魚之事；於二姐、三姐也，則有佛場身庇之事；而得諸意外之僥幸者，尤在爲平兒理妝，爲香菱换裙兩端。

寶玉過梨香院，遭齡官白眼之看，黛玉過櫳翠庵，受妙玉俗人之誚，皆其平生所僅有者。

赦老純乎官派氣，政老純乎書腐氣，珍兒純乎財主氣，璉兒純乎蕩子氣，蓉兒純乎油頭氣，寶玉純乎傻子氣，環兒純乎村俗氣，我唯取蘭哥一人。

賈環之與彩雲，賈薔之與齡官，賈芸之與小紅，賈芹之與沁香、鶴仙，賈璉之與鮑二家多姑娘等，或以事，或以情，皆不脱娼妓家行徑，未可與言情者。

賈瑞之於鳳，薛蟠之於柳，真所謂癩蝦蟆者，其受禍也宜矣。若吴貴媳婦之夾腿，何媽之吹湯，亦未能自知分量。

吾願以柳湘蓮之鞭，治天下之饞色而生妄心者；吾願以賈探春之掌，治天下之挾私而起釁事者。

以金桂之蠱惑，而蝌兒能堅守之，古之所難；以趙姨之鄙劣，而政老偏寵嗜之，亦世之所罕。

提寶玉於鴛鴦、尤三姐之前，便厲色抵拒之，然謂其心口相符，吾不信也。

探姑娘之待趙姨，其性太漓，惜姑娘之訐尤氏，其詞太峻，皆不可爲訓者。

此書全部時令以炎夏永晝，士隱閒坐起，以賈政雪天遇寶玉止，始於熱，終於冷，天時人事，默然相吻合，作者之微意也。

還淚之説甚奇，然天下之情，至不可解處，即還淚亦不足極其纏綿固結情也。林黛玉自是可人，淚一日不還，黛玉尚在，淚既枯，黛玉亦物化矣。

士隱之贈雨村銀五十兩，賴縣之答賈政亦五十兩，其數同，其情異。

讀《好了歌》，知無好而不了者。然天下亦有好不好、了不了之人，且天下有了而不好之人，未有好而不了之人。

王嬷嬷妖狐之駡，直誅花姑娘之心；蟠哥哥金玉之言，能揭寶妹妹之隱。讀此兩節，當滿浮三大白。

寶玉之婢，陰險莫如襲人，刁鑽莫如晴雯，狹窄莫如秋紋，懶散莫如麝月，各有所短，然亦各有所長，若綺霞、碧痕者流，委蛇進退焉而已。

襲人與紫鵑，皆出自太君房中，一與寶玉，一與黛玉，迨至寶玉僧、黛玉死，而襲人嫁玉函爲妻，紫鵑從惜春逃佛，孰是孰非，知者辨之。

觀平兒之於鳳姐，可以事危疑之主；觀寶釵之於黛玉，可以立媢忌之朝。

葫蘆廟小沙彌，與江西署之李十兒，皆牽主人如傀儡，而一升官、一壞事者，亦視乎其所駕馭耳。茜雪之攆，左右寒心，則檀雲之脱然而去也，固有先幾之智矣。

男子如薛蝌，女子如岫煙，皆書中所罕有，真是一對好夫妻。

寫士隱之依丈人者，爲全書中如黛玉之依外祖母，薛氏母女之依姊妹，邢岫煙之依姑母，李嬸母女之依侄女兒，尤氏母女之依女婿等作一影子。

世態之幻，無幻不搜，文章之法，無法不盡，但賞其昵昵兒女之情，非善讀此書者。

未入園時，寶玉、黛玉住賈母處，李紈、迎、探、惜住王夫人處三間抱厦内，湘雲、襲人少時，住賈母西邊暖閣上，梨香院教習女伶後，薛姨媽另住東南上一所幽静房舍，寶琴初到時跟賈母睡，薛蝌住蟠兒書房，岫煙與迎春同住，李嬸同紋、綺住稻香村。

襲人初出場，則云大丫頭，名唤襲人者，特用一個者字，作者有微意焉，若他人出場，并無此例。

寧榮兩府房屋，街東爲寧國府，稍西爲黑油大門，榮府之旁院也，賈赦、邢夫人居之。而二宅之間，中有小花園隔住。再西爲榮府大門，其正堂之東一院，賈政、王夫人居之。其正堂之後，在王夫人所住之西者，鳳姐居之。其自儀門内西垂花門進去，一所院落，賈母居之。出賈母所住後門與鳳姐所住之院落相通，故鳳姐初入賈母處，自後門來。

《紅樓》之製題如曰俊襲人，俏平兒，癡女兒（小紅也），情哥哥（寶玉也），冷郎君（湘蓮也），勇晴雯，敏探春，賢寶釵，慧紫鵑，慈姨媽，獃香菱，憨湘雲，幽淑女（黛玉也），浪蕩子（賈璉也），情小妹（尤三姐），苦尤娘（尤二姐），酸鳳姐，癡丫頭（傻大姐），懦小姐（迎春），苦絳珠（黛），病神瑛之類，皆能因事立宜，如錫美謚。

園中韻事之可記者，黛玉葬花冢，梨香院隔墻聽曲，芒種日餞花神，寶玉替麝月篦頭，怡紅院丫頭在回廊上看畫眉洗浴，薔薇花架下齡官畫薔，堵院中溝水戲水鳥，跌扇撕扇，湘雲與翠縷説陰陽，瀟湘館下紗屜看大燕子回來，襲人煩湘雲打蝴蝶結子，黛玉教鸚鵡念詩，山石邊掐鳳仙花，繡鴛鴦肚兜，翠墨傳箋邀社，怡紅院以纏絲白瑪瑙碟送荔支與探春，看菊吃蟹，黛玉坐繡墩倚闌釣魚，寶釵倚窗檻掐桂蕊引游魚唼喋，探、紈、惜在垂柳陰中看鷗鷺，迎春在花陰下拿花針穿茉莉花，掃落葉，碧月捧大荷葉翡翠盤養各色折枝菊花，宣窑磁合取玉簪花中紫茉莉粉，小白玉合中取胭脂膏助平兒妝，翦并蒂秋蕙，爲平兒簪鬢，鴛鴦坐楓樹下與平、襲談心，香菱學詩，湘雲以火箸擊手壚催詩，晴雯在薰籠上圍坐，寶琴披鳧靨裘，丫鬟抱紅梅瓶站雪山上，看駕娘夾泥種藕，襲人取花露油鷄蛋香皂頭繩爲芳官添妝，紫鵑坐回廊上做針綫，藕官於杏子陰吊藥官，鶯兒過杏葉渚，以嫩柳條編玲瓏過梁籃子送鞶卿，麝月在海棠下晾手巾，蕊官以薔薇硝送芳官，芳官掰手中糕逗雀兒頑，湘雲醉後卧勺藥裀，探春和寶琴下棋岫煙觀局，小螺、香菱、芳、蕊、藕、荳等鬥草，荳官辨夫妻蕙，寶玉爲香菱换石榴裙，以樹枝挖地坑埋并蒂菱、夫妻蕙，以落花掩之，怡紅院夜宴行令唱曲，佩鳳、偕鸞作鞦韆戲，建桃花社，柳絮詞唱和，傻大姐掏促織拾繡香囊，凸碧堂賞月以桂花傳鼓，聽月夜品笛，凹晶館倚闌聯句，作《芙蓉誄》祭晴雯，紫鵑掐花兒，瀟湘館聽琴，其他瑣事不一，聊摘拾如右，以備畫本。

糾　疑

暇嘗涉覽二十四史，其前後相矛盾者，不一而足，况空中結撰，無關典要之書耶？　今條著其可疑者如左，非敢爲吹毛之求，亦以明讀書者之不可草草了事云爾。

鳳姐爲王夫人大兄之女，王夫人三姊妹，次即薛姨媽，其兄弟三人，子騰行二，子勝行三，今一百一回中，稱子騰爲大舅太爺，子勝爲二舅太爺，殊失檢點。

第四回點明李紈時係己酉年，就後文甲寅年云，賈蘭十五歲，則是時蘭當八歲，其云五歲者誤也。

黛玉母死時，遽云年方六歲，而即謂其奉侍湯藥，守喪盡禮，又謂其舊症復發云云，皆於理欠的。

閱第五十三回寧國公名演，榮國公名法，今閱第三回云，榮國公賈源，爲源爲法，其不相合者如此。

據第二回云，大年初一生元春，次年又生一公子，銜玉云云，是玉之與元春僅差一年，何後文所説意似差十餘年者？　此等處不能爲之原諒也。　查後元春二十六歲時，寶玉方十二歲，故知次年二字之謬，特出自冷子興口中，豈因傳聞於人，隨口演説耶？

二回冷子興又云，長女元春，因賢孝才德選入宫作女史，上文既云元春生後一年生寶玉，則此時寶玉方七八歲，元春不過十歲内耳，何便决其爲賢孝才德，即選作女史也？

查是年元春廿六歲，爲王夫人廿二歲所生，若寶玉則王夫人三十六歲時所生也，書中俱可推算。黛玉初入榮府時，爲十一歲，寶玉方十二歲，而前一回子興云，黛玉方五六歲，寶玉七八歲，未免長成得太快。

第十回，東府菊花盛開，已交秋末時節，而云吃桃子，於理未合。

第十二回云，如海冬底病重，而十三回，昭兒自蘇回云，如海九月初三日巳時没，不甚鬥筍。

鳳姐處置賈瑞之時，明明點出臘底二字，遲之久而秦氏始死，亦在歲底者，然此時去秦氏死期已過五七，派時令亦入新年中二月光景矣，而昭兒回來，猶云年底可趕回，猶要大毛衣服云云，何不顧前後如此？

元妃生於甲申年，書有明文，至省親時，實係二十九歲，寶玉是年十五歲，當寶玉三四歲時，元妃已十七八歲，故能教幼弟之書，想此時尚未入選爲女史也，後元妃於甲寅年薨，係年三十一歲，今書中作元妃死時四十四歲，殊不合。

三十二回爲壬子，襲人時十七歲，其與湘雲十年前同住西邊暖閣上：晚上你同我說那話兒，那會子不害臊？這會子怎麽又臊了？按十年前襲人與湘雲不過七歲上下，如何便解説此等言語？

三十九回時，太君年已七十八歲，其問劉老老年則云七十五，而太君云比我大好幾歲，還這麽硬朗，於理甚謬，或改劉老老年爲八十一二，方合。

四十五回黛玉云，我今年十五歲，當作十四歲爲是。

三十六回云，明兒是薛姨媽生日，時蓋壬子年夏末秋初也，至第五十七回亦云，目今是薛姨媽生日，時癸丑年春二月間也，豈一人有春秋兩生日耶？至賈母生日已詳叙八月初三一段事，今六十一回探春云，過了燈節是老太大生日，則又何也？

六十九回云，秋桐十七歲，又云屬兔，大誤，是年癸丑，則十七歲當是丁酉生，屬鷄。

七十回送尤二姐喪，有王姓夫婦，不知何人。

八十五回係甲寅秋間事，爲黛玉作生日，據前書云，黛玉二月十二日，與襲人同日生，而此處生日忽又在秋間矣。

九十二回云，十一月初一日，作消寒會，至九十三回，則記云十月中，時令顛倒。

元妃之薨，辨其爲三十一歲，而以四十四歲爲誤者，一則年近四十，安能復蒙寵進？一則王夫人是年爲五十三歲，豈王夫人八歲便能生妃耶？

諸家撰述提要

《後紅樓夢》三十卷，附《和大觀園菊花詩》二卷

白雲外史著，托名曹雪芹原稿。卷首有賈氏世系表世表，并前傳簡明節略，大旨亦宗前傳，無端添出林良玉爲黛玉之兄，殊覺蛇足。前傳代化爲賈演子，代善爲賈源子，今此書以代化爲賈源之長子，列於世表，而逸去賈演，大謬。

《綺樓重夢》四十八卷

蘭皋居士著，嘉慶乙丑瑞凝堂刻本。原名《紅樓續夢緣》，坊刻有《續紅樓》與《後紅樓》，遂易此名，其大旨翻前書之案，以輪回再世圓滿之，然詞多褻狎，與原書相去遠矣。

《續紅樓夢》四十卷

海圃主人著，嘉慶十年乙丑刻。亦翻前案，而喜爲官場熱中之説。

《續紅樓夢》三十卷

秦雪塢都閫著，嘉慶三年戊午抱瓮軒刻。秀水鄭藥園序，略云：他民已有《後紅樓》之刻，事同而旨異，雪塢乃别撰三十卷，爲前書衍其緒，非與後刻争短長也。按是書人名脚色悉照前傳，但多寫幽冥中事，不無涉誕耳。

《紅樓圓夢》三十卷

夢夢先生著，嘉慶甲戌紅薔閣刻本。接前書，立言詞尚近理，但才力不甚厚，未免有一覽無餘之病。

《紅樓復夢》一百卷

小和山樵著，嘉慶四年己未蓉竹山房刻本。山樵一稱少海氏，有自序一篇，大旨謂雪芹之作，本以敘天倫之樂事，余續此書，與雪芹所夢之人民城郭似是而非，偏常具備，而又廣之以懲勸報應之事者云云。按是書氣魄頗大，雖不及前，亦多可驚可喜者。

《紅樓夢補》四十八卷

歸鋤子著，嘉慶己卯藤花榭刻本。其例略云，此書寫黛玉回生，直接前傳九十七回離魂接入，凡九十七回以前之事，處處照應。按此書別開生面，亦有近情動人之處。

《補紅樓夢》四十八卷

琅環山樵著，嘉慶甲戌年刻。是書多荒謬語。

《增補紅樓夢》三十二卷

琅環山樵著。自續其《補紅樓夢》而廣之，其荒謬與《補紅樓》等，嘉慶庚辰歲續刻。

《紅樓幻夢》二十四卷

花月癡人著，道光癸卯年疏影齋刻本。例與《夢補》一書相同，亦晴、黛還魂立意，而辭加華縟者。

右續撰家十種。

洞庭王氏《紅樓夢新評》一百二十卷

吴縣王希廉雪香評本，道光壬辰歲雙清仙館刻。前附總評一卷，問答一卷，其分評於每卷後條列之，尚稱辨晰，原本刻本稱最善者，但檢校疏略，殊多亥豕之訛。

《紅樓評夢》四卷

青浦明齋主人著，道光辛巳年刻。前列總評，後於每卷條論其要者，多有抉微達隱之筆，可與王氏抗衡。

《紅樓夢詩》一卷

海上姜祺季南著。共計絶句一百四十四首，每人一首，詞甚卑淺，不足諷也。其有旁批論斷者，係蘭卿氏筆，多有可採。前附大觀園圖，并園說，皆影響模糊，未可徵信。是書爲古梅溪偶刻之一種。

《紅樓夢賦》一卷

沈青士著。詞筆平妥而已。

《紅樓夢論贊》一卷

讀花人著，道光壬寅歲粤中養餘精舍刻，作者粤中涂鐵編也。共計論贊七十六首，始賈寶玉，終甄寶玉，每人一首，附以問答數條，即刻入王氏評本。是卷亦附刻王本，但少前總論耳。新見超解，多可悦人，筆氣亦殊兀奡。

右咏評家五種。

《瀟湘怨》四卷《怡紅樂》二卷

萬玉卿著，香心書屋刻。前四卷本前《紅樓》事，後二卷黛玉還魂至團圓本後《紅樓》，計前後二書，共計六十齣，而總名《紅樓夢奇》，詞旨頗修潔。

《紅樓夢傳奇》二卷

吴州紅豆邨樵著。亦合前後《紅樓》而搬演者，共計五十六折，春舟居士爲之序。其才思詞藻，較萬氏作爲優，邨樵係仲雲澗，曾賓谷都轉門下也。

陳氏《紅樓夢傳奇》八卷

元和陳厚甫鍾麟著。計八十齣，詞頗綺縟，而筆少空靈，轉覺讀之傷氣，以視仲氏所作相去遠矣。

《紅樓夢散套》一卷

荆石山民著，蟾波閣刻本。擇其新穎者，如葬花警曲之類，填詞十六折，每折後附工尺譜，以便搬演家上口也，情詞幽艷，在仲製伯仲間。

右傳奇家四種。

（一九四〇年上海珠林書店排印本）

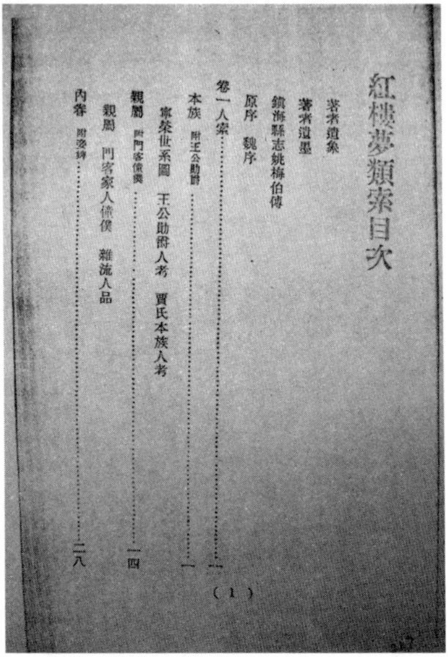

紅樓夢類索目次

（1）

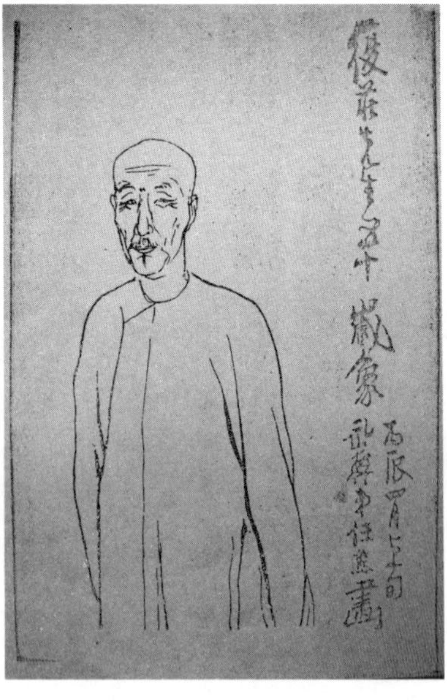

小棲霞説稗

平步青 撰

載於《香雪崦叢書》本《霞外攟屑》之卷九。《霞外攟屑》有一九五九年中華書局上海編輯所與一九八〇年上海古籍出版社的排印本。作者平步青（一八三二——一八九六），字景孫，號棟山樵、霞偶、常庸等，浙江山陰（今紹興）人。同治元年（一八六二）賜進士出身，改翰林院庶吉士，授編修，後任江西糧道，并署按察使印，未逾六載，即棄官歸里，博覽群書，精研學術，創獲甚多。尤可貴者，不鄙夷小説戲曲，《霞外攟屑》十卷中專列一卷論列小説戲曲，爲古來筆記雜著中所罕見。雖以學問家的眼光來看待小説戲曲之虛實，然所論各書本事、原委、流變及考辨作者等條分縷析，多有價值。如述《西遊記》

作者由邱處機至吴承恩説之來龍去脈，一清二楚；記《儒林外史》人物原型等有關説法，亦稱詳備；述《紅樓夢》成書及各續書的出籠與優劣，脈絡分明；所鈎稽的許多材料，多爲後學鋪平了道路。

觀劇詩

伶人演劇，扮用古事，然多顛到賢奸，蓋皆不識字者所爲。如《唐傳》之張士貴，《楊家將》之潘美，《平西傳》之龐籍，率與史傳不合。冬夜箋記，每閲傳奇，輒嘆前賢父母妻妾爲其溷亂。如《荆釵記》王曾、吕蒙正，《持雅堂詩集》（卷一）有《觀劇五古》一篇，中云：『莊列愛荒唐，寓言著十九。傳奇祖其意，顛到賢與否。蔡邕孝廉人，《琵琶》遭擊掊。借以諷王四，於義猶有取。俗人不知書，逞臆造烏有。桓桓張士貴，功出仁貴右。無端目爲奸，毅魄遂含垢。楊業雖健將，潘美亦其偶。不制王侁兵，天馬變家狗。勸懲義何在？妖言惑黔首。』可爲正人吐氣。湘侍曰：『今劇中有所謂二十八宿歸天者，蓋《賜綉旗》之後齣，光武保全功臣，古今所罕，而大反其事何耶？』瑟犹曰：『此必明初人所爲，蓋以譏太祖誅戮功臣，爲傅、藍諸公而發。』浣霞以爲然。

文武解元

鮑老登場，盲翁負鼓，每有文武解元，人多斥其不經。偶檢《寄園寄所寄》（卷六）引《蓉沚集》云：『熊大司馬廷弼，先中萬曆某科湖廣武鄉試第一名，後又棄武就文，中萬曆丁酉湖廣鄉試第一名，於是榜其堂曰：「三元天下有，兩解世間無。」』則不得以劇詞爲不經矣。復卿曰：『《柳南隨筆》（卷一）、《漁磯漫鈔》（卷十）皆載此。殆本寄園，勝國事固有之，國朝則無此矣。』予按康熙五十二年十一月初十日上諭：『文武考試，雖曰兩途，俱係遴拔人才。而習文之内，亦有學習武略，善於騎射者；習武之内，亦有通曉制義，學問優長者。如或拘於成例，以文武兩途，不令通融應試，則不能各展所長，必致遺漏真才。嗣後文童生、生員、舉人内，有情願改就武場考試者，武童生、生員、舉人内，有情願改就文場考試者，應各準其考試。如此則各得展其所學，文武兩途，皆得真才矣。着九卿、詹事、科道議奏。』十二月辛卯，禮部等衙門議復：『文武生員舉人有願改考者，准其改考。』上曰：『改考實係佳事，但恐武生記文數篇，希圖徼幸者多。學臣於生員公取者有之，至武生全無公道矣，此弊朕皆知之。嗣後由武考文不中者，若再令考試，則弊生矣。應許改考一次，其不中者，應着停止。』《穆堂别稿》（卷五十）《孫少司馬母張夫人行述》云：『甲午鄉科，朝廷特恩許文武互考，不孝遂以監生應順天武鄉試，中式武舉。歲辛丑，又遵慈命，循例入文場，蒙公識拔，獲中進士。』少司馬者，孫國璽也。是以武舉而中文進士，特非解元耳。若章氏實齋《湖北通志稿·徐本仙傳》云：『補諸生，能騎射，試文於鄉未售，即應武舉，主考欲擢高第，已知其才，留應文舉，康熙庚子舉於鄉。』《癸巳存稿》（卷十五）《胡先生事述》云：『父璠，爲武學生，呈請文試，遂舉於鄉，成進士。時乾隆甲戌也。』至乾隆七年壬戌四月初七日丙申，禮部等部議，准御史陳大玠奏，文武互試，原欲簡拔全才，乃自定例以來，累科獲雋者無幾，而日久弊生，恃有互試之例，文場則夾帶、傳遞、代做，武場則换卷，内簾但憑文取中，外簾則稽察維艱，徒滋科場之弊，未收兼備之才，嗣後應將文武鄉、會互試之處停止。從之。是康熙甲午以後至乾隆壬戌，凡二十九年，直省并禮部皆許文武互試，中式者雖寥寥，然孫少司馬外，尚有其人，徐本仙、胡璠是也。胡鄉試當在壬戌以前。自停止迄今，已百四十年，人遂不知有此舊例，氍毹弄弦索陶真，多以不經目之矣。（李發甲《再請改建湖南闈疏》有『文入武闈，武入文闈，凡兹曠典，亘古所無』。《在園雜志》卷一有『監生准武鄉試』、『武舉准文會試』云云）

雙娶

傳奇戲劇，一生多娶二旦。且有三、四、五、六不止者，人率以無稽非真事置之。復卿謂予：『前朝似此者，實多有之。《紹興府志》孟桓初二女，并妻潛夫，同日合巹，非盡不經。國朝亦有此實事，可譜入傳奇，演諸戲劇者乎？』予曰：『《西河合集書》（卷四）云：「李孚青兒時，聘順治戊戌進士王□□女（文定同年），未娶，會三藩兵變，王任四川，阻絶有年，遂聘兵部尚書宋德宜女，即是年座主。庚申臨娶，而王師收復雲南，四川先闢，王已還朝，宋大憾。行聘者毛檢討奇齡、錢編修中諧、陳檢討維崧，毛上書於宋，遂用其語，宋爲長，王爲次焉。此事稍加點染，付之鞠部，豈亞《燕子箋》乎？」若《在園雜志》（卷二）云：「孟翰林端士（亮揆）先聘張守戎之女，張官雲南，兵戈阻隔，音問不通。及孟貴，遂結婚世族。未期年，滇省蕩平，先聘復至，不能却謝，乃分宅而居。張美而端，善文翰，尤工詩；世族之女，祖父兄弟皆貴顯。孟厚世族而薄單寒，張氏所居，屢月僅一至焉。張賦《秋閨怨》八首，内云：「落落秋風班女扇，團團明月竇家機。」其詩遍傳，孟不少悔。忽傳旨，孟亮揆行止不端，著革職，一時快之。』此則端士薄幸，有負故劍，不能爲悔過之連波，止可譜入樂府與？《療妬羹》閲者尚爲切齒戟手，未便於氍毹搬演矣。三藩兵擾，同時如李、孟者不一其人，惜鮮爲記載，日久無傳。而填詞小説，大都亡是子虚，矮人觀場，遂并以爲世間無此等事耳。

翻衣

《教坊記》、《聖壽樂》舞，衣襟皆各綉一大窠，皆隨其衣本色，制純縵衫，下纔及帶，若短汗衫者以籠之，所以藏綉窠也。舞人初出樂次，皆是縵衣。舞至第二疊，相聚場中，即於衆中從領上抽去籠衫，各納懷中，觀者忽見衆女咸文綉炳焕，莫不驚異。今優人演《浣紗記》西施採蓮劇，宫女四人，咸衣翻衣，即其遺制，特易抽爲翻，彼二衣，今特一衣爲異耳。

大禹治水小説

徐承烈《燕居續語》云：沈滕友先生，名嘉然，山陰人，以能書名。後入江南大憲幕中，嘗陋《封神傳》小説俚陋，因别創一編，以大禹治水爲主，按《禹貢》所歷，而用《山海經》敷衍之，參之以《真仙通鑒》、《古嶽瀆經》諸事，叙禹疏鑿遍九州，至一處，則有一處之山妖水怪爲梗，上帝命雲華夫人授禹金書玉簡，號召百神平治之，如庚辰、童律、巨靈、狂章、虞余、黄麾、太翳，皆神將而爲所使者也。至急難不可解之處，則夫人親降，或别求法力最巨者救護之。邪物誅夷鎮壓，不可勝數，如刑天、帝江、無支祈之類是也。功成之後，其佐理及歸命者，皆封爲某山某水之神。卷分六十，目則一百二十回。曹公楝亭（寅）欲爲梓行，滕友自以事涉神怪，力辭焉。後自揚返越，覆舟於吴江，此書竟沉於水。滕友亦感寒疾，歸而卒。書無副本，惜哉！

（庸）按：滕友此書，必大勝《封神》原本，惜乎舟覆沉水，不傳於世。蒲留仙刻畫鬼狐，入闈至擁筆不下，而滕友至寒疾隕身，豈如鑄鼎象物，共知神奸，爲六丁之取易，總復冥追玉茗，墮入泥犁邪？

匪所詳矣。此條近出，《茶香室三鈔》（卷二十三）採之。而《曲園雜纂》（卷三十八）《小浮梅閒話》中論《封神傳》條，引《逸周書·克殷篇》：『武王遂征四方，凡憝國九十有九國，馘魔億有十萬七千七百七十有九，俘人三億萬有二百三十。』謂魔與人分别言之，不知所謂魔者何謂？使易《封神》爲《馘魔傳》，不亦有典有則乎？曲園著書，層出不窮，近且易《龍圖公案》爲《七俠五義傳》，滬上石印，風行廣播，胡不别纂《馘魔傳》以補悔堂之憾，人所先睹爲快者也。憶癸酉年，有友以明人繪《庚辰鎖無支祁卷》來售，長逾十數丈，其中神天詭怪，山川稠疊，魚龍變幻，見之驚悸，視梨園搬演《泗洲城》一齣，普門大士登場，半襲《西遊》小説者，相去霄壤矣。以索值昂返之。使滕友書尚在，或取此卷縮本推類繪之，亦巨觀也。

樊噲排君難戲

戲劇扮演古事，唐時已有。《南部新書》辛云：『光化四年正月，宴於保寧殿，上自製曲，名曰《讃成功》。時鹽州雄毅軍使孫德昭等殺劉季述，帝反正，乃製曲以褒之，仍作樊噲排君難戲以樂焉。』

（庸）按：『此即《千金記》、《鴻門宴》一齣之濫觴。』若《蜀志·許慈傳》云：『先主愍其若斯，群僚大會，使倡家假爲二子之容，仿其訟鬥之狀，酒酣樂作，以爲嬉戲。』則仍《左傳》魚里觀優、《史記》夾谷侏儒之舊，非扮演故事，并不得以『倡家』二字謂今女戲之緣起也。《東坡志林》（卷二）：『蜡，三代之戲禮也。猫虎之屍，誰當爲之？置鹿與女，誰當爲之？非倡優而誰？』《茶香室叢鈔》（卷十八）引《述異記·蚩尤戲》，又引《渌水亭雜識》云：『梁時大雲之樂，作一老翁，演述西域神仙變化之事，謂優戲之始。』

斬貂蟬

近出《曲園雜纂》（卷三十八）《小浮梅檻閒話》，雜劇有《關公月下斬貂蟬》，因《後書·吕布傳》有私與董卓傅婢通事，附會成之。復卿曰：『《徐文長集》（卷十七）《奉師季先生書》云：「世所傳操閉羽與其嫂於一室，羽遂明燭以達旦，事乃無有。蓋到此田地，雖庸人亦做得，不足爲羽奇。雖至愚人，亦不試以此，以操之智，决所不爲也。陽節潘氏，蓋亦看《三國志》小説而得之者，如所謂斬貂蟬之類，世皆盛傳之，乃絶無有，此不可不考也。」曲園似本之天池生。』蘏叟曰：『《升庵全集》（卷四十八）：世傳吕布妻貂蟬，史傳不載。唐李長吉《吕將軍歌》：「榼榼銀龜摇白馬，傅粉女郎大旗下。」似有其人也。鄂按《開元占經》（卷二十三）熒惑犯須女占注：「《漢書通志》：曹操未得志，先誘董卓，進刁蟬，以惑其君。」是蟬固實有其人，特非《布傳》所通之傅婢，亦未爲聖帝斬。《漢書通志》不知何人所撰。《隋書·經籍志》無之，蓋《七録》所未收。羅氏《演義》易刁爲貂，則不知何本。天池謂秉燭達旦事烏有，足證陽節潘氏（榮）總論之輕信小説，刁蟬則非無其人。』

花關索、王桃、王悦、鮑三娘

梨園戲劇所演之人之事，十九寓言，而實事可以演劇者，反多湮滅。何則？演義編劇者，大都不睹載籍之人；而淹雅通古者，又不屑爲此也。近出《茶香室三鈔》（卷三）引《前谿逸志》云：『武康縣有嚴康屯兵處。康，邑人也，奇醜而力，爪牙爲刀革，膚爲鐵，唯喉三寸肉耳。妻鮑三娘，美而勇。時有花關索者，年少美容儀，鮑悦而私之，矢貫康喉而斃。至今村莊雜劇演其遺事。』《古今圖書集成》引《蘄水縣志》：『王氏女名桃，弟悦，漢末時人，俱笄年未字，有膂力，精諸家武藝。每相謂曰：天下有英雄男子而材技勝我，則相托終身。時絶少匹敵者。適河東關公長子索，英偉健捷，桃姊妹俱較不勝，遂俱歸之。先是邑中有鮑氏女，材行與桃、悦似，而悍鷙差勝，亦歸索。三人皆棄家從關，百戰以終。』原注云：『正史未見，曲園謂嚴康即《陝西通志》之廉康太子，關索即關鎖。關索爲關公子，有無已不可考。乃更有此妻三人，尤屬異聞。』

（庸）謂：羅貫中編《三國演義》，大半採之小説，而絶不言關索，况三人乎？《蘄水志》之鮑氏女，豈即《前谿逸志》之鮑三娘乎？取二書而合之，稍加點綴砌末，則嚴康視《紅泥關》之辛文禮，鮑三娘視《平西傳》之樊梨花，有過之無不及。惜不得武康人，不知其扮演如何也。

西遊記

《潛揅堂文集》（卷二十九）《跋長春真人西遊記》云：『長春真人《西遊記》二卷，其弟子李志常所述，於西域道里風俗，頗足資考證，而世鮮傳本，予始於《道藏》鈔得之。村俗小説，有《唐三藏西遊演義》，乃明人所作。蕭山毛大可據《輟耕録》，以爲出邱處機之手，真郢書燕説矣。』

予按《茶餘客話》：『吴汝志，名承恩，《西遊記》乃山陽吴承恩所撰。《靈芬館詩話續》（卷三）引吴山夫《山陽耆舊傳》云：《淮賢文目》載《西遊記》爲先生所著。觀其中方言俚語，皆吾郡委巷中所習聞，而他方有不盡然者，其出淮人手無疑。麐按：《閱微草堂小説》載扶乩以《西遊記》問邱真人事（按此見《如是我聞》卷三。《灤陽續録》卷三則又云：於邱處機《西遊記》爲證。當是文達誤筆。邱處機三字應删），則其非長真所作，又無疑矣。』《冷盧雜志》（卷四）云：『丁儉卿據康熙初《淮安府志·藝文書目》，謂是嘉靖中歲貢生官長興知縣吴承恩所作。且謂記中所述大學士、翰林院、中書科、錦衣衛、兵馬司、司禮監，皆明代官制，又多淮郡方言。』蓋與阮、紀兩家説同。若陳桂氏馥《晚學集》（卷五）《書聖教序後自跋》云：『評白雲《西遊記》由此而作，當别是一書。若陳文述《西泠仙咏自序》謂邱祖《西遊記》只二卷，載在《道藏》，所記自東至西，程途日月，及與元太祖問答之語，其要言并未及載。觀邱祖《本傳》，亦僅勸止殺節欲數語而已。世傳《西遊記》，則邱祖門下史真人弟子所爲，所言多與《性命圭旨》相合，或即作《圭旨》之史真人弟子從而演其説也。』亦略本竹汀，特以演義爲史真人弟子作，不云吴承恩，則雲伯晚事修煉，過信黄冠，從而爲之辭，非不知吾山、文達諸説之可據也。

鄭恒墓志崔氏非雙文

《景船齋雜記》（卷下）張鯢淵《跋滎陽鄭府君夫人博陵崔氏合祔墓志銘》曰『此志傳以爲崔、鄭同穴之驗。』吾鄉董元宰、陳眉公兩先生皆未深考，亦復傳訛，語具《品外録》、《容臺集》中。余宰濬，訪得原刻，初猶以諛墓薄之。眉山王恪，好古士也，共余以《會真》年月參之此碑，則此崔夫人者，計其平生，尚長雙文四歲，然後一破此疑。王君謂博陵、滎陽，世爲婚媾，何必鶯、恒？斯論篤矣。而予復謂，鄭君姓名，本傳不載，豈實甫、漢卿輩其言不足徵信耶？况鄭又諱遇，不諱恒也。第此碑入地千餘年而始出，出又百餘年，而予兩人爲之辨其誣，文之行世，固有幸有不幸哉！

（庸）按：《曠園雜志》謂鄭太常恒墓石出在成化間，眉公《古文品外録》載其文，爲《會真記》辨誣。陳大士《已吾集》（卷十四）《鄭恒古志後跋》、亭林《金石文字記》皆從之。《野談》則云：近内黄野中（按内黄屬彰德，濬屬衛輝，雖鄰縣，而地異），掘得鄭恒墓志，乃給事中（顧記作衡州司法參軍。）

秦貫撰。其叙恒妻，則博陵崔氏，世遂以崔爲鶯鶯。余按《會真記》，雖謂鶯鶯委身於人，而不著名氏，鄭恒之名，特始見於《西厢傳奇》，蓋烏有之辭也。世以墓志之名，偶與烏有之辭合，而鄭恒之配，又適與鶯鶯之氏同，遂以墓志之名爲鶯鶯，誤矣。是秦志鄭恒之名，偶與傳奇合，崔夫人不必即《會真記》所亂之鶯鶯。史穆之前已有辨之者，錢竹汀氏《金石文字目録》（卷三）云：又一本文字與此同，惟鄭名遇，疑皆好事者爲之。《中州金石記》則云：恐後人得鄭遇碑，改爲鄭恒以衒世者。二碑俱在濬縣，皆與忠穆跋合。且志云大中九年正月十七日病終，享年七十有六。據《侯鯖録》元微之年譜，雙文生於德宗興元元年甲子，下距大中九年甲戌，正七十一。此崔夫人實長雙文五歲，張跋作四歲，蓋第取《會真記》校，而未考元譜也。《隨園詩話補遺》（卷七）云：讀秦貫所撰鄭恒志，方知唐人小説原在有無之間，不必深考。祁駿佳《遯翁隨筆》下，作魏縣西北五十里廢冢志銘，吏崔吉白於縣令邢，置邑治前。恒，字行甫。

浣花谿

都門梨園演有《浣花谿》一齣，蓋唐人實事也。《升庵全集》（卷四十九）《浣花夫人》條：成都浣花谿，有石刻浣花夫人像。三月三日，爲浣花夫人生辰，傾城出游。《地志》云：夫人姓任氏，崔寧之妾。按《通鑒》，成都節度使崔旰入朝，楊子琳乘虚突入成都，寧妾任氏，出家財募兵，得數千人，自帥以擊之。子琳敗走，朝廷加旰尚書，賜名寧，任氏封夫人。

（庸）按：據此，是子琳兵亂，在崔旰入朝後，今劇場作旰縮朒謀遁狀，其正室更科諢可嗤，殆有意揚任，不免抑崔過甚耳。猶之《胭脂虎》之演杜景讓事，與本傳亦稍出入也。《新書》（一百四十回）《寧傳》云：大曆三年來朝。寧本名旰，至是賜名。楊子琳襲取成都，帝乃還寧於蜀，未幾子琳敗。又云：始寧入朝，留其弟寬守成都，楊子琳乘間起瀘州，以精騎數千，襲據其城。寬戰力屈，寧妾任，素驍果，即出家財十萬，募勇士得千人，設部隊，自將以進，子琳大懼。會糧盡，且大雨，引舟至廷，乘而去。《通鑑》謂賜名在敗子琳後，與加尚書（本傳在還蜀後，左僕射）皆似微誤。《南部新書》丙云：西州浣花任國夫人，即崔寧妻也，廟今存。川訛爲州，妾訛爲妻。國字亦衍，皆當校改。《新唐書·李景讓傳》：嘗怒牙將，杖殺之，軍且謀變，母欲息衆歡，召景讓廷責曰：爾填撫方面，而輕用刑，一夫不寧，豈特上負天子，亦使百歲母銜羞泉下，何面目見先大夫乎？將鞭其背。大將再拜請，不許，皆泣謝，乃罷，一軍遂定。牙將本無名姓，且已杖殺。今劇中但杖而後殺敵，爲不同耳。

一軍中有五帝

《殘唐五代傳》小説，與史合者，十之一二，餘皆杜撰裝點。小説體例如是，不足異也。中有五龍逼死王彦章一段，時帥爲史建瑭，五龍則唐莊宗、明宗、晉高祖、漢高祖、周太祖也，復卿以無稽詆之。馥薁曰：非無稽也，莊宗爲晉王時，與梁軍拒於河上，垂十年。時明宗爲大將，以騎五千襲取鄆。梁破德勝南柵，明宗爲先鋒救之，擊破梁軍（《五代史·明宗紀》），廢帝嘗從戰於河上。德勝之戰，以十數騎雜梁軍，奔入梁壘，斧其眺樓。胡桃之戰，又從莊宗奪土山（《廢帝紀》）。明宗婿晉高祖，嘗在明宗帳下，號左射軍。劉鄩攻清平，莊宗馳救，爲鄩所圍，高祖以十數騎横槊取之，又從擊梁將戴思遠於德勝渡，又從戰胡盧套，從戰楊村寨，從取鄆（《晉紀》）。而漢高祖時方爲晉高祖裨將，爲梁人所襲，馬甲斷，漢高祖輟騎以授之，自跨斷甲者殿而歸（《漢紀》）。是時莊宗、明宗、廢帝、晉高、漢高，皆在行間。甌北《廿二史札記》（卷二十二）謂：一軍共有五帝，此古來未有之奇，可與唐玄宗、肅宗、代宗、德宗、順宗一堂有五天子條争勝。小説以周太祖易廢帝，又以主兵者爲史建瑭，與正史不符，使讀者反疑爲假借矣。至《説唐前傳》有羅成一日擒五王，無論朱粲等五僞王，非同時禽俘，羅成并無其人，又安有此戰耶？此與戲劇中反武場，常遇春中武狀元，同試者有陳友諒、張士誠、方國珍、明玉珍四王，皆俗優妝點，不值一哂耳。

宋祖六博

《畫墁録》（卷一）：太祖游關中小像，褐衫青巾，據地六博。今坊間有《飛龍傳》小説，中一段所本不盡無稽，特劇中高行周借頭，則妄耳。

王公異斷

《名臣言行録》後集（卷四）《王素墓志》：知成都府，蜀人鐫公所行，爲王公異斷。《宋史》本傳同。（庸）謂此即今《龍圖》、《海》、《施》諸公案之濫觴。

秦淮海妻非蘇小妹

《通俗編》（卷三十七）《蘇小妹》條、《歐陽文忠集·蘇明允墓志》云：君三女，皆早卒。按明允一女適其母兄程濬之子子才。（庸按：文忠姊名八娘，子才字正輔）一女適柳子玉。（按子玉子瑾，字仲遠，娶文忠堂妹小二娘。蓋中都公涣少女，非文忠同懷也，晴江誤）而世俗有云蘇小妹者，謂其適秦少游，豈明允之最小女耶？考王應元撰《少游傳》云：『見蘇軾於徐州，爲賦《黄樓歌》，以爲有屈、宋才。』自此以前，二人未相識也。軾於治平（應作熙寧）十年，始改知徐，而明允卒於治平三年，其三女皆已先殁，則安得有軾妹適少游事？俗所傳不見載記，惟元吴昌齡《東坡夢》雜劇爲是言，并云其妹之名曰子美。雜劇之謬悠，詎可據以爲實？

（庸）按：《寄園寄所寄》（卷八）引《雲谷卧餘》云：世傳蘇子瞻有小妹，嫁爲秦淮海之妻，而造爲無稽之談以實之，皆妄。』（《今古奇觀》卷十七一則，即雲谷所斥）按《墨莊漫録》云：延安夫人蘇氏，丞相子容内也，有詞行於世，或以爲東坡女弟適柳子玉者所作，非也。《菊坡叢話》云：老蘇先生之女，幼而好學，慷慨能文，適其母兄程璿之子子才，作詩曰：汝母之兄汝伯舅，求以厥子來結姻。鄉人婚嫁重母族，雖我不肯將安云。人言蘇子無妹，却有此詩。然則子瞻固有二妹，一適柳子玉之子，一適程子才，而第非秦淮海耳。張純照《遺珠貫索》亦引《卧餘》，删去《墨莊漫録》數語，而云故《長公集》有柳子玉倡和詩，又有柳氏《二外生求筆迹》詩，又有《贈外生柳閎》詩，《東坡集》又有《乳母任氏墓銘》，云乳亡姊八娘及軾。則東坡不特有妹，而且有姊，特早亡耳。《墨莊》以下至安云，《隨園詩話》（卷十五）引之。或云今所傳蘇小妹之詩句、對語，見宋林坤《誠齋雜記》，原屬不根之談。按《淮海集》（卷三十六）《徐君主簿行狀》（諱某，字成甫，高郵人）云：『子男五人：曰文通、文俠、文剛、文懷、文昌，女三人，曰文美、文英、文柔。初君好學問，聚書幾萬卷，欲舉進士，而父祖不從，乃嘆曰：子當讀書，女必嫁士人。其後四子藝業蔚然有成，而文通尤自立，又以文美妻余。』如其《志》云，則淮海妻爲徐文美，非文忠小妹，小説紛紛，何足信也！《戒庵漫筆》已引秦集，見《堅瓠丙集》（卷三）。《履園叢話》（卷二十四）《蘇小妹》條云：『余修《高郵志》，閲《淮海集》，乃知少游夫人姓徐氏，爲里中富人徐天德之女。』天德字賡實，號元孚，有義行，少游爲作《事狀》載集，而舊志竟未及徐君名，爲集所不載，字又異，豈梅谿所見秦集爲别本耶？

雙漸

復卿以施耐庵《水滸》小説所云『豫章城雙漸赶蘇卿』見問。涴霞曰：宋時有二雙漸，其一見《元豐類稿》（卷四十五）《雙君夫人邢氏墓志銘》，云子漸爲尚書屯田員外郎，通判吉州軍州事。卷六又有《送雙漸之漢陽》詩云：『楚國封疆最上流，夾江分命兩諸侯。何年南狩東檣出，六月西來雪浪浮。夏口樓臺供夕望，秦川風物待春游。可能頻度《漁陽》曲，不負當年鸚鵡洲。』阮文達公《廣東通志》（卷十六）《職官志》七：雙漸，員外郎，知封州軍州事，年次無考。隆慶《廬州志》：雙漸，慶曆二年壬午進士，無爲軍人，博學能文，爲職方郎，知同州。一見楊慎《希姓録》（卷一）：雙漸，朱子門人，作縣有惠政。《堅瓠補集》（卷三）《决僧判》條：雙漸嘗爲令云云，知封州、同州者，即南豐贈詩志其母者，初判吉州，移漢陽封州，終同州。《希姓録》與諸人獲所載，當爲一人。耐庵所説，似指北宋之雙漸。蘇卿則不知何人，不必以豫章城而引南渡蘇雲卿以實之。復卿曰：耐庵元人，安知非指作縣令之雙漸耶？涴霞無以答也。《説文解字》走部：赶，舉尾走也。《正字通》：赶，同赶，追也。《管子·君臣下》篇：『心道進退，而形道滔赶。』尹知章注：赶，謂逡巡也。東坡《至真州再和王勝之遊蔣山》詩：『北上難陪驥，東行且赶船。』則『赶』本周時字，且已入詩，不得以俗譏之。

梁山泊

泊者，衆水之所聚也。自安山閘而北十里爲積水湖，七里爲蘇家莊，十三里爲戴家廟閘。凡東平州等處各山之水，俱向西流，至梁山爲水窪，故稱泊焉。元、明開會通河，借各水以行運，衆流不復至水窪，然其地猶稱下澤。迨順治七年，河南金龍口決，黄水漫淤，而安山（梁山改）湖竟成平陸。康熙十八年，聽民開墾。乾隆十四年，升科納糧。安山湖嚮稱四水樞之一者，一望盡爲禾黍，無復滴水，而土人猶有梁山泊之故名，熟在人口。《宋史》所載宋江事，乃在江淮，不在山東。《水滸》中所載州縣，皆施耐庵弄筆，憑空結撰，按之《宋史》地志，率多不合，且有無其地者，閲者不可以爲實事，而求其地與其人，以責耐庵之不學也。《悦親樓集》（卷二十二）《閘河雜咏》十首之五云：『小説《虞初》太雜厖，人言《水滸傳》無雙。安山前是梁山濼（金埴《巾箱説》云：濼音薄，《水滸記》作泊，誤），閒聽兒童説宋江。』至於《蕩寇志》之拓張侈大其事，則亦一時游戲之筆，未曾考之輿志及地之有無，與耐庵同，尤不得信以爲實也。（楊志見《契丹國志》天祚保大二年云云。）

濟顛僧

小説有《濟顛全傳》，多附會不足信，如運木井之等，昔人已有辨之者。然所掇拾，亦有藍本，不盡臆造。如《解釋婦人縊繩不得》一條，出《游宦紀聞》（卷四），云：永福下鄉張鋤柄爲僧，號張聖者，一日游白面村，有少婦隨衆往謁。僧命至前，痛嘬其項，婦號叫，觀者哄堂大哂。婦語其夫，夫怒，奮臂勇往，詬罵。僧笑曰：『子毋怒，公案未了，宜令再來。』罵者不聽。居無何，婦以他恚投繯而死。即其事而移之屬顛也。《堅瓠丙集》（卷四）以爲尹蓬頭事，貴人女瘵蟲亦同。

荆釵記

《通俗編》（卷三十七）《荆釵劇》條引《鶴林玉露》：王龜齡年四十七，大魁天下，以書報其弟曰：今日唱名，蒙恩賜進士及第，惜二親不見，痛不可言。嫂及聞詩、聞禮，可以詩示之。詩、禮，其二子也。按此則龜齡及第甚晚，已有二子，并非新娶，而其母則已歿。今之《荆釵》傳奇，都不可檢。《天禄志餘》（卷上）謂：玉蓮者，王梅谿先生女。孫汝權，宋進士，與梅谿爲友，敦尚風誼。先生劾史浩八罪，汝權實聳慂之，爲史氏所最切齒，遂妄作《荆釵》傳奇，謬其事以蔑之。南宋餘姚許浩，嘗賦《荆釵百咏》，蓋即其事。楊升庵《外集》謂：潛説友乃宋安撫使，今傳奇王十朋有此人，訛以爲錢。考潛與賈似道同時，而傳奇反以爲梅谿前輩，亦適見其謬矣。按《蘇文忠公詩編注集成》卷首姓氏『永嘉賈氏巖老』下，詁案梅谿有《送賈巖老自閩還鄉》詩，乃其妻弟也，是忠文娶於賈，非錢，傳奇之誣妄可證，惜晴江不及引也。《江村識餘》本《堅瓠丁集》（卷二）所引，《聽雨增記》、《甌江逸志》同。《冬夜箋記》已辨之。《堅瓠集》又引《南窗閒筆》云：錢玉蓮，宋名妓，從孫汝權。某寺殿梁上題『信士孫汝權同妻錢玉蓮喜捨』。《鄖齋雜記》（卷三）云，莊相伯言：湖郡城門，有石牌坊一座，大書『湖州協副將孫汝權同妻錢玉蓮建』，則孫又爲武人，而玉蓮其室，非妓也。蓋即《南窗閒筆》之説，而莊誤述之。某協副將，至國朝始有此稱，明時尚稱副總兵，不名副將，何况南宋？此真轉展傳訛，不足詰也。《柳南隨筆》（卷一）云，王梅谿嘗讀書温州江心寺，寺去桑門三里，温州城門也，往來嘗與妓錢玉蓮善，約富貴納之。梅谿登第後，三年不還鄉，玉蓮爲人逼娶，自沉於桑門江口。蜀故堂和尚爲錢湘靈述之如此，備載《湘靈集》中。《甌江逸志》及所載又一説，即《鄖齋雜記》、《柳南》所本，蓋即傳奇之誣，而小變之。劣僧無識，惡舌妄傳，湘靈載入集何耶？忠文夫人既非錢氏，則異説污蔑，紛紛變幻，於忠文何損毫末耶？《攤飯續談》云，竹懶新著，周懋龍（天錫）嘗著説辨之，凡數百言。

小説有本

《池北偶談》(卷二十二)《成御史遇仙》條:問其年,云不記年歲,只憶少在京師,見楊椒山赴西市,遂發憤出家學道耳。即《緑野仙蹤》小説冷于冰事所本。近《茶香室續鈔》(卷十八)《昆侖山中仙人》條同。

續奇書

署名紫陽道人撰,借因果以論報應,蔓引佛經《感應篇》,可一噱也。自弇州撰前書以毒荆川,冀雪戴天仇憤,而風行刊布,流禍百年。其續書名《玉嬌李》者,今已不傳。坊肆有之,一名第三才子書者《玉嬌梨》,叙白太素女、蘇友白事。閲者頗疑其依托,不知白、蘇事不可知,太素則實有其人。《曝書亭集》(卷三十六)曰:《蘭谷天籟集序》云:仁甫,名樸,又字太素,爲樞判寓齋之子,於明初由姑孰徙六安。《秋夜梧桐雨》院本,亦白作,竹垞謂出關、程之上。寧獻王權譜元人曲,作者凡一百八十有七人,仁甫居第三,次東籬、小山之下。乃依托不足觀,梅村祭酒别續之,署名《隔簾花影》,相傳爲隔一字讀之成文,意在刺新朝,而泄黍離之恨,其門下士恐有明眼人識破,爲子孫禍,顛倒删改之,遂不可讀，但成一小説耳。不知紫陽道人有何殺父之仇，亡國之恨，而爲此貂尾也？徒爲罪孽，自墮泥犁而已矣。至近日申報館（庚辰二月十三搜訪，癸未排印）之《野叟曝言》（二十卷）妄云康熙中江陰老明經夏某所著（泰興刁家鋪趙應谷藏全部，排印非其真本），書凡數十萬言，喪心病狂，穢褻非復人理，敢於侮素王，謗金谿，自詭爲衛聖之功，其人可誅，其書可焚。亦出近人手，觀上書房句，可見在雍正元年以後，非康熙中人也。

一捧雪

《聽雨軒雜記》：《在園雜志》（今本無此條）：王思質藏右丞輞川真迹，嚴世蕃索之，思質與以模本。裱工湯某，嚮在王門下，識此圖，爲世蕃言其贋，因銜之而未發也。會思質總督薊遼，唐荆川以兵郎奉命巡邊，嚴嵩觴之於内閣，微有不滿於思質，荆川頷之。至欲行軍中馳道，思質以已兼兵部銜，難之。荆川怫然，遂劾其軍政廢弛，縻帑，以稿呈世蕃。世蕃從中主持，逮思質棄市。今世所演《一捧雪》傳奇（李元玉撰），蓋即此事。一捧雪，杯名（亦見《在園雜志》卷一），係當時疆吏以饋世蕃者，作者合兩事而敷衍者也。

（庸）按：英和《恩福堂筆記》（卷下）：内府藏有南宋張擇端《清明上河圖》，末有湯卿裝小字標識，此王鳳洲家致禍之由，而好事者復有《一捧雪》傳奇之作。至《一捧雪》，内府分列乙部，嘉慶年間天語曾及之，余固未得見也。據聲叟此條，則非右丞《輞川圖》，葛莊誤記。且圖與杯皆入天禄石渠，人間所有皆黄彪模本類，不必湯卿始辨其僞也。汪師韓《讀書録》、『一捧雪是清明上河圖』條最詳，《聽雨》、《恩福》兩記，皆稍略也。

玉蜻蜓

《聽雨軒贅記》（卷□）：紹興南門外灘渚地方，有尼庵曰隔塵，老尼若木，其徒孫慧音，年十六七，姿容極麗。城中東武山下朱生綺園，明宰相文懿公賡雲礽也。父静山，由部曹出爲四川郡守。生未冠游庠，有别業在灘渚，因讀書其中。臨行，見其妻有玉琢雙魚極工，乞而貯於冰絲小囊中，佩之以往，老僕、小童二人侍。别業與尼庵相隔僅百步，生遂與慧音浹洽，夜赴尼庵，逾墻以入，事極慎密，惟小童知其詳，泄之老僕。一夕，生至午不返，老僕潛往察之。若木告以今日門鑰未開，而慧音不知所往，後園墻瓦損落，想已遠颺。僕疑二人偕逃，回告主母，遍索無蹤。十餘年後，若木化去，衆尼或死或去，庵遂廢。生父升滇南觀察，年老致政，至灘渚别業，因至隔塵庵，立券買之，圍以長垣，合别業爲一。後園嚮有牡丹，牡丹枯，而石臺尚在，公撤去之。石將盡，内藏二屍，面如生，其一即生，其一爲尼。童指而謂公曰：『此慧音也。』腕上小囊，玉魚尚存。公唤嚮日賣庵者嚴詰之，因言公子與慧音通，人初不知。一日慧音不起，撬門視之，見二人裸身相抱，死於床，因潛埋於牡丹臺内，而以慧音逃去掩飾之。公備棺葬生於故所，并以慧音附，殉以玉魚。生嚮有一子，已登賢書。其處龍穴砂水皆合法，故公不別爲覓地也。其子後舉進士，入詞林，莅歷大位，聲稱滿世。今吴中《玉蜻蜓》彈詞，托其事於申文定公之父，實本於此。

（庸）按：徐此條不知何本？文懿雲礽無登第者。國朝山、會入詞林者，止有康熙九年庚戌朱即山少詹（阜）一人，乃白洋忠定後，非文懿。東武山俗呼塔山，朱氏并無別業在瀙渚，亦無官雲南觀察。悔堂，德清人，不知據何傳聞而漫記之。瀙渚在蠡城西南，而云南門外，非越人之言可知。文定登第時徐姓，彈詞作徐元宰，以婁東門客撰，時文定當國故也。今吴門申衙前，猶禁演《玉蜻蜓》，知事出有因，固非子虚依托者矣。

芝龕記

汪頂頑《奇女傳》，一爲沈雲英，一爲劉雲英；江宸聯（紹蓮）《奇女子》一則，爲畢韜文；皆明末女子能武者，不獨石砫秦夫人也。《芝龕記》院本演秦、沈事，間及劉復卿，嫌其未備，欲以韜文事羼入之。予謂沈、劉事涉流寇，可合傳，畢父死薊州饒餘親王之戰，歸愚《國朝詩別裁》不知，而誤採其詩，豈可譜入傳奇耶？

西遊記補

董説《西遊記補》中借秦始皇驅山鐸鑿開天門，人皆笑其無稽。按《太平廣記》（卷二十）《博異志》『陰隱谷』條：『汝來此雖頃刻，人間已數十年矣。却出舊穴，應不可矣。待吾奏請通天關鑰匙，送卿歸。』其所本也。《升庵全集》（卷七十八）：太湖西有岝嶺山，有石如卷笮，相傳云禹所用牽山笮也。會稽又有驅山鐸。二事與秦王鞭石成橋相類，好怪者傅會之説耶？抑古原有此術也？

女仙外史

《在園雜志》（卷二）：吴人吕文兆（熊）先年所衍《女仙外史》百回，亦荒唐怪誕，而平生之學問心事，皆寄托於此。年近古稀，足迹半天下，卒無所遇。近以陸伯生、蔡九霞纂輯《廣輿記》，止詳注各府而略州縣，不足備參考，乃編成《續廣輿記》，頗爲詳明，以卷帙浩汗，尚未能付梓。按《續廣輿記》今已不傳。《女仙外史》，昔年坊肆尚有存者，署名『逸田叟女仙外史大奇書』，近亦奉禁。中以唐賽兒爲常娥降生，故號月君。而以鮑仙姑、曼師、聶隱娘、公孫大娘輔之，已荒謬可哂。至所謂吕軍師（師貞）者，即文兆所自寓。亞軍師高咸寧，即《明史》（卷一百四十三）之高賢寧。本傳云：濟陽儒學生，在濟南圍城中，作《周公輔成王論》射城外。王悦其言，爲緩攻。後被執入見，成祖曰：『此作論秀才耶？秀才好人，予一官。』賢寧固辭，竟得歸，年九十七卒。又《成祖本紀》永樂十八年二月己酉，蒲臺妖婦唐賽兒作亂，安遠侯柳升帥師討之。三月辛巳，敗賊於卸石柵寨，都指揮劉忠戰殁，賽兒遁去。甲申，山東都指揮僉事衛青敗賊於安邱，指揮王真敗賊於諸城，獻俘京師。戊子，山東布政使（右）儲延、（左）張海、按察使劉本等，坐縱盗誅。戊戌，以逗留徵柳升下吏，尋釋之。又（卷一百七十五）《衛青列傳》：永樂十八年二月，蒲臺妖婦林三妻唐賽兒作亂，自言得石函中寶書、神劍，役鬼神，翦紙作人馬相戰鬥，徒衆數千，據益都卸石柵寨。指揮高鳳敗殁，勢遂熾。其黨董彦昇等攻下莒、即墨，圍安邱。總兵官安遠侯柳升帥都指揮劉忠，圍賽兒寨。賽兒夜劫官軍。軍亂，忠戰死，賽兒遁去。比明，升始覺，追不及，獲賊黨劉俊等，及男女百餘人。而賊攻安邱益急，知縣張旟、丞馬撝死戰。賊不能下，合莒、即墨萬餘人以攻。青方屯海上，聞之，帥千騎晝夜馳至城下，再戰，大敗之。城中亦鼓噪出，殺賊二千，生禽四千餘人，悉斬之。時城中旦夕不能支，青救稍遲，城必陷。升始至，青迎謁，升怒其不待己，捽之出。是日，鼇山衛指揮王真亦以兵百五十人殲賊諸城，賊遂平，而賽兒卒不獲。帝賜書勞青，切責升。尚書吴中等劾升，且言升媢青功，於是下升獄，而擢青山東都指揮使、真都指揮，同知旟、撝左右參議，賞賚有差。史載賽兒事如此，而吕張大其辭，不惜以身輔之，雖爲讓帝復仇雪憤，未免流於賊黨而不自知矣。評語有綿津山人、八大山人、息關，皆文兆同時人。在園與吕三十年舊交，亦有評語。至於少保，則依托也。《敬業堂詩集》（卷十四）自注：吕灌園爲吴江大司馬三子。甲申以後，因亂破家，有别業在玉屏山中，則當爲兵侍（純如）子，未知即文兆否？俟考。月君上昇，鮑芳至榆木川，以劍决成祖首，亦因野史稱師次榆木川，獲女悦之，次日御幄惟存一臂，蓋爲夜叉所食，怪誕不經。如此類者，皆建文遺臣爲之。吕如爲純如子，則父爲閹黨，子欲幹蠱，自大有事在，而誣及先朝，不可解也。近出《續今古奇觀》平話（卷五）第二十五回，載賽兒與史全異，皆無稽之詞。夫爲王元椿，不作林三。

（《存硯樓》二集卷二十四《蓁五公傳》：公名埏，字公□，號南坡，歲貢，入國子，間游齊、魯。洪武二十五年，官獻縣教諭。建文元年，超遷廣東按簽。永樂二年，謫辦事官，從夏忠靖治水。六年，知西安府。十一年，山東右布政。賽兒，縣民林三妻也。自稱佛母，能知前後成敗事，又能翦紙爲人馬相戰鬥，往來諸邑，聚扇愚民，董彦杲、劉峻、賓鴻等附之，用紅白旗爲號，而據益都卸石棚寨以出没。十七年，覆青州衛指揮高鳳軍，遣招撫不從，益蔓延即墨、莒州間。乃命安遠侯柳升分兵剿之。先是公薄游齊、魯，時距彌勒黨近，匝地傳習，公間通其訣，暨破而殲之之要訣，後莅山東，妖習未殄，懼嚴詰而適以激之亂，間用温顔撫綏之，革舊習者滋衆，而不虞蒲臺之瀕海而遠界北平也，賊遽以竊發。洎十八年春，柳升至益都，二月圍寨，彦杲等乞降，詐云力盡，且寨中乏水。公時參軍務，語升亟據東門外舊汲道。夜二鼓，賊復襲殺都指揮劉忠，而升不覺。比明，公聞之，亟馳至大營，趣升分兵追賊，而用殲妖訣試之，紙人馬胥墮地，賊衆潰，遂破卸石山寨，獲賽兒暨劉峻等男婦百餘人。賽兒坐檻車，語解者曰：『今死矣，幸畀我一杯水以止渴。』護解者哀之，不知其詐。比水至，而賽兒遽遁矣，四索不復得。濟南趙百户乃訐公縱賊，成祖震怒，詔逮公，而升亦下吏，以勳臣幸獲宥，而公遂就戮於西華門。五月十九日也，距生元至正壬寅，年五十九。越再期，猶盡逮北平、山東尼暨天下婦女之出家者，先後且嬴萬人，其酷濫莫可勝數，故一時廷臣，稔知公之冤，而不敢營救。贊曰：水遁事近誕，然洪武時，冷協律謙水至而入於瓶。暨建文時，楊鎮撫本登臺事，載明初諸史編，觀賽兒暨董彦杲等，後多隱不復見，則妖幻術庸或有之。公遺稿曰《宧餘録》，今佚。或以王凝之、何㮚擬公，則又拙於論事矣）

儒林外史

全椒吴敏軒先生（敬梓），玉隨侍讀（國對）從孫，負雋才。雍正乙卯，以諸生舉鴻博不赴，移家金陵，鳩同志築先賢祠於雨花臺麓，祀泰伯以下凡二百三十人，晚號文木老人，甲戌卒於揚州，葬江寧鳳臺門花田。著有《詩説》七卷、《文木山房文集》五卷、《詩》七卷，俱未梓。《史漢紀疑》未成書，據章氏學誠《丙辰日記》，則《詩説》蔣春農（宗海）叙之云：『不主漢、宋門户偏見。』按先生與綿莊最交好，綿莊説經，亦猶是也。惟《儒林外史》五十五卷，閒齋老人敘在乾隆元年二月，則先生游戲之作，而嬉笑怒駡，無不畢具。金椶亭國博（兆燕）教授揚州時開雕，風行宇内，翻刻不一。原書五十五卷，敘琴、棋、書、畫四人畢，以《沁園春》詞結之。翻刻者妄增《幽榜》一卷，其詔表皆取文集中駢語襞績爲之，無理可哂。庚申亂後，版毁。己巳，吴門書局有聚珍板大字本，吴氏重訂小字本。癸酉，上海申報館又有鉛字排印小本，并載上元金和跋，述先生行略。和母爲先生從兄青然徵君（榘）女孫，聞於母者如此。跋云：書中杜少卿（儀）乃先生自況，慎卿（倩）爲青然，虞果行（育德）爲吴蒙泉（培源），莊紹先（尚志）爲綿莊，馬純上（静）爲全椒馮粹中，遲衡山（均）爲樊南仲（明徵，字聖謨，一字軫亭，句容人，著書四十餘種），武正字（堂）爲程文，平少保爲年羹堯，鳳四老爹（鳴岐）爲甘鳳池，牛布衣爲朱草衣（卉），權潛齋（勿用）爲是鏡（見《茶餘客話》、《東皋雜録》），蕭雲仙（采）爲江某，趙雪齋（潔）爲宋某，隨岑庵（爲）爲楊某，楊執中（允）爲湯某，湯提督（奏）爲楊某（申報館又有天目山樵評本。跋云即述學之楊凱），匡超人（迥）爲汪某，荀（玫）爲荀某（評本云云，似指盧雅雨），嚴致中（大位）爲莊某（按莊某，殆指有恭，以其爲粤東人，而不甚通文理也。《嘯亭雜録》瞿國狀元條，即指莊），高翰林爲郭某（郭長源，字時若，江都人，雍正壬子解元。《秋燈叢話》卷十六云：長源入闈，一字未成，鄰號老叟以鼻衅盈卷，以文授郭，遂冠多士。書中云發解，云三藝無一字杜撰，蓋即譏其事。若全椒郭運青侍講肇鐄，乾隆丁巳進士，《隨園詩話》卷六有『詩雖工，氣脈不貫，其人殆不能時文者』一條，與此不同），余有達（特）、余有重（持）爲金某兄弟，萬中書（里）爲方某（樸山先生五子，卓然之次子，里字井九，殆其人），范進士（進）爲陶某（或指蕪湖陶西圃鏞），婁玉亭（琫）、婁瑟亭（瓚）爲桐城張廷璩兄弟（評本云溧陽史氏），韋思元（闡）爲韓某，沈瓊枝即《隨園詩話》（卷四）所稱松江張宛玉，《高青邱集》即戴名世《南山集》案。或象形諧聲，或廋詞讔語，若以雍、乾間諸家文集細繹而參稽之，十得八九。《丁辛老屋》（卷十二）有《書吴徵君敏軒先生文木山房詩集後十絶》，其八云：『杜老惟耽舊草堂，徵書一任鶴銜將。閒居日對鍾山坐，赢得《儒林外史》詳。』注：『先生著有《儒林外史》。』足證金跋之非附會矣（葉名澧《橋西雜記》云，程魚門爲作傳）。先生子荀叔（烺），號樧亭，以乾隆辛未南巡召試，賜舉人中書，終寧武府同知，通句股、曆算、等韻之學，兼工倚聲，著有《周髀算經補注》。金跋以爲進士，誤。鰲官良鄉縣（見《滇行日録》），玉隨兄國鼎，崇禎癸未進士，官中書。國縉，順治己丑進士。弟國龍，崇禎癸未進士，官禮部主事。國龍子晟，康熙丙辰進士。昺，康熙辛未進士，第二人及第，早崇禎壬午順天舉人。吴氏科名鼎盛，侍讀昆弟聯芳，可考如此。而書中云慎卿是宗伯孫，則當爲國龍後，特非禮部尚書，亦無狀元，無知贛州者，不免過於鋪張。又按書中所云太保，爲張文和公，少卿舉主。皖撫内召禮侍，則爲徐文定公，杭氏《詞科掌録》、李富孫《鶴徵後録》皆失收。近人《茶香室續鈔》（卷十三）疑之，殆以辭不赴故。雲晴川爲杜雲川（韶），向鼎爲商寶意（盤），季葦蕭（隺）爲李嘯村（葂），莊濯江爲程魚門。蒙泉字岵瞻，金匱人，丁巳進士，官遂安知縣，改江寧府教授。《古柏軒文集》（卷三）有《吴蒙泉詩集叙》云：兼工填詞。青然以增生，爲皖撫王纮所舉，王即代文定任者。青然詞科報罷後，登乙丑進士，官刑部主事。虚設人頭會一段，本《太平廣記》（卷二百三十八），引《桂苑叢談》『崔張自稱俠』條（評本已載）。它事亦多本古書删潤成之，惜鄙人弇陋，不能一一疏證耳。

天目山樵評第一回『七歲上死了父親』：『據朱竹垞擬《明史·王冕傳》云：父命牧牛，不云早孤。』按：如本傳，則叙次不能一綫，故云父殁。非誣先賢，亦非傳聞異也。

諸暨縣令，據《傳》乃紹興司理高郵申屠駉。

『余忠宣墓，在安慶西門外。不當云和州。』按：雲林子放，官和州學正，後人因有謫和州守余墓之訛。

『究竟王冕何曾做過一日官』，此亦竹垞《傳》贊語。

第五回『每家兩石』，俗書『擔』字作『石』，因誤爲石。按石爲量名，十斗曰石。《漢書·食貨志》：『歲收畮一石半。』又粗布皮革之數，亦稱石。《唐書·張宏靖傳》：『汝等挽兩石弓。』又水亦稱石。《水經注》：『河水濁，清澄一石水六斗泥。』又酒亦稱石。《史記·滑稽列傳》：『一石亦醉。』又衡名百二十斤爲石。《書》：『關石和鈞。』《月令》：『鈞衡石。』《漢書·律曆志》：『石者，大也。』權之大者，今越人亦呼十斗曰石，非儋（擔亦俗書）也，亦無石字，殆嘯山南匯人故。

第八回『都道是江西第一個能員』：『陽明先生不聞乎？亦以爲能員乎？』王惠事本子

虛，此評可删。

『自此更姓改名』：『豈即更姓爲郭耶？』王惠、郭力父子事。惠，汶上人。力，長沙人。作者本寫得支離，嘯山評似粘滯。三十八回又引李保泰《嗇生文集·胡孝子尋親記》爲歙胡仲長。

第九回『大凡往那裏過，都要進來磕頭』：『史文靖曾任本江總督，故疑婁乃史也。』按：文靖五子登科，著者長奕簪、奕昂（兵侍）、奕環（河東道），其二俟考。此云『不得早年中鼎甲，入翰林』，或琫（三）瓚（四）影寫環字耶？金評以爲桐城張氏，則文恪乃指文端，太保乃指文和，通政又是何人？觀卣臣少名廷瓚，必不直舉其名也。

廿一回『這時節不是你哭的事』，本《吴志》張昭勸孫權語意。

第二十六回『升了汀漳龍道』：『既托名明官，不當徑稱今制，此亦疏忽之過。』按：此等皆稗官家故謬其辭，使人知爲非明事，亦如《西遊記》演唐事，托名元人，而有鑾儀衛明代官制；《紅樓夢》演國朝事，而有蘭臺寺大夫、九省總制節度使、錦衣衛也。江秋珊《雜記》嫌其蕪雜，亦未識此。此評可删。

第三十一回『此等説話，少卿安得而知之，而筆之於書，然則此書非少卿所作可知。』按：此等説話，未必出自青然。安知敏軒不能自撰自嘲？嘯山似爲作者、評者所愚。『下文是教他投王胡子，却又牽連出邵奶公，無謂。』按：邵奶公定戲，少卿之父尚在，此語正關動前後文，不得云無謂。

第三十回『隔着三間屋，就聞見他的臭氣』，用《南史》蕭詧事。

第三十五回『據《綿莊志銘》稱：丙辰召試，有欲招之出門下者，正色拒之，以此不入選，外史所言即此。』按：《小倉山房》程誌無此四句，疑嘯山誤記它書。

『二子甲、寬，皆中進士。』按：《述學别録·楊凱傳》：甲更名文淵，中進士，不云二子皆中，嘯山亦誤記也。

『筮得天山遯』，用朱子事。

第五十三回『斗大的明珠，挂在梁上』，用《默記》李後主事。

《青谿文集》有上宫保某公書，即文和。

《凱風》一條，《三家詩拾遺》應作《詩瀋》。

『依僧寺，坐佛膝，映長明燈讀書』，亦見《王冕傳》，此借入匡超人。

『釘鞋』一段，本《宋書·劉敬宣傳》。

姚園即後來隨園，《詩話》又冒稱大觀園，則非。

『蘇軾』一條，本《書影》汪道昆事。

『不敢妄爲些子事』四句，見《輟耕録》，但改七律爲絶句耳。

『耳白於面，名聞天下』，見《孔氏談苑》。

『片石居扶乩』一段，本《湖壖雜記》，乃順治辛卯事。『棋子聲、唱曲聲，易爲天平聲、竹爿聲』，本《堅瓠癸集》袁于令事。『洪憨仙』一段，亦本《桂苑叢談》『李全皋』條。『郭孝子噴嚏嚇虎』，本《朝野僉載》諸暨人事。『買通了道人，日日搬柴運米』，亦用後漢姜詩妻事。

石頭記

《燕下鄉脞録》（卷五）引徐柳泉云：『《紅樓夢》一書，即記故相明珠家事。金釵十二，皆納蘭侍衛所奉爲上客者也。寶釵影高澹人，妙玉即影西溟先生。妙爲少女，姜亦婦人之美稱，如玉如英，義可通。假妙玉以看經入園，猶先生以借觀藏書，就館相府。以妙玉之孤潔，而横罹盗窟，并被以喪身失節之名，以先生之貞廉，而瘐死圜扉，并加以嗜利受賕之謗，作者蓋深痛之也。』按：西溟己卯北闈之獄，爲同年李修撰（蟠）所絓累，卒於請室，天下冤之。望谿記其遺言，謝山爲作墓表，其誣何嘗不白？柳泉乃横被以檻外人之女冠子，是欲白受賕之誣，而平添一誣，西溟身後何大不幸乃爾！金釵十二，爲容若上客影名，前人未有道及，柳泉不知從何得之？惜縉士大令不盡記憶，使人閲之悶悶。《紅樓夢》原名《石頭記》，不署作者姓名，相傳云：乾隆末，明相孫成安以多藏爲和珅婪索不遂，又涎美婢侍明相夫人者，作紫雲之請，成靳不與，固索之，乃以明相夫人爲辭，并微露禁臠不容他人染指意。和珅挾恨，以事中傷之，籍没遣戍，婢爲所得而不死（《玉山閣文先尚書乞歸疏稿題後》云：司寇殁後八十餘年，某相國家籍没，金玉寶貨以數十萬計。所云某相國，即指明珠。健庵殁於康熙三十三年甲戌，歷八十年爲乾隆三十九年甲午，則承安籍没在甲午年後，正和驟顯用事，時和於甲辰七月以吏書協辦）。成之業師某，目擊其事顛末，造爲此記，半屬空中樓閣。以賈政影明相，賈珠早死影容若，又以賈敬丙辰進士，故亂其辭。以寶玉影和相，以和小名琪官故也。惟襲人影婢珍珠，亦非其本名，明夫人必不至以夫名名婢也。以蔣玉函影撰叙，皆瞀妄不足詰。初僅鈔本，八十回以後軼去，高蘭墅侍讀（鶚）續之，大加删易。原本史湘雲嫁寶玉，故有『因麒麟伏白首雙星』章目。寶釵早寡，故有『恩愛夫妻不到冬』謎語。蘭墅互易，而章目及謎未改，以致前後文矛盾，此其增改痕迹之顯然者也。原本與改本先後開雕（《桐陰清話》卷七引《檮散軒叢話》云：康熙間，某府西賓常州某孝廉手筆。乾隆某年，蘇大司寇家以書付廠肆裝訂，抄出刊行），世人喜觀高本，原本遂湮，然廠肆尚有其書。癸亥上元，曾得一帙，爲同年朱味蓮攜去，書平平耳，無可置議。嘉慶初年，《後夢》、《續夢》、《補夢》、《重夢》、《復夢》五種，接踵而出。《後》、《續》還魂之妄，説鬼謰謱，已覺無謂。《重夢》則現色身説法，并忘原書『意淫』二字本旨矣。《復夢》易賈作祝，極譽釵、襲，殆認賊作子，文之不通，更無論已。道光中，又有《夢補》、《圓夢》、《幻夢》三種，陳厚甫、嚴問樵兩前輩各譜傳奇。嚴後出而遠跨陳上。近時復有柳泉更以爲《增補》、《夢影》二種，每下愈況，益不足觀。《寄蝸殘贅》謂爲讖緯之書，不知何指？觀影澹人、西溟，彌匪夷所思矣。果如徐言，以姓名映合通假，則黛玉影秀水，與容若交逾一紀，祭文可見，尚有瀟湘館竹，可以附會。三春爲東海三徐，惜春當爲嚴繩孫，晴雯當爲田山薑，熙鳳爲横雲山人。李紈、文、綺爲秋錦兄弟，可卿爲留仙諭德乎？岫煙似指查他山慎行，湘雲疑指史夔，薛寶釵當是翁寶林，花襲人乃指高澹人，紫鵑爲陶紫筠元淳，劉老老當是《嘯亭雜録》之劉藥村大槐，海峰先生弟也，巧姐又豈指宗之少宰？皆臆斷不足據。唐實君亦與他山同客揆功所，書中應屬誰人？古人可作，微特湛園怒不任受，即江村亦將拔其舌矣。《憺園集》（卷三十七）《通議大夫一等侍衛納蘭君墓志銘》云：所交游若嚴繩孫、顧貞觀、秦松齡、陳維崧、姜宸英，尤所契厚吴兆騫，贖而還之。

藏園曲

蔣清容先生《紅雪樓九種曲》，逼真《玉茗四夢》，爲國朝院本第一。其目曰《一片石》、《空谷香》、《桂林霜》、《四弦秋》、《雪中人》、《臨川夢》、《香祖樓》、《第二碑》、《冬青樹》。《香祖樓》尤爲精絶，真得《還魂》神髓。李童山《曲話》下云：聞其痹疾後，尚有左手所纂之十五種曲未刊，今不知尚有藏本否？惜丁卯秋見先生曾孫文恪中丞，不一詢之。

《湖上笠翁曲》，已刻者前後八種，未刻者内外八種，今行世者止十種，餘如《偷甲記》、《四元記》、《雙鐘記》、《魚籃記》、《萬全記》五種名見《曲海》，此外三十七種，不知何名，今皆不傳。

香祖樓

《遣愁集》（卷一）《韻談》：陳麋公云：古人以蘭爲香祖。余欲結茅，四面雜莳蘭蕙，扁曰『香祖樓』，有柱聯曰：『異人常在漁樵裏，老鶴多眠蘭蕙中。』《紅雪樓九種曲》一曰《香祖樓》，本名《忉利天》，似取麋公語。齣中陳最良紫蘭名，亦見《花譜》。

臨川夢

《潛邱札記》（卷四上）《跋堯峰文鈔三》云：錢牧翁評騭陳仲醇謂『聊可裝點山林，附庸風雅』，人於鈍翁亦云。然仲醇御物才神絶，鈍翁居鄉品高絶，士固不浪得名耳。

（庸）按：蔣藏園《臨川夢》院本《隱奸》一齣上場詩『裝點山林大架子，附庸風雅小名家』，蓋本東㵎語。其中描摹充隱奸險，不無過刻，至謂袁襄愍之殺毛文龍，因拒麋公粥文，而借香光以禍之，則《柳南隨筆》（卷□）同。張冠李戴，頗非事實。全謝山《鮚埼亭集外編》（卷二十九）《跋東江事迹》已辨其妄(《嘯亭雜録》卷十謂襄愍爲文敏門下士,非)。傳奇中所演故事,寓言十九,不得謂藏園深文周内也。惟可以棲遲,據《漁磯漫鈔》(卷十),乃陶文簡公贈扁,非若士。

魚水緣

《魚水緣傳奇》二卷三十二齣,不署作者姓名,演鹿邑胡楚卿(瑋)、沈若素事。越中有《雙魚墜》戲劇,關目略同,惟以喜新爲新喜,又婢先配合,無嫁吴生事,殆即本此,而芟去枝葉耳。曲文流逸可玩,如『只爲他俊龐兒忒煞嬌,非是我饞眼兒容易飽』,『送便應該賣字聽來韻不諧』,『但願因緣將來似你,首和尾没點差池』,『抱愁幾度把愁袪,只愁未審愁來處』,『我一向聰明到此愚』,皆白描入神,不減東嘉也。

繪真記

《青浦縣志》(卷十九)《文苑傳》: 陸伯焜孫壽銘,字晴初,諸生,五、七古詩有殊嗜。妻汪氏,號紉青女史,亦能詩。閨中倡和,甚相得也。紉青早世,哀悼過情,無聊縱酒卒。著有《酒邊集》,汪有《扶雲吟稿》,陳文述叙,子俊匯而梓之。

（庸）按：坊肆有《繪真記》彈詞，亦晴初悼亡後，無聊遣日游戲之筆。姬平原其寓名，易汪爲韓，洋纚數萬言，頗可觀，勝之《拱璧緣》多矣。

還金鐲

越中高腔演《還金鐲》，見《包公案》。據《堅瓠廣集》（卷五）引《湖海搜奇》，乃柳鸞英、閻自珍事。云人作《釵釧記》傳奇。今此記不傳，《龍圖公案》襲之，伶人又轉演作别事，遂忘爲柳、閻真事矣。《今古奇觀》（卷二十四）《陳御史巧勘金釵鈿》一回，略同。

釣金龜

越中有《釣金龜》一劇，中演孝肅勘訊髮有巨釘一案，審出兩案事。《西雲札記》（卷四）：《金石萃編》一百四十一《王公儀碑銘》，叙公儀辨冤獄，有婦人死而不明，視其髮得巨釘，人服其神明。今傳奇有附會作《包孝肅公案》者。

按：《益都耆舊傳》：嚴遵爲揚州刺史行部，聞道傍女子哭聲不哀，問之，云夫遭燒死。遵敕吏輿屍到，令人守屍，曰：當有物自往。吏白有蠅聚頭所。遵令披視，得鐵錐貫頂。考問，以淫殺夫。

見《藝文類聚》九十九卷蠅部引，亦見《太平廣記》（卷一百七十一）。一百七十二又引《酉陽雜俎》韓滉事云：《論衡》載子産云云，皆所本也。子産事，王充本之韓非。又姚天福事，見《元文類》及《輟耕録》。又張咏事，見鄭克《折獄龜鑒》。蘭九所云傳奇，殆即《釣金龜》，特以女易男。其云張義，似又合張咏事爲一也（《夜譚隨録》卷十二《鄧縣尹》條：相屍，於耳中取出濕絮半斤）。

兒女英雄傳

此書大致仿《石頭記》、《儒林外史》而作，於家庭細故中，發出天理人情，似迂拘，而實通達；似俚俗，而實爾雅。不知出何人手？卷端光緒（當是嘉慶之訛）戊寅古遼馬閬圃（從善）序云：勒文襄相國（保）次孫文鐵仙（康）觀察所著，初名《金玉（應作硯弓）緣》，又名《日下舊聞》，亦名《正法眼藏五十三參》，乾隆甲寅，東海吾了翁補綴，易此名。又有雍正甲寅觀我齋（鑒）原序，皆依託也。紀獻唐乃年羹堯，隆府即隆科多，則是述雍正乙巳、丙午後事。然軍機大臣、東河總督，皆設於雍正庚戌。烏里雅蘇臺（譯云多楊柳）屯兵，始於辛亥，壬子設定邊左副將軍，烏里雅蘇臺參贊大臣至乾隆乙亥始設。浙江觀風整俗使設於丙午，山東無之。文襄卒於嘉慶己卯，其孫乃道、咸間人，故云鴉片，云曼生壺，云郭婆帶，云端木仲興（涣）似指百禄，談爾音指琦善，烏明阿指穆相。丁亥，琦督兩江，與副河潘錫恩開放王營，減壩挑河，費帑六百萬無成。穆偕蔣礪堂相國查辦，時有五鬼鬧王營之謡。其云紹興，又似指張蓮舫（文浩），則在甲申。《論語》侍坐章，三子之言畢，而夫子之心傷矣，本於隨園。吾不如老農，如作同解，可入《拾瀋》。《咫聞軒賸稿》（卷一）《鹿洞講義》更詳。據《國史·年羹堯列傳》，忌刻之罪，六爲遏抑中書阿炳安等軍功，故以阿爲何，炳爲焯，去安字，則與義門學士名同矣。《續東華録》（卷二十五）：乾隆十二年二月，川陜總督慶復奏：『審訊故道阿炳安侵帑一案，嚴鞫協領德明寄頓銀兩，已據招認，惟銀數不符，見在審究查追。又據阿炳安家人蘇勒供稱，乾隆四年正月，曾將銀四千兩用木匣盛送大將軍查郎阿，交伊家人安七轉呈收受等語。但一面之詞，未便指爲確實。安七又在京師，難以查辦，謹據實奏聞。』得旨：『查郎阿係皇考所用之舊大臣，朕不忍置之於法，此事不必根究，朕自有處。』則阿官至觀察，其軍功當在西路征策凌時也。吾意出近人手，當在乙丑崇文山將軍大魁後，觀屢引《品花寶鑒》可見。荏平左右無青雲山，描畫十三娘殲髡制盗，劇似《續水滸》中陳麗卿，則寓言更不足詰矣。《談屑》（卷二）：吴門顧孝廉館年川陜督署，以館童不及進盥具，年即殺之，顧料其不終，托故辭去。出陜界，貽書數千言，責其跋扈無人臣禮。年籍没時，書上於朝，謂有膽有識，下蘇撫徵之。而顧不知，恐以館年株累，飲藥死。十八回之顧肯堂（棨），殆即附會其事，以會稽無其人也。至同門李素堂（應龍），則不知指年幕何人，俟考。

難中福

近滬上戲園新劇，有《難中福》一齣，事見《平定粵匪紀略》附記四，云：鎮江失守時，賈周某自城逸出，遇賊隊，匿積屍下。賊去欲起，復聞呵殿至，伏不敢動。俄有曳其髮起立者，見一官著古衣冠，熟視之，曰：此應死龍王廟前王三麻子手者。釋之去。周知爲神，懼甚，乘夜急行。循江七八里，得漁舟，亟登之，有一家五六人先在焉。舟人以無資逐之，泣涕求載，不允。周憐之，探懷得十餘金，盡畀舟人。風浪不可行。次日，風益甚，舟人强挂帆行。周素怯，不敢北渡，躍身上岸，舟乘風倏達北，復大悔。忽念死已前定，徑趨龍王廟門坐待之。日晡，賊隊絡繹過，皆未顧問，尾一騎至，持矛刺周喉，周亟呼『王三麻子』。騎馬賊抽矛，詰以何處相識？周述神語。賊云：『死妖何能知？偏欲釋汝。』周告以逃亦無資，不如死。賊擲一紙裹與之，揚鞭去。解視，則黃金二十餘兩，乃雇舟至仙女廟，得免。邗人皆知其事，劇中關目亦相類，第益以胡文忠公督師鏖戰，周説王反正，則劇場附會，爲砌末熱鬧地耳（《里乘》卷十王作賴，事略異）。

（香雪崦叢書本）

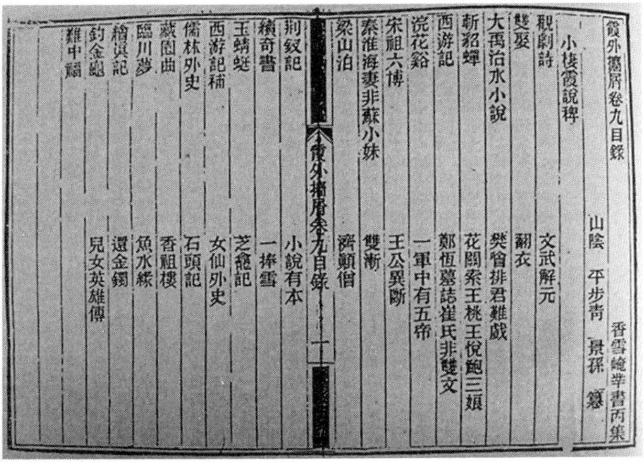

霞外攟屑卷九目録　　香雪崦叢書丙集

山陰　平步青　景孫　纂

小棲霞説稗

觀劇詩　文武解元

雙婆　翻衣

大禹治水小說　樊噲排君難戲

斬貂蟬　花關索王桃王悅鮑三娘

西游記　鄭恒墓誌崔氏非雙文

浣花谿　一軍中有五帝

宋祖六博　王公巽斷

秦淮海妻非蘇小妹　雙漸

梁山泊　濟顛僧

霞外攟屑卷九目録　一

荊釵記　小說有本

繡奇書　一捧雪

玉蜻蜓　芝龕記

西游記補　女仙外史

儒林外史　石頭記

藏園曲　香祖樓

臨川夢　魚水緣

檮貝記　還金鐲

釣金龜　兒女英雄傳

雞中鶴

石頭臆説

解盦居士　撰

載於《悟石軒石頭記集評》卷上。《悟石軒石頭記集評》分上下兩卷。上卷爲《石頭臆説》，題『解盦居士戲筆，紅藕花庵主人校刊』，共八十二則；下卷《石頭叢話》，題『解盦居士戲輯，藕花庵主人校刊』，共八十四則；末附西園主人《紅樓夢本事詩》、丁嘉琳《紅樓夢百美吟》、《紅樓夢竹枝詞》、涂瀛《紅樓夢論贊》四種。扉頁題『歲在强圉大淵獻之如月刊於毗陵精舍』，一粟《紅樓夢書録》認爲此年爲光緒十三年（一八八七）。然下卷文中有『丙寅二月朔日冰絲仙館侍史附記』語，此『丙寅』被認定爲同治五年（一八六六）。又，冰絲館之名嘗見於乾隆五十年（一七八五）的《牡丹亭》評刊本。撰稿者解盦居士，姓林，曾爲知縣，同、光間人。卷首有佚名《紅樓夢集評叙》云：『《紅樓》一書則又由近以言遠，即小以賅大，直將其真事隱去，托爲假語村言，以曲盡於妙喻，蓋默操《春秋》之筆，寓諷刺於皮裏者也。』《懺玉樓叢書提要》評此序曰：『即小見大，獨具隻眼，爲有目共賞之作。』卷上《石頭臆説》，自書作者的獨特之見。其中難免有許多牽强附會之論，如論王熙鳳之取名，與漢代王鳳聯繫起來，曰『漢家天下壞於王鳳，賈府之事壞於熙鳳』之類即是，然也有不少會心精到之見。其論作者問題時説：『寶玉實作者自命，而乃有真假兩人者，蓋甄寶玉爲作者之真境，賈寶玉乃作者之幻想也。』又説：『賈寶玉、甄寶玉，一而二，二而一者也，所謂「假即真時真亦假」也。其果否爲曹雪芹，固不必深考。』此説實開了自傳説的先河，但也不拘泥於自傳説。

紅樓夢集評叙

嘗聞君子務之遠者、大者；小人務之小者、近者。而《紅樓》一書，則又由近以言遠，即小以賅大，直將其真事隱去，托爲假語村言，以曲盡乎妙喻，蓋默操《春秋》之筆，寓諷刺於皮裏者也。故開端以甄事隱、賈雨村二人并列，而於大觀園内即厠入一塵世獨立之妙玉，於榮、寧兩府即首敘一齒秩兼尊之史太君，謂非歷歷自陳有目共睹者乎？讀其書，上有廊廟宫闈，下至田園埜寺，語小則爲閨房兒女之私，語大則爲朝廷國家之事。約而言之，則爲園亭姊妹詩歌風雅之場；充而畫之，即爲阿房後宫開鏡棄脂之地。隱而言之，則爲省親示孝家庭聚首之歡；顯以示之，即爲貴戚世家甲第連雲之盛。泛而論之，則爲燕姤鶯猜婦子嘻嗚之象；實而指之，即爲班去趙升小人消長之機。分而觀之，則爲弄權希寵事兼兩府之微；合而推之，即爲信讒孌佞政出私門之漸。曲爲喻之，則爲厭厭夜飲士女戲謔之風；直爲書之，即爲啄啄群雌流連荒亡之樂。細爲數之，則爲朝夕饔飧務極口腹之奉；統爲計之，即爲金玉糞土用如泥沙之侈。其思深，其慮遠，其詞費而隱，其意類而推，而猶恐當局知所褒譏，身受其禍，故復幻之以太虚之境，元之以大荒之山，隱之以無稽之崖，使後之人直斥爲荒誕不經，無所稽考以自藏，是作者之英雄欺人也。若徒觀其木石同居，喁喁私語，園林改造，煌煌大觀，君恩來鳳藻之婦，婢義切鵑啼之痛。花驕柳妬，誄文私祭乎芙蓉；玉愛金遺，食譜新添乎蓮葉。極鳥語花香之艶，鸚鵡吟詩；披仙庖家慶之圖，鴛鴦行酒。怡紅院之燕壽，不啻瑶池；櫳翠庵之品茶，居然陸羽。玫瑰刺手，狂奴遭一掌之批；湘竹傷情，幻境作兩番之夢。此不過軟紅塵裏，景麗三春；海市蜃樓，黄粱一夢。可以得『紅樓夢』三字命名之義而已，而豈一百二十卷中深文曲筆、寓言選意之所在乎？至若以此書本爲《石頭記》，專爲木石前緣而作。心痛絳珠之死，力鋤寶釵之奸。恕神瑛之爲僧，善能補過；詆襲人之改嫁，大快失身。誦柳絮之詞，潸然淚下；讀桃花之句，默爾神傷。以金針鴛繡爲蘅蕪苟合之媒，香芋鼠偷爲怡紅撩眠之戲。微特癡人説夢，替書掉淚，徒爲紫陽如豆之識，而且左袒私偏，平情失實，亦陳壽《三國志》之覆轍也，豈有當與？又有以太虚幻境，事屬子虚，仙姑雲雨之情，即神女巫山之夢。萬艷同悲，酒開色界；千紅一窟，洞入桃源。聲呼救我，原眠秦氏之床；迹尾偷尼，重算小郎之帳。珮阮解乎九龍，聘或留夫雙劍。芙蓉江上，啜若傳神；風月鑒中，空花招手。知燕支之屢吃，口哺櫻桃；忘麝串之微籠，臂交雪藕。以此書爲秘戲之全圖，其叙事乃春光之暗洩，不幾誤煞少年，《紅樓》一書，毋乃千古之罪人也，此更盲人瞎馬，迷路出花，難者也，與説夢者又隔一層矣，是不可以語《紅樓》者也。欲語《紅樓》，則惟於甄士隱知其爲真事隱去，賈雨村知其爲假語村言，妙玉知其爲妙喻，史太君知其爲史筆，而後推之於葫蘆廟，開手作者殆欲以葫蘆提不求甚解解之耳。以此繹之，雖不中，不遠矣。而究未識當時成此書者何心也，安得起悼紅軒中雪芹而問之耶！漫爲之序。

從女媧氏煉石補天説起，開卷大書特書曰：『作者自云曾歷一番夢幻，借通靈説此《石頭記》一《紅樓夢》一書得《國風》、《小雅》、《離騷》遺意，參以《莊》、《列》寓言，奇想天開，戛戛獨造。

書。』是石上歷歷編述之字迹，盡屬通靈所説者矣。通靈寶玉兼體用講，論體爲作者之心，論用爲作者之文。夫從胎裏帶來，口中吐出，非即作者之心與文乎！何以言石上所記即通靈所説？觀夫青埂峰下鮮瑩明潔之石，倏爾縮如扇墜，幻形入世，迨返本還原，將一生所歷情事盡記在石，意欲問世傳奇，非即以通靈之心作此通靈之文乎！煉石高若干丈，大若干丈，作者自喻立意高超，取材宏富也。補天猶言補衮；未得補天，謂未經世用，無補衮之功也。空空道人，謂心中空空而道，初非有意譏刺人也。青埂者，情根也。寶玉者，所寶在寓意也。空空道人又自名情僧，即作者也。茫茫大士、渺渺真人，即作者之魂魄也。賈寶玉、甄寶玉，一而二，二而一者也，所謂『假即真時真亦假』也。其果否爲曹雪芹，固不必深考。而觀其所居之名，寶玉曰怡紅，雪芹曰悼紅，是有紅則怡，無紅則悼，實惟作者一人而已矣。文心極曲，文義極明，細讀之如釋氏浮圖，八面玲瓏，層層透澈；如天女散花，繽紛亂墜，五色迷離。貫讀之，則又如一片光明錦，一座琉璃屏。玄之又玄，無上妙品，不可思議，通矣哉！靈矣哉！文妙至此，蔑以加矣。文妙真人之號，作者誠當之而無忝也。

韓蘄王《南鄉子》詞曰：『人有幾多般，富貴榮華總是閒。自古英雄都是夢，爲官，寶玉妻兒宿業纏。』作者自名寶玉，其亦取義於此乎！

第三十四卷中，襲人對王夫人言『惟有燈知道』，惜其時在白晝也。若在夜間，燈必曰：『我不知道，夫人莫聽此讒言。』雖然，燈果有知，襲人亦必不敢作此語矣。蓋襲人之敢作是言者，正以王夫人非燈比也。其意謂惟有燈知道，若我夫人，則晝夜昏昏，何能知我也哉！

開卷以姑蘇城閶門仁清巷葫蘆廟爲言，蓋取姑妄言之之義。蘇與書音相近也，閶倡也，廟妙也，謂姑妄倡爲此書，其人清，其書妙也。鄉宦甄士隱名費，費者廢也，謂先宦而後廢者也。嫡妻而姓封氏者，謂亦曾受封者也。以真事既隱，故不著真姓氏矣。又言士隱不以功名爲念，倒是神仙一流人物，足見其人之清，故巷名仁清也。其女名英蓮者，謂其真應憐也。士隱夢中所見一僧一道，即作者魂魄所化。作者自謂冥心搜索，精誠所通，出神入化，説此一段風流公案，盡屬幻境，所以開首姑倡此人此地，以總括全書之妙義也。

又封者風也，因風引火，故其家遭回禄也。

英蓮之母姓封，英蓮之夫姓薛，既遭風，復遇雪，此蓮欲求不落得乎！　甕甕葬花詩云：『一年三百六十日，風刀雪劍嚴相逼。明媚鮮妍能幾時？　一朝飄泊難尋覓。』即風雪落英之謂也。

薛氏之咏蟹詩，衆人以爲諷時太毒，而不知其實駡怡紅也。觀其竹夫人之謎可知。既云『恩愛夫妻』矣，而開口便云『有眼無珠』，何也？　蓋言爲心聲，此謎雖非有意爲之，而中有不平，不覺其隨時流露也。

媧皇煉而未用之石，爲作者之心。心既通靈，冥想神游，而爲情天幻境侍者，因於三生石畔結木石之緣，纏綿相感，彼此皆落塵網，此第一卷所謂神瑛滋養絳珠，勾出多少風流冤家下凡，造歷幻緣者此也。

書中僧道問答，言『今日這石復還原處』，是尚未經幻想之心也。又云『你我何不將他仍帶到警幻仙子案前挂號，同這些情鬼下凡，一了此案』，是已涉幻想之心也。又云『趁此你我何不也下世度脱幾個』，是不特心涉幻想，并其魂魄亦將攝到幻想地步矣。又云『且同到警幻宫中，將這蠢物交割清楚』，是作者於幻想之中，尚存自警之心也。又云『待這一干風流孽鬼下世，你我再去』，真是驚魂喪魄，同入幻想之境矣。此一段，説一句便有一句用意，須細讀之，不可囫圇看過。

僧道所言『趁此你我度脱幾個』一語，便生出無數魔障業緣，於是可卿、襲人諸人皆在度脱之中矣，而要非幻想之本心也。

麝月於怡紅神游幻境未返之時，設能自裁以殉，豈不大妙。

寶玉實作者自命，而乃有甄賈兩人者，蓋甄寶玉爲作者之真境，賈寶玉乃作者之幻想也。觀五十六卷中，賈寶玉夢見甄寶玉，醒時於大鏡内照見自影，猶呼寶玉一段，即所謂假即真時真即假也。迨至甄賈兩人會面，此書已將畢矣，此殆所謂假去真來真勝假乎！似與原旨未甚合也。

通靈寶玉，即寶玉之心。直至一百十七卷中，寶玉云『我已經有了心了，要那玉何用』，方將本旨揭出。其從前摔玉、砸玉、失玉、還玉，皆非謂玉也可知。

神瑛侍者必居赤霞宫者，得毋謂其不失赤子之心乎！故寶玉生平，純是天真，不脱孩提之性。

寶玉既爲赤霞宫侍者，又號絳花洞主，其所居軒曰絳芸，院曰怡紅，所謂愛紅毛病者，其在斯乎！此書名曰《紅樓夢》，絳珠之窗又是茜紗，總不離乎絳紅者，近是必另有命意，俟考。

作者既以夢名其書，則書中凡言夢者，其非盡屬夢也明矣。書中歷叙各夢，如寶玉夢游太虚幻境，夢與甄寶玉相遇，夢見晴雯死後來别，夢至地府尋訪黛玉被石子打回，并甄士隱夢見僧道，甄寶玉因夢改行，黛玉因夢添病，湘蓮夢醒出家，香菱夢裏吟詩，小紅私情癡夢，妙玉走魔惡夢，鳳姐夢可卿勸立家業，又夢被人强奪錦匹，尤二姐夢見三姐勸斬妬婦，襲人夢見寶玉和尚册子，茗煙説萬兒因母夢得錦匹而生，以及寶玉神游幻境似夢而非夢，并因黛玉故後想夢而無夢，所言諸夢，皆是真夢。獨寶玉在可卿房中夢訓雲雨之事，絳芸軒中夢斥金玉之説，并屬假夢，非真夢也。

怡紅夢中云：『什麽金玉姻緣？我偏説木石姻緣。』豈料木爲金克乎！

寶玉出家爲僧，而封以真人之號，真人者道士也，空空道人又名情僧，是僧即道，道即僧，實即寶玉。渺渺真人即是茫茫大士，一道一僧，實皆寶玉之魂魄也。

《石頭記》又名《情僧録》，即文妙真人之妙文也。

神通靈也，瑛寶玉也，故曰神瑛侍者。

以寶玉而遇絳珠，可謂珠圓玉潤。石韞玉而山輝，水懷珠而川媚，全書文境，仿佛似之。

絳珠者謫降仙姝也，此書專爲絳珠而作，他人無與焉。絳珠以淚還灌溉之恩，可謂一淚一珠矣。

作者將真事隱去，而爲假語村言，即以甄士隱、賈雨村名其人，則書中各人姓名皆有寓意，從可知矣。夫林者靈也，靈河岸上之降姝也。黛玉，代其意中之玉人也。䴖䴖，意中怦怦也。婢名紫鵑、雪雁者，以喻黛玉一生苦境也。蓋鵑本啼紅，而乃至於紫，苦已極矣，而又似飛鴻踏雪，偶留爪印，不能自主夫西東也。又林者上林也，故其父如海，曾中探花，謂探上林之花也；其祖曾爲列侯，謂是侯門如海之女公子也。

晴雯者情文也，正不知文生於情，情生於文也。

晴雯一小黛玉也。黛玉來賈府正興，黛玉亡賈府即敗；晴雯至園中正盛，晴雯死園中即衰，正是一樣文字。芙蓉花神非真指晴雯也。試觀壽怡紅之夕，黛玉掣得酒籌乃芙蓉花，衆人云『除了他，别人不配做芙蓉』，明明言之矣。又寶玉祭芙蓉神時，黛玉實生受之，誄文中眉黛一聯已明點黛玉二字，所改茜紗一聯，黛玉聞之色變，更顯著矣。按一百十六卷中，寶玉神游幻境，遇管理絳珠草仙女，問其管芙蓉花是何人，仙女答以除是我主人瀟湘妃子方曉，是即明言瀟湘妃子方能管芙蓉花耳。『茜紗窗下，我本無緣』二句，亦直至一百十六卷中始應。試看寶玉魂游幻境，絳珠傳見時，寶玉言『妹妹在這裏，叫我好想』，侍兒即將珠簾放下，非即此兩語情景乎！又晴雯者，青天白日毫無暗昧者也。以之表黛玉之心，比黛玉之品，允矣。即以晴雯己身而論，亦頗名副其實，觀黛玉、晴雯臨死之言可知。

又晴雯者，光明磊落之象也，故以之擬黛玉心地人品。若碧痕、秋紋、綺霞、麝月，皆非毫無痕迹之謂也，故屬襲人一黨，可作寶釵品題。

此書專爲靈河岸上之謫仙林顰卿一人而作。微特晴雯爲顰顰小影，即香菱、齡官、柳五兒，亦無非爲顰顰寫照。蓋菱、齡皆與林同音也，柳亦可成林也。香菱原名英蓮，亦謂顰顰之應憐也。英蓮、顰顰幼時均有和尚欲化去出家，其旨可知矣。此英蓮所以得爲顰顰弟子也。

姽嫿將軍可對瀟湘妃子。咏林四娘之作與芙蓉誄同日而成，已寓絳珠必死之兆矣。姽嫿、若玉亦皆爲顰顰影子，姽嫿影其姓，若玉影其名。小紅亦姓林氏，原名紅玉，明是絳珠兩字影子。初在怡紅院，於邑不得志，後爲熙鳳索去，即是拆散絳珠姻事之意。以柳五兒補小紅之缺，栽柳固可成林，而折柳所以贈别，亦屬絳珠死别之機。齡官之於賈薔，小紅之於賈芸，終難遇合，均此意也。

紫鵑之小菱花鏡子，留贈怡紅，其亦鏡中花之謂乎！或曰心心相照之意也。

馮淵者，逢冤也。香菱遇馮淵而嘉偶不諧，終歸諸薛氏之子。於文，薛子爲孽，即寓顰顰爲薛寶釵奪去良緣，真是逢着宿世冤孽也。

太虚幻境又曰孽海情天，其旨可知。太虚即指秦太虚也。秦氏與情事同音，謂情事之幻境也。秦氏名可卿，言可人之情事也。弟名秦鍾，情所鍾也。父名秦業，情之孽也。警幻仙子與可卿爲姊妹，是一是二，恍惚迷離，殆不可辨。雲雨之事，其警幻所訓歟？抑可卿所訓也？癡夢仙姑、鍾情大士、引愁金女、度恨菩提，得毋可卿之化身耶？小名兼美，誠不愧矣。

灰侍者、木居士，殆亦急流渡口、悼紅軒中人，似非迷津中人也。

山名大荒者，即太虚之謂也。崖名無稽者，即幻境之謂也。作者以生平頑福真事，寫成夢幻虚無，故太虚幻境即真如福地也。孽海情天之額，後又改爲福善禍淫，是作者懺悔之意也。故云風月寶鑒宜反照不宜正照。全書之旨在此，讀者須知此意。

甄英蓮者，真應憐也。全書之旨，無非薄命紅顔，故開卷首寫此人。寶玉幻境所見所聞，如香名群芳髓，髓者碎也；茶名千紅一窟，窟者哭也；酒名萬艷同杯，杯者悲也：同此意也。英蓮母姓封氏，封者風也，花固以風而開，亦以風而謝，千紅萬艷，終被風摧，能不悲哭？香國飄零，故改名香菱。衆芳至秋零落殆盡，故再改曰秋菱。蓮與菱皆非凡艷，而望秋先謝，非比耐冬，何堪加之以雪乎！乃歸之薛氏，則萬無生理矣。

蓮本花中君子，而乃爲落英，其君子道消之意歟！

菱花秋水，顧影亦應自憐，命名之意，如是如是。

嬌杏者，儌幸也。以婢子而爲夫人，非儌幸之至乎！

英蓮則爲甄士隱之女，嬌杏則爲賈雨村夫人，可見應憐者是真，儌幸者是假。開卷以此兩人相提并論，即寓全書之旨矣。

薛寶釵者，林黛玉之大敵也。薛即雪，所謂『豐年好大雪』也。黛玉初至寶釵處，即遇下雪，其明徵歟！林與薛先時蹤迹尚疏，故其病猶淺；嗣漸密而病漸深，迨寶釵送給燕窩，則密之至矣，而黛玉遂成痼疾；及薛氏定親，顰顰病幾不起；至薛氏成婚，而顰顰立時畢命矣。林木遇雪，誠大厄也。

北人讀拆字轉成平聲，竟與釵字同音，薛氏名釵，所以拆開寶黛也。金鎖所以關鎖寶玉也。微特以金配玉，且以金克木，林顰顰其能免乎！

冷香丸而以一年二十四氣之花蕊雨露爲之者，謂薛氏謀寶玉姻事，一年四季無所不用其心，終成露水而已。須以十二分黄柏煎湯作引者，謂薛氏亦吃盡十二分苦也。不然，何不云用黄柏一錢二分耶？語云：『不是一番寒徹骨，怎得梅花撲鼻香。』故名冷香丸云。

此書既爲顰顰而作，則凡與顰顰爲敵者，自宜予以斧鉞之貶矣。寶釵自云從胎裏帶來熱毒，其人可知矣。婢名同喜、同貴，謂喜與寶玉同富貴也。鶯兒姓黄，謂其巧言如簧也。倩鶯兒打絡子以絡通靈寶玉，明是遣巧言如簧者以籠絡寶玉之心也。絡玉必以金黑二色綫者，金勢利也，黑曖昧也，欲借此以籠絡寶玉之心也。菱遇雪固無生理，雪遇夏亦即消滅。薛氏之嫂曰夏金桂者，下賤而自以爲矜貴也。婢名寶蟾，蟾即釵之轉音，是下賤人尚欲奴畜之，其兄更痛罵之，豈不嚴於斧鉞乎！花襲人者，襲取寶釵之花貌者也，是雪花也；又掩人不備曰襲，謂薛氏之暗攻顰顰也。故不僅襲人爲寶釵化身，即寶蟾亦是爲寶釵寫照。傅試者，附勢也，傅試之妹亦屬薛氏小影。薛氏專愛怡紅之家世之面貌，實非愛其才與情也，更何論乎能知其心否耶？怡紅晝卧時斥言僧道之語如何信得，明明當面决絶回復，不受薛氏之勢利暗昧、巧言籠絡，并非夢囈也。薛氏酒籌所掣牡丹花詩句云『任是無情也動人』，無情二字固是薛氏定評，而由薛氏以觀，只貪怡紅富貴，初不計其有情無情亦覺動人也耳，故此籌薛氏掣之。怡紅持之不釋，正以此句爲雙關也。薛氏之熱毒本應分講，熱是熱中之熱，毒是狠毒之毒，其痛詆薛氏處，亦不遺餘力哉！

寶玉胎裏帶來通靈，寶釵帶來熱毒，天生對偶，又何須金鎖爲哉？一笑。

齉齉借送手爐而肆譏，薛氏借尋扇子以泄忿，一暖一涼，後先掩映，於此更見薛氏之毒久而愈深。古人云：『見沉沉不語之士，切莫輸心。』知人哉！

史者始也，趙者造也，周者謅也，尤者尤物也，湘蓮者相憐也，劉者留也，妙玉者妙喻也，畢知庵者必知俺也，詹光者沾光也，單聘仁者善騙人也，卜世仁者不是人也，吴良者無良也，賈化者假話也，賈，假也，政，正也，璉，廉也，琮，忠也，蓉，容也，薔，祥也，芹，勤也，以及敬也、赦也、珍也、瑞也，而皆貫以賈姓，令人失笑。

湘蓮與寶玉後先出家，正所謂同病相憐也。

湖州者胡謅也，卜固修者不顧羞也。

李紈者，守禮之完人也。字曰宫裁者，作者自謂秉公裁定者也，亦猶《琵琶記》中張大公之義。其父名守中，曾官祭酒，謂其守正不阿，閨中之祭酒也。婢名素雲、碧月者，以喻宫裁純美無疵也。此亦如《春秋》大書特書而無貶詞焉。

王氏名熙鳳者，熙者希也，希王鳳也。漢家天下壞於王鳳，賈府之事壞於熙鳳也。婢名平兒、豐兒者，即屏風之謂，賴以蔽内外而恣其妄爲也。書中謂夏金桂可步王熙鳳後塵，然則金桂之淫穢亦效熙鳳所爲矣，不過有實寫虚寫之别耳。智能亦是熙鳳小影，智而且能，非熙鳳誰屬？晴雯既爲絳珠影子，則晴雯表兄吴貴之妻，其爲絳珠表嫂王熙鳳影子無疑矣。

熙鳳心毒手辣，草菅人命。如長安守備公子張金哥、鮑二家的、賈瑞、尤二姐，悉爲致死者也。有謀而未致死者，其惟張華乎！

以詞令見長者，熙鳳、探春、平兒、麝月、侍書、小紅而已。

蔣玉函者將玉函也，寶玉之外函也，所謂玉在櫝中求善價也。一百十七卷中寶玉云『你們這些人原來重玉不重人哪』，又云『看你們守着那塊玉怎麽樣』，此兩語雋快之至，而豈知更有守着玉櫝者乎？豈知更有重櫝而不重玉者乎？

此書才識宏博，詩畫琴棋、駢體詞曲、制藝尺牘、燈謎聯額、酒令爰書、醫卜、參禪、測字，無所不通，迴非尋常稗官所能道。其地則上而廊廟宫闈，下而田野荒寺。其人則王公侯伯、貴妃宫監、文臣武將、命婦公子、閨秀村嫗、儒師醫生、清客莊農、工匠商賈、婢僕胥役、僧道女冠、尼姑道婆倡優、醉漢無賴、盗賊拐子，無所不備，維妙維肖。其事則忠孝節烈、奸盗邪淫，甚至諸般横死，如投井投繯自戕、吞金服毒、撞頭裂腦、誤服金丹、鬥毆致斃，無所不有，形容盡致，可謂才大如海。

書中之無情者以寶釵爲最，次則探春、熙鳳、鴛鴦、湘雲也。

書中快文，焦大醉罵而外，如李嬷嬷之罵襲人，薛蟠之罵寶釵，較陳琳討曹操檄、駱賓王討武氏檄，尤爲雋快，讀之當浮一大白。

焦大所罵養小叔，非指鳳姐也，須知之。

或謂襲人所繡鴛鴦兜肚，白綾紅裏兩面已經做成，是連裏子刺繡，反面必露針綫之迹，且軟而難繡，以爲作者不諳女紅而然，此真矮人觀場矣。試思作者具此靈心妙手，無藝不通，豈有不知刺繡之理乎？所叙兜肚一事，特書白表紅裏若已製成之件，而曰尚未繡完，可見本無其事。是怡紅晝卧，寶釵驟至，襲人避去，寶釵即爲代刺，實屬曲筆，正所謂『鴛鴦繡出從君看，不把金針度與人』也。

六十二卷中顰顰所言酒令『落霞與孤鶩齊飛』云云，直是自己寫照。

又寶釵與寶玉射覆，寶玉所言『敲斷玉釵紅燭冷』，及香菱引證『寶釵無日不生塵』之句，是爲寶玉出家、寶釵守寡之讖。信手拈來，皆成妙諦。

又香菱所言『此鄉多寶玉』詩句，鄉者温柔鄉也，多羡也，言在温柔鄉中羡此怡紅公子也。

襲人原名珍珠，寶釵、珍珠本屬聯絡者也。

絳珠『剖腹藏珠』之喻，較薛氏之駡『有眼無珠』何如？

顰顰作《秋窗風雨夕》卷内（見四十五卷），以玻璃燈照怡紅歸去時云『忽然又變出剖腹藏珠的脾氣來』，剖腹所藏者得毋絳珠耶？顰顰可謂推心置腹矣。

芳官貌似怡紅，芳官之出家即怡紅之先聲也。

怡紅命爲顰顰燙合歡花所浸之燒酒，顰顰只飲一口，寶釵亦忙斟一杯飲之，并不待怡紅相讓。寶釵殆因酒名合歡，故不任顰顰獨飲與？亦奪婚之意也。

薛氏妬忌太甚，寶琴得賈母所與梟鷖裘，彼尚不平見之詞色。湘雲猶疑顰顰、怡紅亦或妬忌，怡紅亦慮顰顰尚欲妬忌，乃顰顰向寶琴口口聲聲只呼妹妹，無異同懷，怡紅頗以爲奇。是顰顰之於薛氏，賢不肖相去天淵矣。何衆皆憒憒，竟無一人能辨之耶？薛氏於親妹妬猶若是，况於他人乎！此作者烘雲托月之法也。

薛氏之最毒者，因怡紅錯説其體胖怯熱比以阿環，遂以無好弟兄可作楊國忠駡之。并因靚兒覓扇，竟至借此痛詈，聲色俱厲。又如撲蝶而聞亭內人語，移禍顰顰；金釧無以爲殮，送給衣裙：此皆暗裏排擠顰顰之毒計也。其最可耻者，送丸藥以醫怡紅杖傷，坐卧榻以刺怡紅兜肚，柔情密意，無異自媒，毫不知避嫌疑，此皆由衷而發，不能自掩之耻態也。

五十五卷中鳳姐對平兒云：『我正愁没個膀背。雖有寶玉，他又不是這裏頭的貨，總收伏了他也不中用。』鳳姐究竟如何收伏了寶玉，讀者請掩卷閉目一思。

梟鷖裘者無厭求也，謂薛氏覬覦賈府也。雀金泥者却泥金也，謂寶玉無志科名也。

顰顰因怡紅入塾讀書，則曰『此去定當蟾宫折桂』，李貴因政老查問功課，則曰『聽見二爺念的呦呦鹿鳴、荷葉浮萍』，皆是怡紅只中舉人之兆。

書中所演各劇皆有關合。如元妃所點之《離魂》、打醮所拈之《南柯夢》爲元妃不永年之兆，寶釵所點之《山門》爲怡紅出家之兆，顰顰生辰所演之《昇仙》即絳珠歸位之兆，怡紅所點《醉魁獨占》爲襲人改嫁玉函之兆，餘可類推。總之，此書所叙各事斷無一句閒筆也。

書中人惟顰顰撫琴，妙玉聽琴，甚矣知音之難得也。

良兒偷玉，墜兒偷金。良者凉也，薛同雪，其性凉也，暗指薛氏偷寶玉也；墜者扇墜也，謂通靈寶玉已縮成扇墜也，暗指寶玉信佩金鎖之薛氏也。

扇者散也。扇有數種：摺箑一名聚頭扇，晴雯所撕聚頭扇也，其散而不可復聚之意歟！又嘗聞氤氳使者專管人間婚姻，其所持坤靈扇與月下老人同其作用。凡有扇者，皆當學石獃子珍之藏之，斷不可學晴雯撕之毀之也。

作者於晴雯生死之頃，怡紅淒惻之時，忽寫吴貴媳婦調情一段，固屬對影寫照，意有所在，要知此亦特筆也。窗外潛聽，正所以表晴雯之貞潔也。不然，虚名二字，誰其信之？

錢華者潛化也，吴新登者無新登也，王善保者忘善寶也。

又襲人者夕人也。《詩》有所謂『莫敢當夕』也者，此則專敢當夕者也。兩夕爲多，多姑娘者即襲人之影子也。

寶釵又有最可惡處，在五十七卷中顰顰欲認薛媼爲母一節，寶釵則對面着筆，暗刺顰顰之心；薛媼則直揭應與怡紅作配，是明刺顰顰之心也。及至紫鵑求其玉成，而薛媼即以謔言亂之，黠矣哉！討武氏檄中一聯『入門見嫉，蛾眉不肯讓人』，可贈寶釵；『掩袖工讒，狐媚偏能惑主』，可贈襲人也。

探春令湘雲銜在口内之醒酒石，不知比通靈寶玉大小何如？或曰是即通靈所化也。

寶琴者保情也。真真國女，真真國士也，猶言無雙也，其寶琴自命乎！

司棋之叔名秦顯者，言司棋之情太顯也。

（光緒十三年紅藕花庵刊本《悟石軒石頭記集評》）

石頭叢話

解盦居士　撰

見於《悟石軒石頭記集評》卷下。多爲記録有關紅學佚事趣聞，其中談到了若干抄本、批本、續書等，頗有史料價值。文中對王希廉、涂鐵綸、陳其泰等批本的批評，亦具批評史家的眼光。尤爲可貴者，此書摘録保存了今已散佚的一批論紅評著的精見卓識，以及個别論者的片言隻語，致使全書呈現出豐富多彩，百花齊放的景象。而此書因未被一粟《紅樓夢卷》所逯録，故爲一般紅學史家所忽略，誠爲可惜。

山陰傅越石駕部（鍾麟）曰：同里朱味蓮太史名逌然，字肯甫，於都門廠肆購得抄本《紅樓夢》原稿，與坊本迥異，卷數較少，平景蓀太史（步青）所見另本抄稿亦同。今之坊本，爲曹雪芹所改，非原稿也。

又曰：聞諸都人士云，寶玉實有其人，官至尚書文妙真人，真有其人也。

江寧徐子儀（鏞）曰：《紅樓夢論贊》并《紅樓夢問答》爲臨桂涂香雨孝廉所撰。香雨名鐵綸，别號讀花人。

讀花人《妙玉贊》謂妙玉爲包勇所窘而遁，并非盜劫，頗有會心。緣書中既云被脅不從而死，而寶玉魂游幻境，獨未一遇，自是尚在人間，而要非甘爲强暴所污者。書中被劫云云，即所謂真事隱去，假語村言耳。全書似此用筆之處不少，慎毋刻舟求劍也。神龍見首不見尾，我於妙玉亦云。

會稽謝帆初茂才（鴻申）有批《紅樓夢》全稿，所論極佳，惜稿已遺失，竟不可得。近於山陰史簾南茂才（久炤）處僅得帆初《東池草堂尺牘》，中有《答周同甫書》，云《紅樓夢》事迹，本來平淡無奇，乃偏能細筋入骨，寫照如生，筆力心思無出其右。又云其事本無可述，而一經妙手摹寫，盡態極妍，令人愈看愈愛者，《紅樓夢》是也。又云《紅樓夢》作者精神全注黛玉，譬諸黛玉花也，紫鵑護花旛也，寶玉水也，賈母瓶也。岫煙、寶琴、湘雲、三春、香菱、平兒諸人，蜂蝶也；寶釵、襲人，淫雨狂風也；鳳姐剪刀也。無根無葉，本難久延，况復雨妬風摧，正欲開時陡然一剪，命根斷矣。

然爲齄齄設想，寧使雨妬風摧陡然一剪，必不可插在糞窖中，各種續《紅樓》皆糞窖也。又云寶琴清超拔俗，不染纖塵，品格似出諸美之上，賈母内有孫女孫媳，外有釵、玉諸人，無美不臻，心滿意足，琴兒貌不能出衆，不過泛泛相值耳，今乃有加無已，疏不異親，必其態度丰神，迥非凡艷，致人心折如此。作者嫌正寫無味，故從賈母一邊寫出，令人意會也。又云：《張船山詩集》載《紅樓夢》後二十四卷，係他手所續，鄙意盡可節去。黛玉歸天，寶釵出閣，正文已畢。如欲收拾一切，留起數卷，仍由冷子興口中帶述，似覺簡净，敢質之高明。又云：《紅樓夢》筆力心思，一時無兩，人謂其繁處不可及，不知其簡處尤不可及。其伏筆之靈巧，正與《聊齋》異曲同工，惟於乳母説得龍鍾老朽，與賈璉、寶玉、黛玉年紀懸殊，是其第一短處。予按書中似此矛盾處正多，非必别無命意，不得謂是短處，如《水滸傳》中盧俊義生命年月日時，故作舛錯，此書亦間用此法，觀余前批鴛鴦裹肚一事，可以類推。

曾少華比部（家奎）曰：《紅樓夢》原本只八十卷，其後四十卷係高蘭墅所續。

海寧陳琴齋學博（其泰），别號桐花鳳閣主人，有評全書抄本，謂金鎖爲寶釵僞造，自詡獨具隻眼。第金玉姻緣之説，幻境曲中譜之，怡紅夢中斥之，正見其以金克木也。其丸藥而名冷香，取與熱毒相對，獨非僞造乎哉？

讀花人《紅樓夢問答》云黛玉有二三百萬家資爲賈璉乾没，實屬無謂。四十五卷中黛玉嘗向寶釵曰：『我是一無所有。』則何來此數百萬金耶？

吴縣王雪薌(希廉)評,謂黛玉雖是仙草降凡,但心窄情癡,自促其年,即返真還元,應仍爲仙草,纔是本來面目,論其生前情欲,不應即超凡入聖,爲上界神女,末後絳殿珠簾,請回侍者一段,特覺蛇足。予謂此論大謬。開首第一卷大書特書云:絳珠草已脱草木之胎,得换人形,修成女體。彼雪薌者豈竟未寓目耶?絳珠先成女體,正與石頭先爲神瑛侍者相匹,全書之旨在是,緊要關鍵亦在是,何可妄改妄評?

或謂雪薌所評以後、續《紅樓夢》兩書作藍本,處處回護寶釵,非只被作者瞞過而已。余按:雪薌所評微特處處回護寶釵,而且揚釵抑黛,實不解其何故。

寶寧王少蓮司馬(琳庚)與越石駕部於此書同有嗜痂之癖,倩予塗抹一過,將重付手民氏,并詢余於原書外亦嘗見有續作者若干種,且有無賞心者。因計已見者如吴縣陳厚甫先生(鍾麟)傳奇、荆璞山民散套,皆不失原書本旨。邗上紅豆詞人傳奇,合前後《紅樓夢》而作,已失原旨矣。其翻案諸作,短中取長,應以歸鋤子之《紅樓夢補》爲最,次則《紅樓幻夢》,再次則《紅樓圓夢》。他如某廣文之《後紅樓夢》、秦雪塢都戎之《續紅樓夢》又其次也。至於《紅樓復夢》、《紅樓補夢》、《紅樓續夢》、《補紅樓夢》、《增補紅樓夢》皆是癡婆夢囈,不堪寓目。又有《綺樓重夢》者,更屬喪心病狂所作,必墮阿鼻地獄也。桐城陳子言(詩)嘗爲余言,尚有《再續》、《三續》兩書,更有名爲《紅樓夢鑰匙》者,余均未見,名既怪誕,文亦可想而知矣。

《紅樓夢補》中有顰卿掘數千萬藏金,又寶釵臨死毁棄金鎖,遂爲石獃子所得,終歸諸顰卿,以之與怡紅聯姻，此真石獃子所撰也。《紅樓幻夢》云，顰卿胸前有絳珠一點，如佛氏慧珠之説，得與怡紅締成珠玉良緣，雖屬無理取鬧，較石獃子金鎖少勝，其實皆蛇足狗尾也。《紅樓夢》一書，豈復能續一字耶？其最荒誕者，《後紅樓夢》言顰卿有鍊容金魚，入水能游，作者真中金蠱毒矣。又《圓夢》謂顰卿返魂，棺内遍是珍珠，皆其平日眼淚所化，不將以顰卿爲鮫人乎？一何可笑！

雪薌所批刻本，前列《大觀園圖説》一則，然只有説無圖，不知誰人之筆。

簾南嘗於都門山會邑館聞其同里某君言，寶玉實某公府之女公子，顰卿乃其相攸之婿，於未結婚之先，某公招至府中下帷，因寶玉姻事不諧，遂爾氣死。問其何所據而云然，則曰：不觀夫『風月寶鑒要反照不可正照』之言乎？故凡書中男皆是女，女則皆男云云。其然豈其然乎？

臨桂江夢花别駕（曉）曰：涂香雨館李芸圃水部（秉綬）家，手批此書未竣，病革之日，猶親書『遺恨紅樓』四字額用以自挽，怡紅有知，定當倒屣於青埂峰下矣。

又曰：昔嘗於天津張繩武大令處見有《紅樓夢圖説》數卷，惜不全，每卷逐段按事繪圖，絶似長白麟見亭河帥（慶）《鴻雪因緣圖記》，卷帙浩繁，以未得窺全豹爲憾。

越石又曰：嘗聞一友言《紅樓夢》抄本原稿與坊本絶不相同，如甄寶玉進京已在賈寶玉走失之後，并未晤面。猶記其末卷大略，云甄寶玉在籍得中鄉魁，公車北上，來到賈府拜訪寶玉，始知其場後走失，傳言已經出家。甄寶玉忽忽若失者累日，一夕夢見賈寶玉，果是和尚樣子，甄寶玉即問何故，賈寶玉説：『你我面目相同，性情相若，原可算得一個人，我之心事何能瞞你。我實因意中姻事不諧，意中之人忽爾短折，我當初説過伊人若死我必爲僧，故不肯負心爲薄倖人。我神遊太虚，纔知我意中人本係上界神女，業已歸位。』賈寶玉話猶未畢，甄寶玉忙道：『你我既躬逢聖明之世，受祖宗庇蔭之福、父母教養之恩，即當建功立業，仰報萬一，何可因私情不遂，恝忿出家，爲天地間之罪人乎？我亦有似此一段情根，所以不敢出此者，徒以罔極深恩未報耳，只好算作一場春夢。況你意中人本係上界仙姝，偶謫紅塵，現復歸位，即白香山所謂「此女不是凡夫妻」也。只要你意中常有此人，即不爲負心薄倖矣，何必定要出家？我試問你，設使你意中人果如君願以償，亦不過塵世間添出一位多福多壽多男太君而已。所以爲足下計，則善矣。其如仙姝之久謫塵寰難離苦海何？且你我雖具此好皮囊，究係濁物，與其令你意中人爲塵凡渾濁嘉耦，何若作天上潔净仙姝？子不云乎，女子最清貴，一嫁男人即沾濁氣，何遽忘之耶？』賈寶玉笑而不答。甄寶玉欲令賈寶玉還俗，仍幹功名事業。賈寶玉道：『你亦是過來人，所以不能如我者，只論其迹也。問其心，何嘗不同然耳？』甄寶玉未及與辯，賈寶玉已飄然而逝。甄寶玉夢亦頓醒。再，此卷内又云：當甄寶玉至賈府時，人多錯認賈寶玉回來，歡喜若狂，迨進見王夫人，方纔認明。鶯兒竊窺之，心想世間既真有此人，何不早早來京？深替寶釵後悔，不若嫁與甄寶玉亦是一樣。又可惜襲人已嫁蔣家，否則襲人想必亦願嫁此人云云。其餘與坊本不符處，難更僕數，惜俱不甚記憶矣。

余前閱坊本至甄寶玉到京晤會賈寶玉一段，似未合真假原旨，心竊疑之。至紫鵑窺見甄寶玉云云，尤爲荒謬，以爲紫鵑必不出此。今讀原稿，始知爲鶯兒之文。且甄寶玉到京之時，已在賈寶玉出家之後，甄賈兩玉仍是夢裏相逢，方合假去真來真勝假之旨。可知坊本之謬尚多，安得原稿全本一一而改正之？

『真假』二字爲書中最要關鍵，甄賈兩玉即是書中最要關目，只可夢中相逢，若即若離，何能居然見面？原稿甚是空靈。坊本所改，奚啻點金成鐵。

原稿中賈寶玉所答甄寶玉數語，所謂真人前莫説假話，不可作夢囈觀也。

讀花人之贊探春，雖不免爲作者瞞過，然其筆墨快雋無比，賢於雪薌遠矣。

陳琴齋謂怡紅夢隨秦氏至一所在，朱欄玉砌，緑樹清溪，此温柔鄉也，老於是鄉可矣。

會稽曾少華農部（家奎）曰：繡兜肚一段，乃暗寫寶玉、寶釵苟合也，聞有人聲而故取兜肚假作針黹以爲掩飾，所以兜肚乃已成之兜肚，必須有裏子，令讀者從此看出情形也。不然，何故黛玉忍笑不禁，大有醋意？湘雲因相待之厚，不肯刻薄，拉黛玉而走，而寶玉又突然説到金玉姻緣，寶釵聞而心動耶？

歷城茅師竹大令（丕熙）曰：賈氏四妹以元春、迎春、探春、惜春命名者，蓋取原應太息之意也。

雪薌總評謂：第二回冷子興口述賈赦有二子，次子賈璉，其長子何名？是否早故？并未敘明，似屬漏筆。十二回内説是年冬底林如海病重，寫信來接黛玉，賈母叫賈璉送去，至十四回中又説賈璉遣昭兒回來投信，如海於九月初三病故，故賈璉與黛玉送靈到蘇，年底趕回，并要大毛衣服等語。若如海於九月初身故，則寫信接女應在七八月間，不應在冬底。況賈璉冬底自京起身，大毛衣服應當隨時帶去，何必又遣人來取？再，年底纔自京起程，到揚又送靈至蘇，年底亦豈能趕回？殊覺矛盾。此二事所批甚細，其餘十餘條皆膠柱之見，且多紕繆。又如所批六十九回尤二姐吞金，既云人不知鬼不覺，何以知其死於吞金？似亦疏漏等語。彼獨不見夫《左氏傳》鉏麑賊趙盾之文乎？此書此事亦正仿此意耳。

邱佩金評《石頭記》全書有極妙處，余已摘録另存之矣，惟内有評怡紅生辰夜宴後芳官與怡紅得成好事，未免深文。

予嘗於陳子言處得其同里張君所製紅樓夢紙牌譜，仿葉子戲式，名曰『十二紅譜』，以三人或五六人或十餘人爲一副，每副以詞牌名拈合，與仁和孫午泉大令（曰庠）録寄紅樓夢酒籌，皆佐酒消愁之雅具也。子言又言，張君尚有紅樓夢骨牌，惜未覓得其譜。

都門所刊《游大觀園圖》係仿《覽勝圖》之式，惟合《續紅樓夢》爲之，有城隍廟諸處不愜余意，因重爲删改，另製一圖，其稿已爲友人攜去。

容卿孝廣曰：寶釵不稱薛姑娘而呼爲寶姑娘，親之之詞也；黛玉呼爲林姑娘而不稱爲黛姑娘，外之之詞也。稱謂之間已顯着親疏之别矣。

劉老老、薛姨媽同一篾片也。劉嫗固黠，而尚有俠氣，若薛媪止黠而已矣。

讀花人論贊各人均極允當，惟探春一贊未愜余心。夫論妙玉則能獨抒機軸，論趙姨娘則竟譬諸狗糞，何獨於探春反被作者瞞過，又從而褒贊之？試思作者果欲褒之，何不寫作嫡出？即不然，亦可出自周姬，如迎春、惜春者，初不病其爲庶出焉。乃作者特寫探春之生母，誠有如贊中所謂狗糞者矣。寫探春非多言歹事即漠然無情，甚至痛恨其母，淋灕盡致。蓋『探』者，嘆也，『春』之爲言蠢也，作者正嘆其蠢也，是豈欲褒之乎？而讀花人《問答》中謂其似太原公子，且欲以宗師待之，我不解其故矣。若謂糞壤能産靈芝，何如芝草無根之爲愈乎？謝帆初謂三春皆屬蜂蝶，似亦非應褒者也。余謂探春與王善保家合作一贊已足盡之，若問探春於古今人何似，則絶似武三思耳。天下惟禽獸只知有母而不知有父，探春并不知有母矣，宗師云乎哉？

史瓏南曰：讀花人論賈氏乾没黛玉數百萬金，未免深文周内，故入人罪，論探春爲人則僅屬失出，姑從末減可耳。

江寧潘潄岩明經曰：怡紅銜玉而生，固爲作者寓言，而《漢武故事》載鉤弋夫人姓趙氏，生而拳，入宫後帝批之，得玉鉤一枚。又《續太平廣記》載徐州吴氏産一小兒，忽嘔出三角物，洗之，得錢十餘文，輪郭周正，皆有年號。即此以觀，則理之所無未必非事之所有，怡紅之玉殆不盡寓言也。

潄岩明經又曰：嘗見異人記載，台州道士王遠知善《易》，作《易總》五卷。一日，雷雨雲霧中一老人語遠知曰：『所泄者書何在？上帝命吾攝六丁雷電追取。』遠知掘地，旁有六人青衣已捧書立矣。今鏡庵司馬以《石頭記》參入六十四卦，吾甚恐此老亦將攝六丁雷電來追取也。

潄岩明經又曰：《江南餘載》張洎云，嘗至信州龍虎山，值鄉民産子者，手執金如意一枚而生，此子後爲道士，不知所之。怡紅口銜通靈玉而生，後爲和尚，不知所之。一玉一金，一僧一道，可謂無獨而有偶也。

西園曰：友蘭夫人謂絳珠兩婢，雪雁是自家帶來，即鴻雁來賓之意；紫鵑是賈府撥給，即杜宇聲聲不如歸去之意。薛氏婢姓黄氏，名鶯兒，即唐人『打去黄鶯兒』一首詩意，是怡紅走失之後情景也。又秦可卿者，情可親也。

又曰：祥符劉鶴仙茂才（承彦）有《紅樓夢醒》六十四卷，繼其父祖而作，歷三世而成是書。其大意亦翻前書案也，惜未付剞劂而鶴仙已赴玉樓。

袁簡齋太史《隨園詩話》載明我齋贈兩女校書二絶云：『病容憔悴勝桃花，午汗潮回熱轉加。只恐意中人看出，强言今日較差些。』、『威儀棣棣若山河，應把風流奪綺羅。不似小家拘束態，笑時偏少默時多。』余按：明我齋，名明義，長白才子也。前一首是咏顰卿，後一首是咏寶釵，乃太史以爲贈女校書之作，誤矣。

紅豆詞人所著傳奇卷首，題詞名作甚多，有云『填詞若準《春秋》例，首惡先誅史太君』，最爲確論。

紅豆詞人傳奇中，賈母用净脚不敷粉墨，熙鳳用二净，襲人用丑脚，俱艶妝，真令人絶倒。

友蘭夫人以紫鵑付顰顰，謂是不如歸去之意，似矣。然賈母所撥之婢本名鸚哥，不知何時改名紫鵑，書中未經叙及。或者初與之鸚哥，令其知有監察之人，係鸚鵡前頭不敢言之意，後因其不知忌諱，遂改曰紫鵑，直是使之不如歸去耳，質之西園以爲何如？

《隨園詩話》又云『雪芹公子爲江寧織造曹楝亭先生之子。所著《紅樓夢》一書備風月繁華之盛，中有所謂大觀園者，即余之隨園也』云云。噫，欺人乎？自欺也！

人閲此書，於寶琴所編燈謎，盲猜瞎論，無異矮人觀場。蓋作書者專貶寶釵，故於寶釵讖誚黛玉道《西厢記》、《牡丹亭》兩句後直接寶琴製此十謎，偏有蒲東寺、桃花觀兩首，使之爽然自失，何苦挑飭他人，而其心勞日拙更可想見矣。真乃妙！妙！

西園司馬論晴雯以爲有殊色、有異能，非襲、麝、紋、碧所能及。予謂晴雯非特有殊色異能，且有傲骨也，且有烈性也。怡紅鍾愛之，亦不僅憐其殊色、喜其異能，并知其有傲骨也，并見其有烈性也。當其冤遭襲人、王善保家之讒，致被王夫人之逐，即使不以病死，亦必繼金釧以赴重泉矣。設使不遭襲人、王善保家之讒，不被王夫人之逐，而賈母欲留與怡紅使喚之意尚未明言，亦必甘受虚名，不效襲人等鬼鬼祟祟也。又何慮其白璧難完，紅顔終污耶？倘幸而不遭襲人、王善保家之讒，不被王夫人之逐，而目睹木石寒盟，金玉錯配，怡紅赴試一去不歸，亦必同鴛鴦以殉賈母或隨紫鵑以伴惜春也。蓋能如襲人之别抱琵琶，轉藉口於茜香羅巾之前定也哉！

書中寶釵先呼蝌爲弟，後又稱爲二哥哥，或謂後二十卷另出一手，其信然與？

李涑生大令以余有《石頭記》癖，爲鐫『石道人』三字小印見貽。

胡少白太守所評《石頭記》，問其哲嗣湘浦參軍，則曰：『故里兵燹後，稿已無存，僅記所評大意云：「《石頭記》全擬《水滸》。寶釵擬宋江，薛蟠擬李逵。」』予閲之，不禁心花怒開。蓋寶釵嘗以觀劇譏寶玉云，是李逵罵宋江又賠不是。又云：『你們通今博古，纔知負荆請罪。』不料其竟被乃兄痛罵，而後來亦向賠罪。真是李逵罵宋江又賠不是也。然則寶釵罵人適以自罵也。太守所評深合妙旨，惜全書未得一見。乃知天地間奇文不少，大抵總爲造物所忌，不容示人耳。

山陰潘客卿孝廉（孚銘）著有《紅樓夢百美詩》五排六十韻，計一百三十人，均切各人事實。前有自叙駢體文一首，後有自題七律三首。又通州丁二齋大令（嘉琳）亦著有《紅樓百美吟》五言排律五十韻，僅取美者百人，如賈母、邢、王諸人概置勿論。真如百琲明珠，七襄雲錦，堪與蕭山沈青士（錫庚）所作《紅樓夢賦》三十首、俞潛山（思謙）集古七古一篇并傳。

仁和繆蓮仙艮曰：《紅樓夢》一書，爲近世稗官家翹楚也。家弦户誦，婦竪咸知。潛山集古句歌詠其事，詞意包舉，且語語如己出，堪與本傳并傳。

長洲家石年太守（鍾）曰：嘗考《紅樓夢》中名物，如劉老老在熙鳳處所見者非挂鐘，乃天文表之帶鐘者也。妙玉所棄各種茗具均極古雅，不審爲何代之器。

祥符家西園大令（林）原配王友蘭夫人（猗琴）、繼配莫維賢夫人（孟徽），均有《石頭記》題詞，深得其中奥妙，爲麟太史夫人選入《瓊閨續集》。

西園大令亦有襲人論，甚允當。予亦謂襲人不偷雲雨而能盡職於怡紅，方可謂之忠心。乃夜夜同眠，恣其所欲，所圖在此而再不留心怡紅起居服食，尚得謂之人乎？

冰絲仙館侍史曰：『嘗聞福州梁敬州觀察（拱辰）《勸戒録》載江南某茂才著有《紅樓夢節要》。柏菊溪節相（柏齡）燬其書板，并褫其衣衿。玉研農制軍（玉麟）亦以此書意存毁謗，欲盡燬而厲禁之。今君評此書也，慎毋爲柏相國、玉制軍輩見焉。』

解盦夫子因鏡盦司馬囑，仿滿洲文夢薌總鎮（文通）所論《水滸》，由《易》象參入，亦以《石頭記》諸人配以六十四卦。并錯綜參伍，無義不搜，較《水滸》尤爲精妙。讀者無不嘆爲創論，而二三直友謂侮慢聖經，必不可存。未幾，目眚大作，予因舉諸君前言以諫，遂惕然火之，目漸愈，囑予筆之以志懺悔云爾。丙寅二月朔日冰絲仙館侍史附記。

冰絲侍史又曰：世人一看《石頭》，便以寶玉自命，正如何市樓前贋物，難免燒料雜於其間也。怡紅身佩通靈玉，若而人者，衹合身佩通靈燒料矣。

會稽章雪庭少尉（彭齡）道經介休張蘭鎮，見骨董肆中有抄本《石頭記》一部，且有白描圖像，因值昂未購。予驟聞之，急遣人往覓，已售去多日矣，惜哉！

仁和沁香館主人謂予以《易》理參入《石頭記》，未免穿鑿，盍擬之以《詩》。蓋《詩》多言兒女之情，鄭衛之什，聖人不删。予亦嘗言《石頭記》得《國風》、《小雅》遺意。爰以篇什引證此中人事，亦惟斷章取義而已。如黛玉《關雎》也，取首章洲女之義，朱注：女者，未嫁之稱，蓋指文王之妃太姒爲處子時而言也。故黛玉以處子而號瀟湘妃子，瀟湘亦猶河洲之意也。次章求之不得，故寶玉欲求爲偶而不得也。其第三章則無所取義，不敢學高叟致招『固哉』之誚，餘俱仿此。又如元妃《葛覃》也，元春省親取『歸寧父母』之義也。賈母《麟之趾》也，朱注：麟性仁厚，故其子亦仁厚。是以全書賈母之外，惟賈政尚不失爲仁厚也。《周南》以《關雎》始，以《麟趾》終，故黛玉終於賈母處也。林如海《漢廣》也，『南有喬木，不可休息』，按揚州在正南，《詩細》：木高則寡蔭，故不可休。如海姓林氏者，取木義也，喬即作喬梓之喬解，故爲黛玉之父仕於揚州，因不能庇其女，使依外家，即不可休息之義也。『楚』謂取木尤高者，故黛玉爲書中之翹楚也。『之子於歸』擬言當嫁而未嫁之時，與《桃夭》之『於歸』正説嫁時之義不同也。《詩經》求之當以禮而猶覺其不可，況敢犯以非禮乎？故黛玉有『我身乾净』之語。此可與《關雎》『好逑』互相發明。『不可求思』者，即求之不得之意也。瀟湘館，《淇奥》也，《衛風》首篇『緑竹猗猗』，故瀟湘館中多種竹，即借此籙草以比修竹也。朱注以緑竹始生之美盛，興其學問自修之進益，故特以之擬黛玉所居之處，他人不足當也。『善戲謔兮，不爲虐兮』，故黛玉雖喜詼諧，不傷大雅，亦正如《關雎》樂而不淫之旨也。寶釵，《鵲巢》也，首章四句取鵲巢於林，故寶玉欲娶黛玉而寶釵冒名嫁之。寶釵即鳩也。《詩細》：此婦道無成而代有終之義也。《禽經》：拙莫如鳩。故寶釵自云守拙也。按《關雎》爲《周南》之首，《鵲巢》爲《召南》之首，寶釵與黛玉爲敵，并列於金陵十二釵正册，故亦擬以首篇也。又『維鳩方之』，體注：『方』與『居』有别，『居』猶一時之暫，『方』則據之而爲所有也。『維鳩盈之，百兩成之』，朱注：衆媵之多成其禮也。故寶釵拜堂必欲雪雁攙扶，即取媵從成禮之意。厥後雪雁復侍寶釵，即據爲己有之意也。賈氏宗祠，《采蘋》也，《詩細》：少女無主祭之禮，祭事，主婦設羹，故致祭宗祠。賈母主之，而寶琴隨往觀禮，或取『有齋季女』之義歟？劉老老，《草蟲》也，朱注：草蟲蝗屬。故黛玉謂劉老老爲母蝗蟲。又向惜春云『你畫於草蟲上有限』，正取義於此也。首章正似劉嫗初到賈府之狀，次三章内『采蕨』、『采薇』、『心悦』、『心夷』，大有如願以償之意。《蓼莪》，即黛玉自傷之義也。晴雯，《柏舟》也，《柏舟》繼二南之後，爲《邶風》首篇，故晴雯居又副册之首也。此詩五章，絶似晴雯在怡紅院情景。『亦有兄弟，不可以據』，故有吴貴之表兄不可相依也。『薄言往愬，逢彼之怒』，故王夫人唤去詢問寶玉近事而適逢其怒也。『我心匪石』六句即寶玉因其跌折扇子時欲遣之去，而誓不出門之意也。『愠於群小』，『群小』者，即襲人、王善保家之流也。此詩爲仁人不遇，與《鄘風·柏舟》之寡婦自誓，臣道妻道，其所以勵節一也。《詩細》：君聽不明，小人交横。故王夫人被襲人、王善保家肆行讒間也。《小雅》『習習谷風』三章，可擬寶釵之於黛玉也。風雨恐懼，可共憂患，及至安樂，則不與共矣。『無草不死，無木不萎』，即謂絳珠草必死，林木必萎也。《鹿鳴》可擬寶玉登賢書也，『人之好我，示我周行』，即擬僧道度之而去，即李貴所謂『荷葉浮萍』之意也。『我送舅氏』，賈政也。黛玉病劇，賈政遠引也。王熙鳳，《北風》也，鳳姐曾吟『一夜北風緊』之句，即取『北風雨雪』義也。『惠而好我，攜手同行』，是寶玉、蓉、薔皆在列矣。迎春，《終風》也。探春，『出宿於泲』也。《竹竿》，亦探春也，故探春與岫煙、紋、綺垂釣也。巧姐，《大東》也，取『織女七襄』之義。寶琴，《摽有梅》也，故字與梅翰林之子，而嫁當不及期也。香菱，《芣苢》也，《韓詩》：傷夫有惡疾。然詩全不見傷意，故薛蟠如是之惡，而香菱始終無怨也。朱注採之，未詳何用。或曰其子治産難，故香菱與諸女伶鬥草爲戲而終及於娩難也。《白駒》，《中谷有蓷》，亦香菱也，其義與《芣苢》同。《鴛鴦》，鴛鴦也。《白華》之七章亦鴛鴦也。《白駒》，玉釧也。《黄鳥》，寶珠也。《伐木》，鶯兒也。《巧言》之五章亦鶯兒也，取『巧言如簧，顔之厚矣』，即打絡子時向寶玉所言情景，無非以此伐去林木之意也。柳五兒，《小星》也，『維參與昴』，《傳》：『昴，留也。』卯即古『丣』字，『丣』即古柳字也。『夙夜在公，實命不同』，即夜侍寶玉飲茶，而寶玉以晴雯待之之意也。《菀柳》，亦柳五兒也。《弁》之四章亦柳五兒也。春燕、四兒，均《燕燕》也。襲人，《巷伯》也，『驕人』、『勞人』，同此人也。《青蠅》亦襲人與王善保家也。尤氏，《君子偕老》也。尤二姐，《谷風》也，『采葑采菲，無以下體』，故賈璉不咎其既往也。『誰謂荼苦？其甘如薺』，故他人代爲之危而尤二姐自喜終身有托也。『宴爾新昏，如兄如弟』，此則借喻珍、璉兄弟兩人一同取樂也。『涇以渭濁，湜湜其沚』，故尤二姐不同於乃姊也。『我躬不閲，遑恤我後』，故二姐有孕，自言『命且不保』云云也。『不我能慉，反以我爲讎』，『既生既育，比予於毒』，以之借喻鳳姐相待情景，包括殆盡矣。《野有死麕》，可卿、妙玉也。《南山》，夏金桂也，謂與夏三私也。《有狐》，多姑娘也，故渾蟲死改嫁鮑二也。《行露》，周瑞女，冷子興妻也。《鄘風》之《柏舟》，張金哥、司棋也。《大車》，李衙内、潘又安也。《新臺》，賈珍也。《將仲子》，賈瑞也。《狡童》，賈蓉也。『挑兮達兮』，秦鍾也。以上諸什，其義顯著，無須細贅。柳湘蓮，『葛生蒙楚』也。《簡兮》，亦柳湘蓮也，其喜串戲取『萬舞』之義，生性豪俠，喜打不平，『有力如虎』之謂也。『西方美人』與『予美亡此』，皆所以擬尤三姐也。《彤弓》，周瓊也。《角弓》，王仁、邢大舅也。賈環，《鴟鴞》也，『既取我子，無毀我室』，即以擬詛賣巧姐也。《何彼襛矣》、《碩人》，皆可以擬諸王妃誥命也。《匏有苦葉》，可擬急流津灰侍者、木居士也。『《詩》三百，一言以蔽之，曰：思無邪。』故跛足道人曰：『風月寶鑒專治邪思妄動之症，只照反面，别照正面也。』

邱佩金曰：可卿云『看猫兒打架』，有鷄犬皆仙之意。

又曰：晴雯於幻境册上最先見者，足見其雖在又副册，而實以第一人待之也。

又曰：焦大之罵珍、蓉與慶壽怒罵楚靈相似。寶玉只問何爲爬灰，其偷小叔，固已心領之矣。

又曰：觀書中所叙襲人，自是美侍兒，然我意中所造之象，只覺如三四十許婦人，面目板滯，形狀癡肥，絶無風趣，故有十分憎惡而無一毫愛憐也。

又曰：寶釵云：『只是没一個好哥哥兄弟可以做得楊國忠的。』何不説没一個好男人可以做得李三郎的。

又曰：寶琴雅謎『赤壁懷古』似紙糊法船，『廣陵懷古』似柳編花籃，『馬嵬懷古』似洗衣所用漿粉，『蒲東寺』似燈籠，『梅花觀』是紈扇。

又曰：晴雯臨死之悔比淮陰不聽蒯通之悔更覺憤懣，更覺可憐。其事怡紅數年，而不涉於苟且，蓋自比於待年也。味其臨死之語，知其當親昵之時具有堅忍之力在，要知『忍』字原是慧劍，不意晴雯乃善用之。

又曰：寫司棋、又安之死，人謂是書中最凄慘文字，我謂此是世間最吉祥文字。

又曰：芳官出家爲晴雯長多少聲價，爲寶玉增多少光輝。

又曰：九十八卷中叙犟犟之死，加以『嗚呼』二字，夫書中叙各人死者多矣，獨於犟犟用此二字，作悲嘆之詞。蓋作者之所傷心，而亦天下有情人所莫不傷心者也。

又曰：我嘗於諸女郎之死者各贈以謚。黛玉貞愍，妙玉、尤三姐貞烈，司棋義烈，鴛鴦忠烈，晴雯貞毅，似亦足概平生矣。又仿而賜之謚者復得二人，芳官節肅，紫鵑忠恪，緣作者結此二人俱用特筆，故亦不肯從略也。

又曰：平兒之匿巧姐，何異程嬰之匿程武。古有獨夫，邢夫人可稱獨婦，亦於一百十九卷中見之。

又曰：襲人果有守之志，不居守之名可也。或事王夫人，或隨寶釵，只云戀恩不捨，了此一生，理得心安，何等光明正大！況月錢添給之時，王夫人云：『以後凡有周、趙二姨的，也有襲人的。』此言一出，合府咸知，侍兒之遇明路，諒不過如斯矣。乃因寶玉不歸，勸令改適，在賈氏待人寬厚，斷不强以所難，而襲人具有腑肝，豈忍琵琶别抱乎？然而襲人之爲人陰險第一，詭詐第一，忌妬第一，心術既壞，餘無足觀。若使貞潔以自持，與鴛鴦而并美，則非特理之所難信，抑亦事之所必無。且何以爲我芙蓉女兒一吐惡氣哉！

又曰：寶玉去無幾日，安知其必不歸來，襲人何不待其一年半載不來而後嫁乎？噫，急矣！

又曰：襲人在賈府時，上人皆呼以名，下人則『姑娘』耳。嫁至蔣家，忽然而『奶奶』焉。安知再走一家，不更進爲『太太』耶？長樂老歷事五朝，每易一主則官加一等，彼其心固有樂乎此也。

同里姚鑾曰：石獃子愛惜舊扇，我將遣賈雨村前去拿來，交晴雯盡行撕碎，亦可添金聖歎《西廂》中一快事。

又曰：尤三姐罵珍、璉，柳湘蓮打薛蟠，悉淋灕痛快，絶好一對夫妻。

清苑諸壽原司馬（崇儉）曰：《石頭記》一書爲救世而作也。吃緊教人，特讀書自不察耳。於何見之？吾於榮府中特寫一鄉愿賈政，使天下後世之爲士大夫者，皆當以政爲戒，萬不可尤而效之。王夫人在賈母前盡婦道，不過應景而已，世之爲婦者，萬不可學王夫人。

又曰：探春，千金中一大俗人，是以取辱於王善保之婦，所謂以毒攻毒。其出於趙氏，亦貶詞也。

又曰：鶯兒毫無可取處。誠哉！寶釵之婢最是下品，觀其與賈環擲圍棋可見。

又曰：除夕祭祀宗祠，特爲世宦人家寫一祠堂樣子，典禮具備。彼來自田間者一無知，身居極品、富埒王侯，而墳墓祠堂闕焉不備，見笑於著書人良不少也。

又曰：曾見二知道人有批《石頭記》一段云：寶玉如主司，十二金釵如應試諸生。中式則爲妻爲妾，不中則另覓良緣。迎、探、惜似例應回避不能入闈者。湘雲、李紋、李綺似不肯作第二人想，竟不入闈。寶琴許字於梅翰林家，似隔省游學之生，偶然到此，例不入闈。紫鵑、鶯兒似已列副車，臨榜忽被磨勘。襲人似關節而中副車。寶釵似頂替而僥幸中式。園外諸婢則又似録遺無名，欲觀光而不得者，至怡紅去不復返，恍若落第諸生目送主司之旌節矣。豈不大可痛哉！

潞河丁二齋曰：王熙鳳聰明才辯一時無兩，可謂能矣。其待人持家、承歡御下，何其事事有法。總理可卿喪事，何其井井有條。經管元春歸寧，何其處處周到。過燈節、宴端陽、賞中秋、會重九、史太君慶壽辰、大觀園咏雪景，何等興高采烈、姿態横生。似乎園中姊妹概不能及也。乃一遭抄檢之後，當賈母大事，束手無策，茫乎若迷；遇寶釵生辰，則索然無味，直同木偶。前後判若兩人，始終不能一致，何也？以無根底故也。天下無根底之人，能處安樂而不能處患難，是以爲臣則不忠，爲婦則不貞，從古然矣。賈氏之敗，鳳姐一人階之厲也。

又曰：襲人在丫鬟中才貌亦甚不惡，惜乎品太低耳。觀其與寶玉相處數年，晝夜厮守，言論舉動大似勾欄中人，以之配優伶可謂相稱。

又曰：《好了歌》是爲寶玉、黛玉而作，非泛論也。黛玉臨終絶口是一『好』字，寶玉臨行住口是一『了』字，《好了歌》於是乎畢。

又曰：懷古十謎，《赤壁懷古》是紙糊法船，《淮陰懷古》是磚猫，《青冢懷古》是墨斗子，《梅花觀懷古》恰是月宫瑪子。

又曰：《紅樓夢》命名皆有取意，不獨甄士隱爲真事隱，賈雨村爲假語村也。賈敬猶言假敬，言一生事佛皆假敬也。假政猶言假正，言一生治家居官皆假正也。賈赦，『赦』之爲言色也，討鴛鴦、購嫣紅是其明驗。賈敏言其爲賈母所憫也。他如賈璉言其假廉，賈珍言其假真，賈薔言其假祥，賈芹言其假勤。其餘類此者頗多，讀者可自會之。

又曰：大觀園猶言大官員，以見全書之事出於大官員之家，暗指而不明指也。

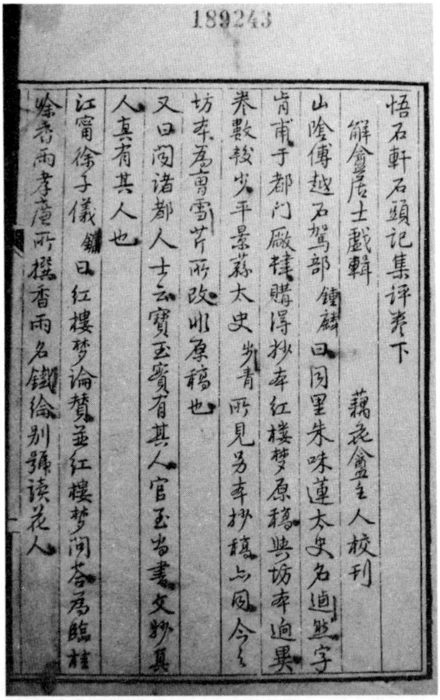
189243

悟石軒石頭記集評卷下

解盦居士戲輯　　藕花盦主人校刊

山陰傅越石駕部鍾麟曰：同里朱味蓮太史名適然字肯甫，于都門廠肆購得抄本紅樓夢原稿，與坊本迥異，卷數較少。平景蓀太史步青所見另本抄稿正同。今之坊本爲曹雪芹所改，非原稿也。

又曰：聞諸都人士云，寶玉實有其人，官至尚書，文妙真人真有其人也。

江甯徐子儀鏞曰：紅樓夢論贊並紅樓夢問荅，爲臨桂塗香雨孝廉所撰。香雨名鐵綸，別號讀花人。

（光緒十三年〔一八八七〕紅藕花庵主人刊本《悟石軒石頭記集評》）

紅樓夢論辨

西園主人　撰

載於《悟石軒石頭記集評》卷下，見西園主人《紅樓夢本事詩》所附。西園主人，姓林，祥符人，曾官縣令，元配王友蘭、繼配莫維賢，均有《石頭記》題詞。西園主人《紅樓夢本事詩》付印時，有同治六年（一八六七）自序。此文繼涂瀛撰人物論後又是一組精彩的文章。所論黛玉、晴雯、寶釵、襲人、探春四人，文筆酣暢，識見不俗，猶對晴雯『傲與矜并起，亦妬與讒俱來』的性格與命運的分析，絲絲入扣。論寶釵爲《紅樓夢》中『合孔明、孟德而一人』，論探春爲『《紅樓》書中與黛玉并列者』。他認爲，『《紅樓》一書，分情事、合家國而作。以情言，此書黛玉爲重；以事言，此書探春最要』，均有獨到之見。

林黛玉論

古未有兒女之情而終日以眼淚洗面者，古亦未有兒女之情而終身竟不著一字者；古未有兒女之情而知心小婢言不與私者，古亦未有兒女之情而白圭無玷癡至於死者。熟讀《紅樓》，吾得之於林顰卿矣。林顰卿者，外家寄食，煢煢孑身，園居瀟湘館内，花處姊妹叢中，寶釵有其艷而不能得其嬌，探春有其香而不能得其清，湘雲有其俊而不能得其韻，寶琴有其美而不能得其幽，可卿有其媚而不能得其秀，香菱有其逸而不能得其文，鳳姐有其麗而不能得其雅，洵仙草爲前身，群芳所低首者也。神瑛舊侍，一見驚心，灌溉之恩，報於今日，故凡茜窗私語，一事一物，無不繼之以淚。淚豈無因而下哉？淚蓋有無言之隱矣。迹其兩小無猜，一身默許，疑必早有以計之矣。何以偶入邪言，即行變色。終身以禮自守，卒未聞半語私及同心，其愛之也愈深，其拒之也愈厲。雖知心鵑婢，非特不敢作寄簡紅娘，而侍疾回館，鏡留菱花之夕，不過明言其事，代爲熟籌，且有面斥其瘋，欲將其人仍歸賈母之言，嚴以絶之者也。蓋以爲兒女之私，此情只堪自知，不可以告人，并不可以告愛我之人，憑天付予，合則生，不合則死，無他計也。故聞侍書之傳言則絶粒，聽傻大姐之哭訴則焚稿，私願不遂，死而後已。此身乾净，抱璞自完，又古今名媛所僅有，情史麗姝所罕見者也。宜其駕返靈河，如生日所唱《蕊珠記》之月娥，仍入廣寒宮去矣。獨恨群犬紛紛，無端狂吠，或詫其疾爲奇事，或誣其病爲相思，或譖其共處一園，日後防有不肖之行，杯弓蛇影，讒口爍金。以致舅母所不歡，外祖母所見棄，而獨剩一知心之公子，又以通靈失玉，瘋不知人，遂使權奸竊發，設計瞞婚，假虛名於寄生之草，結新姻於同氣之花，昏庸政老，如在夢中。何怡紅竟不能拔三尺劍，砍此佞人頭，重作芙蓉之誄，撫棺一祭哉？吾憫绛珠，吾不能不責備神瑛矣。所幸前言在耳，盟不忘心。蘅蕪壽宴之辰，瀟湘獨步；明月窗紗之夜，杜宇聞尋。送玉之僧已來，赴試之期正迫，天恩祖德，請從此終。而一時王夫人則知其失計矣，薛姨媽則悔其受愚矣，花大姐則計其未過明路矣，薛寶釵則悲其如何結果矣。周郎妙計，奪婿何爲？始知蘅蕪之生離，不若瀟湘之死别也；茜羅之前定，不若綾襖之虛名也。讀書至此，當浮一大白，安得起顰卿於姑蘇墳内，使之目睹此景此情也？

晴雯論

今夫已有殊色，而視他人之色皆不如己，則傲心生；己有異能，而視他人之能皆不若己，則矜心起。平矜釋傲，惟聖賢之學能之，於女子小人何求也！不觀《紅樓》部中之晴雯乎？晴雯者，爲賈母所派，與襲人同事寶玉者也，而一切聲音笑貌、視聽言動，則與襲人大相反矣。襲人之事寶玉也用柔，而晴雯則用剛；襲人之事寶玉也以順，而晴雯則以逆；襲人之事寶玉也純於濃，而晴雯則全於淡；襲人之事寶玉也竭力争先，而晴雯則偷安居後；襲人之事寶玉也或箴或勸，終日無不用心；而晴雯則一喜一怒，我身似不介意。論者謂其在怡紅院，實爲多愁多病之身，亦寶玉所可有可亡之人而已。而孰知晴雯之性剛而寶玉反柔之，晴雯之氣逆而寶玉反順之，晴雯之情淡而寶玉實濃之，晴雯雖甘於居後而寶玉則昵必先人，晴雯雖似不介意而寶玉則時在意中。試觀撕扇回嗔，補裘擁卧，下床套鏡，問疾請醫，不昭然共見其公子之多情乎！其故何也？蓋憐其有殊色也，蓋喜其有異能也。憐其有殊色而花、麝、紋、痕所不如也，喜其有異能而花、麝、紋、痕所不若也。彼有所恃而不恐，儂實見之而猶憐。於是衆人皆熱而我獨冷，衆人皆濁而我獨清。恥碧痕之侍浴，何以水溢蘭湯也；笑秋紋之得衣，不過光沾桂萼也。薰籠斜倚，任麝月之鋪床也；雲雨偷嘗，羞襲人之加銀也。鷄群鶴立，大有公等碌碌、噲伍不屑之心矣。傲與矜并起，亦妬與讒俱來，而適遇昏庸殘忍之王夫人，既以嬌兒委任於群婢，而又慮群婢之引惑乎嬌兒，且獨慮婢中之如美人者引惑乎嬌兒。試問群婢皆女也，同一女也，而襲人、麝月、秋紋諸婢姿色亦復不惡，獨去一美人樣之晴雯，而猶留麝、秋之在側，亦難免嬌兒無降格之求矣，則何如盡逐諸婢，而僅遺傻大姐以伴之乎？況引惑嬌兒者，原不在美人樣之婢，而即在夫人所信任之婢。若以爲襲人柔順，意欲以此婢給寶玉，固不慮其引惑，而晴雯亦賈母意中所欲給寶玉者也，何以不知老祖宗之意，而猶慮其引惑者乎？臟無抄獲，事屬子虚，而竟以水蛇腰、俏肩膊爲誨淫之確據，怒而逐之。春睡捧心之態，毫不見憐，夫人之忍，晴雯之冤也。而吾謂晴雯之逐，晴雯之冤，亦晴雯之幸也。如不見逐，竊恐美人在側，白璧難完，公子多情，紅顔終污，何如虚名二字以終，使後之讀《芙蓉誄》者爲之千古傷心也，不勝於花、麝、秋、碧諸婢哉！

寶釵論

嘗讀陳壽《三國》，見人材林立，而衆材皆爲所包者，諸葛君是也；奸雄并峙，而群奸皆爲所用者，曹孟德是也。若寶釵者，實於《紅樓》部中，合孔明、孟德而一人者矣。黛玉之慧，湘雲之豪，探春之敏，皆大觀園内所傑出者也，而寶釵則以螃蟹代東，深情體貼，燕窩養病，作意饋遺，成佩麟之心交，接梁鴻之眉案，顰卿、瘋子盡入彀中；雖探春攝政，利弊立陳，以才自恃，而大體小惠，適得其宜，能使玫瑰香者當即心折無異詞，謂非一部《紅樓》，衆材皆爲所包乎？鳳姐之黠，襲人之陰，平兒之巧，亦兩府中所最著者也，而寶釵則以姑表私親，權奸屬意，鴛鴦替繡，近侍傾心，既設計以瞞婚，復議郎之伴讀，靈鳳名花皆爲頤使；雖平兒應對，朋比爲奸，無隙可乘，而利齒伶牙，笑摸其臉，遂使茉莉妝者不復巧言之如流，謂非一座大觀，群奸樂爲所用乎？其才若此，其奸若彼，宜其金玉同文，稱心如意，又何愁絳珠之不死哉？又何慮神瑛之不終哉？孰知能奪瀟湘之魄，而竟不能奪怡紅之心；非特不能奪怡紅之心，而且不能羈怡紅之身。離恨有天，郎癡竟去，其故何也？豈艷冠群芳，蘅蕪之美麗，色不足以悦之乎？抑青雲柳絮，才不足以敵體乎？豈羞籠香串，蘅蕪之旖旎，情不足以動之乎？抑天恩祖德，論不足以正心乎？而吾謂皆非也。蓋木石之盟，兩情相結，生死不渝；蘅蕪金鎖之説，久爲絳珠所隱憂，實爲怡紅所深恨。是蘅蕪之與怡紅，情不相屬，本非意中人也明矣。以絳珠所隱憂，而果如所憂，其何以對絳珠也？以生平所深恨，而適蹈其恨，其何以能終日也？且以本非意中之人，而欲强納於意中，代婚於病裏則可，移情於夢後必不能也。況絳珠死矣。況絳珠之死，因姻事之不諧也；況絳珠之死，因奪婿之有人也。死者抱恨以終，生者以新間舊，諒癡情之公子必不若是其契也。是不待僧之送玉，而前言在耳，吾知怡紅之不負斯語矣。何深謀積算之蘅蕪竟計不及此也？或謂蘅蕪能料絳珠之死，而不能料神瑛之去。不觀其新婚之次日，明以林妹妹已死之言相告，是欲斬怡紅之癡，斷其情根，以期白首可以偕老矣。初不料死者不能復生，原可絶怡紅之妄想，而生者早有前誓，難以挽怡紅之盟言也。是蘅蕪之不知怡紅也，是蘅蕪之不知怡紅專情於絳珠也。其才也，其奸也，皆其愚也。是才之誤蘅蕪也，是奸之誤蘅蕪也，是才與奸之誤蘅蕪而不自悟也。釵埋雪裏，冷落孤闈，亦可傷矣。

襲人論

襲人者，爲怡紅公子宣淫紅樓夢中發難之陳涉耳。論其姿色，非特不能望黛、琴、雲、晴之肩背，即與麝、紋、芳、紅并侍，亦且尹、邢羞見矣。其所以博寶玉歡者，乃怡紅身居萬花叢中，望梅不能止渴，惟與花大姐夜同寢處，雲雨偷嘗，得以借酒澆愁，故愛之也。其愛也，愛其從心所欲，如取如攜，非實鍾愛於一身，衆人所莫能移者也。彼亦深知其然，故於寶玉之一舉一動防範甚嚴，偶於黛玉、湘雲處清晨梳洗，即嬌嗔累日，必待敲斷玉簪以要信，蓋明以侍奉巾櫛爲獨任，惟恐他人之奪己也。言非無意，公然以『我們』相稱，致被晴雯面斥，而無慚色。其於床笫苟合之私，自視爲生平得意之筆，居之不疑。不觀於衣錦還家，寶玉來瞧時乎？既鋪褥以斟茶，復移爐以墊脚，梅花餅忙取香焚，松子瓤剥還帕送，而且摘項下之通靈，以夸示於紅裳姊妹，百般醜態，全不避人，可謂恬不知耻者也。其與鮑二家、貴兒媳婦相去亦幾何矣！而吾謂非特不知耻也，并且不知人；非特不知人也，并且不知寶玉。林顰卿乃絳珠仙草，高出群芳，其心之許嫁神瑛者，不過以淚相還，以情相感而已，非若寶釵之貪其色，慕其才，艷其門第，陰謀奪婿，結交近侍可比也。如果木石踐盟，則私願從心，必能恩推樛木，於人何所不容？試觀紫鵑伴玉，鏡留菱花，絳珠一無戒心，而寶玉且敢於遞茶時，明以『多情小姐共鴛帳，怎教你疊被鋪床』之句相戲，蓋深知其不妒也。乃襲人者讒蠅肆毒，指瀟湘妃子之大婦，而屬意於深沉忌刻之蘅蕪君，且并忌怡紅平日『妹死我即爲僧』之言，固結於胸，竟使李代桃僵，神瑛遠去，遣花出柳，曾不崇朝，謂非眼内無珠，自貽伊戚乎？乃觀書者徒見其温柔和順，謂其於怡紅有『一身皆君有，寸心私自憐』之意，怨其琵琶別抱，玉函之嫁實迫於不得已之苦衷，是亦與《紅樓》部中王夫人之視襲人等耳，同受其愚也。怡紅一去，襲人即以己身未過明路，默抱隱憂，其時蓋已有守本無名、去難出口之心徘徊於中，蘅蕪之遣，非雪之不欲留花，乃花之不能伴雪也。不然，麝月、秋紋何以不同日出哉？總之，薛之才十倍於花，而花之心亦早知於薛，知其心而遣之，非妬其人而遣之也，安得以孤臣孽子相比哉？況襲人一生，既不能容晴雯、芳官之色勝於己，讒而逐之，又不能容麝月、秋紋之色與己同，疏以間之，己不容人，而望人之容己者，蓋亦難矣。即使蘅蕪君實不能容，亦由花大姐作法自斃，於人何尤也！

探春辨

探春者，《紅樓》書中與黛玉并列者也。《紅樓》一書，分情事、合家國而作。以情言，此書黛玉爲重；以事言，此書探春最要。以一家言，此書專爲黛玉；以家喻國言，此書首在探春。何也？論情，則全部專爲寶黛木石前緣而成，故以兩遊太虛爲關鍵；論事，則此書又爲鳳姐希寵弄權興刺，故以探春攝政爲點睛。以一家言，讒人間阻，好事不諧，以怡紅爲絳珠出家、侯門不振、寡鵠徒傷爲正文；以家喻國言，庶孽旁支，難承大統，以探春出於趙氏、鷄群鶴立、終遭遠謫爲寓言。兹特舉探春一人，約略而言之也。書中叙探春爲趙姨娘所生，其母女薰蕕不同，攝理家政，洞悉利弊，事不果行，而身悲遠嫁云云，一以正王夫人之罪，偏護私家，信任奸鳳，以致兩府俱敗；一以痛孤臣孽子，抱負

《紅樓》，吾故曰：探春者，《紅樓》書中與黛玉并列者也。

作者以小喻大，於探春一身寓此書千古興亡無限感慨在内。蓋王夫人之昏庸，李紈之懦弱，寶玉之癡頑，其時正如主弱相庸，東宫少不更事，奸雄得以竊發乘間用事之日，王熙鳳不其人與？若探春爲王夫人親生，王夫人必信之不疑，相李紈辦事，李氏之肅穆和雍，濟之以探春之剛毅果斷，才德兼施，賈氏之家政其能敗乎？惟其不令嫡出，又不爲周氏所生，獨於衆人皆曰可殺之趙姨娘而令生此女，使之徒負奇才，雖衆知其能，而信任終不能專，見用終不能久，遠嫁而去。遠嫁者，遠謫之謂也，明方正之不容也，此寶玉之所以悲也，家與國豈有二理哉？至於探春不知有母，阿附王夫人者，乃其深心大略，猶如狄懷英之附武氏，冀以一身見任，疏斥熙鳳，權歸李氏之意，所以探春攝政，鳳姐與平兒共懷隱憂，極力周旋，非明徵歟！豈真不知有母哉？觀其哭向生母趙姨云『幸而太太待我尚如己出，必要弄到大家一樣』之言，其心不慨然可見乎？又云『我只知有老爺太太』，明以云我係老爺所生，雖爲庶出，較之王熙鳳總親，話中有話也，非只知有父而不知有母也。深恨賈環者，恨其身不爲賈環，徒然弱女，無益於賈氏者也。此作書者於賈氏大厦將傾之時，而特書一旁觀嘆息之庶孽，以見其徒喚奈何也。吾故曰：探春者，《紅樓》書中與黛玉并列者也。

（光緒十三年紅藕花庵主人刊本《悟石軒石頭記集評》）

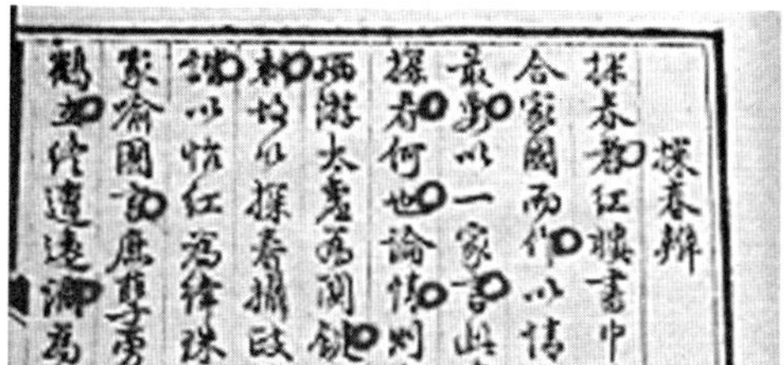

探春辨

探春者，紅樓書中與黛玉並列者也。紅樓一書，分情事合家國而作，以情論，此書黛玉爲重；以事論，此書探春最重。以一家言，此書專爲黛玉；以家國論，此書首在探春。何也？論情，則全部專爲寶黛木石前緣而成，故以瀟湘太虛爲關鍵；論事，則此書又爲鳳姐弄權興私，故以探春攝政爲典職。以一家言，説人間好事不諧，以怡紅爲絳珠出家，侯門不振，春鵠徒傷爲正；以家國論，庶孽之勇，雖承大統，以探春出于趙氏，雖厚覲亦僅遠遠，謝爲寓言，并特舉探春一人約略而言之。

讀紅樓夢雜記

顧爲明鏡室主人　撰

同治八年（一八六九）杭州自刊本，一卷，共二十四則。江順詒，字秋珊，號明鏡主人、願爲明鏡室主人，安徽旌德人，廪貢生，浙江候補縣丞。善詞，有《願爲明鏡室詞稿》等。作者認爲：『《紅樓夢》，悟書也。其所遇之人皆閲歷之人，其所叙之事皆閲歷之事，其所寫之情與景皆閲歷之情與景，正如白髮宫人涕泣而談天寶，不知者徒豔其紛華靡麗，有心人視之皆縷縷血痕也。……纏綿悱惻於始，涕泣悲歌於後，至無可奈何之時，安得不悟？謂之夢，即一切有爲法作如是觀也。非悟而能解脱如是乎？』後來的『解脱説』似與此説有若干聯繫。他對『《紅樓夢》爲明珠相國作』一説，進行了批駁，頗有見地。由『有滿洲巨公謂《紅樓夢》爲詆謗旗人之書』而引出他直接抨擊『當代諸公，身膺疆寄，賄賂公行，苞苴不禁，冤死窮民無告者不知幾人』，也有膽識。全書拉雜寫來，時有新見。當然，有些地方失諸偏頗，也在所難免。

《紅樓夢》，小說也，正人君子所弗屑道。或以爲好色不淫，得《國風》之旨，言情者宗之。明鏡主人曰：《紅樓夢》，悟書也。其所遇之人皆閲歷之人，其所叙之事皆閲歷之事，其所寫之情與景皆閲歷之情與景，正如白髮宫人涕泣而談天寶，不知者徒艷其紛華靡麗，有心人視之皆縷縷血痕也。人生數十寒暑，雖聖哲上智不以升沉得失縈諸懷抱，而盛衰之境，離合之悰，亦所時有，豈能心如木石，漠然無所動哉？纏綿悱惻於始，涕泣悲歌於後，至無可奈何之時，安得不悟？謂之夢，即一切有爲法作如是觀也。非悟而能解脱如是乎？

真假二字，幻出甄賈二姓，已落痕迹。又必説一甄寶玉以形賈寶玉，一而二，二而一，互相發明，人孰不解。比較處尤落小説家俗套。

『風塵碌碌，一事無成。』、『已往所賴之天恩祖德，錦衣紈袴之時，飫甘饜肥之日，背父母教育之恩，負師友規訓之德，以致半生潦倒，罪不可逭。』此數語古往今來，人人蹈之，而悔不可追者，孰能作爲文章，勸來世而贖前愆乎？同病相憐，余讀《紅樓》尤三復焉，而涕淚從之。

『滿紙荒唐言，一把辛酸淚。都云作者癡，誰解其中味。』此緣起詩也，言中有淚，何至荒唐；含淚而言，但覺辛酸矣。作者癡，讀者與之俱癡，讀者未嘗不解其中味也。辛酸之外，别無他味，我亦解人。

《西遊記》托名元人，而書中有明代官爵。今《紅樓夢》書中有蘭臺寺大夫及九省統制、節度使等官，又雜出本朝各官，殊嫌蕪雜。

王雪香《紅樓問答》云：『寶玉似武陵源百姓，黛玉似賈長沙，寶釵似漢高祖，湘雲似虬髯公，探春似太原公子，寶琴似藐姑仙子，平兒似國大夫，紫鵑似李令伯，妙玉似阮始平，晴雯似楊德祖，劉老老似馮驩，鳳姐似曹瞞，襲人似吕雉。』明鏡主人曰：寶玉似唐明皇，黛玉似李廣，又似唐衢，寶釵似王莽，湘雲似李太白，探春似漢文帝，寶琴似張緒，平兒似陳平，紫鵑似豫讓，妙玉似倪雲林，晴雯似禰衡，劉老老似柳敬亭，鳳姐似嚴嵩，襲人似魏藻德。

又論劉姥姥云：『家運衰落，平日之愛子嬌妻、美婢歌童，以及親朋族黨、幕賓門客、豪奴健僕，無不雲散風流，惟剩此老嫗收拾殘棋敗局。』讀至此，不獨孟嘗、平原徒夸食客，凡豪門勢宦皆可爲之痛哭矣。

又賈蘭贊云：『乳臭未脱，即以八股爲務，是於下下乘覓立足地。仕宦中多一熱人，性靈中少一韻人。』明鏡主人曰：賈蘭之才，正以見寶玉之不才。在作書者原以半生自誤，不能爲賈蘭而爲寶玉，願天下後世之人皆勿爲寶玉而爲賈蘭。然而吾讀《紅樓》，仍欲爲寶玉而不爲賈蘭，吾之甘爲不才也。天下後世之讀《紅樓》者，於意云何耶？

『古來輕薄，皆以好色不淫爲解，又以情而不淫爲案，此皆飾非掩醜之語。好色即淫，知情更淫。』明鏡室主人曰：如此論情，如此論淫，借口《國風》者，吾知其僞矣。今之爲香奩者，欲飾其非而非不免，欲掩其醜而醜彌彰，所謂無伊尹之志則篡也。若寓言八九，只可依托香草，不能附會好逑，作者其知之！

馬婆魘魔，衅起彩霞；賈環搬舌，禍由金釧：寶玉之瀕死，皆趙姨所致。昔人謂尹吉甫一代賢者，伯奇有履霜之操，不知婦人女子之毒實出人情之外。政老品學迥出流俗，乃見欺於不寵之妾。驪姬、申生之事何代無之？不必爲吉甫辯也。

賴大是賈家總管，其子竟蒙捐而選知縣。承平之世，流品已如此，亦必當時實有其人，故詳細書之以寓諷，亦國法所不容者。

李紈、探春代鳳姐管事，理所應當。兼請寶釵，實出情理之外。

《紅樓》人物以寶玉爲第一，作者現宰官身而有微詞。襲人之不死，則明斥其非曰：孤臣孽子，義夫節婦，不得已三字，不是一概推諉得的。寶玉之不死，則以不知誰何之人，示以倫常至重而不可死。非真有人示之也，實欲死時之轉念耳。古今忠臣孝子，義夫烈婦，其慷慨捐生，則只有初念，而并無轉念，失此一時，抱恨千秋，作者非不知也。

小說淫辭，正人所不屑道，《紅樓夢》李十兒騙賈政一節，君子仁人，孰不願爲賈政，孰不爲李十兒所騙？ 試取此書細讀之，倘亦知家人舞弊而絶其信任之心乎？ 然而知之者伊誰！

尤三姐云：『除了寶玉，天下就没有好男人？』此背面言之也。 寶玉因畫薔而見齡官之嬌，賈薔之癡，深悟各人眼淚還各人債，此等覺悟，真能放下一切。 若小紅因見妬而另識賈芸，則逼之使然，未爲達也。

尤三姐惜寶玉之多情，可謂寶玉知己。 然意不在寶玉而在湘蓮，豈湘蓮果勝於寶玉？ 不知寶玉愛博而情不專，及至黛玉死而寶玉不死，三姐死而湘蓮立斷塵緣，始信三姐之知人。 設而不死，其專於一人，必不同於寶玉。 惜乎三姐知寶玉，寶玉不知三姐。 以一言啓湘蓮之疑，死者死而遁者遁，非寶玉之咎乎？

柳湘蓮以雄劍斷萬根煩惱，非出家也，亦自刎耳。

水月庵翻風月案，非寫女尼女道士之淫，實寫芳官之潔。

『多多少少穿靴帶帽的强盜來了，翻箱倒籠拿東西。』强盜而竟穿靴帶帽，奇文。 雖穿靴帶帽而拿東西，實凶於强盜，文外微旨。

或謂《紅樓夢》爲明珠相國作，寶玉對明珠而言，即容若也。 竊案《飲水》一集，其才十倍寶玉，苟以寶玉代明珠，是以子代父矣。 况《飲水詞》中，歡語少而愁語多，與寶玉性情不類。 蓋《紅樓夢》所紀之事，皆作者自道其生平，非有所指，如《金瓶》等書意在報仇洩憤也。 數十年之閲歷，悔過不暇，自怨自艾，自懺自悔，而暇及人乎哉？ 所謂寶玉者，即頑石耳。

又有滿洲巨公謂《紅樓夢》爲譭謗旗人之書，亟欲焚其版，余不覺啞然失笑。無論所紀非違律犯法之事，傷風敗俗之行，即以獲罪論，亦只以賄釀人命爲最大，然實出於婦人女子之手。較當代諸公，身膺疆寄，賄賂公行，苞苴不禁，冤死窮民無告者不知幾人，設有人筆之於書，則又奈何！且筆之於書，以儆將來，視已犯法而明正典刑者，又何如也？《紅樓》所紀，皆閨房兒女之語，所謂有甚於畫眉者，何所謂譭！何所謂謗！

《紅樓》之金閨碩彦，皆出乎情而守乎禮，即蕩檢逾閑如司棋等，亦矢志不移。其淫蕩無耻者，皆不足數之人。惟襲人可恨，然亦天下常有之事，而已貶之不遺餘力，屢告閲者以申明之。苟非襲人，使金谷園中皆從緑珠墜樓乎？

《紅樓》以言情爲宗，自以寶玉、黛玉作主，餘皆陪襯物。而論紀事，則鳳姐又若龍之珠，獅之球，何也？古今奸邪柄政，如盧杞、嚴嵩，皆受參劾於生前，獨鳳姐擅權，雖其夫亦受節制，至已敗國亡家，而太夫人猶不悔，非秦之趙高乎？况太夫人，并非二世庸碌之主。能道其奸者，惟一趙姨娘。而鳳姐卒受冥誅，似亦爲警世起見。

世禄之家，鮮克由禮。《紅樓》所記，獨一奢侈之罪，然已受抄檢之辱，軍台之苦，其警戒爲何如！今之縉紳閥閲之家，豈僅奢侈一端而已哉？不僅此奢侈一端，其幸逃法網，曷若《紅樓》之堪爲殷鑒耶！

《紅樓》所載，閨房瑣屑，兒女私情，然才之屈伸，可通於國家用人之理。如黛玉之孤僻，汲黯之戇直也。骨鯁之臣，見棄於聖明，彼圓通世故者，不群以爲相度乎？ 英明之主，且以此爲腹心，何況昏庸！ 長沙吊屈，吾讀《紅樓》，爲古今人才痛哭而不能已。

仁和吴蘋香女史（藻）有《金縷曲》一闋云：『欲補天何用！ 倩銷魂，紅樓深處，翠圍香擁。 㱿女癡兒愁不醒，日日苦將情種，問誰個是真情種？ 頑石有靈仙有恨，只蠶絲蠟淚三生共。 勾却了，太虚夢。 喁喁話向蒼苔空，似依依，玉釵頭上，桐花小鳳。 黄土茜紗成語讖，消得美人心痛。 何處吊埋香故冢？ 花落花開人不見，哭春風有淚和花慟。 花不語，淚如涌。』明鏡生和一闋云：『悔入送香洞。 只癡情，纏綿一縷，死生斷送。 打破繁華歸大覺，醒到紅樓好夢，始信道聰明誤用。 往事凄凉都憶着，恁招魂苦了悲秋宋。 難補滿，情天空。 漫言緣是前生種，便神仙，塵寰墮落，任人搬弄。 㱿女癡兒如許事，織出天衣無縫。 賺千古才人一慟。 無可奈何花落去（成句），悟空明鏡影偏珍重。 人宛在，香花供。』

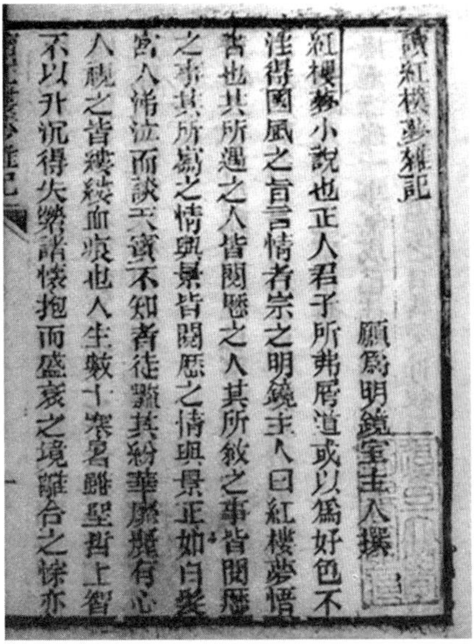
讀紅樓夢雜記　　願爲明鏡室主人撰

紅樓夢小說也正人君子所弗屑道或以爲好色不淫得國風之旨言情者宗之明鏡主人曰紅樓夢悟書也其所遇之人皆閱歷之人其所敘之事皆閱歷之事其所寫之情與景皆閱歷之情與景正如白髮宮人涕泣而談天寶不知者徒驚其紛華靡麗有心人視之皆縷縷血痕也人生數十寒暑雖聖智上智不以升沉得失縈諸懷抱而盛衰之境離合之緣亦

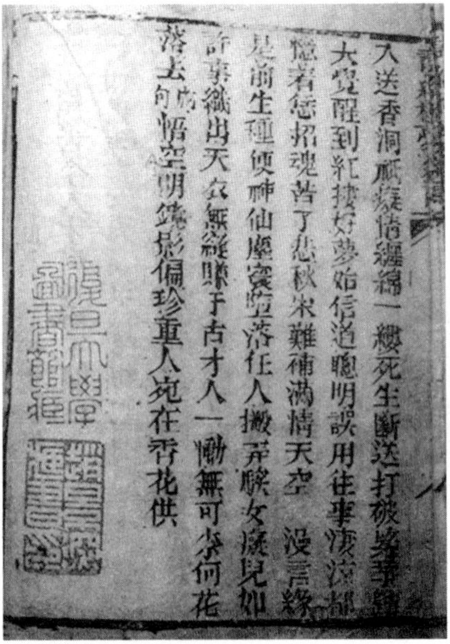
入送香洞風凝情纏綿一縷死生斷送打破鴛鴦鏈大覺醒到紅樓好夢始信道聰明誤用往事淒涼都憶者怎招魂苦了悲秋宋雜補滿情天空　沒言緣是前生種便神仙塵寰墮落任人搬弄俠女癡兒如許事織出天衣無縫晚于古才人一慟無可奈何花落去句悟空明鏡影偏珍重人宛在香花供

小浮梅閒話

俞樾 撰

《小浮梅閒話》成於同治十年（一八七一），後經增修，收入《春在堂全書》之《曲園雜纂》，有光緒三年（一八七七）、五年（一八七九）、七年（一八八一）、九年（一八八三）、十五年（一八八九）、二十三年（一八九七）、二十五年（一八九九）、二十八年（一九〇二）等多種刊本。作者俞樾（一八二一——一九〇七），字蔭甫，號曲園，浙江德清人，官翰林院編修、河南學政。晚年講學杭州詁經精舍。著述甚富，總稱《春在堂全書》，共二百五十卷。他是晚清有名的經學家，然對小説戲曲都比較感興趣。他曾將《三俠五義》作了重編修訂，并改名爲《七俠五義》，在序中提出這類俠義小説『算得天地間另是一種筆墨』。在他一生所著的《小浮梅閒話》、《壺東漫録》、《茶香室叢鈔》、《茶香室續鈔》、《茶香室三鈔》、《茶香室四鈔》、《九九消夏録》、《春在堂隨筆》等著作中，直接叙及的古代小説計有《三國演義》、《水滸傳》、《西遊記》、《金瓶梅》、《紅樓夢》、《儒林外史》等二十餘種，爲明胡應麟以來所罕見。特别是《小浮梅閒話》一書，不像其他筆記中夾雜着一些論及小説的文字，而是一本集中論述小説戲曲（當時將戲曲也視爲小説）的專書，是一部典型的小説話著作。當然，這本小説話所記，全是本事源流的考述或傳聞的轉録，可以説是王國維所説的『以考證之眼讀之』的代表，在理論上并無創意，但由於俞樾作爲一個經學家，在當時有較高的學術地位和較大的社會聲望，故他的這些論述小説的文字在客觀上對於擴大小説的影響還是有意義的，更何况他所揭示的有些小説的本事，對於小説的研究還是有幫助的。

余曲園之中有曲池焉，曲池之中有小浮梅檻，僅容二人促膝。夏日，余與内子坐其中，因録其閒話稍有依據者爲一編云。

嘗論天地開闢事，云有《開闢演義》一書。書中詳言布置日月星辰事，鄙俚可笑。余曰：此本之佛經也。按《大集經》殊致羅婆菩薩告諸龍言：『賢劫初，有一天子，名大三摩多，其夫人與驢交而生人，委棄厠中，有羅刹婦收養之。及至長成，身體端正，福德莊嚴，惟唇是驢，故號爲佉盧蝨吒大仙，漢言驢唇也。驢唇仙人學於聖法，經六萬年，翹於一脚，日夜不下。天見大仙受如是苦，時諸梵衆及帝釋天，并餘上方欲色界等和合，悉來禮拜，問大仙聖人，欲求何等？驢唇言：「我念宿命，過去劫時，見虚空中有列宿日月五星，晝夜運行，此賢劫初無如是事。汝等憐我，願説日月星辰法用，置立安施，如我所願。」諸天皆悉歡喜，於是二十八宿及日月大小星宿，皆次弟安置。』據此，則日月星辰乃驢唇仙人爲之也。演義家敷衍此事，泰西人又屬之天主。

又論武王伐紂，一戎衣天下大定。而世俗有《封神傳》一書，費如許戰争，一切仙佛，皆來助戰，究竟何所本？余曰：東晉人僞作《武成篇》有云：『維爾有神，尚克相予，以濟兆民。』便有此意。《周書・克殷篇》：『武王遂征四方，凡憝國九十有九國，馘魔億有十萬七千七百七十有九，俘人三億萬有二百三十。』、『魔』與『人』分别言之，不知所謂『魔』者何謂也？使易《封神傳》爲《馘魔傳》，不亦有典有則乎？至太公封神之説，相傳甚古。《史記・封禪書》：『始皇遂東游海上行禮，祠名山大川及八神，求仙人羨門之屬，八神將自古而有之。或曰：太公以來作之。』此即太公封神之説所自來。《太公金匱》云：『武王伐紂，都洛邑，明年陰寒，雨雪十餘日。甲子平旦，五丈夫乘馬車，從兩騎，止王門外。尚父曰：「四海之神，與河伯、風伯、雨師耳。」使謁者各以其名召之，五神皆驚。武王曰：「天陰，乃遠來，何以教之？」皆曰：「天伐殷立周，謹來受命。」云云。此亦可附會爲太公封神之一證也。《漢書・藝文志》有太公二百三十七篇：《謀》八十一篇，《言》七十一篇，《兵》八十五篇。是太公之書甚多，其間奇怪之事當必不少。《封神傳》所稱太公射死趙公明事，考《太公金匱》云：『武王伐紂，丁侯不朝，尚父乃畫丁侯於策，三旬射之，丁侯病大劇，問卜者，占云：「祟在周。」丁侯恐懼，乃遣使者詣武王，請舉國爲臣虜。尚父乃以甲乙日拔其頭箭，丙丁日拔其目箭，戊己日拔其腹箭，庚辛日拔其股箭，壬癸日拔其足箭。丁侯病愈，四夷聞之皆懼，各以其職來貢。』趙公明事，即本此敷衍也。他如元始天尊，爲道教之祖，見《隋書·經籍志》；廣成子爲古仙人，見《莊子·在宥篇》；赤松子見《史記·留侯世家》；赤精子見《漢書·李尋傳》；九天元女見《史記·黄帝本紀》、《正義》引《龍魚河圖》。《舊唐書·經籍志·兵書》有《黄帝問元女法》三卷，云元女撰。哪吒事疑亦出於佛書，按《夷堅志·程法師》條云：『值黑物如鐘，從林間直出，知爲石精，遂持那吒火球咒，俄而見火球自身出，與黑塊相擊。』然則哪吒風火輪亦必有本也。北天王旗，并繪神人，右手執戟，左手奉塔，然則托塔天王亦有本也。《元史·輿服志》有東、南、西、

妲己見《尚書·牧誓》、《枚傳》、《史記·殷本紀》，固經史明文也。《晉語》云：『殷辛伐有蘇，有蘇氏以妲己女焉。』韋注曰：『有蘇，己姓之國，妲己其女也。』《史記索隱》亦云：『妲，字；己，姓也。』是妲己姓己。而袁子才小説乃妄云：『妲，婦官之號；己者，以十干爲次弟。』真無稽之言矣。《晉語》云：『黄帝之子青陽與夷鼓，同爲己姓。』然則妲己固亦貴族之女矣。《代醉篇》引《古今事物考》謂：『商妲己，狐精也；或曰：雉精，猶未變足，以帛裹之，宫中效焉。』委巷之談，即今演義家所本。考《竹書紀年》云：『帝辛九祀，伐有蘇，獲妲己以歸。』《通鑒前編》則在八祀。《初學記》引《帝王世

紀》云：『紂二年，納妲己。』未知其究在何年？至其死也，《藝文類聚》及《御覽》等書，引《帝王世紀》曰：『周公爲司徒，使以黃鉞斬紂頭，懸於大白之旗；召公爲司空，又使以元鉞斬妲己頭，懸於小白旗。』是殺妲己者，召公也。《古今注》云：『武王以黃鉞斬紂，故王者以爲戒；太公以元鉞斬妲己，故婦人以爲戒。』則殺妲己者，又太公也。《周書・克殷篇》云：『乃適二女之所，既縊，王又射之，三發，乃右擊之以輕呂，斬之以元鉞。』孔晁注云：『二女，妲己及嬖妾。』《史記》亦云：『已而至紂之二女，二女皆經自殺。』則妲己之外，尚有一人也。《帝王世紀》云：『紂自燔於宣室而死，二嬖妾與妲己亦自殺。』則妲己之外，更有二人也。此固不可考。《演義》謂『妲己有同類姊妹三人』，適與古事有合矣。

又論伯邑考事。余曰：《史記・管蔡世家》但云『伯邑考既已前卒矣』，不言其所以卒，而《殷本紀》、《正義》引《帝王世紀》云：『紂既因文王，文王之長子曰伯邑考，質於殷，爲紂御。紂烹以爲羹，賜文王，曰：「聖人當不食其子羹。」文王得而食之。紂曰：「誰謂西伯聖者？食其子羹，尚不知也！」』是伯邑考見烹於紂，其事乃真有之，非小說妄言也。然伯邑考事，亦自有異同。蓋《史記》謂之前卒，固先武王而死者。乃《禮記・檀弓篇》：『文王捨伯邑考而立武王。』鄭注曰：『權也。』《正義》曰：『文王在殷之世，殷禮，自得捨伯邑考而立武王，而言「權」者：殷禮，若適子死，得立弟。今伯邑考見在，而立武王，故云「權」也。』據此，又似文王之崩，伯邑考未死矣。

又論小說中多言驪山老母。余曰：驪山老母，實有其人，非烏有也。《史記・秦本紀》：『申侯言於孝王曰：「昔我先酈山之女，爲戎胥軒妻，生中潏，以親故，歸周，保西垂，西垂以其故和睦。」』按上文顓頊之苗裔孫曰女修，女修生大業，大業生大費，大費生二子：曰大廉，曰若木。大廉元孫曰孟戲中衍，中衍之後，遂世有功，其元孫曰中潏，生蜚廉，蜚廉生惡來。以是言之，戎胥軒爲中潏之父，則中衍之曾孫也。酈山女者，中國之女，故申侯曰：『我先酈山女。』申國姜姓，則此女姜氏也。謂之酈山女者，申國之君，娶於酈山，而生此女，故以母名女，謂之酈山女，亦猶《左傳》顏懿姬、鬷聲姬之例也。其後自蜚廉至造父五世，周穆王封之於趙城，春秋時趙氏其後也。自惡來至非子六世，周孝王封之秦，至始皇而遂有天下。酈山女之遺澤長矣。《漢書·律曆志》載張壽王言：『驪山女亦爲天子，在殷、周間。』考酈山女爲戎胥軒妻，正當商、周之間，意其爲人，必有非常材藝，爲諸侯所推服，故後世傳聞，有爲天子之事，而唐、宋以後，遂以爲女仙，尊曰『老母』。《神仙感遇傳》載：『唐少室書生李筌，常游嵩山，得黄帝《陰符經》，遇驪山老母，指授秘要。』宋鄭所南有《驪山老母磨鐵杵欲作繡針圖》詩。小説所稱，非無自矣。

又論太上老君。余曰太上老君有二説：《舊唐書·經籍志》丙部有太上老君《玄元皇帝聖紀》十卷，唐尊老子爲玄元皇帝，則太上老君即老子也。《隋書·經籍志》曰：『有元始天尊，生於太元之先，禀自然之氣，常存不滅。每至天地初開，或在玉京之上，或在窮桑之野，授以秘道，謂之開劫度人。然其開劫，非一度矣。故有延康、赤明、龍漢、開皇，是其年號，其間相去，經四十一億萬載。所度皆諸天仙上品，有太上老君、太上丈人、天真皇人、五方天帝及諸仙官，轉其承受。』據此，則太上老君又非即老子矣。

古書言美人多曰毛嬙、西施，毛嬙究何人也？余曰：《莊子·齊物論》篇《釋文》引司馬彪曰：『毛嬙，古美人。一云越王美姬也。』毛嬙無事迹可考，固不足論，惟西施事迹甚著，而亦有可疑者。《管子·小稱》篇曰：『毛嬙、西施，天下之美人也。』考《管子》在吳夫差前幾二百年，而其書已有西施，何歟？然猶可解曰：《管子》之書多後人附益，或非其本文也。乃《莊子·齊物篇》『厲與西施』《釋文》出『西施』字，而引司馬曰：『夏姬也。』夫司馬彪乃晉秘書監，西施事昭然在載籍中已數百年，彪豈不知之，而顧以爲夏姬歟？此真不可解矣。或者司馬原文本云：『吳王美姬也。』與毛嬙稱越王美姬一例，傳寫脱誤耳。至扁舟五湖，古今艷稱之。而《墨子·親士篇》云：『比干之殪，其抗也；孟賁之殺，其勇也；西施之沉，其美也。』西子又似不得其死者。《丹鉛總録》曰：『《修文御覽》引《吳越春秋·逸篇》云：「吳亡後，越浮西施於江，令隨鴟夷以終。」且爲之説曰浮沉也，反言耳。隨鴟夷者子胥之譖死，西施有力焉。胥死盛以鴟夷，今沉西施，所以報子胥之忠，故云隨鴟夷以終。范蠡去越，亦號鴟夷子。杜牧之遂以子胥之鴟夷爲范蠡之鴟夷，乃墮後人於疑網。』以上并升庵説。升庵多臆説，未知可據否。然范蠡事，亦有異辭。《呂氏春秋·悔過篇》云：『箕子窮於商，范蠡流於江。』《離謂篇》云：『范蠡、子胥以此流。』是范蠡之死與子胥同。賈子《新書·耳痹篇》云：『范蠡負石而蹈五湖，大夫種槖領謝室，渠如處車裂回泉，自此之後，句踐不樂，憂悲薦至，内崩而死。』可知越之君臣，皆不令終。疑吳亡之後，西子仍歸范蠡，及范蠡負石蹈湖，越人亦沉西施於江，使從范蠡，故曰令隨鴟夷以終。此鴟夷，仍謂范蠡。若是子胥，當云浮西施於江以謝鴟夷，豈得云從鴟夷以終乎？終對始而言，西施始未嘗從子胥，又何終之有？升庵此解殆失指矣。要之，范蠡、西施事，不妨兩説并存。如《吴越春秋》所云：『乃乘扁舟出三江，入五湖，人莫知其所適。』則西子亦從范蠡而去。杜牧之詩云『西子下姑蘇，一舸逐鴟夷』是也。如《吕覽》、賈誼所言，則西子亦從范蠡而死。《吴越春秋·逸篇》云『越浮西施於江，令隨鴟夷以終』是也。二者孰是，固不可考矣。

因毛嬙論及王嬙。余曰：王嬙事，具正史。《漢書·匈奴傳》：『竟寧元年，呼韓邪單于復入朝，自言願婿漢氏以自親。元帝以後宫良家子王嬙字昭君賜單于，號寧胡閼氏，生一男伊屠智牙師，爲右日逐王。呼韓邪死，立雕陶莫皋爲復株累若鞮單于，復妻王昭君，生二女。長女云爲須卜居次，小女爲當于居次。新都侯王莽秉政，乃風單于，令遣王昭君女須卜居次云入侍。』師古曰：『云者，其女名。』《後漢書·南匈奴傳》：『昭君，字嬙，南郡人也。初，元帝時，以良家子選入掖庭。時呼韓邪來朝，帝敕以宫女五人賜之。昭君入宫數歲，不得見御，積悲怨，乃請掖庭令求行。呼韓邪臨辭大會，帝召五女以示之。昭君丰容靚飾，光明漢宫，顧影裴回，竦動左右。帝見大驚，意欲留之，而難於失信，遂與匈奴，生二子。及呼韓邪死，其前閼氏子代立，欲妻之，昭君上書求歸。成帝敕令從胡俗，遂復爲後單於閼氏。』前、後《漢書》所言止此。至《西京雜記》，乃有誅畫工之説。所誅畫工毛延壽、陳敞、劉白、龔寬、陽望、樊育，不止一毛延壽也。至馬上琵琶，實非昭君事。《文選》有石季倫《王明君詞》一首，其《序》曰：『昔公主嫁烏孫，令琵琶馬上作樂，以慰其道路之思。』其送明君，亦必爾也。然則琵琶作樂，乃因烏孫公主而推之昭君，想當然耳。而至今流布丹青，傳之樂府，杜少陵亦有『千載琵琶』之句矣。《琴操》曰：『王昭君者，齊國王襄女，年十七，獻元帝。』此可補《漢書》所未及。《琴操》又云：『昭君吞藥而死。』此殆如《長笛賦》所云『屈平適樂國，介推還受禄』，非事實也。元人馬致遠《漢宮秋》曲云：『明妃和親，行至黑龍江，投江而死。』良由惜其淪落，故創此説，爲美人一灑之。事雖失真，不必辨也。

俗傳秦築長城，有范郎之妻孟姜送寒衣至城下，聞夫死，一哭而長城爲之崩。范郎妻，果何人歟？余曰：唐釋貫休《禪月集》有《杞梁妻》一首云：『秦之無道兮四海枯，築長城兮遮北胡。築人築土一萬里，杞梁貞婦啼烏烏。』似乎哭長城而崩者，即杞梁妻矣。《日知録》謂其并《左傳》、《孟子》而未讀，此固不足據。所謂范郎妻者，究不知爲何人。《漢書·匈奴傳》：『漢軍乘勝追北，至范夫人城。』應劭曰：『本漢將築此城。將亡，其妻率餘衆完保之，因以爲名。』然則，范郎妻疑即范夫人，乃夫死而完保其城，非夫死而一哭崩城；且漢時人非秦時人也。傳者以此事牽合杞梁妻事，致失其實。

俗傳馬融附梁冀，及清河王即位，冀爲人所殺，融賴其女以免，此事有之乎？余曰：此流俗妄傳也。《後漢書·馬融傳》曰：『桓帝時爲南郡太守。先是，融有事忤大將軍梁冀旨，冀諷有司奏融在郡貪濁，免官，髡徙朔方，自刺不死，得赦還，復拜議郎，重在東觀著述，以病去官。』又曰：『初，融懲於鄧氏，不敢復違忤勢家，遂爲梁冀草奏李固，又作大將軍《西第頌》，以此頗爲正直所羞。』是融生平以此二事，得罪名教，至今蒙垢。士君子立身，不可不慎也。考《梁冀傳》，順帝時已拜大將軍。帝崩，冲帝始在襁褓，太后臨朝，詔冀與太傅趙峻、太尉李固參録尚書事。冲帝又崩，冀立質帝。帝少而聰慧，嘗朝群臣，目冀曰：『此跋扈將軍也。』冀遂令左右進鴆加煮餅，帝即日崩。復立桓帝。至延熹二年，帝使光禄勳袁盱持節收冀大將軍印綬，徙封比景鄉侯。冀及妻壽即日皆自殺。是時桓帝立十三年矣。清河王蒜者，乃清河恭王延平之子。據本傳，冲帝崩，徵蒜詣京師，將議爲嗣，會大將軍梁冀與梁太后立質帝，罷歸國。蒜爲人嚴重，動止有度，朝臣太尉李固等莫不歸心焉。初，中常侍曹騰謁蒜，蒜不爲禮。及帝崩，公卿皆正議立蒜，而曹騰説梁冀，不聽，遂立桓帝，蒜由此得罪。建和元年，甘陵人劉文與南郡妖賊劉鮪交通，訛言清河王當統天下，欲共立蒜。事發覺，文等遂劫清河相謝暠，將至王宫司馬門曰：『當立王爲天子，暠爲公。』暠不聽，罵之，文因刺殺暠，於是捕文、鮪誅之，有司因劾奏蒜，坐貶爵爲尉氏侯，徙桂陽，自殺。是清河王蒜在當日實有賢名，冲、質兩帝之崩，皆議立之，乃一時人望所歸，爲冀所阻，不得嗣統，并不得善終，而至今流傳，猶有清河王爲天子之説，直道在人，千載不泯，固如是夫！冀憚清河賢明，立質帝，而質帝有跋扈之疑；立桓帝，卒爲所誅。小人誤國，而仍無益，於身家何益哉！至馬融有女，則見《後漢書·列女傳》，曰：『汝南袁隗妻者，扶風馬融之女也。字倫，少有才辯。融家世豐豪，裝遣甚盛，及初成禮，隗問之曰：「婦奉箕帚而已，何乃過珍麗乎？」對曰：「慈親垂愛，不敢逆命。君若欲慕鮑宣、梁鴻之高者，妾亦請從少君、孟光之事矣。」』云云，與傳奇事實全無一合。又云倫妹芝，亦有才義，少喪親，長而追感，乃作《申情賦》云，是融不止一女也。

因馬融遂及蔡邕事。余曰：此則前人論之詳矣。元高則誠《琵琶記》本爲王四而作，記以《琵琶》名，以其中有四『王』字也。托名蔡邕者，以王四少賤，嘗爲人種菜也。按唐李肇《國史補》載江西有驛官，以幹事自任。白刺史，驛已理，請一視之。初一室爲酒庫，其外畫神曰『杜康』。又一室曰茶庫，復有神曰『陸羽』。又一室曰葅庫，復有神曰『蔡伯喈』。則蔡、菜同音，沿訛已久。元曲以『菜傭』爲『蔡邕』，非無自矣。惟《後漢書》本傳云：『父棱，亦有清白行，謚曰貞定公。』注又引《祖攜碑》云：『攜字叔業，順帝時，以司空高第，遷新蔡長，年七十九卒。長子棱，字伯直，處俗孤黨，不協於時，垂翼華發，人爵不升，年五十三卒。』則中郎家世犂然可考，不似俗所傳也。陸放翁詩云：『身後是非誰管得，沿村聽唱蔡中郎。』然則中郎事之流傳失真，不始於元曲矣。長洲褚人獲《堅瓠集》引唐人小説云：『唐有蔡節度者，微時與牛相國僧孺之子繁同學，邂逅文字交，尋同舉進士。才蔡生，欲以女弟字蔡，蔡已有妻趙矣，力辭不得。既而牛能將順於趙，趙亦無妨於牛。東嘉感其事而作此書。』果有此事，則與《琵琶記》適合，惟唐人小説不知何書。考《玉泉子》（無撰人名氏）云：『鄧敞以孤寒不中第，牛蔚兄弟僧孺之子謂敞曰：「吾有女弟未出門，子能婚乎？當爲君展力。」時敞已婚李氏，私利其言，許之。既登第，就牛氏親。不日挈牛氏而歸。牛氏至，知其買己也，請見李氏曰：「吾父爲宰相，兄弟皆在郎省，豈無一嫁處邪？其不幸豈惟夫人？今願一切與夫人同之。」』云云。此事於牛丞相女頗符，而蔡、趙皆不合。未知《堅瓠》所引，即此事否？恐亦不足據也。

又問貂蟬事有其人乎？余曰：王允與呂布謀誅董卓，初無婦人與其事。惟《後漢書·呂布傳》曰：『卓以布爲騎都尉，誓爲父子，甚愛信之。嘗小失意，卓拔手戟擲之，布拳捷得免。布由是陰怨於卓。卓又使布守中閤，而私與傅婢情通，益不自安。』然則俗傳鳳儀擲戟事，固出有因，而所謂貂蟬者，即因婢事而附會成之也。《後漢書·董卓傳》：『卓朝服升車，既而馬驚墮泥，還入更衣，其少妻止之。卓不從。』此少妻，當别一人，非即呂布所通之傅婢也。至呂布妻，不詳何人。《三國志·呂布傳》注引《英雄記》曰：『布見備，甚敬之，請備於帳中，坐婦床上，令婦向拜，酌酒飲食。』又云：『建安元年六月夜半時，布將河内郝萌反，將兵入布所治下邳府，詣廳事閤外，同聲大呼。布不知反者爲誰，直牽婦，科頭袒衣，相將從溷上排壁出，詣都督高順營。』又曰：『布欲令陳宫、高順守城，自將騎斷太祖糧道。布妻謂曰：「宫、順素不和，將軍一出，宫、順必不同心共守城也。如有蹉跌，將軍當於何自立乎？妾昔在長安，已爲將軍所棄，賴得龐舒私藏妾身耳，今不須顧妾也。」布得妻言，愁悶不能自決。』是布固惟婦言是用，然不知妻爲誰氏也。又《關雲長傳》注引《蜀記》曰：『曹公與劉備圍呂布於下邳。雲長啓公，布使秦宜禄行求救，乞娶其妻，公許之。臨破，又屢啓於公。公疑其有異色，先遣迎看，因自留之，雲長心不自安。』據此，則呂布妻必美，且又牽涉關公。雜劇有『關公月下斬貂蟬』事，即因此附會也。

俗傳關公善用刀，至今有關刀之名。考之正史，張益德之用矛，則信有之。本傳云：『先主奔江南，曹公追之，一日一夜，及於當陽之長阪。飛據水斷橋，瞋目横矛曰：「身是張益德也，可來共決白馬，曹公使張遼及羽爲先鋒擊之。羽望見良麾蓋，策馬刺良於萬衆之中。』按：《周禮·考工記》：『刺兵欲無蜎。』鄭注云：『刺兵，矛屬。』古人用字精審，《關公傳》既用刺字，則其殺顏良，疑亦用矛，若用刀，必不云刺也。《吴志·魯肅傳》：『肅住益陽，與羽相距。肅邀羽相見，各駐兵馬百步上，但諸將軍單刀俱會。』此却有刀字，然恐是佩刀耳。明章潢《圖書編》軍器類中，列鞭、鐧二圖，稱鞭爲尉遲敬德所用，鐧爲秦叔寶所用，識者譏之。世稱關刀，殆亦秦鞭、尉遲鐧之類也。又考殺顏良事，見《本傳》。至文醜則非關公所殺。《魏志·武帝紀》云：『紹騎將文醜，與劉備將五六千騎前後至，縱兵擊，大破之，斬醜。』世以顏良、文醜并關公所殺，非事實矣。又殺良、醜，在建安五年，至六年，紹使劉備略汝南，汝南賊共都等應之。遣蔡揚擊都不利，爲都所破。是蔡揚事與顏良、文醜事不在一年，世并以蔡揚爲關公所殺，更失之矣。演義事不勝辨，偶因顏良事而及此。

問諸葛武侯六出祁山事有否？余曰：此增飾之談也。考《蜀志·諸葛亮傳》：建興五年，率諸軍北駐漢中。六年，身率諸軍攻祁山，馬謖爲張郃所破，亮拔西縣千餘家，還於漢中。此一出也。是年冬，亮復出散關，圍陳倉，曹真拒之，亮糧盡而還。此再出也。七年，亮遣陳式攻武都、陰平，魏雍州刺史郭淮率衆欲攻式，亮自出至建威，淮退還，遂平二郡。此三出也。九年，亮復出祁山，糧盡退軍。此四出也。十二年春，亮悉大衆由斜谷出，據武功五丈原。其年八月，亮疾病，卒於軍。此五出也。然則亮自出伐魏，止有五次。且惟第一次、第四次至祁山。則六出祁山，非事實矣。《後主傳》

建興五年春，書『丞相亮出屯漢中』。六年春，又書『亮出攻祁山』。以亮本傳考之，此實一役。蓋以五年出，六年還也。俗傳六出，或即因《後主傳》分書兩年而致誤耳。

因《三國演義》而及《西遊記》。余曰：取經之事，自古有之。《隋書·經籍志》云：『張騫使西域，蓋聞有浮屠之教。哀帝時，博士弟子秦景使伊存口授浮屠經，中土聞之，未之信也。後漢明帝夜夢金人飛行殿庭，以問於朝，而傳毅以佛對。帝遣郎中蔡愔及秦景使天竺求之，得佛經《四十二章》，及釋迦立像，并與沙門攝摩騰、竺法蘭東還。』此中國遣使求經之始。又云：『甘露中，有朱仕行者，往西域，至于闐國，得經九十章。元康中，至鄴譯之，題曰《放光般若經》。』、『晉元熙中，新豐沙門智猛，策杖西行，到華氏城，得《泥洹經》及《僧祇律》。』、『義熙中，沙門支法領，從于闐國得《華嚴經》三萬六千偈，至金陵宣譯。又有沙門法顯，自長安遊天竺，經三十餘國，隨有經律之處，學其書語，譯而寫之。還至金陵，與天竺禪師跋羅，參共辨定。』後魏熙平中，遣沙門慧生使西域，採諸經律，得一百七十部。此皆中國至西域求經故事。而法顯之役，至今尚有《佛國記》一卷，備載顛末。始於後秦姚興宏始二年，與慧景、道整、慧應、慧嵬等，同發長安，度隴至乾歸國、耨檀國，度養樓山至張掖鎮，又遇智嚴、慧簡、僧紹、寶雲、僧景等諸人，或分或合，或先還。慧景度小雪山道斃，道整留中天竺不還。獨法顯順恒水東下，乘商人大舶，泛海至青州長廣郡界。計自發長安，六年到中國（即中天竺），停六年，還三年，往返凡十五年。從陸路往，從海道返。其中事迹，頗亦詭異，使敷衍成書，亦一《西遊記》也。乃元奘事至今婦豎皆知，而此等事湮没不著，事之顯晦，固亦有數邪？

《舊唐書·方伎傳》：『僧元奘，姓陳氏，洛州偃師人。大業末出家。博涉經論，嘗謂翻譯者多有訛繆，故就西域廣求異本以參驗之。貞觀初，隨商人往游西域。元奘既辨博出群，所在必爲講釋論難，蕃人遠近咸尊伏之。在西域十七年，經百餘國，悉解其國之語。仍採其山川謡俗土地所有，撰《西域記》十二卷。貞觀十九年，歸至京師。太宗見之大悦，與之談論，於是詔將梵本六百五十七部於宏福寺翻譯。』是元奘此行并非奉敕而往，惟其還也，詔爲翻譯耳。所著《西域記》，惜不得見。太宗《三藏聖教序》云：『翹心净土，往游西域，乘危遠邁，杖策孤徵。積雪晨飛，塗間失地；驚砂夕起，空外迷天。萬里山川，撥煙霞而進影；百重寒暑，躡霜雨而前蹤。誠重勞輕，求深願達。』此數語，亦足見其梗概矣。又《太平御覽》引《獨異志》及《唐新語》云：『沙門元奘，唐武德初，往西域取經，行至罽賓國，道險虎豹，不可過。奘不知爲計，乃鎖房門而坐。至夕開門，見一老僧，頭面瘡痍，身體膿血，床上獨坐，莫知來由。奘乃禮拜勤求。僧口授《多心經》一卷，令奘誦之，遂得山川平易，道路開辟，虎豹藏形，魔鬼潛迹，遂至佛國，取經六百餘部而歸。』此即小説家之濫觴。《歐陽文忠集·於役志》云：『壽寧寺，本徐知誥故第，甚宏壯，畫壁尤妙。周世宗入揚州時，以爲行宫，盡杇墁之，惟經藏院畫元奘取經一壁獨在。』然則元奘取經事，在五代時已流布丹青矣。

問世傳《西遊記》是邱真人作，借以演金丹之旨，信乎？余曰：此妄傳也。按錢大昕《補元史·藝文志·地理類》有《長春真人西遊記》二卷，注云：『李志常述邱處機事。』此別是一書。按《元史·邱處機傳》：『太祖自奈曼命近臣持詔求之，乃發撫州，經數十國，爲地萬有餘里。蓋蹀血戰場，避寇叛域，絶糧沙漠，自昆侖歷四載而始達雪山。常馬行深雪中，馬上舉策試之，未及積雪之半。』此邱真人《西遊》故事。記中所載，多及西域地理，故入地理類。俗人不知，乃以元奘事屬之，大非其實矣。《後漢·西域傳論》有曰：『罽賓悔過來順，使者送至縣，度歷大頭痛、小頭痛之山，赤土、身熱之阪，臨峥嶸不測之深，行者騎步相持，繩索相引。』又引釋法顯《游天竺記》云：『西度流沙，屢有熱風惡鬼，過之必死。』云云。注引前書杜欽曰：『罽賓悔過來順，使者送至縣，度歷大頭痛、小頭痛之山，赤土、身熱之阪，臨峥嶸不測之深，行者騎步相持，繩索相引。』又引釋法顯《游天竺記》云：『西度流沙，屢有熱風惡鬼，過之必死。』云云。然則火焰之山，流沙之河，乃真有之。又《述異記》云：『大食王國在西海中，有一方石。石上多樹，幹赤葉青。枝上總生小兒，長六七寸，見人皆笑動。其手、足、頭着樹枝，使摘一枝，小兒便死。』亦見《舊唐書·西戎傳》。是所謂人參果者，亦竟有也。

因論世間小説，亦有所依托，不盡無稽。梁紹壬《兩般秋雨盦隨筆》稱《隋唐演義》所載隋、唐間事，幾於無一事無來歷，信乎？余曰：所載煬帝事，皆本《海山記》、《迷樓記》、《開河記》三書。此三書并載明吴琯《古今逸史》中，無撰人名氏，本非實録。小説家據以敷衍，較之鑿空撰造者，稍有據耳。惟矮民王義，實自宫，不畜妻子，帝未遇害，義先自刎死。則小説所載，又不無增益其詞也。至煬帝諸子，并無至突厥者。《隋書·煬三子傳》：『齊王暕遺腹子政道，與蕭后同入突厥，處羅可汗號爲隋王。中國人没入北蕃者，悉配之，以爲部落，以定襄城處之。及突厥滅，歸於大唐，授員外散騎侍郎。』是入突厥者，煬帝之孫，非趙王杲也。杲死江都之難，未嘗至突厥，而政道又與蕭后偕往，非如小説所云王義夫婦奉之而去也。

又此書托始於秦叔寶，而所載叔寶事，多無稽考。《羅藝傳》：『曹州女子李氏，爲五戒，自言通於鬼神。高祖聞之，詔赴京師。因往來藝家，謂藝妻孟氏曰：「妃骨相貴不可言，必當母儀天下。」孟氏由是遽勸反，篤信之，命密觀藝。又曰：「妃之貴者由於王，王貴色發矣。十日間，當升大位。」孟及李皆坐斬。』是藝妻孟氏，非秦也。所傳秦叔寶事，多非其實。

因秦叔寶事類及薛仁貴。余曰：據《舊唐書》本傳：『仁貴自恃驍勇，欲立奇功，乃異其服色，著白衣握戟，腰鞬張弓，大呼先入，所向無前。太宗遥望見之，遣馳問：「先鋒白衣者爲誰？」特引見，賜馬兩匹，絹四十匹。』則俗傳爲『白袍小將』，固有徵矣。高宗稱其『北伐九姓，東擊高麗，漢北、遼東，咸遵聲教者，并卿之力也。』則其爲一朝名將，固不必言。其子訥，自有傳。始爲藍田令，其後突厥入寇，武后以訥將門，使攝左武威將軍、安東道經略，久當邊鎮之任，累有戰功。開元二年，討契丹，爲所覆。訥脱身走免，制削其官爵。吐蕃寇臨洮，以白衣攝左羽林將軍，爲隴右防禦使，大破賊衆。録功拜左羽林軍大將軍，復封平陽郡公，卒謚昭定。史稱其沉勇寡言，臨大敵而益壯，是訥固不愧將門之子。其弟楚玉，開元中爲幽州大都督府長史，以不稱見代而卒。訥子暢，拜朝散大夫。薛氏一門，可考者如此。世人附會云『薛家世爲名將』，則非也。

《舊唐書·高祖二十二子傳》：『衛王元霸，高祖第三子也。早薨，無子，武德元年追贈衛王，謚曰懷。』是元霸一無事迹，而小説家乃傳其神勇，不知其所自矣。

問虬髯公事有否？余曰：此雖本唐人小説，亦不足據。虬髯本傳稱，貞觀中，靖位至僕射，東南蠻奏曰：有海賊以千艘積甲十萬人，入扶餘國，殺其主自立，國内已定。考新、舊《唐書》并無扶餘國，惟高麗、百濟，并云扶餘之别種也。高麗國中有扶餘城。武德七年，高麗王建武，懼伐其國，乃築長城，東北自扶餘城，西南至海，千有餘里，是高麗方據扶餘城以自固，豈他人得襲而有之也？又考《薛仁貴傳》云：乾封初，高麗大將泉男生内附，遣將軍龐同、善高等迎接之。男生弟男建率國人逆擊，仁貴領驍勇赴救，乘勝進攻扶餘城，遂拔扶餘城。扶餘川四十餘城乘風震慴，一時送款。使誠有虬髯事，亦不久殘破矣。

演義家所稱，名將在唐曰薛家，皆薛仁貴子孫也；在宋曰楊家，皆楊業子孫也。薛家事既考之矣，楊家事如何？余曰：楊業諸子見於史者曰延朗、延浦、延訓、延環、延貴、延彬，而延昭最知名，即延朗改名也。史稱延昭智勇善戰，所得奉賜，悉犒軍，未嘗問家事。出入騎從如小校，號令嚴明，與士卒同甘苦，遇敵必身先行陣，克捷，推功於下，故人樂爲用。在邊防二十餘年，契丹憚之，目爲楊六郎。至今楊六郎之名固猶在人口也。延昭子文廣，以討賊張海功，授殿直。范仲淹宣撫陝西，置麾下，從狄青南征，後爲定州路副都總管，遷步軍都虞候。蓋亦不墜其家風者。此楊家之大略也。

因論宋人之最著者，曰包龍圖，幾於婦豎皆知，所傳事實，固有徵乎？余曰：包孝肅之爲人，《宋史》本傳稱其『性峭直，惡吏苛刻，務敦厚，雖甚嫉惡，而未嘗不推以忠恕』，則與世所傳亦小異矣。惟史載其『知天長縣時，有盜割人牛舌者，主來訴，拯曰：第歸，殺而鬻之。尋復有來告私殺牛者，拯曰：何爲割牛舌而又告之？盜驚服』。則亦頗有鈎距之術。世所演爲《龍圖公案》者，或即由此也。

至元人《百種曲》，有斷立太后事，此乃借李宸妃事爲之。考《宋史》：『李宸妃，杭州人。初入宫爲章獻太后侍兒，真宗以爲司寢，已而生仁宗，章獻以爲己子。仁宗即位，妃默處先朝嬪御中，終太后世，仁宗不自知爲妃所出。明道元年，疾革，進位宸妃，薨年四十六。後章獻太后崩，燕王爲仁宗言：「陛下乃李宸妃所生。」仁宗號慟，尊爲皇太后。』是李宸妃本末如是，安有如俗所傳者哉！直以爲章獻所抑，當時本有死於非命之説，故傳至後世，猶有此紛紜之論耳。按王銍《默記》載：『有王氏女，自言得幸神宗，生子冷青，以綉抱肚爲驗。趙概、包拯，鞫得其奸詐狀，并處死。』則與世所傳適相反也。而《默記》又載：『張茂實太尉，章聖之子，尚宫朱氏所生。章聖畏懼劉后，凡後宫生皇子、公主，俱不留，以與内侍張景宗，令養視，遂冒姓張。』又云：『厚陵爲皇太子。茂實入朝，至東華門外。居民樊用者，迎馬首連呼曰：「虧你太尉！」茂實惶恐，執詣有司，以爲狂人而黥之。』是當時此等異説甚多，宜流傳至今，以爲口實也。

又論狄青事。余曰：狄青本傳但云『臨敵被髮，帶銅面具，出入賊中，皆披靡莫敢當。』無他異也。然起家行伍，位至樞密使。史稱：『言者以青家狗生角，且數有光怪，請出青於外，以保全之。』《歐陽文忠集》有《論狄青札子》，極言其以武臣掌機密，而得軍情，於國家不便，且以朱泚事爲戒。則在當日已嘖有煩言。小説家神奇其説，固無怪矣。《清波雜志》云：『嚮於建康，於鄰人狄似處，見其五世祖武襄公收儂智高時所戴銅面具及所佩牌，上刻真武像，世言武襄乃真武神也。』此即小説家所本。

因問宋時貝州王則之亂，如俗所傳否？余曰：王則之亂，在宋仁宗慶曆七年冬，凡六十六日而平。其討平之者，文彦博、明鎬也。王則事詳《明鎬傳》，曰：『王則本涿州人，歲饑，流至恩州，隸宣毅軍爲小校。恩、冀俗妖幻，相與習《五龍滴淚》等經，及圖讖諸書，言釋迦佛衰謝，彌勒佛當持世。會其黨潘方净以書謁北京留守賈昌朝，事覺被執，故不待期，亟以七年冬至叛，僭號東平郡王。以張巒爲宰相，卜吉爲樞密使，建國曰安陽，改年曰得聖。』是張巒、卜吉，皆實有其人，餘則烏有子虛也。《宋史·列女傳》云：『趙氏，貝州人。王吉反，聞趙氏有殊色，使人劫致之，欲納爲妻。趙日號哭，慢罵求死。賊愛其色，不殺，多使人守之。乃紿曰：「必欲妻我，宜擇日以禮聘。」賊信之，使歸其家。家人懼其自隕，得禍於賊，益使人守視。賊具聘帛盛輿從來迎，趙與家人訣曰：「吾不復歸此矣！」問其故，曰：「豈有爲賊污辱至此，而尚有生理乎？」遂登輿涕泣而去。至州廨，舉簾視之，已自縊輿中死矣。』今小說亦載此事，蓋真有之。

因問宋江、方臘事。余曰：宋江事，見《張叔夜傳》：『叔夜再知海州，宋江起河朔，轉略十郡，官兵莫敢嬰其鋒。聲言將至，叔夜使間者覘所向，賊徑趨海瀕，劫巨舟十餘，載鹵獲。於是募死士得千人，設伏近城，而出輕兵距海誘之戰，先匿壯卒海旁，伺兵合，舉火焚其舟。賊聞之，皆無鬥志，伏兵乘之，擒其副賊，江乃降。』是宋江降後，無使討方臘事。方臘事見《童貫傳》，云：『方臘者，睦州青谿人也，世居縣堨村，托左道以惑衆。初，唐永徽中，睦州女子陳碩真反，自稱文佳皇帝，故其地相傳有天子基、萬年樓，臘益得憑藉以自信。時吴中困於朱勔花石之擾，比屋致怨，臘因民不忍，宣和二年十月，起爲亂，自號聖公，建元永樂。蘭谿靈山賊朱言、吴邦，剡縣讐道人、仙居吕師囊、方巖山陳十四、蘇州石生、歸安陸行兒，皆合黨應之。徽宗始大驚，遣童貫、譚稹爲宣撫制置使，率禁旅以東。三年四月，生禽臘及妻邵、子亳二太子、僞相方肥等五十二人。』又《韓世忠傳》：『方臘反，世忠以偏將從王淵討之。時有詔，能得臘首者，授兩鎮節鉞。世忠窮追，至睦州清谿峒，問野婦得徑，即挺身仗戈直前。度險數里，擣其穴，格殺數十人，擒臘以出。辛興宗領兵截峒口，掠其俘爲己功。』是擒方臘者，韓世忠也。乃生前既爲辛興宗冒功，而數百年後，稗官演説，又歸之於武松，抑何蘄王之不幸也！惟《侯蒙傳》：『宋江寇京東，蒙上書言：「宋江以三十六人横行齊、魏，官軍數萬，無敢抗者，其才必過人。今清谿盗起，不若赦江，使討方臘以自贖。」帝曰：「蒙居外不忘君，忠臣也。」命知東平府。未至而卒。』是赦宋江以討方臘，侯蒙有此議，而實未之行，小説家即本此附會耳。又宋江原止三十六人，周公謹載其名於《癸辛雜志》云：宋江、晁蓋、吴用、盧俊義、關勝、史進、柴進、阮小二、阮小五、阮小七、劉唐、張青、燕青、孫立、張順、張横、呼延綽、李俊、花榮、秦明、李逵、雷横、戴宗、索超、楊志、楊雄、董平、解珍、解寶、朱仝、穆横、石秀、徐寧、李英、花和尚、武松。今小説家以三十六人爲天罡，又增益地煞七十二人。而此三十六人中，晁蓋又不與焉。李英訛爲李應，皆非其真也。明郎仁寶《七修類稿》云：『《三國》、《宋江》二書，乃杭人羅本貫中所編。昨於舊書肆中得鈔本《録鬼簿》，乃元人大梁鍾繼先作，載元、宋傳記之名，而於二書之事尤多。據此，知原亦有本，因而增成之也。』

嘗縱論傳奇，因及崔、張事。余曰：此本唐人《會真記》，夫人而知之矣。惟所謂鄭恒者，據《唐宰相世系表》：鄭氏二房允伯後，實有名恒之人。今濬縣有一碑云《唐故滎陽鄭府君夫人博陵崔氏合祔墓誌銘》，給事郎試太常寺奉禮郎攝衛州司法參軍秦貫撰。碑稱府君諱恒，則即其人也。其云高祖世斌，曾祖元嘉，祖有常烈，考探賢。按《世系表》，世斌、元嘉，實有之。然恒則敬道之後，世斌、元嘉則敬德之後，與碑固不符也。據碑，恒享年六十，夫人以大中九年正月十七日病終，年七十。有六女。一人適范陽盧損之，嗣子六人：瑱、珮、瑾、玘、璿、琬。考金石者謂足辨《會真記》之誣。然此有二碑，一碑云府君諱恒，一碑云府君諱遇，文皆相同，疑好事者得鄭遇碑而易其名曰恒，以欺世耳，未足據也。

又及王十朋事。余曰：此讕言不足據。褚人獲《堅瓠集》引《南窗閒筆》云：『錢玉蓮，宋名妓，從孫汝權。某寺殿梁上題「信士孫汝權同妻錢玉蓮喜捨」。』又引《聽雨增筆》云：『孫汝權，乃宋朝名進士，有文集行世。玉蓮則王十朋之女也。十朋劾史浩八罪，乃汝權嗾之。史氏子姓怨兩人刺骨，遂作《荆釵記》，以玉蓮爲十朋妻，而汝權有奪配事。』此二書余皆未之見，未知足據否。要之，王十朋事與蔡中郎同一不根也。

又及《西樓記》。余曰：袁子才《隨園詩話》云：『龔端毅公《定山堂集》有《觀袁鳧公水部演西樓傳奇》一首，蓋康熙初年事也。所云虞叔夜，即鳧公之托名。王子堅先生曾親見鳧公，短身赤鼻，長於詞典；莫素輝亦中人之姿，面微麻，貌不美，而性耽筆墨，故兩人交好。爲趙某所忌，故假趙伯將以刺之。』又紀文達《如是我聞》云：『《西樓記》稱穆素暉艷若神仙。吴林塘言其祖幼時及見之，短小而豐肌，一尋常女子耳。』以袁、紀兩公所言徵之，則穆素暉果實有其人也。

元人雜劇有《吕洞賓度城南柳》事，然則世所傳柳仙，其信有之乎？余曰：此傳訛也。據宋鄭景望《蒙齋筆談》云：『余記童子時，見大父魏公，自湖外罷官還，道岳州，客有言洞賓事者云：「近歲常過城南一古寺，題二詩壁間而去。其一云：獨自行時獨自坐，無限時人不識我。惟有城南老樹精，分明知道神仙過。」説者云，寺有大古松，吕始至時，無能知者。有老人自松顛徐下致恭，故詩云然（《四庫全書題要》云：全録葉夢得《巖下放言》文）。』然則老樹乃松也，非柳也，傳寫者誤老樹精爲柳樹精，遂訛傳爲柳仙，亦可笑矣。洪邁《夷堅志》云：『岳州城南有吕仙翁詩，所謂「惟有城南老樹精，分明知道神仙過」也。至建炎中，松猶存。紹興二十三年大風拔樹無數，此松遂枯。有道人適至，折已仆一枝插於旁，咒曰：「彼處難安身，移來這裏活。」自是日以暢茂，即今稺松也。道人蓋翁云。』然則此松當日固在人耳目前，豈得改爲柳也？

坊間有《今古奇觀》一書，雜取古事，敷衍成書。如許武事，見《後漢書·許荆傳》，此固本之正史者。他如羊角哀事，出《烈士傳》（引見《文選》注）。吴保義事，出《紀聞》（引見《太平廣記》）。裴晉公事，出《玉堂閒話》。李汧公事，出《原化記》（但不云李汧公）。其餘如《金玉奴》，爲紹興間士人事。《王嬌鸞》爲天順間周廷璋事。《芙蓉屏》爲至正中崔英事。《鳳凰球》爲萬曆初吴江錢生事。《鴛鴦簿》爲嘉靖間昆山民事。《百寶箱》爲萬曆間浙東李生事。有《情史》一書，羅列無遺。惜《情史》不注所出書，余亦不能言也。又蔡女忍辱報仇，見祝允明《野記》，蓋亦明代事。按：《七修類稿》云：『小説起宋仁宗，時太平盛久，國家閒暇，日欲進一奇怪之事以娱之，故小説得勝頭回之後，即云「話説趙宋某年」。』云云。然則，此書固小説之正宗矣。惟以伯牙爲俞姓，則不可信。遍考古書，未有言伯牙之姓者，不得假借爲哀宗生色也。

《紅樓夢》一書，膾炙人口，世傳爲明珠之子而作。明珠之子何人也？余曰：明珠子名成德，字容若。《通志堂經解》每一種，有納蘭成德容若序，即其人也。恭讀乾隆五十一年二月二十九日上諭，成德於康熙十一年壬子科中式舉人，十二年癸丑科中式進士，年甫十六歲，然則其中舉人止十五歲，於書中所述頗合也。此書末卷自具作者姓名曰曹雪芹。袁子才《詩話》云：『曹楝亭康熙中爲江寧織造，其子雪芹，撰《紅樓夢》一書，備極風月繁華之盛。』則曹雪芹固有可考矣。又《船山詩草》有《贈高蘭墅鶚同年》一首云：『艷情人自説《紅樓》。』注云：『傳奇《紅樓夢》，八十回以後，俱蘭墅所補。』然則此書非出一手。按：鄉、會試增五言八韻詩，始乾隆朝，而書中叙科場事已有詩，則其爲高君所補可證矣（納蘭容若《飲水詞集》有《滿江紅》詞，爲曹子清題其先人所構楝亭，即曹雪芹也）。

（光緒三年刊《春在堂全書》）

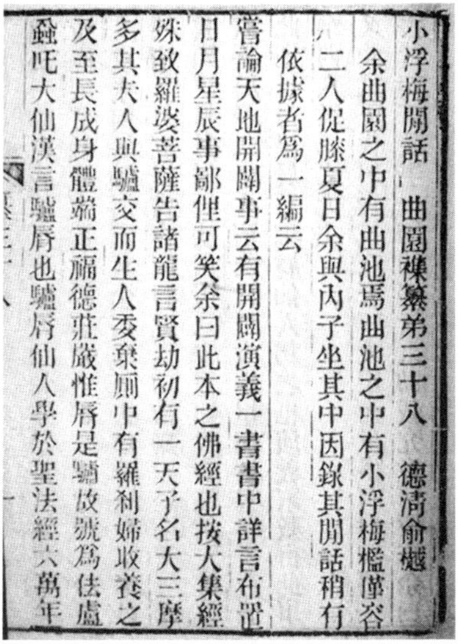

小浮梅閒話　曲園襍纂弟三十八　德清俞樾

余曲園之中有曲池焉曲池之中有小浮梅檻僅容二人促膝夏日余與內子坐其中因錄其閒話稍有依據者爲一編云

嘗論天地開闢事云有開闢演義一書書中詳言布置日月星辰事鄙俚可笑余曰此本之佛經也按大集經殊致羅婆菩薩告諸龍言賢劫初有一天子名大三摩多其夫人與驢交而生人委棄廁中有羅刹婦收養之及至長成身體端正福德莊嚴惟脣是驢故號爲佉盧蝨吒大仙漢言驢脣也驢脣仙人學於聖法經六萬年

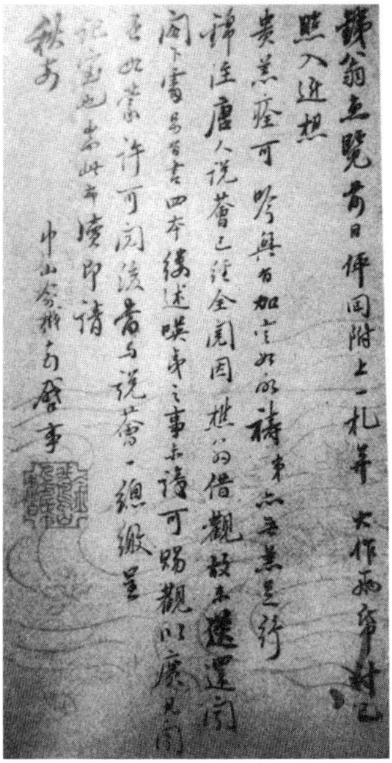

俞樾墨迹

聊齋志異辨解

劉業全　撰

載於《中西聞見録》一八七三年一月第六號。《中西聞見録》是由傳教士丁韙良於一八七二年在北京創刊，除登載中西新聞外，主要傳播西方近代的科技，對當時的洋務運動起了一定的促進作用。作者劉業全，大興人，同文堂學生，當時常在《中西聞見録》、《中西教會報》上發表文章，有《校經堂雜記》、《三字經集注音疏》等。本文針對紀昀對《聊齋志異》的否定，而用一分爲二的觀點，對小説思想内容作了比較實事求是的分析，而在藝術表現上則給予很高的評價，認爲其『文詞秀雅，斐然可觀。橅擬史漢處，尤得班馬神髓』。且進一步用接受的觀點强調『讀書具眼，在乎其人』，像《聊齋》此書，『才人賞其風趣，端士取其針砭』，自有其價值處。最後對《聊齋》的兩種評注本作出了批評，也可注意。

《聊齋志異》十六卷，國朝蒲松齡撰。松齡字留仙，號柳泉，聊齋其齋名也，山東淄川縣人，康熙辛卯歲貢生，縣志有傳。此書記録鬼狐仙怪諸事，多仿歷代史傳體，篇末亦間附以論斷。河間紀文達公云『《虞初》以下，干寶以上，古書多佚，其可見完帙者，劉敬叔《異苑》、陶潛《續搜神記》，小說類也；《飛燕外傳》、《會真記》，傳記類也；《太平廣記》事以類聚，故可并收。今此書一書而兼二體，所未解也。小說既述見聞，即屬叙事，不比戲場關目，隨意裝點。伶元之傳，得諸樊嬺，故猥瑣具詳；元稹之記，出於自述，故約略梗概。楊升庵僞撰《秘辛》，尚知此意，升庵多見古書故也。今燕昵之詞，媟狎之態，細微曲折，模繪如生，使出自言，似無此理；使出作者代言，又何從而聞見之，又未解也』等語。

今按《青鳳》、《嬰寧》等傳，實傳記體裁，而以伏狐役鬼，雜錯其間，體例誠爲不純。《巧娘》、《恒娘》、《蕭七》、《天宫績女》諸篇，未免繪及橫陳。《三仙》、《三生》、《于去惡》、《賈奉雉》、《司文郎》諸篇，又未免懷挾恩怨，宜爲紀文達公所不滿。然如《珊瑚》、《大男》之勸孝，《張成》、《曾友于》之勸弟，《宫夢弼》、《丁前溪》之勸義，皆有功於名教。又如《王者》之戒貪，《夢狼》之戒蠹，《竇氏》、《雲翠仙》之戒無行，《韋公子》之戒漁色，《畫皮》、《黎氏》之戒野合，亦使人聞而生畏。其他借事勸懲者，亦復不少。至文詞秀雅，斐然可觀。模擬史漢處，尤得班馬神髓，不僅以裝點鬼狐，刻鏤物態擅長。瑕不掩瑜，分別觀之可也。且讀書具眼，在乎其人，仁者見之謂之仁，智者見之謂之智。此書所載，純駁雜糅，才人賞其風趣，端士取其針砭。《三百篇》美惡并收，使讀詩者不達無邪之旨，則鄭衛諸什不適足以誨淫耶？是在人之能自得師耳。吕湛恩之注，援引證明，尚皆典核，其駁正處，語亦極精。惟引及明鍾惺之《封神演義》，是其一失，至但明倫之批，誠多蛇足矣！

【附友人評】褒譏得當，持論甚精。至文達公之論，未免苛求古人，蓋文達崇尚博古，好以腹笥争勝前人。留仙此書，本非文集，何必定以古例繩之？《閲微草堂》數種，求之古書中，又何嘗有此體例耶？文人相輕之習，自古已然，豈獨文達哉？得此論斷，真足服留仙之心，且有益於後之讀《聊齋》者。

聊齋志異辨解　劉業全
聊齋志異十六卷、國朝蒲松齡譔、松齡字留仙、號柳泉、聊齋其齋名也、山東淄川縣人、康熙辛卯歲貢生、縣志有傳、此書記錄鬼狐仙怪諸事、多倣歷代史傳體、篇末亦間附以論斷、河間紀文達公云、虞初以下、干寶以上、古書多佚、其可見完帙者、劉敬叔異苑、陶潛續搜神記、小說類也、飛燕外傳、會眞記、傳記類也、太平廣記、事以類聚、故可並收、今此書一書而兼二體、所未解也、小說旣述見聞、卽屬敘事、不比戲場關目、隨意裝點、伶元之傳、得諸樊嫕、故猥瑣具詳、元稹之記、出於自述、故約畧梗槪、楊升庵僞撰秘辛、尙知此意、升庵多見古書故也、今燕昵之詞、

紅樓夢偶説

晶三蘆月草舍居士　撰

光緒二年（一八七六）簣覆山房刊本，題『晶三蘆月草舍原本，簣覆山房編次』。前有晶三蘆月草舍居士《紅樓夢偶説原序》與簣覆山房主人《紅樓夢偶説序》各一篇。晶三蘆月草舍居士名旭軳，生平不詳。《原序》作於道光六年（一八二六），後有陽文『旭軳』與陰文『晶三蘆月草舍』印各一枚。序文由《竹枝詞》『開談不説《紅樓夢》，縱讀詩書也枉然』説起，談到『開談縱説《紅樓夢》，不讀詩書也枉然』，强調評論的學問根柢。正文分上下兩卷，分别爲六十七與六十八則，每則有題。開卷第一回，作者就認爲是『此言酒色財氣之始也』，例舉種種，皆證『酒色財氣』四字，故其結論爲『一書繫關，四言蔽之，此其大略也，皆當作如是觀』，而最後又以色空觀，將全書歸結爲『浮生若夢，《紅樓夢》一書之所以名也』。全書多用聯語、典故，較費解。

原序

《紅樓夢》之膾炙人口也，故《竹枝詞》云：『開談不説《紅樓夢》，縱讀詩書也枉然。』其殆有慨乎不説者之重違時好也，亦即甚嘆夫説者之熟悉世情也。顧説則説矣，其不可勝説者何限？其不可徒説者又何限？不可勝説，則詳説也無謂；不可徒説，則剿説也堪譏。故謂《紅樓夢》之可得而説也，吾固未敢自信也；如謂《紅樓夢》之自有可説也，吾亦未敢自幸也。《紅樓夢》之膾炙人口也久已，所可説也，亦偶然耳。然則，吾雖欲縱談《紅樓夢》，而得其説者亦僅矣，則又將反其詞曰：『開談縱説《紅樓夢》，不讀詩書也枉然。』蓋辭貴體要，予未有知；義取斷章，吾則豈敢？夫固始終一不可勝説、不可徒説之《紅樓夢》，《紅樓夢》之膾炙人口也，夫以言乎説，又豈可偶然者哉！笑我者其惟偶説乎？惜我者其惟偶説乎？是爲説。

道光六年，歲在丙戌孟春，晶三蘆月草舍居士自序於古竹林之無赫赫居。

序

蓋聞説《禮》有心，聖人猶憾；説辭盡善，賢者堪稱。説法生公，石頭點矣；説《詩》匡子，人頤解焉。五經爲衆説之郛，百家有各説之奥，説豈易易哉！故著書立説，古人有不朽之言；而道聽塗説，今者乃或棄乎德。街談巷議，説雖俚，或維繫乎人心；野語村言，説雖庸，竟有關乎世道。淫詞艷曲，能如聞暮鼓晨鐘，皆足以發人深省；野史稗官，能如課夏弦春誦，不啻若貽我高規。間嘗見晶三蘆月草舍之説《紅樓夢》，吾不禁深長思也。其説也，語語有心，頭頭是道。情深文明，人人有各形之心迹；辭近指遠，種種有可扼之根由。夫習聞習見之書，久已家喻而户曉；而妄言妄聽之旨，真如谷應而山鳴。事赫赫照人耳目，口説毋賸；言炎炎而極我心思，臆説莫擬。摘綺語而縷陳，精意中既含經緯；抒錦心於綉口，名言下亦慎樞機。度理揣情，則其説正；悦心研慮，故其説長。其在《詩》曰：『他人有心，予忖度之。』《文賦》云：『余每觀才士之所作，竊有以得其用心。』《紅樓夢偶説》，實獲我心矣。且夫用心者毋邪思，逆志者必誠意。卓犖之鴻才勿恃，潛玩之蛾術堪徵。苟有味乎讀書，敢道不求甚解；毋或流於剿説，應知必得可觀。識大識小，既分賢愚之爲賢愚；見淺見深，亦同仁智之謂仁智。然而説則紛紛矣，其嫉之者以爲誨淫也，或默默不語矣；其艷之者以爲類情也，而津津樂道矣。或謂爲今古奇觀而看花馬上，有語焉不詳者矣；或謂爲雅俗共賞而濫竽人中，有言之無文者矣。説既非香山詩句，豈必老嫗皆解；説又非娥冰碑文，安能幼婦奇觀。説詎無高談雄辯，未必與事理貫通；説容有奇想巧思，亦難免性情失正。下焉者拾人牙慧，人云亦云；小矣哉逞其心機，其道自道：説豈易易哉！吾願世之好閲《紅樓夢》者，一見其説也，故刊之，吾又安敢必謂説之時義大矣哉！是爲序。

光緒二年丙子嘉平月先立春三日書於亦囂囂齋之北窗，簣復山房主人謹識。

總　目

紅樓夢偶說　上卷

紅樓夢偶説　下卷

紅樓夢偶説　上卷

開卷第一回

開卷第一回即歷叙留嚴老飯，邀賈化飲，英蓮粉玉，嬌杏儀容，饋贈衣銀，折變田産，霍啓懼遁，封肅誤投，此言酒色財氣之始也。自仁清巷達寧榮街，以及平安州知機縣，胥是物也。元旦獻屠蘇，其酒釀也；元春封鳳藻，其色正也；春祭之恩賞，其財隆也；秋捷而迷失，其氣大也。焦大太爺酩酊，酒亂鬧矣；多姑娘兒腌臢，色亂鬧矣；卜世仁家裏使銀姐借錢，財亂鬧矣；賈天祥塾中將金榮偏袒，氣亂鬧矣。果肴送蝌爺齋中，寶蟾炫夜色以動酒意；瓜菜倒鳳姐地下，平兒帶春色而餘酒香。紫英兩萬金之寶貨難售，賈政絀財而留酒飯；李紈十二兩之分資無着，鳳姐昧財而擾酒筵。邢大傻輸錢把盞，因悶氣而發酒言；李老貨阻玉貪杯，或賭氣而助酒興。開箱而覓緞取釵，酒後貪青衣之色悦；卧石而枕帕墜扇，酒多襲紅妝之色香。草斤忽來一帖，財苟得而蕩子色荒；竹扇何值千金，財未費而美人色笑。引用《西厢記》句，淘氣則色以言挑；抄襲《南華經》文，負氣則色可語詆。賈芸喜借十五兩三錢，鄰人醉酒而疏財異；賈化笑納五十金一裹，知己話酒而通財真。恩侯妾價八百兩，未免重色而財輕；榮兒友助八十金，豈因出色而財入。孫紹祖五千兩可還，迎春氣惱守財虜；

王熙鳳五百金何據，尤氏氣怯賺財人。彩霞不理有緣由，何因酒而惹同氣之怨；茜雪雖撵無過失，是使酒而尋出氣之方。蘅蕪君曲承魚水歡，情色相感而喜氣洽；芙蓉女屈受鷹野謗，才色何尤而冤氣沉。得一千而畏鳳嫂，愛財兒小氣全消；打雙陸而課蘭孫，積財人正氣大發。一書繁鬮，四言蔽之，此其大略也，皆當作如是觀。

當雨村之淹留壺盧廟中也

當雨村之淹留壺盧廟中也，滯萍蹤，鬱蓴思，繫匏嘆永，看花意奢，煨芋緣慳，以筆墨爲生活，豈敢有餘望於紅袖碧紗？雖高鄰光照，賞識風塵，藻鑒與芳情并切，英雄一旦巨眼兩逢。然而年來窮途東道，蕭寺焉依，晨鐘暮鼓，僧話佛心，日惟與二三沙彌相晤對耳。其發迹也遲，其忘形也久，此其他日相逢，較之隔窗一面之識者，不更當一見爲快，不昧平生哉！爾乃識小鬟於街上，如得故劍於囊中，何其過目不忘；而新充門子，特意歡迎，舊識沙彌，難求惠顧，竟至熟視無睹，以此見雨村有私情無故情也。

賈化謂貧賤之交不可忘

賈化謂『貧賤之交不可忘』，雖是欺人之語，尚無忍人之心，而終行負人之事，入人之罪，竟不容情於門子者，豈有隱情於沙彌哉？顧當款留密室，攜手坐談，未嘗不略分言情也。乃門子重舊情，輕上交，而突然曰『竟忘出身地』，復冒然曰『不知大恩人』，詞意激昂，連番冷笑，説而藐之，失不僅直率也。至所謂壺盧廟裏之事，雖未知其爲何事，而女色男風，語褻而近於狎侮，王邸賈府，訐私而大似譏訕。一時聳聽動心，實有使賈化難乎爲情者，非主意不如當年明決也，是知後日充軍之遠，已決於此日定案之先，皆由托賴沙彌之好，欲攬門子之權，有以激成之。故平情而論，縱居停有不可忘情之交，而調停有必使徇情之術。往事皆挾制之端，言言不諱；故情有把持之力，種種與謀。此其於情理有甚悖者，門子之過也。而情誤於沙彌，而其於情理有未平者，賈化之過也。而情急於門子，遂情恝於沙彌。獨惜沙彌而門子也者，抄得護官符，而未收得護身符，豈謂富貴之畏人，不如貧賤之肆志哉？豈以貧賤驕富貴之人，可必富貴之三思哉？豈知貧賤習富貴之驕人，且驕富貴人，難免富貴之一怒，更加貧賤一罪哉？噫，雨村門子，交失之矣，貧賤之交可知矣。

當雨村興會嬌杏

當雨村興會嬌杏，許覓英蓮，而訪獲英蓮，護庇老薛，莫不謂其全同宗之瓜葛，榮希白玉之堂，斷大案以壺盧惠，忘黄金之贈矣。既而思之，掌上之明珠久失，目前之完璧難期。開脱薛蟠非得已，或鼠因忌器而難投；周旋封肅何爲乎？似鶴尚銜環而知報。然則雨村此舉，是固寵亦是從權，是枉法不是負恩。觀其後急流津畔見身警覺而戀戀有故人之意，終不見棄於先生者以此哉。吾獨惜其應天初任，地方情形，得力於門子者不少，而會鑽門子卒不免。夫門子爲已甚也，彼門子者，其亦後悔公門之中，終非好修行地否耶？

大觀園詩社

大觀園詩社，自探春始，實是寶玉作興。探啓云『昨蒙以真卿墨迹見賜』，又云『叨陪泉石之間』。及賈母與劉老老游秋爽齋來，乃叙明『煙霞閒骨格，泉石野生涯』楹帖，然後知臨流題石，筆墨生涯，蕉客他日之詩骨閒情，得助斯聯不少，故曰寶玉作興也。然是元妃提唱，元宵歸省，命衆姊妹及寶玉題咏，鳳藻成章，雁行鳴盛，嘉會著而雅懷伸，前此未有也。故海棠社倚門拈韻，以十三元始，凹晶館數闌聯句，以十三元終，蓋言元妃題唱也。迨其後，代簡入琴，薛、林唱和，是秋爽齋同調；賞花飲酒，環、蘭續吟，是海棠社餘音。至探春擱筆，而瀟湘焚稿，大觀園雅集已矣。然而大觀園之錫以嘉名者，猶堪思耳。

賈母含飴秋夜

賈母含飴秋夜，吃桃後卧室頻興。寶玉戲酒元宵，爆竹裏出庭散步。侍賞菊而午回園落，驚悉神鞋芙蓉；待籌花而暮出院前，癡囑婢傳艾柳。鳳姐村居中更衣，司棋山洞外繫裙。襲人午綉久慵，倩寶釵略坐；麝月夜衾獨起，囑寶玉緩眠。總不如劉老老之大觀樓下隨喜，隨便解衣痛快簡便也。

賈府年高有德者

賈府年高有德者，老太太一人而已。人稱之曰『老夫人』，尊重之至也，而答劉老老頌揚則自稱曰『老廢物』；人稱之曰『老壽星』，尊敬之至也，而答鳳奶奶禱媚則自稱曰『老妖精』；人稱之曰『老封君』，尊貴之至也，而爲寶釵飾居則自稱曰『老婆子』；人稱之曰『老祖宗』，尊親之至也，而爲寶黛勃蹊則自稱曰『老冤家』。蓋其康健也興高，有『老佛爺』之歡喜；抑和平也福厚，有『老菩薩』之慈悲。夫固非倚老賣老之諸『老貨』、『老風流』、『老東西』所可同日語也。所以老當益壯，年逾八旬，整理兩府而井井有條，具徵老謀深算，且人人得所，直擬老安少懷。斯其老成持重，老氣秋橫，一番佑啓，數代典型，又豈尋常之積世老婆婆所能哉！

鴛鴦稱賈母從未枉用過錢

鴛鴦稱賈母從未枉用過錢，此其所以積福積財也。觀鳳姐與尤氏、可卿抹骨牌，所賭是戲酒東，何止一擲百萬。賈母與薛姨媽等鬥牌，輸贏不過見錢幾吊耳。鳳姐數錢、平兒送錢局面，歷歷如見。至與管事嬤嬤等打牌，及寶玉、寶釵等姊妹趕圍棋其玩錢，更是寫意矣。元宵觀劇，賈母例賞主客之間，棹上散錢數串而已。一聲放賞，賈珍等暗暗預備下大笸籮錢，乘間揮灑，固不憚賞賜百千而若恐賈母瞋其濫費者。即此兩端，而論其節儉可風如此，則鴛鴦之說良不誣也。獨是常人之情，往往遇戲局歡場，鄙吝者不惜破費，驕奢者更喜揮金，况生長豪華富貴之中哉！ 而賈母無是也，此其所以積財積福與？

賈母之計議攢金壽鳳也

賈母之計議攢金壽鳳也，合家團聚，鳳兮何德，寵愛有加？ 惟彼尤、李，誰非孫媳？ 兩兩相形，有似乎瘠魯肥杞，與所厚而取所薄矣。 於是賈母心細智圓，爲李紈惜力而明揚其節，俾尤氏操心而陰顯其能，凡以示惠人無私耳。 乃鳳姐重財，反借以承歡結好，爲賈母節費，爲李紈出資，又臆度慈懷而過爲兩玉邀□。 夫園中姊妹誰不能以數金博庭歡者？ 而必如此瑣瑣計較，何也？ 其所見者小也。 且鳳姐自謂條陳公道，一時賈母信從，而人已有爲兩夫人不平者，惜戲言出之，而未能盡其説也。 蓋鳳姐不求公道則已，鳳姐而必欲公道也，則當有以服衆人之心。 似須黛玉一分賈母出，迎春、探春二分邢、王兩夫人分出，惜春一分尤氏出，寶玉一分鳳姐舉賈璉代出，至鳳姐代李紈所出一分縱賴情不與，尤氏亦當將所省之數暗墊諸婢幾分，尚不失情通理順。 如此一轉移間，則爲賈母計亦未爲左，而承歡結好雖小惠，而不至未遍矣。 然此亦就鳳姐好事而論耳。 觀其後平兒榆陰堂中設筵酬壽，同席一人不遺，較之鳳姐始終一錢不出者，其器度爲何如哉？ 李紈謂兩人狠該换一個過，倒是公道語。

賈母見識

賈母見識有高出於政老者。觀寶玉、秦鍾一見談心，相謀共硯，怡紅自述祖母因家學裏子弟衆多，恐大家淘氣起來，反爲不美。斯固賈政欲送入塾温席舊課時所未慮到者也。及熙鳳贊成，文星和合，而其後卒有大鬧書房一節事。或又謂賈母見識雖高出於政老，而終惑於寶玉、鳳姐溺愛，所以不明也。然而，即謂賈母爲愛，亦自有見識在其中，而於秦鍾之來學，初無所謂不明也。愛鳳姐有素，非以其愛鍾而愛之也。鳳將鍾也，愛則必其稱鍾也才。才宜愛而愛之，豈錯愛鍾乎？愛鳳之能，玉女於成學焉耳。則謂賈母之愛，爲使之自愛也，固宜愛之無非以德者此已。愛寶玉無窮，尤以其愛鍾而愛之也。玉果鍾也愛，則必其嘉鍾也智，智可愛而愛之，豈泛愛鍾乎？愛玉之能，寶賢以取善焉耳。則謂賈母之愛，爲使之相愛也，亦可愛之罔非能勞者此已。然則賈母愛寶玉、愛鳳姐以愛秦鍾也，甚明矣。至鳳姐、寶玉溺愛夫秦鍾，又更在高見識外，而不明亦遂在所不能免。彼夫引進秦鍾於榮府者何爲乎？乃未幾論府牌而當食相依矣，又未幾憩莊户而更衣入侍矣。案豈疑乎，卧榻旁縱容算帳；會雖善矣，齋房裏成就私盟。故玉與鍾也，卜其得朋，則同心之人二；而觀其所主，將屈指夫女三。夫何喪送北郊，其於馬上也，未聞約同并騎，豈其美收東郭而在鳳前焉？即欲招使隨車，是則玉之於鍾也，其初啓其愛者誰誘其衷，其繼成其愛者誰謀其事，而其終始殷殷庇護溺愛焉，日密而日深者，實維鳳姐以之。遂使鍾也恃愛而不自固，玉也狎愛而不自持，即見遠識微之賈母，仁愛無私，而亦陷於失察之不明而罔覺。則甚矣，鳳姐之深惡也。假使當日者鑒徹壺冰，琢磨冠玉，他山有助，佻達互箴，縱自雙璧青年，情投膠漆，契如魚水，顧春風滿座，白日觀摩輔仁，成德會友，豈無敬業同心，樂群宜有，即或杖履偶旋，門墻相侮，怒駡兩失，非曾非孔，哄出一堂，如鄒如魯，豈曰雅觀，書房之蠹，然而事屬兒童，以視乎近葭莩、同花萼、結金蘭、倚玉樹，不猶可恕乎！蓋鳳之潑也，豈特導淫；玉之濁也，豈獨好淫；鍾之混也，豈但誨淫，其淘氣不更出衆子弟下哉！乃知賈母格外之恩慈非溺愛，而玉等致有不明；而鳳姐個中之曖昧雖不明，而賈母絶無溺愛。嗟乎，又烏足爲賈母見識累哉！

賈母之大慈惠

賈母之大慈惠，大仁明，行而宜之之爲義，莫善於散餘資一舉。蓋惟其積財也，有恒心，先澤克綿焉；亦惟其用財也，有節心，後福方隆焉。旋因寶釵生辰，湘雲助興，爲設酒筵，借以歡會内眷，乃寥寥數席，動用百金，豈作福玉食，一朝之享竟十倍夫一食萬錢者哉！蓋作者特欲於山窮水盡之時，而表其源遠流長之氣象，遂使平素清源節流，古風或幾乎息矣。試觀初爲寶釵做生日，且擺戲酒，雖難蠲官中之規例，而僅發二十兩。又爲鳳姐做生日，亦且大擺戲酒，縱公湊府衆之分資，而亦僅發二十兩。此皆赫赫前日事也，不可相鏡而明乎？且秦鍾之喪，亦不過助之數十金而已。是又於疏財之中，而特寓儉用之意。此外則老庫體己，未聞輕動也。然後知施濟半闊於慈悲，揮霍倍濫於安樂，豪華所以易盡也。而積累中滋德既深，顛沛間溥恩彌厚，福澤所以有餘也。是故慈浹於一心，罔非仁惠；周於兩府，斯爲義資。出於一己之節省，則曰餘義；取夫兩間之復生，斯爲大微。賈母其誰明之？

元宵家宴寶玉起席暫出

元宵家宴，寶玉起席暫出，諸婢從之，賈母望見，瞋説襲人托大，卸責小鬟。王夫人婉爲剖説，且駁且訓，更云『假如現在還跟着我，也不在這裏伺候麽』。王夫人不敢再爲辯，不料竟有現在跟着自己，并不在這裏伺候者鴛鴦，不得辭其責。夫寶玉之有襲人，猶賈母之有鴛鴦也。襲人離不開寶玉，鴛鴦離不開賈母；賈母忘不了寶玉，所以忘不了襲人；賈母想得起襲人，自然想得起鴛鴦。鴛鴦講孝，襲人亦應講孝；襲人誤差，鴛鴦亦算誤差。鴛鴦可恕，襲人何不可恕；襲人難容，鴛鴦更自難容。此時此事，此情此理，不得謂當局者尚迷，而旁觀者獨清也。於是鳳姐有機巧，托故彌縫，設言回來要茶水一切便宜；於是賈母有機變，從新經管，反有當下送果菜一番恩典。其在鳳姐，雖照拂襲人，實是奉承王夫人；雖回護鴛鴦，更是迎合賈母。而在賈母，是關愛鴛鴦，不是憐恤襲人；是心疼寶玉，更是得意鳳姐。及琥珀心直口快，鴛鴦并且脱然不看屋子，襲人不過偶然未跟哥兒，遂使賈母、鳳姐一片心機，一時打斷。可見爲人上者待下恩厚而不失之寬，御衆法明而不失之嚴，包含大斯責備公也已。

黛玉賈府之自出也

黛玉，賈府之自出也，養於賈府又不棄其親，而存其孤者也。與其以五百金歸柩而送其死，何如以三百兩配藥而救其生；與其逐日費一兩燕窩而養其久恙，何如當年輕一分雁序而教以遠嫌。乃賈母兩玉并稱，雙璧相看，故黛與玉也，同依膝下，少同飲食起居，長遂同聲應氣求，更相和睦，賈母使之也。微黛玉無以滿賈母弄孫之樂，微賈母豈能成黛玉冤家之聚哉？此其德與姑息，實維賈母能發之，能收之，使終不愧相敬如賓也，豈不甚善！況且鳳姐之詼諧，姨媽之愛語，斧柯之聲盈耳，琴瑟之友關心，不失其性情之正也。而卒歸咎於女子之有懷，毋乃矯枉過正，刻薄寡恩乎！噫嘻，誑莽玉而入疑陣，莫推順水之船，而藍橋別駕；誘黛玉於離恨天，致化遠山之石，而黄隴沉埋，嚮所謂存人之孤者安在哉！是故黛玉探父病、歸親葬，始終其事相伴往來者，賈璉也。及後陪醫，遂如永訣，無端作孽，倏爾大還。至賈母分資治命，送柩慰魂，亦惟賈璉。賈璉云何？『假憐』而已。然而黛玉愴亡於空館，寶玉流亡於空門，寶玉之室寶釵，不異未亡人空床獨守，一忍百殃，賈府何益？是知恤孤而鮮由禮，世德反虧；撫幼而假存仁，天和亦損。可不慎與！

賈赦夫婦

賈赦夫婦謀算鴛鴦，鴛鴦泣訴，賈母生氣，一時遷怒，并瞋鳳姐旁觀，鳳姐撒嬌，反派賈母不是，特戲言耳，而不知賈母誠有不是也。賈母之不是不在調理鴛鴦，而在調停鳳姐，何也？換金說鴛，與攢金壽鳳，間日事耳。當鳳姐潑醋，賈璉鬧酒，家教何存？乃賈母溺愛不明，猶以年輕人饞嘴猫一番話解勸鳳姐；邢夫人顢頇異常，難免老婆翻舌。赦老爺覬覦已久，不禁少艾縈情，以爲賈母心愛子孫，無所不至，雖私淫奴而逞凶，妻妾撒大野而猶容，豈恃慈母而求賞丫鬟、置小星而不許，此其所以公然謀算也。則是赦老之不是，邢夫人無意而挑之，無怯而助之，而實賈母啓之。賈母之不是，端由鳳姐成之，鳳姐不得而派之也。夫乃嘆持家有道，愛憎無或偏，笑嚬不可苟有如此者。

大觀園之優也

大觀園之優也，而以女爲之，見徵歌選色，艷奪梨園，女戲之同乎女樂，大觀何取乎此。大觀園之女優也，而以『官』名之，見按部就班，彩彰薰閣，戲場之通乎官場，大觀竟至如斯。可慨也，可誡也！豈得曰觀之時義大矣哉！於戲，才人贊善，空傳雅選之名，乃費黄金教歌舞。旋罷歌舞，而藕、芳、葵、蕊，莫贖蛾眉，一似燕誤堂前，悲故里無依歸之所。而夢斷春臺，豪宴仙緣，備表榮華之狀。乃光白玉，昭聲明，復斂聲明，而檀板竹枝，徒班霓羽，一似鴻鶩路遠，嘆誰家是飛止之鄉，而憂深夏屋。盡態極妍，或櫻口，或柳腰，既比媚狐而惑主，始也何樂乎美觀？妝醜弄鬼，爲蓬頭，爲花面，更如鳴鳥之驚人，卒之有傷乎大雅。夫豈如魯樂府之亡伶，夫豈如衛舞庭之思美。此世之顧名思義者，莫不深爲大觀園惜也夫。

板兒亂指探春帳上的蟈蟈

板兒亂指探春帳上的蟈蟈，活畫出一個鄉裏土氣孩子；環兒私酬寶玉籠裏的蟈蟈，活寫出一個塾裏野心孩子；巧姐追問起劉老老車拉的隔年蟈蟈，活描出一個城裏閨風小女孩子。若夫送臘有莊頭之活野鷄，尋秋有塘面之飛仙鶴。寶二爺柳堤上偶聽蜩蟬，本無聊於夏景；傻大姐草石間閒掏蟋蟀，亦何恨乎秋聲！橋邊扇逐蝶飛，夢與鷗波并趣；臺上籠開雀戲，情偕魚水同歡。至若賈母放生買鳥，有時亦嗜鬥鶉；平兒飼畜聘猫，無日不忌投鼠。文龍烹暹國之猪魚，雲情自狀；熙鳳殺仙園之鷄狗，風景特威。鷄髓鵝油，頗笑味甘夫古饕；蝦鬚鳬靨，翻驚彩爛乎天魔。夫豈若檐牙高啄小話，鸜哥堂額榮禧。輕飛燕子，徑拓三弓兮雇鹿伏；蘛殼半掀，塘開一鑒兮鷺鷥飛。蜂腰小隔蛙部，鶏窗而外，時變禽鳴；蜂房蚓壤之間，頃叢蟲語。好耍子魚萍鳧藻，更饒夾岸之鶯花；破工夫蠶箔螢囊，豈擬分程於蟻磨。要之物性順自然，可無人心之刻矣；况乃天機原不已，曷仰聖歎於時哉！亦惟鸚鵡知詩，自非矜綉虎雕龍之雅；駱駝明訓，有不育珍禽異獸之風。固不必慈心風流之雛鳳，而竟籍日月令之螻蟈也。書有之：人惟萬物之靈，乃往往物動於人而靈於人。故雖托物有人而或爲物所役，抑愛物有心而或殄物罔覺。每觀其人與物浮沉之各異，亦即因群分，乃物遂與物之不齊等而人品見焉，而物類亦見焉。其間意趣，固自有正變厚薄、雅俗清濁之不同，無一不昭昭然分呈，各具相形於人物盈虛消長之天而不能遁，而指爲適逢之數者，俱足徵相安之理，又有甚明耳。故先哲詩云『萬物静觀皆自得』，夫人而知之矣，尚思有以不負造物也，斯可已。噫！

寶玉寶琴同生日

寶玉、寶琴同生日，壽筵、壽禮悉有舊規，而岫煙未得與焉。夫就賈府而論，岫煙與寶琴皆親戚也。而就薛家而論，寶琴與岫煙又姑嫂也。奈何得賈母歡心者有慶，而失邢夫人照應者竟不禮耶？雖有協理府事之敏探春，而難辭疏忽，此固寶釵之所不能言，而湘雲之所不能忍也。或謂岫煙初度，湘雲知之者，非兩人序齒問來，即一時談心説出。府中諸人、園中姊妹，或未必得知。而且寶琴生日又是賈母欲爲，寶玉提親時問訊年庚，衆人業已共聞故也。然皆曲爲之解耳。夫爲岫煙作保山者誰乎？鳳姐參謀矣，賈母主婚矣，尤氏董事矣，當兩家求八字合婚書換庚帖，豈竟無一人留心者？況以親姑嫂而同生辰，不但薛門納罕，賈府當亦稱奇，情之常也。焉有記得寶琴，而忘却岫煙之理？且岫煙在園，賈母實全，留之不令返舍，更不比寶琴，有家中舉觴而竟置之如遺哉？則探春雖屬鳳姐補送壽禮，不爲周到，而薛蝌亦爲寶玉補送壽禮，或是應酬與？尤可嘆者，岫煙之生日，寶釵以蔦蘿新附，難托實言之，湘雲以蘅蕪同居，故微婉争之，乃妙玉有十年師友之誼，而亦若罔聞知，且戀戀於公子之芳辰，而飛帖遥叩，檻外之人，世情亦復如是。至襲人説出平兒生日來，而探春倡爲攢分壽之，其用情又自有公私之不同。蓋襲人是因同類而標榜，探春乃重其人而抬舉也。作者於極熱鬧場中，而寓冷熱之情如此。情文相生，於世道人心極有體驗，其壽世也宜矣。

花妖出

花妖出，通靈失，一府沸騰，窮搜而不得。賈母知之，乃圖形懸賞，募人尋覓，雖萬金而不惜，重賞之下，當不僅玉，人以爲寶也。自夫人以假玉詐財，内外驚喜，傳觀罔識，幾爲所炫惑，使非寶玉有自知之明，必至金玉而兩失。人謂賈府迷亂於一時，而不知其糊塗於平昔，固不必賈母一人之是責。何則？當即北静王千秋已賜有寶玉，玉且明言照依式樣而作，及攜歸争睹，猶恐相混，可知像形維肖，奈何復繪圖頒式，使琢磨顯有規模，一玉萬金，使寶貝變爲奇貨，是明明示人以壺盧依樣也，是明明啓人以碔砆亂真也，則何以異於教玉人雕琢玉哉！乃滚滚白玉堂中，曾無一人焉而慮及，何其昏瞶而愚拙！雖賈政聞諸道路，下車即查問明白，暗行阻遏，然是意己之招摇，而未慮人之撞騙，亦未免凛虞璽而忘燕石。况有焙茗竊聞測字質庫訪查，狂驚得玉，一番以假混真而亦尚不警覺。或曰此一事也，謔之以詩，可以爲錯。

林黛玉以田家兄弟

林黛玉以田家兄弟悔過同居而荆樹重活，譬説海棠之已萎復開，無非室家之慶，在當時皆喜爲吉語，而後日始知非佳讖。夫花錦雲蒸，原比壎篪之雅韻，故必俟既翕而後究圖；而荆布風格，亦稱琴瑟之清聲，安能望克諧於已寥落？且重活而幾枝靈動，於釵有光；相涕而一本思深，非颦可效。

無端以違時之緑縟，翻疑迨吉於紅妝；乃適以昆玉之合離，預兆通靈之遺失。抑且棣萼復聯之喻，皆有榮華易盡之機。何則？觀其後錦衣猝至，玉堂式微，敬、赦兩家，俱就居政老一處，卒應兄弟共爨之言，而已非鼎盛，此其獲戾而一人急難，何如孔懷而一門致和也。然則絳珠仙草無心之頌禱，盡是鬼神有象之誥誡，不測之機，不更比花妖微顯哉！

賈府幸奉省親恩旨

賈府幸奉省親恩旨，預備駐蹕關防，拓舊園而增修之，極意經營，大殫材力，舉凡百執事之人，若工若匠，若役若夫，上自主人，下至奴僕，以及名公清客，莫不效技盡長、精心結構，一時應候趨承者，蟻穿蜂逗，更復無男無女，無人不備焉。煌煌巨典，在在需人，宜也，乃不意別墅之竟有女道士、女和尚也，爲可異焉。夫岫煙之議，妙玉也嘗述諺語矣，曰：僧不僧，俗不俗，女不女，男不男。意深哉！非惟檻外之人爲然也，抑亦玉皇閣、達摩庵諸女流之公評也。所可慨者，羅致夫宜室成家之閨少，羈棲於隨緣渾俗之場中，不顧其割慈忍愛之可憐，弗念其齋戒修行之未識。是則宏慈雖啓，難免傷天地之和；曠典徒垂，奚能祝國家之福？之數十女子者，誰非赤子？誰非蒼生？誰無父母兄弟？乃荆布何辜，使重失本來面目；而草斤作孽，難懸揣散去行蹤。以視妝醜弄鬼之女優，雖誤年輕而學戲，可望日後之收場，尚自回頭有岸，不若是潦倒於蘭若蒲團之下，而苦無窮期也。然則賈府奚取焉？曰：希旨也。希旨奈何？曰：賈妃敬信神佛者也。蓋神佛之前，不必有如此僧道也。而敬信之下，不可無這般女流也。曷謂其敬信神佛也？元宵歸省，鑾儀將出，拜佛於寶靈宫矣。其正殿拈香也，題額有苦海慈航矣。及入座吟詩也，命題有世外仙源矣。點戲則意取仙緣矣，製謎則言使妖魔矣。至清虚醮事，福禱平安，尤爲敬信之明徵矣。故曰之數十女子者，實維承奉賈妃之選，非特供奉神佛之班也。作人之雅化失矣，省親之盛德累矣，此亦何待案翻風月，冤沉海島，乃方知爲天地間憾事也哉！

甚矣嫁女之難也

甚矣，嫁女之難也！儀來宫鳳，元春不敢稱嫁；暴遇山狼，迎春不幸誤嫁；父視結褵，探春不忍言嫁；嫂許披緇，惜春不能勸嫁。黛玉未嫁而夭，湘雲甫嫁而寡，寶琴、岫煙、紋、綺姊妹，雖皆受聘名門，許字望族，然或待嫁而翁溘逝，或迨嫁而婿清貧，又且同賦摽梅，僅詳小李，而宜室宜家，已非簪纓世胄之隆，富貴繁華之舊。寶釵之嫁也，不但花燭草草，甚至冒林下風，復叨光梅香遮護，纔賡鳴雁，旋帳離鴻，幾與宫裁之鵠歌互答矣。巧姐辰逢七夕，而乃織女星野，婿鄉耕讀。甚矣，嫁女之難也！

題軒名以蜂逗

題軒名以『蜂逗』，不言花而花香馥馥矣；顔館額以『鳳儀』，不言竹而竹翠森森矣。沁芳橋畔釣魚，不言樹而緑樹濃陰矣；滴翠亭邊撲蝶，不言草而碧草活色矣。白露夜寒塘鶴影，不言月而皓月溶溶矣；緑天時暑院鶴眠，不言日而烈日炎炎矣。暖香塢猩色一簾，不言雪而雪艷皚皚矣；寒翠館鳶痕幾紙，不言風而風光蕩蕩矣。至中秋夜静，一聞遥弄之笛聲，不言折柳清幽，而如聽冷露下濕桂聲矣；元夕春融，一叙亂捶之鼓響，不言傳花迅疾，而如驚明月中爆竹響矣。金釧之孽報既彰，過端午遂冷清特甚，固不得煩言夫節景，姑以薛蟠酬節添色澤，而争粽子一戲言，早有佳趣點綴於前矣；玉琴之良緣難就，同生辰亦熱鬧非常，顧不必盡言於壽期，姑以平兒酬壽作餘波，而叩芳辰一祝帖，并留雅既鋪張於後矣。如此筆法，曷勝枚舉。其紀事則俗情也，其著語則性靈也，其爲文章則中有造化也。徒教管中窺豹，略見一班，豈識畫里飛龍，憑睛兩點也耶！

薛蟠途中被盗搶

薛蟠途中被盗搶，遇湘蓮救護，奪回輜重，幸未冰銷；賈府室中被盗卷，賴包勇救解，安閉綉闈，幸未波及。此其禦暴之力，一則激於義憤而舊憾全消，一則發於忠忱而新恩深荷。患難中之相助，在意氣，不在名分也。乃湘蓮以銜怨仇人，轉爲感恩知己；而包勇以保家令僕，反爲撒野狂奴。何幸不幸之相懸如此耶！是薛雖獃能癡情而報德，彼賈不假乏實惠以酬勞。且嘗深慨夫兩人矣。溯家風，鴻筆大人家而夙敦友誼，謫郡代辭身遠臨乎海澨，兹柳之交友也，若或近之。顧好仇爲鴻謀，而虛懷鴻鵠之志；求友可鹿譬，而終成鹿豕與游。則又是苛擇求凰者，誤矣。卒之恨重龍泉，契疏魚水，能不惜其入空門也哉？綿世澤龍，圖高百世，而報稱主恩，立朝正色，笑直比於河清，兹包之事主也。若或宗之顧養亦惟主也，鷹耳；甘任犬馬之勞吠非其主者，犬乎？願效鷹鸇之逐，則又不苛求擇鳥者，謹矣。猶如驥歸虎將，鶴在羊公，能不幸其還舊府也哉？之兩人者，若僅以其除暴客也，則得其力者失其心，將肝膽非變故不傾，抑精神非多事不振，而大義空存，亦將以之立懦夫乎！則顯其功者晦其志，豈光寵皆可以銷骨氣，抑淡漠皆可以激腹心，而真情終没。嗟夫！輪載而將伯，拾遺於行人，明月花村，飛塵梁上，而大呼求助求援，雖稠人廣衆，尚且袖手旁觀，置之不聞不問。若柳與包者，以一身出力，於賊鋒不可當之頃，而事獲保全，亦信爲世道中之慷慨赴義人矣。噫，人或壯之，其爲盜者忌之。

華膴厭煩

華膴厭煩，梨香養静，榮國公之所以有贊身也。殆所謂不俗即仙骨，多情乃佛心者與？而稱寶玉同國公爺是一個稿子，以故宗傳獨得，釋道相承，顧始不過流水行雲，偶寄名於寶刹，孰料詒厥孫謀，後遂負高天厚地，竟遁迹於荒墟。豈謂繩其祖武，非獨敬老繼志不明，保身無哲；見修行之失也，所以弓冶箕裘，傳家宜慎焉。然而寶玉之離塵脱俗，則更有説在。原夫寶玉之未涉世也，補天遺憾，仙基裕也；擲地作聲，佛法通也。爰有真人渺渺其仙也，爰有大士茫茫其佛也。一旦物色及之，僉曰：吾將拔爾抑塞磊落之奇才，攜手同行也。惟時真人化而爲跛道，似仙非仙也；惟時大士化而爲癩僧，似佛非佛也。寶玉於是乎得仙佛之母，我爲富貴之閒人，不仙何仙，不佛何佛，是故寶玉之仙佛於人間也，歷歷可指數也。其爲人也，可仙可佛也。榮堂嘉蔭，花其先天也；絳洞香芸，檀其前身也。銜玉而生蓮其舌者，馨其德也；好花爲主華其腹者，香其骨也。麟趾呈祥，大號公子，松其夢也；鹿鳴叶吉，中式舉人，桂其籍也。其於人也，亦仙亦佛也。恰怡艷紅，棠其舍也。犨犨美黛，筍其班也。大觀處樂蓬萊以托足也，佳節承歡椿萱之庇體也。繼珠爲寶，稻香其社，主竹其心也；配金是珍，芷芬其室，人粟其影也。花試雲雨芳其髓，天地之氤氳渥也；茗書風月藻其思，冰雪之聰明溢也。其初也，昵人無心學仙而仙，無心學佛而佛也。淚還珠草，因果嘆也；香乞玉梅，拈花笑也。桂瓶叠獻，蟠桃同祝也；菱鏡分明，散花普照也。《南華莊子》，寓目皆貝葉也；《西厢》寺鄰，彈指即龍華也。菊章絮咏雲璈外，有真歡喜也；蓉誄林歌霓裳下，有大慈悲也。其繼也，遺人有緣遇仙而仙，有緣遇佛而佛也。紅妝秋艷，妖孽忽興也，而曇光則既現也；黄卷冬温，聖賢相對也，而藜照則更明也。袚通靈而大愈刀圭，豈不璧返，當頭棒也；夢警幻而重看釵册，曾不筆句，轉瞬花也。許文章之一第，雲梯共而選場寬也；譬浮圖之七級，星斗聯而名經等也。慢藏鴻室，身價抵燕石之償還，躍出龍門，蹤迹擬驪珠之失散。則是夙分開消，仙人前程遠也。禪機解脱，佛之上乘超也。且嘗觀其地，睹其物，而想見其人之仙佛也。藕香舞月，蕉影眠風，鶴與同仙也；丹室蒲團，碧窗松拂，花可同佛也。五月松風，一天花雨，仙佛之光陰也；酒浮瓮露，香裊爐煙，仙佛之消受也。兼之沁芳香遠，蓮井與蓮臺并現；滴翠芬清，芝龕與芝蓋俱呈：則又仙佛之化境也。況乎雀金泥也，漢玉玦也，仙道有錦囊，佛家有衣鉢也。寶境高也，金經明也，仙路之瑶臺，佛門之寶塔也。更加花有水仙之目，果如金佛之手，靈乩迷指，瑞物仙知，香像護身，吉人佛相，則又仙佛之光明世界也。則又真亦如幻，幻亦如真，與仙同；空即是色，色即是空，與佛同也。蓋吾能知寶玉爲仙佛中人也，而又不能於仙佛前而見其人之爲仙佛也。已矣乎，雲章冠冕，發科日頭點朱衣；雪印袈裟，罔極天心摇白練。留神皆三島鯤溟，豈必人人縮地；進步即五臺鷲嶺，自然處處洞天。明月清風，繁華境塵中莫洗；慈雲法雨，大荒山劫外無灰。然後知求仙佛於爲仙爲佛之地則難，得仙佛於如仙如佛之人則易也。白玉堂也，青埂峰也，寶玉也，仙也佛也，無以異也。非然者，何時無道，不必盡跛也；何處無僧，不必盡癩也。烏知其非真人大士也，而未嘗聞普度天下人而仙之佛之也。或曰祖功宗德也，寶玉之於仙佛也。

賈敬半世修行

賈敬半世修行，維好道教，不謂身登黄甲，乃反出家成教，而家教失傳，珍、蓉紈絝。賈政一生端品，維講道學，以故世奉青箱，竟能爲國提學，而國學開濟，玉蘭緋衣。所可惜者，道山遄返，徒慕神仙之道行，而道士鎖拿矣，而道姑且竟出藕榭矣。道臺罷歸，空談聖賢之道藝，而道長彈劾矣，而道侶且來松埂矣。噫嘻，無端而家廟小尼僧野芹幽通於曲徑，無端而家塾衆子弟庭花亂唱於後廊。惑左道而神婆弄鬼祟禍起蕭墻，敦古道而顯宦啓廢員辜由華族。殊令人嘆夫尊經道德之堂，與存性道義之門，其途迂而其境險，有如此其甚者也。或又謂顧名思義，敬也苟有文名而成進士，政也正以文字而爲宗師，亦留心世道之一説也。

賈政之扶慈柩還南也

賈政之扶慈柩還南也，變産措資，萬難充足。賈璉恐中途敷衍不來，預白道經賴尚榮任所，可以俾少出力，是慮阻滯而借水行舟，望接濟於麥舟古道耳。乃政老大以爲不然，見乎詞色，謂：『安妥先靈，何須將助他人！』似與殯後絀財怒却賈璉，罰周瑞之請，同一廉正矣。然損下益上不可爲也，而用下敬上又何辭焉！嘗觀賈母大慶，兩府家人，公備一日壽筵，亦未聞政老禁之。是事主之家奴，且可共稱觴，而大效華封之祝，豈入官之世僕，不可助執紼而稍伸芻獻之忱？且尚榮新選，大設喜筵，内而賈母、王夫人諸人，外而珍、璉等并造其家，擾其戲酒，是久通吊賀矣，豈有無不可以相通乎？乃因偶議通融，而竟嚴行駁斥者，咸謂志高品高，不知其識實高也。何則？當查抄後，政老清理家事，瞋家人輩虚比浮詞，大加申飭，所云毫無良心，一切利身負主，語語痛切，悉中情弊，久已知家敗奴欺之習矣，故雖窮途淚眼，逼處降心，然尚通一行而告貸，不使動索報之疑，而又約五百以爲贏，不使厭誅求之苦，是政老終不肯借資僕力亦明矣。孰意其弟謂其做官手長，乃果惟知兄乎？孔方而不顧主人之眉急，以五十金還報，受恩何其深，而用情何其薄也。喪良擁利，卒不出意料中，而政老竟不得已於一試者，團團勞心，非不知悠悠宦海，無端以道阻留連，天涯落魄，幾不免飲盜泉之污，爲可浩嘆也。噫，賈母分給黛玉歸櫬之資數實五百，曾幾何時而何有何亡又復如此！試問銀人何所從來，猶不如玉人我所自出，此日相傍魂歸，尚足慰在天之靈也乎！

今夫國之大政有二

今夫國之大政有二：曰用人，曰理財。而家之長計不一，亦惟人，亦惟財。財與人苟或失一，則家無以爲家，甚於國。嘗觀賈府而慨然矣。能隨意收在甄家五萬金，備而不用；乃不意存着孫家五千兩，討而不歸；甚或得受三千兩破人婚，致戕二命；又復欲用二百金謀人命，永絕一婚；何其忍也！能懸一萬兩賞格，搜索小兒一塊玉；不捨五百金價值，購求古人廿柄扇；抑且遽出一千兩營一尉，榮其媳屍；又或偶施二十金訂一媒，脱其女孽：何不悟也！此以知守財者不免厚亡，耗財者不免致窮，昧財者不免悖出，貪財者不免招損。家財有常經，其源清者其流節，則財不可勝用也，乃奢侈者徒傷福澤矣，而鄙吝者徒知富潤矣。更觀賈府而惘然矣，兄弟之稱呼雖嫡堂不排行，姊妹之稱呼雖嫡堂且排行，倘謂賈璉無長可序，或伯珠而爲仲乎？何寶玉又復次居爲二焉？倘知元春無二之尊，即妹探豈可及乎！何惜春尚且繼列在四焉？不可解也。子婦有使喚，雖一堂而不爭長；孫媳有使喚，雖兩府而不廢長；故稽訓飭邢夫人説小媒，一番嚴辭，不但賈政夫婦奉母同居可據也；故記禀報珍大爺請晚安，一切謹事，不止鳳姐夫婦依叔理家足徵也，不容没也。此又見長人者必當體仁，盡人者必當知禮，兼人者必當足智，奉人者必當見信。家人有大義、有嘉德而無違心，則人可以自立也。乃在上者慈愛失之偏矣，而在下者庸愚失之疏矣。是故人倫必先家子，推美保家，財用亦自天申，并賢宜室。席祖父之豐財，預防水盡山窮之際；造兒孫之福人，同享天高地厚之恩。有家者可不慎乎！

凸碧山莊

凸碧山莊，中秋賞月，樂序天倫，俊秀咏歌，賈赦特贊環詩，極加獎賚，并許到將來世襲前程，何愁不能身受，此其拗性侈談，衆人聞之，不過竊笑其無謂而已。何政老竟以後事爲辭而止之，而若不作罷論者，豈有含意未申者與？觀其後賈赦獲譴遠謫，世職雖幸賞還，而改命政襲，恩蔭相承，榮歸穆序，迨及子玉散場，孫蘭登第，究未知賈環造化，果能如恩侯由醉之言否耶？

今設問邢夫人與王夫人孰吝

今設問邢夫人與王夫人孰吝，必將曰王夫人不吝。今設問鳳姐與寶釵孰吝，必將曰寶釵不吝。如是而尚疑其有吝於寶玉焉，此亦不近情理之甚矣。然而有可異者，當送還通靈之和尚再來索謝，王夫人急呼寶釵往商，計算多時，寶玉乃入將取玉還僧，王夫人等驚聞力阻，寶釵遂奪玉去，言銀錢一事，就折變自己頭面亦還能彀，非不慷慨也。顧王夫人乘勢許可，即教就如此辦，胡再不謀？謂事不可緩乎？ 則高堂當早有籌商。 謂誼不容辭乎？ 則慈闈何反爲諉卸？ 不可解也。 乃寶釵一轉念間，又謂我合太太給錢，斯豈退讓撙節以明禮哉？ 夫以寶玉而視王夫人、寶釵，則爲賢母，爲令妻，且以王夫人、寶釵之視寶玉，則爲慈母，爲愛妻，而一旦臨財，遂分厥愛，不覺相攀焉，相推焉，終不肯毅然而自任，决然而相捨。 萬金雖難，尚可摒擋，而不勝其鄭重珍惜者，吝耶？ 非吝耶？ 寶玉謂其重玉不重人，不知其重財更甚重玉也。 或曰親親易，疏財難，世情之常也，獨奈何責備夫婦人、女子哉！

抄檢大觀園

抄檢大觀園，是王夫人主意，却是王善保家的唆事，明譏王夫人也。 撮合天配姻緣，是王熙鳳造謀，先有王作梅爾調提親，暗刺王熙鳳也。 非不知作家不盡取癡聾，何整理失常度，而室類毁乎鴟鴞也；則患在棼絲，反以損一府安居之福，因而思爲媒必不宜曖昧，何作事不順成，而譜亂點乎鴛鴦也。 雖謀成易幟，徒以結三人聚散之冤。 是知王夫人治家而造釁抄家，已有敗家之道。 且託言丢了要緊東西，一查倒洗清大家，均非佳讖，不止是掩耳盗鈴，故寶玉染病，通靈忽失，禍先及於自家愛子。 至王熙鳳破家不待言，而當家時獻抽梁換柱計，愚弄寶玉成家，卒激成出家之變，况其夸奬寶釵宜家，未免樹援娘家，致使無家無業之鞶兒，冒不韙之名，孤苦而殀於外家。 彼未嘗不以保山中老作家自詡也，乃其後惡子承家，竟紛紛爲巧姐作伐，尤其神出鬼没，而使女孩家累累如喪家狗，逃匿於野人之家，且以世家閨秀，其終不過嫁莊農人家而已。然則，持家者可一事流於刻薄寡恩也哉？

嘗謂妖不自作

嘗謂妖不自作，由人興焉。蓋非人無妖矣，亦似妖有人矣。妖將因人而形乎？多附物以爲怪，其妖異而反常；人或與妖而類乎？恒作孽以引人，其妖精而微隱。則曷觀怡紅之花之海棠乎？又曷觀怡紅之花之不獨海棠乎？態含女兒之國色，如人嬌花而近閨閣，妖姿原净絶於嬋娟；像應又婢之班頭，如花襲人而軼藩籬，妖釁忽潛生於嫵媚。於是妖之禍始於人。繼入海棠秋吟之社花，妖於人而花無知，暗長冰霜之際，妖中之花，妖有生機。於是人之害甚於妖。獨肖海棠春睡之圖，人妖於花而人不察。倘試雲雨之餘，人中之妖，花自生色，其花合歡與活色回春者，人或不以花名妖，而玉失通靈矣，則人又將諉其咎，曰彼花妖爲之。其花解語，與柔色懷春者，人或不知花姓妖，而玉非完璞矣，乃花又得藏其奸。噫！惟人妖能之。且夫春萎冬榮，花之妖艷在兩，開照重妝，而魂消紅燭，果孰爲管領之花神；且夫芸軒檀堡，花之妖容能兩，變樂再醮，而顔汗紅巾，果誰爲打扮夫花子？是則花之妖，人之障也；人之妖，即花之□而嬌，而花主之所由魔也。及遇人之么亦妖，脚色也妖嬈，必無異花魁也，適逢玉之比，依然花之樣，花之洞天一變也，即花之世界一定也，妖之尤也。花，好姓也，花已花殘；玉，嘉名也，玉無玉潔。人之無非混帳也，又妖之夥也。玉同花臭味，玉之瑕也；花比玉精神，花之羞也。乃如之人也，實出花之種類下，則更妖之醜也。惟史太君能知花妖，亦丰神，亦光怪，情形詭，游觀宜，而高筵以賞玩之，正氣盛，殆將以勝邪也，則妖膽有不盡摧哉。而王夫人不知人妖之花妖，爲鬼蜮，爲神羊，聲色嫻迷惑甚，而前席以寵信之，真鑒失，徒任其爲幻也，則妖技有不獨絶哉。是故天下患不知妖不自作也，尤患不知不自作妖。夫人而知之矣，妖於何有？花其小焉者也。

王夫人虔奉金剛

王夫人虔奉金剛而蠟油些許，竟至蒙狼子之黑心；史太君謹供普照而燈油若干，更叨光馬婆之藍面。夫婆媳敬信神佛，不能保子孫，而屢憎於人，且逢五鬼矣。然則，未諳經意慈悲，反厲行忍之階，縱抱佛心福緣，竟成餘殃之道，斯豈敬信之失哉！以聲氣禱彌佗，未若凛三緘於口過；以脂膏消災障，難幸邀一鑒於神明。而況魔道之惑，誤用婆心；孽種之頑，咎由姑息。於俗情不多一番擺脱，於佛事即少一番奉持。意虔誠先，貴有善知識、真願力也。夫豈無叩元音而開卷，心常在喜地歡天；亦容有滋愷澤於傳燈，身遠沾慈雲法雨。顧菩提通默證，賢於佛號千聲；舍利現虚靈，良有神光四照。乃知光明之下，濟庇佑之宏、加感應之理，在斯矣。

刊施陰騭文者

刊施《陰騭文》者，賈敬也。而賈母室中，則早又經卷極多，故嘗令人録寫《金剛經》三千六百五十零一部，謹敬施送，較之供奉，普照倍昭誠恪。中復夾《心經》三百六十部有奇，妥派至親女眷清繕，雖自云吃齋念佛不大甚幹，而虔奉金剛，願力宏大，更自加人一等。王夫人亦嘗於燈下命賈環鈔寫，想其信心持誦，諒勝於鴛鴦米佛。至寶玉承歡，『金剛指使糊塗』一語，實有赤子心，存天真爛漫之機趣，幸慈蔭之叠蒙，識佛華之多益，且揆諸積善餘慶之理，似奉佛之不無感格可見，即奉姑之無不繼述，亦可見矣。乃其後卒致醉金剛一番大波瀾，何竟不能叨丈六金身之庇，而化倪二泥骰之難也？

查抄賈赦家産

查抄賈赦家産，珍、環衣物一一開單，金銀器皿及赤金見錢而外，有銀五千二百兩，然後知孫紹祖一項不是力不能償，而過中秋節索之於賈璉者，亦并非急需矣。此固見赦老、邢夫人之貪而不知其忍尤甚也。當賈璉蒙蔽，私典賈母財物，蠹家蔑祖，邢夫人知而不止，又分肥焉，何其忍也！至孫紹祖之鄙吝，必不肯無故以多金而託人，而觀賈赦包攬詞訟之行爲，其人可以貨取，彼冰玉之齷齪，道德經數，或有或無，不必深論。獨怪赦老富貴之家，而以不能財帛分明之故，致使婿暴女辱，而靦顔忍受，守財虜究何益哉！尤可笑者，五千二百適符孫紹祖所存，與賈璉前奉之數其果爲原物與否雖未可知，而悖入悖出，絲毫不爽，此造物之微權，非人之所能爲也。而貪人亦當廢然返矣，而忍人亦當惕然省矣。

趙姨娘爲賈環討彩霞

趙姨娘爲賈環討彩霞，賈政不許，諭以學與年俱，稍長再議婢妾未遲。并云：『我已看準兩個小鬟，一與寶玉，一與環哥。』夫政老教子義方從未假以詞色，一旦舐犢情深，留神選婢，恩勤非不至也。惟是政老如君尊範，未免不堪承教，若依樣取材，必至播愚子舍，恐不是難兄難弟之連理枝、解語花也。且其悃愊無華，素於陶情悦性，詞華上尚欠講究，而況其賞識容華，豈能窺見一斑，定不如校閲才華，可免目迷五色也。當時所物色之雙鬟，雖未知其爲誰，而果以尊寵爲彀，總不過是翠縷一流人物。觀迎春親事一層，始終抱憾，似二木頭，偏蒙鍾愛，豈非本『無才是德』一語以取女子哉！噫，此愚妾之所以見容也。

賈政初試寶玉文字畢

賈政初試寶玉文字畢，寶玉就是一溜煙的跑了；繼命寶玉做文字訖，寶玉又是一溜煙的跑了。其或漲墨浮煙，入人之深，而移人之速與？厥後，文字稱心，科名垂手，乃文骨高騫，步入青雲，摶扶摇而如煙涌矣，抑文心超脱，踏破紅塵，歸渺茫而如煙銷矣。此以見文章如水面，遮莫轉瞬煙雲；字滅似石頭，幾經斷魂煙雨。憾他雪現歸舟，倏忽眼穿夫煙水，剩數行血字家書；憶自風流入社，早閒骨格於煙霞，饒一段心香閨集。惟幸題親一事，自試文始，所以繼武有令嗣，而續香煙於勿替者，謂非文字之因緣乎？

寶玉初入家塾

寶玉初入家塾，李貴承賈政申飭，跪回云：『哥兒已念到第三本《詩經》，什麽「呦呦鹿鳴，荷葉浮萍」，奴才不敢撒謊。』誠非謊也，其訛也，乃其讖也。蓋《鹿鳴》爲宴饗舉人之詩，秋來荷葉已當拔去之時，浪埽浮萍，莫可追蹤之兆。此入學之始，終身之成就見焉，行止定焉，特假諸僮僕之口，以泄其中舉迷失之機者也。至寶玉作辭黛玉，黛玉所云『蟾宫折桂』數語，更自顯然，且暗伏下與秦鍾香憐玉愛諸兒一番樂群。

嘗謂餌富貴閒人之寶玉

嘗謂餌富貴閒人之寶玉，而爲天涯海角之散人者，其惟北静王乎？彼金藤笠、玉針蓑、沙棠屐，雖珍物乎，野服也。夫豈簪纓世胄之所宜哉而賜之耶？以故雪徑朝寒，點綴蘆亭之景，既聞女僕之艷稱；雨窗夜冷，句留竹館之情，還聽漁婆之膩語。此其爲漁翁也，不解漁利而漁色，所以臨淵日，獨自折竿也。抑且《山門》一曲，煙雨捲蓑笠而行，早已泄機於哲婦；水驛半程，風雪催袈裟而至，究竟忘本於嚴君。此其爲和尚也，是由和障而和撞，所以散場時莫能護玉也。然則寶玉初繫情於浮家，終絶意於出家者，王家實網羅之而授以衣鉢焉，餌之即以度之也。於戲，七里灘前，羊裘罕有；

五臺山下，鶺鴒良無。見幾若是，牽掛胡爲？因而思江湖滿地，剩有漁磯；山岳配天，曾遺媧石。塊然無偶，未煉誰磨。蕭然自頑，一任蹉跎。聳然特出，一任婆娑。點頭無笠，縮體無蓑。無立足境，屐亦如敝屣而徒多。茫茫渺渺，破衲攜過。説未竟時，有慣行脱帽露頂振衣濯足之一客聞之曰唯阿，從而質之，則不應語而笑歌。轉瞬颺去，如箭如梭，漠然第見江上峰青，水曲山曲，蓋其人如玉云。

作者謂寶玉是天下第一淫人

作者謂寶玉是天下第一淫人，天下亦知書中人惟寶玉之淫第一。而其人之所以淫者，淫之於酒色財氣而已。試觀寶玉醉後潑茶酒之始，夢後試花色之始，輸局小鬟搶錢財之始，初會表妹摔玉氣之始。紫英席上行令，酒場一變而一亂；鯨卿榻間算帳，色界一變而一奇；金麟幾隨手輕拋，財源一變而一險；水鷄或陡脚亂跳，氣局一變而一浮。騷壇之樂酒陶然，菊杯一半口；芳園之景色佳矣，花團十數人。高堂之資財盡有，藥價三百金；同床之意氣毫無，花語二三德。不甚嗜酒，而有湘雲、黛玉之斟酌；不免好色，而有齡官、雯嫂之棄取；不能理財，而有麝月、茗煙之取予；不盡和氣，而有劉姥、傅嫗之問答。重慶寶釵酒止矣，再夢册子色空矣，身償王價財淡矣，笑許緇妝氣平矣。故曰寶玉之爲淫人，酒色財氣淫之也，能入乎酒色財氣之中，而出乎酒色財氣之外，寶玉故爲天下淫人第一也，寶玉實又爲天下終不諱淫之第一人也。

非女兒不同群者

非女兒不同群者，寶玉而已矣。有終身相伴女兒之思，有來世托生女兒之願，人謂言談有女兒氣，自知羞怯無女兒風。故其言曰，天地靈秀之氣，女兒有獨鍾焉。人世珍重之意，女兒宜多疼焉。女兒二字，尊貴清净，悦服女兒至極也。女兒五中，喜樂悲愁，體貼女兒入微也。是故惜玉癡兒，美欲收十女百女；羞花嬌女，妙還有四兒五兒。評女藻之棠，香新異飲；飲女兒之茗，酒艷群芳。叢林閲外國女兒之詩，芙蓉撰絶世女兒之誄。聽寶琴梅雪復求，願爲乞兒奉季女；商玉釧苓霜認竊，甘爲侍女作偷兒。故一遇女兒而哥兒之尊貴清净爽然失矣。女兒已鬼，茗煙遠訪若玉之祠；女或仙，柳月同眠鋪金之屋。又一遇女兒而哥兒之喜樂悲愁不自禁矣。所可惜者，抬珍珠以大轎，女兒之不尊者欲尊矣；擠金釧而下井，女兒之欲貴者不貴矣。共碧痕而洗澡，女兒之水清者不清矣；爲麝月而梳頭，女兒之求净者難净矣。於巧姐問字，見女兒之喜亦喜；於雅女吟詩，見女兒之樂莫樂。於絳珠眼淚，見女兒之悲復悲；於紫鵑情詞，見女兒之愁更愁。至青燈而傍古佛，笑聽鵑啼；黄卷而對古人，厭聞鶯語。則兒女之事早無，兒女之情罕有，視女兒如轉眼空花矣。天地靈秀之氣雖凝，人世珍重之意自淡矣。女兒自女兒，寶玉自寶玉矣。

銅儀春永

銅儀春永，瓦當年延。鳳翥鸞翔，雲璈迭奏；麟祥燕瑞，天嘏滋臻。雲錦謫星，大羅第一；霓裳咏日，長帨連三。懿夫榮國，壽天貴家，富歲高高；金母善積，殷疇上上。玉人美基，商皓上界，麻姑圖排，寒友大方。椒戚篇著，温人厥有。明白生辰，光陰過客。怡紅公子，富貴閒人。吉始懸弧，慶先弱冠。一難并美，如此尊庚；三壽作朋，乃皆仙子。尚齒如兒，元黄大造；介眉不老，翠白俱良。惟時鳳羽，輝儀藻宫，寵錫鶴翎，紀算蕊闕。飛瓊華宫，頂佛羅漢；前身英會，首耆瑶池。遥指一朝榮幸，百歲光昌。白玉堂前，祥雲愛日；絳芸軒裏，如海比山。比肩甲子，眷屬未聯；拱手庚寅，主賓申錫。爰有花主艾妹，不凡不俗；白姬元婢，宜雅宜風。才齊謝絮，美濟阮筠。彼美妝成，芙蓉不及；其仙逋去，梅萼誰修。妙公投刺，稽首嗚謙；俏麗稱觴，從頭拜復。而况諸子逢辰，洞仙半列；同庚先甲，閨秀三從。瑶臺偶降，寶二璧雙；金谷長生，品三璋一。雲蒸霞蔚，嘒彼小星；華祝豳稱，酌以大斗。玉壺對對，一片冰心；銀燭雙雙，十分電目。至若禮因醵起，蕉客損金；射覆宣來，燕君弄玉。那勝清唱，趣在無弦；莫負同懷，樂還不板。雲母屏開，人來止酒；風姨榻下，我往遺羹。俄而酒令出奇，史才卓犖；油腔放蕩，主意牢騷。拇戰指談，齊心好勝；興酣笑傲，殊態含嬌。立談門角，謔冷苓霜；卧醒欄邊，夢迷桃雨。更加四筵酒罷，一局棋停。雲情靄靄，風景融融。瓊芽一盞，香口同嘗；碧糯半甌，韶顔并霽。裙解榴紅，趣饒鬥草；鬟沓柳翠，籌擬占花。洎乎珠斗，懸輝金星。入照日餘，快足夜繼。賞心鮮茶，品出棠樣；女兒美酒，謀來葩經。君子蟠桃，一例王母。曾臨儐豆，册盛姬人。既具筵開冠玉，珍席壽圖；譜出群芳，花天福地。漏聲寒處，一刻千金；液色暖時，二分雙玉。解衣馥涣，春暢懷凝；伏枕芳隨，夜闌興永。於是煙裊金爐，星明寶炬。錦裳雲散，翠袖風飄；沁芳珮響，蓮步分移。嘉蔭觥酬，芹悰更進，歡留度曲，意洽風流。雅示答箋，話新雨舊。斯蓋壽世星圖，壽人風格。釵環松蓋，冬夏咸蕃；玉簇筍班，春秋鼎盛。菊曜寶幀，壽徵客備，藥圍金帶，壽數相同。合杯上禮，明水尚珍，同鏡中仁，樂山如玉。亦惟貞象坤儀，巽兼離兑，元龍乾造，觀并恒昇。椿靈遠蔭，雅化作人，萱茂重榮，徽音嗣世。允宜華誕延綏，英齡集祜也已。

寶玉嘗親將院中新折桂二枝

寶玉嘗親將院中新折桂二枝，分插聯珠瓶内，一孝敬賈母，含飴有弄堂高感晝荻之思；一孝敬王夫人，馨膳未遑陔下興採蘭之慕：是又吉讖之先見者也。其一桂爲遺腹，祥呈麟兆，少許聯竇氏之芳，與賈母終不隔神氣也。其一桂爲出身，香溢蟾輝，高愧摘郄公之艷，與王夫人終得争光彩也。

寶玉不解檻外人稱呼

寶玉不解檻外人稱呼，當如何裁答，將往商之於瀟湘，適遇岫煙去訪妙玉，立談之下，盡得其交情顛末及自號原本，并知其獨取『雖有千秋鐵門檻，終須一個土饅頭』意，一時領教答箋，欣幸已極，醒悟頓開，遂明白家廟命名『鐵檻』之義，然尚未議及鯨卿得趣之饅頭庵也。饅頭庵，想亦本此。至如訛傳俗解，謂庵裏蒸得饅頭好故名，將壺盧廟或謂壺盧結得大，水仙庵或謂水仙種得多矣，不亦無謂乎！

富貴家繁華熱鬧

富貴家繁華熱鬧，至於彩觴極已。彼少年藴藉風流，於此間少得佳趣，亦足以暢叙幽情，顧一時興之所至，而非情之至也。惟情種如寶玉，而於珍哥新年、鳳姐生日歡會也，而煩惱生焉。樂局也，而感慨繫之，於是乎厭歌舞之繁縟，意中實别有纏綿繫情，感而溯恛，眼前反更加寂寞。此其人花婢家一望也，可謂一貴一賤，交情乃見矣。抑其詣水仙庵一祭也，可謂一死一生，乃見交情矣。非迫於情之不容已，安能忙裏偷閒？非專於情者無或移，安能鬧中取静？惟有真情事，乃能見真情種也。故當逢場作戲之時，有如穿花蛺蝶，竹籬茅舍而飛神，又如曜金鳳凰。桐井苔甃而飲恨，情致翩翩焉，翩翩焉，令人亦勃勃而一往情深，頓悟富貴排場，一似轉瞬浮雲，曾不如以兒戲視之者，尚别有真情在，有不禁低徊留連於蓬巷荒郊之際，覺景色宛然而不能置也乎！

寶玉解語花不少

寶玉解語花不少，花芳官、花襲人，更有做了花神之晴雯。惜也，芳官始爲優伶，嘆花面之逢迎；襲人終嫁優伶，慚花心之撩亂。要知管領芙蓉，差勝開到荼蘼，不得以小鬟語涉荒唐，遂疑海棠已萎旋開，必爲花妖，而非曇花一現於頃刻也。至若詢悉四女之排行，蕙詎香於蘭氣；訪遲五兒之消息，柳更暗於花明。佳蕙林前聞偶話，情淚私彈；掃花葉下聽傳呼，丰神終掩。綺大姐之花樣誰描，紋諸婢之花籤孰掣？司花之侍者懶人意，花障突迷；獻花有女兮蘊佛心，花瓶獨抱。洎乎人寃花露，妖賞花天。寒門晝雲，花囊莫裹，幾番腸斷啼鵑；冷跳墨雨，花燭方傳，到底眼迷獃雁。嗚呼，移花有鳳，學語來鶯，雖有艷冠群芳蘭言之蘅蕪，殊覺寂寂花時，不復有此中人語矣。

寶玉之罷陪午宴也

寶玉之罷陪午宴也，非往日承歡，比天倫肅慎之餘，冠帶頗形束縛，其弛之也，不期迫而自迫，且意興闌則氣體惰，又有不能自檢點者。晴雯跌折佩扇失當，不僅在勇者也，適逢怡紅悶悶時，遂乃有不虞之責，因而有不平之鳴，兩相口角，一氣環生，顧論主奴名分，咎有攸歸，而論人物因緣，煩何不憚。寶玉怒遷忿泄，痛鬧一場，而實非晴雯發之也。比及薄暮宴歸，天靄人醺，氤氳滿院，乘凉榻上，恰值晴雯偃卧，豈邂逅相遇者哉！旋因憨態回瞋，嬌癡軟語，主人情重，遂不禁醉心援止。既温言以慰藉之，復闊論以勸導之，於是乎移奉扇之仁風，於是乎引撕扇之興趣。豈莽已遮面，徒羞思媚？或解鈴是取；豈買人破顔，爲笑求歡？或忌器無庸。豈或碎扯輕羅，聲出斷機裂帛；豈或紛披故紙，音餘析縷分條。於是乎更矯生氣之常情，於是乎并發愛物之奇談。豈物力之艱難，有數紙或賣弄乎半張；豈人心之炎熱靡常，香或滿攜乎兩袖。豈掉以輕心，或性拂夫物而人亦自覺違心；豈動於深意，或指揮由人而物亦自鳴得意。然而，寶玉果何如人物也？喜怒無常如此，好憎獨異如此，怪誕詭僻，脾氣生性使然也又如此。君子是以知寶玉之爲寶貝也，而猥曰人生氣乎？而猥曰自愛物乎？故觀其生氣也，且不愛所愛之人，何有於愛物之得人愛；抑其不生氣也，且不愛可愛之物，何有於愛人之能物愛。是則玩人玩物之尤，絶物絶人之甚，雖有癡理之排解，終無補於濫情之斫喪也矣。且嘗異其醉與茜雪生氣矣，潑撒茶鍾，猶如唾壺聲碎，斯亦杯盤例也，愛物之謂何及。其視黛玉中暑也，生氣更奇，狠摔銜玉，且必欲砸毀之。夫玉非凡物比，不啻若髮膚之受自父母，豈僅一擲千金哉！斯其作踐藐躬，罔知愛物，奈何并親親之本心一無存也，暴殄孰甚焉。然後知乖氣自不免作孽，而蠢物更有以損人，有甚焉者矣。何則？一柄雖微，無端以玉筍纖纖，聲勢如抽蕉破竹，象失團圞。物雖莫取乎，竟不惜矯揉而長彼美之驕，致使毀謗風生，卒不免爲慈雲所揮去。愴更甚於秋扇之棄捐，而風流頓盡，抉裂如之，謂非濁玉一念之相忍有以根之禍哉？故曰君子是以知寶玉之爲寶貝也。

寶玉自號怡紅公子

寶玉自號怡紅公子，乃失之小紅。且林家之風箏美人，不忍毀棄；林家之風流嬌女，何忍遺棄？既不燭照妝來，紅顔落魄，有如釵行拂去，青眼空明。未知是公子無緣，未知是丫鬟薄命？寶玉自號絳洞花主，乃又屢失之花家女。爲芳官釁生紅粉，致使蘭若花沉；爲襲人契結紅巾，致使梨園花落。惜瑶草之徒芳，蕭條四壁；嘆如花之美眷，株寄兩籬。未知是公子無緣，未知是丫鬟薄命，未知是優伶有福？

敬老既殯

敬老既殯，僧人繞棺，堂客未避者，有屬意柳道爺之尤物。寶玉曲加護惜，而以一身挺立其前，自謂恐和尚氣味薰壞云云。尤物無恙耶？癡兒無恙耶？假使玉也，能預知其終爲和尚也者，將無失笑其依樣壺盧耶？何以人其人而不自覺者？并不知爾爲爾、我爲我之不能浼，是和障之糊塗，不如和唱之清楚。有甚腌臢，吾更惜其謬托參禪，幾經進解，卒未悟『無立足境，方是乾净』之微旨也。更可異者，清虚醮事，老壽星既許老神仙引玉往見道衆，又因恐氣味薰壞而止，何一時趨避之不同，人已清濁之相懸如此耶！人之腌臢玉與？抑玉之腌臢人與？

寶玉稱爲富貴閒人

寶玉稱爲富貴閒人，似與物無争也。乃路謁静藩，苓香獎賞，則譬如雛鳳；水仙私祭，女冠歡迎，則視若活龍尚已。若夫元夕燈謎，政老承歡甫去，則鬧如開鎖之猴；二人家塾，祖妣體恤尤殷，則謂如乍上籠頭之野馬。其低首瀟湘也，曲誤則誓如馱碑之黿，譜傳則願如聽琴之牛，此何以稱焉？其尤甚者，一鉢香茗，飲竟如驢，半甌羹飯，食且如猫。神注晝薔，渾身淋雨則更如水打之鷄；至若賈母憂其採薪，怨及督責，又謂如避猫之鼠；瞋其代筆，抑其浮夸，又謂如羊群之駱駝；加以雅慕鯨卿，則自慚泥猪癩狗；寵愛襲人，則自悔鷄生鵝鬥。其井蛙蠡測之自喻無論已，乃知寶公笑人禄蠹而已。且以富貴閒人，時見身於羽毛鱗介之間，任人形容而不覺，即覺矣，又自認而不辭；則蠢才蠢才，人言非謬也，抑畜生畜生，父訓甚明也，而不知此正其與物浮沉之處也。古人呼馬而應以馬，呼牛而應以牛，爲達變；公子見燕而與燕語，見魚而與魚語，爲知化。

寶玉之於黛玉也

寶玉之於黛玉也，小孩兒家口没遮攔，引用《西厢記》句屢矣。接鴻案有問，乃執鴻筆而畫蛾眉，黛玉反無分；同鴛帳有誓，乃傍鴛衾而繡鴦翼，黛玉又無緣。多多兮身愁病，果孰先同花冢香埋；昏昏兮睡情思，乃人竟入芸軒夢兆。即銀樣蠟釬頭，而終非黛玉洞房花燭之材料；至緑窗明月命薄於紗，雪雁且委而去之爲人作嫁。更甚於紅娘之不報，徒見夫花落水流紅，離恨天忽然魂返，苔蒼露零白，幽僻處可有人行？乃知《西厢記》裏濃詞，盡變作南柯夢裏幻想矣。

寶玉疑寶釵久不至

寶玉疑寶釵久不至，至黛玉處談論，因而互打禪語，意興甚濃。乃秋紋適入，遽稱老爺使人傳問，襲人并已回明，下學催請速去，遂隨同出瀟湘館來。寶玉皇皇追問何事傳呼，秋紋方笑言明白，乃知是假父命以誑己，薛蟠速客之故智耳。不意放心之下，僅一字之責，微嫌其嚇而已，而將前此嚴氣正色仗意執言所責姨表兄一番大道理，竟歸無何有之鄉，反似不肯與小女子計較，而并忘主奴之名分者，何前倨而後恭也。至秋紋謂哄寶玉，亦尚言不盡意。蓋因日前來瀟湘館請寶玉時，紫鵑奚落其想久，茲故借一大題目哄玉，即以誑人，一以掩儕輩之招呼，一以奪主人之留戀。此其罔識忌諱，更甚於獃大爺之忘情也。况且甫說打誑語有如三寶，而轉瞬即來一撒謊之秋紋，則寶玉平素既縱容其人，臨時又不復禁飭，直與自己犯戒等。

寶玉因匿情角氣

寶玉因匿情角氣，謝過瀟湘，愧悔涕零，將以袖拭黛玉，惜其新衫，擲以舊帕，有澣衣之雅意，無感帨之幽懷。乃眼中照拂，殊異乎紅袖情濃，未浸秋波於藕合；而意外飄摇，有似乎青衫該濕，旋淋夏雨於薔邊。未知是物之數有定，未知是人之形神無定。他如漁燈夜送，雲情注蓑笠之膏痕；鮫帕暮貽，雨淚灑紗紈之血漬。樂酒梨香之夕，兜整筍尖兮篷寒猩色；咏詩蘆雪之天，觴緣梅進兮氅冷鶴魂。則又見托物流連，消息皆在人，而人之情有定，而物之因緣更無定。

劉老老櫳翠飲茶

劉老老櫳翠飲茶，檻外人嫌其口臭，腌臢了一杯，不可水洗，寶玉即能知之；怡紅卧酒屋裏，人聞其屁臭，腌臢了一榻，尚可香薰，寶玉終不知也。黛玉續寶玉禪語云：無立足境，方是乾净。兹當日無目擊處，方是乾净。諺有之：眼不見爲净。亦此意也。

尤三姐分辯寶玉不糊塗

尤三姐分辯寶玉不糊塗，因述東府之喪，和尚進來繞棺，姊妹在側，寶玉以身當其前，既而悄語參立緣故，實因和尚腌臢，恐致氣味所薰起見，此三姐於注意湘蓮而外，又留神寶玉之一徵也。特是寶玉終爲和尚者也，暂作和尚，有如三寶，已非一遭，想其設心對人，無非是同歸清净之意，乃膜視和尚，拘泥形迹，差池臭味，儻能設身處地，得無有自慚形穢之心，何潔己而不使人進若此，豈過去未來之和尚必不同於現在之僧衆耶？故謂寶玉之不糊塗，尤三姐之糊塗也，卒無解於寶玉之糊塗也，且以其糊塗使人糊塗。尚不止此，厥後湘蓮來訪，其笑答也，一則曰你只要絶色，再則曰你何必疑惑。已顯有褒中寓貶，瑕外取瑜之意。及追究來歷，復直言不諱曰：我曾和混，猶言可混人也。又反言以嘉曰：他本姓尤，所謂真尤物也。不但唐突閨閣，忍於犯誡，其極意批評，嬉笑輕薄，若其人之名節可污亦從而污者，似又於三姐之小事大事皆不糊塗矣。然則三姐姻事之可諧可悔，湘蓮於此亦皆不糊塗矣。卒使魚水之濃歡，得之友朋者，而失之伉儷；石獅之清議，不棄親戚者，而不取弟昆。是則三姐之死也，非見殺於湘蓮之寶劍，實見殺於寶玉之舌鋒。然而三姐能一死以自明白，且使湘蓮能明白其非尤物，亦并非糊塗人也。彼寶玉以一二不明白之言，死三姐，亡二郎，非濁物之尤與？故曰卒無解於寶玉之糊塗也，尤三姐之糊塗也。惜哉一死，其糊塗在不盡知人！幸哉一死，其不糊塗又無不可人知！

傻大舅賭興酒力

傻大舅賭興酒力，何足鄙薄，但所言邢家家財邢夫人皆帶來賈府一番無賴語，不止賈珍恥其妄，即薛蟠等亦笑其急也。試觀邢忠夫婦無所歸之景况，知邢氏家風類皆寒素矣，其言無稽，有不待辯而明者，吾因之有感矣。林氏四代列侯，單傳至海，席豐履厚，而更惜福，如海雖出身科甲，而任居鹽課，秩美缺優，眷累又少，乃一朝捐館，宦囊世澤，如洗如斬，一切身後事宜以及歸葬，皆賈璉一人經理，無他親族可知矣。比弱女再依外氏，所攜來者惟一嫗一婢、琴書等物而已，豈此外遂同歸於盡乎？抑豈姬妾家奴盡席捲而去乎？何冰銷瓦解若是哉！此其可疑可嘆，人有同心，殊異乎邢德全亡而爲有之訛言也。當鳳姐以吃茶爲婦戲謔黛玉時，而言及家當配得上，疑鳳姐心中必有確知其富有之處，故曰配也。或抄去七八萬金，私蓄中有林家故物耶？是則無家無業之苦狀，傻大舅可憐之極，未若癡顰兒不幸之甚也已，噫！

探春帳上

探春帳上，板兒指說之螞蚱，想見綉手之工於繪物；李紈室中，鞶兒形容之蝗蟲，想見綉口之工於繪物以繪人。螞蚱、蝗蟲類也，與人無與也，惟人自取耳。在板兒感物而動，夫豈同蝀指不删詩；及鞶兒因人而施，適以供蛾眉之刻畫。故劉老老不能逃形於黛玉之口者，或報其蠢然亂打板兒之巴掌與？何物老嫗，如彼飛蟲，即此已可概見。

黛玉病久

黛玉病久，寶姑娘潛送燕窩，固是多情；黛玉病危，平姑娘權借雁婢，更是多情。燕窩雖珍物乎，不足稱；雁婢雖蠢物乎，不足責。而多兩姑娘之多情也，而不加少於林姑娘之多病也。然而林姑娘之多命薄也，有由來矣。蓋其一生之多病，患在病心，尤多於病體，而其多病之萬難，誤在多情，更病於多心。何則？多心則多疑，多心則多忌。乃觀姑娘於斥戲言，有吃茶爲婦之羞而不疑；於聞愛語，有諼草得親之願而更不疑。於金鎖因緣，而獨感人爲知己而不忌；於寶琴有寵，而相期我亦憐卿而又不忌。不多疑、不多忌是不多心也，不多心而多病，是多病由於多情也。而不見乎鮫綃灑淚之餘，儀痛芙蓉，篇首象籤，清愁何切，神疲芍藥，枕頭多情之不能恝於物事者，皆多病之蠱也。又不見乎慧鵑終身之代計，明叱之而竊嘆其忠，猷雁過耳之傳聞，暗聽之而洞鑒其信，多情之不禁惑於人言者，皆多病之媒也。且也，戲一班而玩物滿船，則芃枝之童子稚氣未除；藺雙朵而花妖兩茁，則草木之蒙生芳心有幾。乃子虛之形色，遂動實意之纏綿，則又賊其情者之多也。而多病由人亦由己也矣。且也，庸夫婢媵，奴顏思媚其婦，豈假心癡，反欲鏡分賢人。妾貞君義，相敬如賓，豈通夢寐而還須刀剖，乃辛苦之神魂，竟歸幻形之束縛，則又魔若情者之多也。而多病又在此不在彼也矣。然而平姑娘之多能，亦不僅情掩蝦鬚鐲之一事，寶姑娘含情不露，其始終用情於寶玉之處益復多多。故『任道無情亦動人』，籤詞得之，尤覺黯然銷魂，顧有慇懃無憔悴，究不與林姑娘同病相憐者，何哉？蓋其少小零丁，潦倒就居，既未能序天倫之樂事，又復徒嘆賞知音於往古，以爲得一同情，可以無憾，非必迫於私也相感，而天地萬物之情可見此耳。乃落落相違，熒熒在疚，頓以慨慨無聊之一病，若隱錮一己萬不得已之苦情。情也，即病也，多乎哉危矣，其能久乎，其能久乎！嗚呼，林姑娘已矣！今者讀其書，矜其行，諒其心，悲其遇，天下有情者病之而又多之矣。

黛玉閲寶釵顏料單

黛玉閲寶釵顏料單而戲言開上嫁妝，寶釵聽黛玉心思話而戲言費副嫁妝，戲言雖同，而用意有别也。何則？其在寶釵樂意相關，喜逢雅事，載笑載言；黛玉即凑趣謔之，無損象牙，而在黛玉愁懷莫白，幸遇知音，如泣如訴，寶釵乃忍心謔之，何殊虎視？况且玉如雙合，嫁妝何事費多？而寶即兩全，嫁妝亦須開上。是知寶釵排解黛玉之話，盡是排擠之意；黛玉取笑寶釵之語，盡是取憎之道也已。當寶玉病痊也，指書閣上自行船，道是來接林妹妹者，取而藏之於寢枕間乃已。既而寶玉病起，午倦散步，湘雲因指種蓮池内所駕船是來接林姑娘，則云快打出那船去。厥後寶玉生辰，夜宴成趣，湘雲因指雕花閣上自行船，又復向林姑娘則云快坐上那船去。其用筆却如《會真記》張生自背履歷，其用意恰如補餘音。及觀凸碧賞月，佳節秋逢，黛玉傷悲，湘雲留心，依依勸慰，感而成興，聯句縱談，湘雲臨流興嘆，繫念乘船，幽賞抒懷，兩相辯難，且見景生情，擅長笑傲如湘雲，乃往事重題，午步夜宴猶昨，而實未忍以前謔戲之，以視乎寶釵之謔，黛玉豈非事有同情而心有異趣耶？我感湘雲，我病瀟湘矣。

紅玉避諱一説

紅玉避諱一説，大不可解。玉釧不諱，或以事於親故，而春纖、春燕不諱，寶官、玉官不諱，且寶玉名字抄寫張貼，故令街巷傳呼，豈尚有偏諱之理？小紅何畏忌若此？至寶玉病起，賞亦弗及，佳蕙謂他人得賞是占父母體面，尤屬妄言。賈府世僕，賴、林最豪。觀其後，探春協理家事，興利治園，自述與賴家女兒閒談，略分推恩，之孝之女，亦且可免差使，再賈環等聚黨承家夜局混鬧，賴、林子弟并駕齊驅，未嘗上下其手，何獨林家丫頭如此淹没也？此指桑説槐耳，與婉嫿將軍同一寓意。

黛玉説酒令時

黛玉説酒令時，所引《西厢記》、《牡丹亭》二語，一從沁芳橋石上誤看來的，一從梨香院墻外偶聽來的，此即慎密不出，雜覽已非，而感觸無端，縱言奚可，然是感慨心，非纏綿意也。彼見賈府芳園歡會，樂序天倫，枕霞蘅蕪，又位在己上，人以客禮相酬，己則籬下寄生，煢煢孑立，《牡丹亭》語心寫久已。至所道《會真記》，尤不可以辭害意。蓋因賈母清晨到館，令易窗紗，未免一番感激，更有幾番感嘆，《静女》三章取彤管，紅娘一語取紗窗，興之所至，原無古人，非留心濃詞艷句可比也。乃因寶丫頭一番刻責，俾黛玉之心已無以自白。閲者又烏可惑其説而亦遂不諒黛玉之心哉！故標目大書曰蘭言，猶言花言也，反言以嘉之，留待知言者之真鑒耳。

黛玉因寶釵贈來土儀

黛玉因寶釵贈來土儀，想到離鄉孤苦，并想到家鄉今昔一切情景，觸物傷懷，寶玉、紫鵑加意勸解，不得已强自排遣，與寶玉偕往蘅蕪院，冀得再聞南邊一二古迹，不啻親見本地風光也。蓋從故鄉來，知故鄉事，今日所以探聞古迹者，實黛玉無聊之苦憶也。而寶玉之關情切矣，乃自林子洞説耗子精，前年已有創聞古典在，又寶玉無賴之奇想也，而黛玉之悶懷積矣。已矣乎，古人已空，古迹既没，家寒故物，惟有短琴，室冷仙圖，無非蕭瑟。寄籬下而有故園心，家欲還兮憑蝶夢；蓋棺間而乃正邱首，儂誰葬兮任鸚呼。要之古今來一切風土人情，一如雪泥鴻爪，終不過同歸乾净而已，豈獨黛玉一身寂寂焉而没哉！然而故士之思，生前既鬱結矣；然而新儀之憾，死後且纏綿矣。

黛玉葬花

黛玉葬花，乃幽情獨絶；黛玉葬花之詩，乃芳心自警。黛玉葬花有詩，復有鸚哥誦葬花之詩，乃哀艷動乎物性。黛玉有鸚哥誦葬花之詩，復有葬詩魂之詩，乃奇想開而天驚。洎乎焚稿移爐，詩竟歸於火葬；招魂撫柩，玉徒慟夫香埋。鸚化軒傾，花空冢没，冷月孤懸，棲迷鬼哭，湘雲寡去，黯抱狐悲，有似乎黛玉之葬送自己者，豈盡天之將人葬送哉！然而黛玉亦殊屬花中之有心力人矣，然而黛玉又徒爲花中之有心力人矣。何則？花不知自哀，而黛玉哀而葬之；既葬而有餘哀，哀之以詩，詩花哀者，亦即自哀。故其詩語哀而并使鳥誦之，又其詩魂哀而復使月葬之，於是乎玉與花同歸，黯然銷魂而已矣。嗟嗟，憶花之生，天養地榮。覩花之盛，芳世照人。花有豐姿，萬千春色；花有消息，廿四番風；花有夙根，佛拈天散；花有際會，文囿堯階。雨珠露玉，滋長當新；天孫月姊，培植交深。爰有佳士，窗前美人。廊外鋤月自種，冒雨獨尋，松菊三徑，桃李一園，四壁生香，莫非金谷，一籬出色，豈必瑶池。至若愛花醒眼，惜花醉心。欲花潤色，瓶水灌之；願花涵馨，幡日護之；晝喜花嬌，銜杯賞之；夜愁花寂，秉燭光之。襲花暖氣，臭味同之；沁花寒香，肺腑藏之。况復屈指花朝，關心花事，綺檻流連，錦屏供奉。盆開碾玉，瓶列聯珠。翡翠盤裏，瑪瑙碟中。籃攢柳葉，新彩紛披；鏡閃菱花，崇光掩映。一任紅塵網裏落溷沾茵，幾見黃土隴中埋香葬玉。惟黛玉前身仙草，俯首皇英，花香徹骨，花意凝神，花殘有恨，花落無言，醫花鮮藥，薦花生芻，管領憑神，駐顏無法，罄心獻佛，拈笑何靈，朝披夕謝，春萎秋零，長榮幾日，新蔭稽時。時則鵑啼枝靜，蜂醉叢空，金莖珊樹，古木成墟，玉葉瓊英，仙香分界，絹袋爲衾，帚義作罷，鮫綃當紼，塵拂并鋤，寬除蚓壤，厚築燕泥，磚影殘紅，鶯喉撩亂，石陰凉翠，馬鬣模糊。伊誰送葬，女桑人柳；伊誰會葬，菊客蘭友。雖無厚具，桂金蘿翠，又何殉之，荷錢及珠；雖無明器，蒲劍荇帶，又何賻之，松蓋及釵。其儀維何，桐魚蕉鹿；其物維何，艾虎華獅。故雖含愁無力，不憚拮据；縱使節慟爲心，更懷悱惻。想其蛟睫足容，鴻毛身體，窟逐藏狸，埡來鳴鸛，環帶泉香，休疑渴葬，珍羅壤奠，莫慮塵封。冰心詩句，血灑壺中；水面文章，淚流碑下。苓霜楓露，一滴皆馨；湘竹山梅，雙輝不朽。新茵綴錦，古豈厚薪；宿草芊綿，今還貽谷。而其沁芳來脈，風水良佳；寒食銷魂，雨天宜養。步苔嗟悼，倚竹評量。漫比藍田，洞天蘊秀；迷離青冢，泉壤流芳。粉壁蝸涎，韓陵片石；雕欄鱗次，函谷丸泥。墓非木拱，軟土餘香；堂不草除，少陵先浣。徒教媧土宇中，有生結果可想；仙源世外，不滅精華。彼夫六出天葩，思飛驢背；百芳古木，神注蜂腰。江家伏枕，夢筆何年；嶼畔安床，讀書竟日。白紙杏神，紅縑棠怪。芳社人吟，香邱誰挽？土潤饅頭，句添囊錦；石流芳髓，詞浹籠紗。玉顏寂寞，誄繼柳風；珠淚沾濡，歌逾《薤露》。而且心驚駒隙，爪記鴻泥，瞋看紫燕，吊謝青蠅，部置蜂窩，封藏蟻穴。橋側鴛鴦，飛鳴罷戲；館前鸚鵡，歌笑能言。大羅天上，霓羽難班；長生殿中，雪衣堪埒。由是桃腮凝涕，芙面含顰。蕊宮新調，桂窟前緣。匿彩韜光，泥涂辱志。薰香摘艷，邱壑開胸。天涯落魄，雅譜群芳；澤畔行吟，騷經散藻。咏凉詩就，雲友同仙；耐冷圖留，月娥有伴。鶴夢驚飛，心空潭影；蟾光墜落，道破天機。嗟嗟，華軒寥落，蓬顆依稀。星夕霜朝，花中日短；樹雲蒹水，林下風沉。莫道色色皆空，凋零百卉；須知聲聲俱澈，翰染萬香。不然，夫豈獨玉與花同歸，黯然銷魂而已哉！

顰卿痛耶

顰卿痛耶？眼腫如桃實。顰卿病耶？腮頬如桃花。《桃花行》，顰卿首唱耶？桃花社顰卿重建耶？霞影窗前，水晶簾下，顰卿桃源耶？斯即賦桃夭，歌華灼，縱艷奪桃葉桃根，已難如天台生色。奈何去年今日，人面淹留；亂雨軟風，花心落寞。東風未嫁，春笑杳然，竟與説桃花帶雨濃者，一樣桃僵，一同花葬也耶！至如武陵別境，花籤掣出，依舊桃花而不能終追花主歡者，得毋自愧婢學夫人與？又烏知彼桃花夫人，尚遠遜夫芙蓉女兒之孤芳絶代，而何敢望承林下風乎？天上碧桃，世外仙葩，顰卿非耶？顰卿非耶？

寶釵籠串

寶釵籠串，本因同賞而含羞；黛玉抛巾，更爲借觀而滋妬。不知今日自己假説一獃雁，以警寶玉，已伏執手偕老之機；後日自己真有一獃雁，以誑寶玉，終成充耳俟堂之局。要之，麝串之雙頒有意，是此物波及雁行；鮫綃之一擲何心，爲他人兆成雁彩。此以見半絲半縷，皆有前因；而一話一言，莫非先兆也已。

遠莽玉

遠莽玉，親癡顰，寶釵之所以不見輕薄也。不知其避嫌足以服衆，而懷寶之心更精，藏奸反可欺人，而弄玉之術尤巧。觀其素惡薰香，識金鎖時所自道，而喜寵元妃之麝串，非因與并得香羅者同賞哉！抑其素愛贈藥，醫棒瘡事有明徵，乃私送黛玉惟燕窩，豈能與自檢藥方者同情哉！此其金玉之緣，隱衷深結，而金蘭之契，私念潛移，有甚明者，未見其厚重和平也。蓋欲結寶玉，心捨黛玉，無先容地，而姑裹黛玉腹，或寶玉然後閒入，非然者，有薛蟠所製之靈藥，係寶玉所傳之良方，黛玉宜服，鳳姐證明非冷香丸比，而視若獨秘之奇。乃僅僅以燕窩示惠者，豈非與以麝串紀恩同一籠絡之意，而非真有愛顰之心哉？黛玉嘗謂『寶玉見了姐姐，忘了妹妹』，不道寶釵想得弟弟，哄得妹妹。然當其醋勸哥哥，竟謂之留心；寶玉勞日子一番忿話，一時快論。知妹莫若兄，寶釵竟哄不了哥哥也。

寶釵以顰兒母蝗蟲三字

寶釵以顰兒『母蝗蟲』三字爲形容盡致，極意評解，若惟恐人不覺，其舌鋒利者，明譽暗毁，亦已太甚。當劉老老説酒令時，『毛毛蟲』一語，雖非見身説法，但本色告人，未免自鳴得意。而衆人亦即曄然歸美，是明明有唧唧蟲聲矣。至其食量如牛，抑且人云亦云，則顰兒蝗嚼之妙喻，與夫獸舞之戲言，感物而動，不嫌口孽也。《詩》曰『善戲謔兮，不爲虐兮』，顰兒有焉，故標目大書曰雅謔，有以哉。嘗謂可意之詼諧，皆成妙趣，不情之贊誦，反勝惡聲，一喻何關損益？即列之蠶葉蜂花，不過興致同人知魚樂一言，總屬解頤，遽奉若龍雕虎綉，豈遂頌揚盡彼，美燕譽甚矣！夫寶釵之評，雅謔也。若愛之深者，愛謔乎，愛玉乎，抑愛評乎？其津津樂道者，無非虛比浮詞，故即其僞爲藻飾，反逞揶揄，可決其謬托蘭言，暗行娼嫉矣。前倨後恭，何殊乎虎頭蛇尾，而匿虺毒如豹變，腥其聞者文其貌，小褒大貶，何解乎狗口象牙，而雜犬吠於鷄鳴，盗其名者雄其聲。夫不見乎《書》紀華蟲繼山龍而成章，《詩》咏草蟲并阜螽以應節。飛起而間蠅聲，同入賢妃之夜夢；鳴來而嗣雷震，特分皞帝之秋司。如彼飛蟲，乃如之人也，谷之飛爲蟲，稚之害先螟。螽斯比喻，歌來尚多，宜爾蟊賊，咸知務去。不緩及其民，天毋擾感；食德於唐君，吾境偶安。志衣言於漢宰，誠如是也。則言之者既罕譬而喻，即聞之者可一詞莫贊。載好其音者，任慰其心，當亦不失爲雅量，抑且不失爲賞音也。奈何衆人相悦以解者忘言，而寶釵極意加評者，竟不憚煩也耶？且其意不在評，當玉之酒令失辭也，身爲閨秀，乃言所不宜知而罔知，誤矣；而釵之巧令以審也，心儀壺範，顧知爲不當言而敢言，誣矣。釵於是亦自悟矣，欲慰其癡，非善其謔不可，不可不彌縫已，責備之誣，不能不粉飾於稱揚之美，則更詐且奸矣。評云乎哉，蓋嘗思之其在玉也，深藏其吐鳳之才，偶試其雕蟲之技，興之所至，無人何有物。而在釵也，縱然實有生蓮之舌，亦當虛有師竹之心，樂不可極，捨己以從人。是雅謔可無取夫評也。試更譬之，螢光微照，僅止自明，蜃氣空浮，奚能他耀。波間鳧藻，餘潤幾多，籬下蝶花，分香絶少。是評無所加於雅謔也。況乎蝙蝠精大成仙，蛤蚌腹中有佛。莊生蝴蝶之夢，乃見其妻；尼聖螗蛄之歌，曾嗟彼婦。斯又評之而名言莫罄者也。抑爲牛爲馬，有呼可以即小喻大；如蜩如螗，曾咏不須校短量長。言觀鸚鵡，齒唇類鷄犬皆仙；領比蝤蠐，眉首間螓蛾并美。斯又評之而匪夷所思者也。而且芥爲舟兮濟蟻，李在井兮餉螬。等閒刻畫，若欲新開葩部於斯螽；列入卷圖，如依舊變桑田於者蠋。非媿鑄鼎以象物，力莫能扛；漫誇攘臂而獲蟲，似補繪圖。於豳人歌無不類，早識介眉而稱兕，是評者不可知之雅意，未必盡謔者共賞之雅趣也。乃更即其評之無謂，而并異其評之不情。從來美譽失和平，諧於聲者誣於意，謬獎成頌禱，溢於辭者薄於衷，巧如簧弄人。笑比之鶯矣，乃長其舌者，更如梟鴟之爲厲難防也，佯爲機投友聲，遜於鳥矣。乃藏其心者，更如虺蜴之有毒莫測也。是則名美之而實詆之，其評之飾辭，而陽善之即陰賊之，其評之注意也。故其爲人也，雖素以平和厚重稱，而察其隱衷，則無非矯飾一身，以爲周旋於人之秘訣，以象恭飾其容體，以雅馴飾其言辭，以燕婉委蛇飾其語默，舉止求如鳲鳩之儀，一心結未之或有，所以語語當往來有禮，乃碩大其言，惟蛇蛇而念念，則頡頏有心，亦下上其音如燕燕。則其評又可不待辨而明矣。且夫麝串之争寵，竊喜鴻鸞光合；牛黄之代購，私幸狼狽情同。凡百言行，背憎則爲蜮之傷人，面諛亦如狐之媚世，蠱惑蠅營，蜂蠆有毒，曷可勝道。而其尤甚者，則莫如金蟬脱殼一事。已則恐反噬，生心如率兕獨出於匣虎，人則欲深銜，結怨不顧鴻代離於網魚。是寶釵之於黛玉，無處不外見者蟻慕，而無時不中懷者鳩毒也。所謂處心積慮而成於殺也，其所由來者漸矣。故人見爲愛，我見爲忍；人見爲恩，我見爲仇；人見爲和，我見爲逼；人見爲契，我見爲難。而評其小焉者也，謂非肆揶揄於藻飾，不益見竭媢嫉於蘭言也乎？更觀寶琴燈謎懷古詩，釵仍以蒲東寺一二首爲不典雅，打草驚蛇，既爲乃妹斡旋，亦即機帶雙敲，有手弦目鴻之意。而稻香老農辯白之下，復以閲淫書亂意爲炯戒，又恰合指《西厢》、《牡丹亭》兩種，誠恐寶釵愚人以詐，既以黠弱女之癡，冒蘭言而訐私爲智，更以觸衆人之訾，恣花笑也，似較此日之評，尤在人意料中，安能以情理外事爲釵諱者，遂疑釵必當爲黛玉諱也。果爾，則不善其評，非一隅之説矣。

寶玉苦被賈政笞撻

寶玉苦被賈政笞撻，寶釵看見不待言棒瘡藥，却是寶兒自己想起來拿，又親教襲人調敷的。賈璉痛被賈赦梃撻，寶釵聽見不理論棒瘡藥，却是平兒自己聽説來要，方纔命鶯兒取給的。寶釵不多事，不料他自家處事竟未能一律安詳；寶釵最細心，即謂爲乃堂操心，亦未能十分周到。

寶玉不在家何不忘

寶玉不在家何不忘，乃寶釵煩襲人打結子，是不得見玉者思見倚玉之人爲快也，顯有深相固結之心。寶玉之玉與自家何相干，乃寶釵教鶯兒打絡子，是其甚愛玉者，珍愛佩玉之人倍摯也。明是宛轉籠絡之意，此黛玉鬱結之心病所以日深，雖丹傳活絡而莫治矣。亦惟寶釵巴結之心機，更自日密暗行，其牽引之工，掩飾其彌縫之苦，又有絡繹不已者矣。迨至同心一結，纓絡齊眉，寶氣照人，玉顔對我，其非寶玉之玉不寶者，亦何非寶玉之寶而不并寶也哉？顧結心心兮相印，絡脈脈兮貫通，曾幾何時，而皆歸無何有之鄉矣。且更有相提而論罕譬而喻者焉。寶有萬而玉無雙，純雜分呈矣；寶天成而玉人琢，華實并茂焉。一如明蟾輝映，動魄而含寶光；一似化燕神飛，流形而照釵影。結網非漁婆所羡，璜嘗釣自直鈎；絡絲乃蠶妾所聞，機欲支夫頑石。然則玉高潔而不事深藏乎？然則寶久炫而徒事永懷乎？然則玉自玉而玉局易終乎？然則寶其寶而寶藏易盡乎？

紅樓夢偶説　下卷

嘗謂紅樓之人不一

嘗謂《紅樓》之人不一，要皆夢中人也，而無人不是夢者，又無人可有夢。有夢不一境也，佳夢罕，惡夢恒多。惡夢非一人也，黛玉難，妙玉尤劇之。雙玉者，踽踽兮獨行，煢煢兮孑立，縱使夢遠還家，已魂斷於無何有鄉裏，而孤月吊形；嶢嶢者易缺，皎皎者易污，徒教夢中結局，遂冤沈於没奈何天邊，而魔星照命。且夫黛玉籬下寄生，流離已徵薄命，爾乃因緣顛倒，無所歸之，窮愁常煩瘖寐。故其有夢也，非止積憶之勞神，實乃終身之深憾也。第想其生平落魄丕極，應不失來泰之常；可天台豈陷入地獄，可宜室胡變爲冤家。苟破昏昏之情思，則同夢或咏甘心，乃無端睡若非鄉，眠若無地，不啻夢花成冢，葬送於黄土隴中矣。吁嗟乎，夢餘既有業障，夢久更有迷途，夢幻既無完場，夢險更無别路，黛玉之惡夢有如此者！且夫妙玉檻外養性，憧擾詎入清心，爾乃空色乘除，何處來之隱識，頓耗精神，故其有夢也，非止冶容之誨淫，實亦乖氣之致戾也。第想其孤僻中懷，困處自可得居恒之順。有護法，豈慈悲莫救；有修行，庶功德無量。苟開昧昧以靈明，則清夢何傷道味。乃無端衾若欺影，枕若離魂，不啻夢梅浮山荒穢於白雲天外矣。吁嗟乎，夢有真覺悟，而魔障若蔽前；夢有静工夫，而蝥賊若訌内。夢無常不變，而甜鄉有孔甘，夢無奇不窮，而苦海有餘孽，妙玉之惡夢有如此者。是故元春之盡也，大夢同歸；熙鳳之衰也，舊夢反續；乃愈嘆人事在夢幻之中，浮生忽忽擾攘間，總屬渺茫。夢境出人情之外，魔劫層層，混沌裏别有崄巇，則又不止《紅樓夢》中人所獨患也已。覆鹿何有，化蝶依然，矧惡夢乎哉？噫！

雉時哉

雉時哉，悦聖性；鳶天也，察道心。故古有好鶴或子之，亦有談鷄如友之。是故林黛玉之有鸚鵡也，樂彼之園好鳥，惟林所惜。有名鸚哥之婢，側身於猷雁慧鵑而人無可見，抑思誰實鸚哥之主，出色於瞋鶯叱燕，乃鳥若有知。《禮》有之，鸚鵡能言。唐人詩曰『鸚鵡前頭不敢言』，不敢言而能言。鳥能言情於歌，人能言情於詩，此『儂今葬花人笑癡，他年葬儂知是誰』詩之所以喃喃有誦也。顧心聲感動，既能言主人所雅言，而且誦人所贊詩，豈舌慧調成，不能言古人之傳言，因難誦主所讀書。然而黛玉有『情思睡昏昏』之嘆詞矣，非讀書樂陶陶之佳趣也，抑且芳心自警，而非可與人言也。又非樂意相關而不可爲外人道也，豈伴人愁之鳴鳥不聞與？何以習矣，能言如鸚鵡，而未嘗人云亦云耶？若與人相忘，若爲主獨諱，鳴猶求友聲，《詩》雅有比矣。言能知人意，《禮》惜不離矣。試觀白浮綺席，令遞行焉，紅報紗窗，言偶及焉，無心一玷也，未驚四筵也，而不意聲入心通之。獨有寶釵也，聽傾焉，思存焉，審問而暢所欲言焉，訐人爲智，愚人以詐。《詩》有之：『婦有長舌，爲梟爲鴟。』寶釵之謂與？黛玉雖可欺也，當亦鸚哥聞之而駭然者乎！君子人與其欲逐逐相彼鳥矣，如曰譆譆獨異乎人，以玉環比寶釵，而未聞以楊貴妃之雪衣女比瀟湘妃子之鸚哥，但鸚哥之有善誦無機心，迥非戲彩蝶之肥釵所能相頡頏，一任彼蛾眉不肯讓人與？夫鳳頭能話夸鵠，而主人有言，則芳草一洲自能言；亦飛鳥遺音，而名花四壁此知音。噫嘻，可以人而不如鳥乎！

寶玉生辰

寶玉生辰，探春數説府中人生日，謂『過了燈節，就是老太太和寶姐姐娘兒兩遇的巧』。意以爲辰逢正月，繼元旦而福大者與？又謂『太太是三月初三日，恰值蟠桃會期』。蓋言壽徵也。乃賈母八旬大慶，竟是八月初三日，朝廷賞壽，舉朝祝壽，非必特另擇吉也。特另擇吉，似當以慶日之始，計期七月二十八日爲壽日也可，何實指爲八月初三日？故當臨場用功冥壽大書詳明，則質諸期近元宵，已是春秋之屢易矣。寶釵自來榮府，初次生辰，問年則十有五，計日則二十一，老太太歡喜之，爲擺戲酒，時寶玉因比說小優貌似黛玉，有意調停其間，反招史、林同嗔。湘雲怒斥，襲人勸導，皆有大正月之語，似與探說相符。然觀鳳姐預期與賈璉商酌，乃在巧姐出花十二日，甫過時候，方大夫診知花喜，雖無時日，再稽實維元宵省親後事。計自隔房至移回卧室，又復半月光景，是月令已出新正，此又書言月日自相矛盾處也。觀其後再慶蘅蕪，寶玉有感出席，意欲涉園，園門老嬤適坐待，傳用園果，物候天時，亦非早春光景。再詩社久停，桃花重建，約會三月初二日，瀟湘館雅集，旋以探春生日改期初五，但探春當日數說壽辰時，既未稱與壽母同生，即生日近叨壽萱光蔭，亦應有慶幸語言，且以玉堂尊榮而論，王夫人亦老壽星之亞也，明明華誕，既距邀社之時非遠，雖不必與瑶池宴期不爽，亦將族親來祝以介眉，鴻儀星聚，子女承歡而繞膝，燕喜日增，縱使騷壇樹幟，欲聯風雅以怡情，夫豈燕寢稱觴，忘序天倫之樂事。壽考不忘，萬無忽略，如此情理，何以僅稱『這兩日忘了』？是探春生日，而瀟灑林下風，竟無一語道及王夫人之榮禧也耶？倘所謂傳聞異辭與？

瀟湘惡夢驚回

瀟湘惡夢驚回，咳吐痰血，病息懨懨，探春、湘雲聞之急來問視，意良厚也。乃無端怒罵『直到門前，園中混攪』一語，適聞於夢餘驚痛未定之時，疾呼遽指，黛玉遂不禁多心也。探春會意出户，彈壓而叱退之，人又安慰一番，乃脱然曰：『他是罵他的外孫女兒。』豈遂與黛玉地步不相干乎？豈遂與黛玉境遇身分不相形乎？既欲破其疑，何忍觸其感？即或據老嫗直言，亦當代爲剖辯，實是恐人在這裏鬧，所以駡，不當自認聽見，反似許他在這裏駡甚麽人。語病未免太多，真令人不敢尋思，瀟湘之心病滋甚矣。敢如探春而易其言也如此，奈何尚責湘雲冒失哉！

粤稽蘭母

粤稽蘭母氏李名紈，宫裁爲字，稻香老農爲别篆。是其稱名也，取義於織縑素同工，敢女紅之未課。抑其自號也，留意於耕稼穡爲寶，知婦饁之辛勤。觀其竹籬茅舍自甘心，聽機絲兮聲碎，稻隴杏村雖佳趣，念盤粒之苦長。情縈風雅，庶結爲龍女之朋儕；教沛詩書，如培及豳人之公子。非矜織錦之才，不改耕心之樂。則又寄懷耕織者其名，而嫻閨訓以誦讀傳家者，乃其實也。以故緬鴿歌而襁褓撫孤，綿燕翼而鞢觿誡子。補鯉庭以詩社，裁成小子之章；辟蟾窟以經畬，續入長庚之夢。夫豈特賦《蟋蟀》節儉可風，戲早停乎促織；誦《鴟鴞》綢繆未雨，勤更奮於催耕也哉！洎乎蘭英香國，或夸來綉虎才華；藍種玉田，有呼起耕龍氣概。初觀場而釋褐，身衣感慈字手裁；未有室而彈冠，心錦幸文田足用。豈是槎乘牛斗，支機之石曾攜；依然駕并羊車，及第之花早植。宜其萱堂承北闕之恩，蘭陔獻南山之壽也夫！

惜春誓死修行

惜春誓死修行，自是一種孤僻脾氣。但一切辨是非、不戀火坑等辭，皆見道語，閱歷何其深，醒悟何其早也！豈勘破三春册詞，數歸注定，遂不覺警駒隙，覺蝶夢，冥冥有牖其衷於天真未漓之時者與！蓋因乃父晚年好道，凛質生初，使非衣鉢秘受真傳，安在白玉堂之紅妝，突爾披緇因緣，一旦好春甘遜燈青，亦若有籙遥授者哉！王夫人謂有夙根，確是有來歷語。接因果於先天，難移本性；耐繁華於前日，莫繫芳情。指迷局而機關道破，早想到來去分明；拗敵堂而鐵石心剛，真看得死生透徹。以故劫遭櫳翠，不肯回頭，而惠贈宫花，已思削髮。所可惜者，其視暖香塢也如蘭若，其視彙若園也如萍水，不如海棠社。其視綉户侯門也，如塵網，又如浮雲幻境。其目無俗艷，心有清香也，取法乎古，獨傍我佛，而其不薄視乎今人也，目擊道存。親則意許人佛門之富貴閒人，疏則檻外人以外廣有水月散花，長齋綉佛前之諸女尼談經説法，故其侍王母如壽佛，亦恭敬，亦虔誠，亦靈慧。於功德無量見佛之大，於歡喜有心見佛之真，顧寫經則有如三寶之信心，而繪畫非不染一塵之善事。夫固有不待蓮臺下，而心如明鏡者矣。斯蓋其於雁行又一弱也，其爲蟻慕或多偏焉。側聞元春以賢德貴妃，尊若天上仙人，而享人間隆福，乃承聖眷，抱佛心，方將歸覲庭闈，而寶靈展拜。比幸大觀園，乃謁正殿，乃題匾額，猶復拳拳焉繫念夫苦海慈航，而旋又紀仙源於世外。然後知春庇三十六宫元氣，長養乎三千世界者，不僅清虚之醮事遠出於尋常萬萬也。是鳳藻宫即龍華會，故謂之佛天常照也，可即謂之壽星常見也，亦可將母同月宮仙姊，皆爲惜春所望下風而承餘光者乎？ 說者又謂天下女士，幸如仙子臨凡，當寸陰是鏡，思有所以不虛負此長春者，固別有群釵智慧，不盡在禮佛爲尼，凡閨中善知識，無或如惜春之可惜也，斯可已。

抄檢大觀園

抄檢大觀園，熙鳳亦知其非是，慮其不雅，意謂整肅之不必張揚。 探春能見其大，直訏爲不祥，意謂嚴正之不可輕舉，所以緘口從事，不過畏忌其姑，而挺身拒查，直是幾諫其母。 其後弄假成真，熙鳳先遭其禍，而見微知著，探春未受其驚，乃知不忍其親之一心不容没也。 何則？ 假使鳳姐於未經查檢時婉辭勸阻，王善保家之說未必即行；且即不行，其說必能有術以釋其猜，而更陳一嚴密稽查之法，以仰邀王夫人之信從，亦萬不致貽遇事搜求者以姑息養奸之誚。 試觀平兒失落蝦鬚鐲，鳳姐才變得宜，機智無失，其持家非無過人者，乃計不出此，而取容塞責，苟且奉行，所謂總理家事者，方問心不過而指臂之效焉收，深負重慈信任如此，卒致物腐蟲生，身亡家敗，未嘗不嘆其亂階於相忍之一念也。 至入畫之收藏，司棋之表記，抄檢出來者，恰是赦老、珍爺之人物，異日查封兩處之兆，亦自顯然。

從來家事之治

從來家事之治，吉易而否難，而否事之來，變易遷而窮易窘，有家者之治之也爲尤難，故五禮次凶，五教重喪，非易事也。賈府事無巨細，歸於内治者恒多，或專管，或分任，或協理，或攝行，其班班可考者，惟斯鳳姐、尤氏、李紈。若而人實昭黽勉論者，謂任事在有能，天分優焉。鳳姐之無學，似勝於尤氏之無才，省事究無用人志敏焉。鳳姐之有爲，又愈於李紈之有守，而以治喪徵之。亦容有未必然者，試觀可卿之喪，賈珍主之，賈蓉當之，所求乎鳳姐相助爲理者内事耳。受托不負，不過踵事增華，能事畢矣。厥後賈敬之喪，忽焉而變生不測，患在無所專主。無主，則一心裁定，非能内外兼顧，安在經理之周全？至於賈母之喪久矣，夫備禦不虞，患在無所適從。無從，則百事禀承，非能上下交孚，安得彌縫之盡善？乃鳳姐力絀遺誤，心曲徒勞，以視乎尤氏之獨力圖維，諸徵妥貼，李紈之人心欽服，稍藉扶持，瞠乎後矣。斯蓋鳳姐喜事爲心，騖利起見，久已身行下效，而信未孚，惠未遍，利權一失，貪功萬難，其不至呼應不靈，一籌莫展，百事俱廢者鮮矣。古之人治事需人，嘗有因其已往鄉處理喪乏部署，恐終失之，遇事才疏者，遂有決於前鑒，策其後效，審處而裁抑之者矣。豈非有喪者事重治難之明徵乎！夫當未堪家難之時，正自盡人心之際，危疑易憾，堅忍難持，有思艱而無行險，然後知憂患中之將事求寡過，不求多能也。

初賈母爲寶釵做生日

初，賈母爲寶釵做生日，別致戲則有『劉二當衣』，富貴之耳目一新，而家麻倍增夫燕喜，於以見戲彩承歡之樂，意亦即見戲謔盡善之妙才也。及賈府爲賈母慶壽辰，惡作劇竟有『賈二當物』，富貴之體面一失，而家索端起於鷄晨，於以見逢場作戲之濫用，亦即見傾家如戲之妄爲也。是其鼎力，則金二姐姐也；而其玉成，實鳳二奶奶也。蓋金銀品重，鎖鑰原有專司；而銅錫器同，算盤已有成局。何言之？監守者不乏挈瓶之智，鴛鴦詎有違心竊取者，更無操券之能。賈璉罔非急計，使非鳳姐與聞一籌一諾，安能其始也，如括囊，如借箸，如解鈴；其繼也，如拾芥，如破竹；而其終也，如棄敝屣也。擅以老庫之珍藏，變爲質庫之奇貨，蠹家蔑祖，洵屬敗類貪人。竊思鳳自席豐履厚以來，家計在心，利權坐擁，足可自饒而自豪。顧或以波及未厭，動輒取餘以與人，如置外府而於中有自得焉，虎視狼吞，行同狗盜，乃反歸罪外謀覬覦之來，雖未嘗誨尤慢藏，而却工效攝取之神，自居爲功，信非戲言，當不止賈璉心服也。使鴛鴦無授受之微嫌，有挹注之分謗，縱或出匣，仍難卸責，和盤但能還珠，即可解慚完璧，况府用宫賞家藏，又皆鳳姐操心職掌之所及，故曰玉成有在，而鴛鴦更無鼎力也。噫，甚矣！人亦有言，斯何如之把戲也！他如薛二奶奶之綿衣，迎二姑娘之金鳳，實逼處此，誰厲之階。厥後盗典公行，有自便之戲法，而尤詭於戲文者，不一而足。人壽家慶，曾幾何時，爾乃家失青氈，堂空白玉，光景蕭然，莫非管理家業者摒擋揮霍作俑之所致矣。於戲，祖宗富有厚基，櫝珠玉笥衣裳，不知其幾經節儉，幾經積蓄，而後有此聚藏也，乃享奉不輕一及身，業業焉，珍襲不遑，無非爲詒謀人久遠計，乃子孫視之不甚惜，暗易潛移，以足耗費，宛如兒戲，豈個中生活，亦竟有如優孟衣冠者。故當日壽筵，伶人已爲之形容鼓舞於繁華易盡之機先耶？

賈母之遇花神

賈母之遇花神，鳳姐惑焉，而禳以彩楮，固未能免俗也。賈母之賞花妖，鳳姐疑焉，而祓以紅縑，亦未盡脱俗也。蓋鳳姐不過是個俗人，自道最爲親切，有一點詭聰明，無一定真見解也。鳳姐之供奉天花娘娘也，從俗祀耳，非盡溺愛之不明。鳳姐之頂禮散花菩薩也，效俗禱耳，非盡煽惑而罔覺。蓋鳳姐不第是個俗人，自疑尤在隱微，則又有一番顯報應，斯有一腔暗心思，而有一番明祝告，仍無一念真懺悔也。觀其絶鏡花孽子之緣，進瓶花孝親之譽。或獻花而雜羅瓜果，告虔織女之星；或餞花而閒歷林篁，話別芒神之日。宮花轉贈秦卿，病西子豈如裝鬼物；花園亂簪劉姥，蠢東鄰乃或拌妖精。是則花有仙姿，人無俗艷也。至若蜂毒翻憐釀花之辛苦，蝶忙猶恨夢花之未甘。鯨卿侄文星和合，比二仙花嶺聯床；馬道婆惡煞中傷，逢五鬼花園移榻。長舌似花，嚚女命薄，而接移花木；中心有花，妬妾冤沉，而挫折花枝。斯又如造魔花障，作祟花天也已。噫嘻，史太君乃壽星，如花一品也。王夫人亦佛天，如花四照也。使鳳姐於白玉增榮之際，樹德務滋，芳心自警，何難如運籌添錦，享花國之長春，乃不自花惜，而徒花羞，令人嘆如花美眷之爲流俗蠱婆娑焉，而打花胡哨，以終其敗，又同於怪也。卒之鬼瞰其室，如曰譆譆，病沉花怯，屍居餘氣，以致奉喪無法，榮府何光，監守貽羞，逼於自盜，不但大失人心，室謫交遍，無以對賈母在天之靈，而花魄焉歸，亦復何顔見警幻仙子於案下乎！

元宵家宴賈母説笑話

元宵家宴，賈母説笑話，却暗暗打趣鳳姐小乖嘴，吃猴兒尿。尤氏説笑話，又明明指稱鳳姐輕狂樣，吃蜜蜂兒屎。遂疑鳳姐口舌利便，宜吃斯虧。然較之賈瑞石階下滋味乾净多多，乃知鳳姐之穢德彰聞，失在己之敢人污，而不患人之不己潔也。説者判曰：祥麟近藪，威鳳深池。非多金之季子，若解辟兄；豈冠玉之通侯，猶聞盜嫂。滌瑕蕩穢，當圭璧以澤躬；含垢納污，胡珍珠以慰意。兩間逐臭，庸夫本情齷齪；一樣偷香，等輩盡致淋漓。宛若濁流投處，償彼風流；居然嚴冷隨時，表他冰冷。慨夫瑞鳳之遇於園也，恍見沉魚而欲壑開，喜聆乾鵲而情天暢。任彼蜂狂比翼來，亦既入懷而不趕。宜其猴獻如毛薦，何嘗游戲而毋教。好譬天鵝換《黄庭》，曾投籠裏；敢題凡鳥到朱門，即陷穴中。夫何鑒失照花於禪客，權歸伏莽於女戎。叔嫂問不通家，錯思援手；劉阮誘之入洞，謬想同心。無端薔侄，筆尖未盡勾消禍水；不道蓉哥，燭下尚餘入照灾星。苔發差池，漫擬此生石上；茅心充塞，竟輸彼婢泥中。欠乃序失雁行，案希鴻舉。有懷擲果，嫌不防李下瓜田；無意剪茅，臭莫辨蕕餘薰畔。一枝莫借，妄冀凰棲；三尺難違，忍求蠖屈。那勝愧色，甘同除草之寄籬；辜負憐香，苦極代花而落溷。蓮沉郎面之香，穢亂兮有污可染；藻飾佛頭之糞，模糊兮不潔反蒙。想其神注洛川，情迷壑谷。原期跳過粉墻，斗轉暢壺傾之樂；豈料立來石砌，籤投受桶脱之驚。豈是得月喘牛，卧在一家櫪下；豈是失時畜狗，伏來百畝亭中。豈是槽側浮蛆，滿口流涎，有五穀精華；豈是檻邊癩犬，鑽頭饒舌，有兩條矢橛。豈是窩泥蜂刺，濕粘纔悟採花辛苦；豈是坳水猴頭，净沐仍教升木甘甜。方姬原執豕之牢，覺猶紛然。烏駭比子山藏狸之窟，疑有芃者狐悲。合當抱頭鼠竄速飲河，識滄浪之孺歌；宜如破卵鳩藏漫戲浪，誤河洲之神化。况乎野庵下榻有鯨卿，家塾後庭皆蟠友。竈下來食甚之嗟，謔浪猶自嫌腌臢；架邊得畫薔之趣，快雨且不惜沾濡。異老奴才之辱主，罰比圈禁以馬糞而猶輕；同大傻子之狎朋，責較水斗爲猪泥而弗重。枉矜傅粉之容華，貽譏濡首；苟念含飴之口澤，更愧澆胸。豈喜哉期在桑中，忘未綢繆於陰雨；倘憊矣歸過柳下，羞已鄙溥於和風。然而水清處，游魚莫縱；風輕時，飛燕亦斜。污亦從污，俱在盗泉之涵鑒；毒以攻毒，胥歸孽海之濫觴。思沉瀣而凝神，一片心冰宜交澈；訝醍醐之灌頂，五中欲火合同消。縱然恨似唾壺擊碎，亦應共咎情淆；甚矣仇如飲器摧殘，難免自慚形穢。彼夫郲闍沃水，寵宦旋庭，晋豎登天，病侯墮厠。乃轉石兮何心，豈厲階兮維舌！無緣誓悔，相嗟滅頂之微生；莫道知津，還笑潔身之長隱。是知范有冠毒痛奚足，百花泥處亦當憾。墮落仙橋，猿難縶荒穢之心；一匊污時，能不驚倒流巫峽也哉！且夫戲謔空托笑言，更比赫喧而盡善；而燕喜人歡，雖羽垢毛疵，悉助我性天樂趣。和氣一團皆仙眷，竟遮莫，情霏玉屑，雅韻欲流，懲誡變成毒法。任處污穢而不羞，而蟲生物腐；縱興高采烈難安，已良夜夢魂。舉頭三尺有神靈，也堤防斑剥石痕，風聲快漏。蓋鳳姐之才，人樂其聰明之處，所以來笑話於一堂。而鳳姐之事，自誤於曖昧之時，所以留笑話於兩府。噫嘻，此其所以始終不免於笑話也。説者云。

鳳姐戲言

鳳姐戲言：『老祖宗不是嫌人肉酸，連我還吃了呢。』人肉嫌與不嫌，各有見解，可想而知。人肉吃與不吃，同有耆好，不問可知。人肉酸與不酸，别有滋味，何由得知？雖是笑話，然非酸鳳姐説不出，然非酸鳳姐言可盡。吾因之而有感矣。夫茹毛飲血，古人實無以爲天；食肉寢皮，老饕究有於何日。戒特殺或鷄棲於桀，喜放生而魚畜之池。故率鳥獸非仁，且惡其甚於食物。彼聚虎狼，豈智不知其將以噬人？作俑者爲其象人而用，輿妖乎宜其豺虎自投。况乎愛髮膚理順全歸，親骨肉情常同摯。割股剖肝，猶毁身之不孝；胼手胝足，雖竭力而非賢。胡乃神稱哪吒之身，果爾忍遺殘體；鬼抱鍾馗之骸，庶其嫌棄瘐形。洗新婦於羹湯，有懷春味；擰老婆以醋汁，或乞鄰醯。有如以孫媳代含飴之弄，而并使姬人包吃醋之羞。且夫賈母膩煩鴨粥，惔厭雉羹。蒸出羊羔，汁濃牛乳，喜和味於肥甘；餡包螃蟹，蘇滑鵝油，憎新鮮於精美。遂疑有揀精擇肥之意，莫報其淪肌浹髓之恩。豈不知人或非肉不飽，肉既是人奚嫌，奚論吃與不吃，奚論酸與不酸。徒教炊婦之煮沸，豈藜藿兼承菽水歡；任道卷子之燒糊，豈糟糠饒有梅風味。棗足臺而剥也，豈别有新味以介眉；木指阪以伐之，豈盛在始和而失德。試更進觀鳳姐其與人戲謔也，謂吃生薑，早傳辣子聲華，其肉似宜辛；其自己養疴也，僅吃小菜，漫擬淡人號菊，其肉似宜鹹。至若如荼者家之毒，而殃及身焉。似蔗兮境之佳，則養移體也。故元宵笑話，謂吃猴尿與蜂屎，其肉又似宜苦而宜甘爾，乃果人腹而解人頤。噬肯捨肉，那堪枉度慈懷，世味同乃人味異，酷好拈酸，到底未諳姑性。夫人縱不鄙肉食，何至有人癖而竟嗜酸腐。人或不知肉味，何至以人享而且嘗酸澀。君子是以知酸鳳姐之爲酸也。嗟夫，鳳姐以家蠹自肥，貪囊中飽，曾幾何時，而形銷瘠立，魂埋膚化，陡令地下骷髏遽供蟻食，速其口孽之報，而肉骨卒無人究。未知賈母在天之靈鑒及之，能無一把酸辛淚否耶？

熙鳳之爲分赫赫也

熙鳳之爲分赫赫也，著於籤，標於野史，蜚聲於藻宮竹館之間，雖老媼小厮皆知其爲威也。然鳳之爲人，不儉於家，不甘居於人下。其爲德也，出類非若鶯、燕、鶥、雁、鸚哥、鴛鴦然。然則，雖爲鳳，不敢題其爲鳳也。瞋者吾道其爲鶯，叱者吾道其爲燕。鶥、雁、鸚哥、鴛鴦，吾道其爲鶥、雁、鸚哥、鴛鴦，惟鳳也不可道。不可道，則其謂之不威也亦宜。雖然，鳳之來以有王母正乎位，鳳爲王母來也。王母者必樂鳳，鳳之果不爲不威也。又曰鳳之所以爲鳳者以聲，如以德，若鳳之來不代王母，則其謂之不威也亦宜。

鳳姐因久看帳

鳳姐因久看帳，粗識字，如『一夜北風緊』一句，説詩即妙，令人解頤，社中諸閨秀已有定評。其承李紈囑，議罰寶玉埽地，埽地焚香乃詩人逸致。其承賈母意，戲爲劉老老戴花，花插滿頭，亦詩人韻事。鳳姐心思玲瓏，才情活潑，俗不傷雅，巧不傷纖，無不妙趣天成，惟惜温柔敦厚詩教未濡耳。或謂相敬如賓，忘情數典，顧以無心之記憶爲有趣之詼諧，使非心思玲瓏，何以靈妙若此？抑觀斑衣戲彩樂事，序倫頓效承歡以鑒古，詎好樂而模今，使非才情活潑，安能敏妙如斯？至其於巧姐心靈，認字多所闕疑；而於安童膽大，情書全能朗誦。其故何也？夫豈耳亦曾聞二酉，未問奇於雨粟光華；目不僅識一丁，却辨正乎魯魚虚虎與？尤可異者，其花消零星有帳，梅香靡日不登，乃若干綴匹一單，既有錦心全記，而必懇懇焉面倩自懶肄書人甘代筆之無事忙手寫者，是何雅意？是何巧思？是何胸藏錦綉之心裁材料？未之或知也。然而鳳姐不喜咬文嚼字是爽氣，而羡讀書識字是歉懷，故責以管帳，則心計實中。夫算盤而譬彼通詩，將性情空同於杼軸。嗟夫！赫赫監社，乃没字碑，蓋其終失之少讀《女史箴》也，抑又明矣。

平襲鴛紫諸女子

平、襲、鴛、紫諸女子，其聰明才辯，不必稍遜於香菱。香菱獨癡於詩，而能苦心孤詣以成吟者，何也？蓋其父甄士隱本讀書之人，以吟詩爲樂者也，而又篤生無二，鍾美於斯，故其骨清，其才潔，其品逸，其情芳，故其爲詩也，遂搜神奪魄，慘淡經營，而不能自已。惜也鯉庭少背，徒湮咏絮才華；幸而鶯隊喬遷，詎讓經神文婢。雖遇人不淑，實命不猶，然躬悼心痗，兼有勞人棄婦之憂思，此德音莫違而詩又工於窮也。彼文起自獃，詩人非獃也。其於平、襲、鴛、紫，大有雅俗之分。寶玉『地靈人傑』等語，自是一隅之説。

鮑二家的自縊

鮑二家的自縊，尤三姐兒自刎，金釧投井，司棋觸壁，雖爲情死，俱不免羞忿自盡。尤二姐吞金，是自遭殃。夏金桂服毒，是自作孽。惟鴛鴦在梁，不愧忠烈二字，斷腸深痛，剪髮沉冤，與瑞珠之以身殉主情同，而時更當而義更明。蓋鴛鴦如卵，賈母翼而長之，如引雛，鴛鴦尾而隨之，好音則永懷之，恩勤則何日忘之，幸而主之不幸而不能終依之，亦必哀鳴以從之，矢靡他而死之。白駒過隙，不可縶維，賈母似之；黄鶴空樓，豈無牽挂，鴛鴦似之。嗚呼！夫既如狐首以正矣，又孰從鴻毛而輕之！於是乎報主恩而雉經，無法參破死生神鬼之關；於是乎懷孺慕而鶴化，胡仙判分名實人禽之界。號陶皆至性所流，異彼鵑奴之悲泣；慷慨更從容以就，公然龍女之歡顔。其嘆無遺憾乃賢心忠愛，立人間大節自表艱貞；有真緣惟佛性慈悲，矢地下長隨非關亂命爾。浮生之若夢，誠視死而如歸。情絲絶蠶繭之糾纏，心錦紓鮫綃之綰繫。玉繩耿耿，遥紓織女之星；珠箔沉沉，高挂素娥之月。興既至時無古人，豈落玉環之故套；心能安處完今我，不遺金彩以歪纏。職擎幡者，并羡仙止楚却歌停乎《黄鳥》；助執紼者，徒觀俑生芻早獻重夫《白駒》。古人有言曰：士爲知己者死，女爲悦己者容。乃侍婢中得女士，其感恩知己，且兼人而并能之有若鴛鴦者，豈非天壤間之飛仙人乎！可以慰賈母在天之靈矣，可以愧賈府諸人惟物之靈矣。宜其蒙槭庇向葵，忱著葩經，與烏飛蟾躍而争光，并鶴壽鳳儀而不朽也矣。吁嗟乎！昂頭撒手巾幗峥嶸，誠有如寶公所論賢於死諫死戰者。所以走金谷之珠投，不是蓬頭鬼抱；控瑶池之玉勒，依然箕尾神歸。彼承燕翼之孝子慈孫如政與玉者，方且於香案前拜手稽首，深自愧烏鳥私情之有虧孝感，而明發鳩原，而光照鶴市者，乃在如環銜，如釵化，如左右手之心腹。婢邈矣，特不知天下鴉斑鷺序之食肉而飛者，亦將有以語涉閨閣而或笑之，而或怒斥之者否耶？前人詩曰：『願得紅羅千萬匹，漫天匝地綉鴛鴦。』實獲我心，可以移贈。

賈璉是最有滋味人

賈璉是最有滋味人，是最有滋味自己鬧的最没滋味人。妻爲酸鳳姐，又是潑辣貨，一年到頭辛苦。妾平兒香餑餑，復甜香滿頰。賜婢秋桐，又浸着一缸醋酸，不在鳳姐下。而更偷取苦尤娘。至所私鮑二家的，是腥的臭的。多姑娘越發是腌臢的。試想賈璉有滋味没滋味？或謂酸甜苦辣，滋味兼矣。乃賈璉情滋濃欲滋熾，而終覺索然無味，不能免淡膜視之者。意豈有無鹽之嫌與？抑別有臭味差池者也？胡爲乎不聞腥臭，色漁肆下，不顧腌臢，身污竈下，宣淫奴下，骨髓枯瀉浪蕩哉！二舍將有味乎言之曰：潤下作鹹也耶。嗟夫，賈璉所以爲人之有無滋味，類在求全於下；賈璉所以滋事之有無人味，實在過半自内。

湘雲游戲雅謎

湘雲游戲雅謎，湍瀉佳句，似皆本諸性情相近處而形爲詠歌，不啻若自寓也。觀其自謂擇席而石上可以酣眠，且高興入社而又情甘埽地。抑號枕霞，而雪中早已跌撲。且高興臨流，而更貪玩賞月。況復靠椅子而身倒，冒失還想登船；挻燈穗而眼迷，張皇猶思放爆。故其醉酒爲憨女，其談詩爲瘋子。割腥啖膻有名士派，心直氣壯有勇士風。擁被未起，又如鄂君；襲裘而來，又如公子。曾搜來質券一張，豈惜典衣於清宦酒；果抄得《心經》幾部，豈懷進履於老人書？於以見湘雲瀟灑，一片神行，想像其名，可得其實矣。詩曰：『剛健含婀娜，端莊雜流利。』古人以之評書，今吾以之評史。

湘雲咏絮纏綿

湘雲咏絮纏綿，是爲無貝之才；宴菊躊躇，是爲有貝之財。枕芍沉酣，是向石兄納凉；乞梅斟酌，是爲玉兄衝寒。鴨頭是菜中滋味，油何取夫桂花；鷄頭有米裏馨香，芳更兼夫菱實。賞桂隨同雅調，相因水月之緣；説蓮開導蠢才，暢發陰陽之論。雖劫生蘆雪，不掩風流，而癬發杏斑，無妨月能不神飛貎。已惜也梁案相莊，願違白首，《柏舟》永矢，命薄紅顏。下缺瓜瓞之綿，少遭椿萱之萎。雲浦，慘淡花容，娥吊湘江，愁添竹淚也哉！

枕霞舊友一號

枕霞舊友一號，似仍未愜湘雲意，何如更號枕花女史之親切有趣也？號之曰枕霞，見數典之不忘其祖。號之曰枕石，或曰枕芀，見事實之不忘其本，亦即見顯名之不失於身。蓋其稱名也，英望蒸芳徽著，容或想夫華濃露檻。聲豈蜚於竹密風簾，風起洞房；美既遥憶夫江水，雅推閨社。清不同傷於澤陂，溯濯靈空留錦瑟。黯然銷河漢之離魂，雙星輝映，擬餘光散入綺琴。謦矣破瀟湘之同夢，孤月寒侵。昔跌小橋，偶犒金谷墜，未聞借口枕流；乃撲後院，曾效玉山頽，似欲科頭枕雪。夫引領望赤城，舊癖沐祖澤於堂外槐間；而漫指稱白市，閒眠披仙風於山中松下。其或青霄昂首立，曲散花天女之肱；其或碧水盟心，卧聽灑竹帝妃之淚。豈其醉語泉香，乍吐春光於口角，金雀與障面徐抛；豈其佳詩湍瀉，曾驚秋夢於耳邊，玉蝶隨搔頭并墮。彼且以桂油塗抹乎鴨頭，兹何妨以萍水逢迎，而表揚夫蛾眉蝸角也哉。是則姓似有味乎！歸林問年，或剛逢十七，名還無心以出岫，崇朝豈亦遍三千？比人柳之三眠，花能醒眼；同女棠而一睡，石亦點頭。姓字流芳，洵有所謂口吻雌黄、擬議難遍者矣。至其賦性瀟灑，詞旨風流，更爲閨閣中之談侶，而壇坫上之傳人，謂之舊友則又相宜。

海棠社諸閨秀

海棠社諸閨秀，皆有別篆。後來居上者，小薛爲最，乃詩瘋、詩獃，枕霞代署。而寶琴以出群之姿，未聞雅號，似覺缺典。觀蘅蕪小住爲佳，秘芬并蘊；想梅花幾生修到，清福彌隆。所以將賦，迨今許梅翰林之式穀，有詩懷古，考梅花觀於傳薪。八九歲塵步椿庭，他日孤山曾到；廿四番風先花國，這時大雪剛逢。蓋其托高山流水於知音，懷雪滿月明之豐韻。師竹獨高林榜樣，屬圖中之友；咏花同小李班聯，來樹下之人。六出尋芳兮，碎瓊玉忽冷沾櫳翠之彤雲；幾枝攢萼兮，散珊珠反光照怡紅之白雪。盆開臘景，句留半帳鶴魂；瓶抱寒香，點綴一裘猩色。彼美人兮，古有梅妃，又聞逋仙梅妻，適歸入梅花賦。之子庶幾贈曰梅君，雅稱芳徽，豈得以阿姊一時之淡妝。如梅亦曾有潔白清香，艷冠千紅萬紫之喻者，遂稱爲獨步也耶！

名分之出自天倫者

名分之出自天倫者，惟有尊卑而大小統焉；名分之循乎人事者，亦惟有尊卑而貴賤寓焉。自天生之名關乎性分者，父子兄弟是也；因人成之名起於情分者，姑媳嫂娣是也。父子兄弟乃名教之大，姑媳嫂娣亦名義所同。凡皆有一定者也，姑不具論。則更取室家有大小貴賤之分者而名言之，如所生爲女，所養爲婢，所聘爲妻，所買爲妾，此其稱名也，雖有一定，而竟難免無定者也。蓋非據本來之分位，只争現在之分際，故其初有定名，而其後無常分者比比皆然。吾因之有感矣。則嘗觀甄家而慨然矣。慰情惟英蓮，生小而失所矣；服事惟嬌杏，長成而得所矣。夫蓮名而冠以『英』，初望其將爲才女也者，久乃知蓮之爲言憐也，有太可憐者也。杏名而繫以『嬌』，初望其可爲美婢也者，久乃知杏之爲言幸也，尤大有幸者也。是故適市一場寃孽，竟以閨秀爲房寵矣，且更以掌珠爲眼刺肉釘矣；倚門一綫，因緣竟以家婢爲官眷矣，且更以愛嬖爲德配誥命矣。主者奴之，奴者主之，下喬入谷，出谷遷喬，造物因人，其反覆位置顛倒有如此。因而思珍府而又慨然矣。惜春雖自傲，珍哥之親妹也；寶珠雖不群，珍爺之小鬟也。夫以惜特名，甘負青春之明媚，而道妙三思，心藏雙玉。以寶自分生，憾絳珠之暗投，而孺忱一痛，身價千金。是故門不守三姑之訓，無端以貴媛淑女，下儕尼賤之孤高，穴已從一婢之殉，何妨以慈蔭親生，聊報主恩之優厚。親者疏焉，疏者親焉，下喬入谷，出谷遷喬，造化由人，其低昂位置顛倒又如此。然後知作此書者，天分人才如此其高也，循名責實又如此其深且遠也。天下有性情人所以百讀不厭者，其以此也哉，其以此也哉！

賈母生氣打牌解悶

賈母生氣打牌解悶，不過借錢爲彩，試想有何意趣？乃鳳姐有趣，與探春要算輸錢一番趣語，遂使青蚨飛去飛來，妙趣環生。賈母『不爲贏錢』一解，薛姨媽『誰説愛錢』一答，古趣盎然。鳳姐隨機打趣，已數着錢，又穿起錢，無言不趣，惜賈母得趣忘言，乃鴛鴦又識趣，故意要説『二奶奶不給老太太錢麽』。老太太有興趣，索性偏教小丫頭拿過鳳姐的錢來。小丫頭頗能知趣，即遵命拿錢。鳳丫頭工於鬥趣，旋求賞給錢，遂借薛姨媽一語，指説錢櫃，頑進他多少錢，并有錢招手，叫他的錢等語。語語是新鮮趣，亦語語是奇趣。趣語未已，平兒恰又送錢來，竟是雅趣天成。鳳如仍有省的錢，費事一番，分付平兒即依言放下錢，更是巧於湊趣。當是時，十分樂趣，不道地下站着一無趣之邢夫人，而門外又來一不懂趣、討没趣之賈璉也。作者涉筆成趣，如此如此，可謂萬選青錢。

元娘娘賜下之紅麝串

元娘娘賜下之紅麝串，寶玉視之不過珍物而已，乃因寶釵同有此頒，遂不勝其寵異之想，是固急欲索觀於寶釵者也。然非寶釵先自寵來，事情不見其微妙。張爺爺送來之金麒麟，寶玉視之不過俗物而已，乃因湘雲亦有斯佩，遂不禁有慎密之思，是固急欲邀鑒於湘雲者也。然非湘雲先自拾去，事情不見其奇巧。如此一湊合，寶釵之情致，湘雲之韻致，寶玉之神思興致，一一活現，是天緣，是人願，是書法與文心，必有能辨之者。至若苓香珠之特授也，使非王之恩眷攸隆，安知寵異非常，遠過於長者之賜，其人尊則其賚亦貴，其物罕則其寶又奇，斯固寶玉謹受之，護藏之，久欲伸芹獻於黛玉者也。乃一串香霏者而以爲臭，其終不愧孤芳自賞矣乎。抑茜羅帶之秘投也，使非人之柔懷綦篤，安知慎密已極，倍切於美人之貽我，惜人割愛而分厥愛我，感人鍾情而同此情。斯固寶玉身繫之，心佩之，急欲施藻飾於襲人者也。乃千絲浄練也而以爲混，奈何不憚同心代結也哉！是則有無天緣，有無人願，有無書法與文心，必又有不待辨而自明者。噫，寶玉雖有神思興致乎，顧黛玉爲潔己之佳人，其高致可見；襲人乃惑主之嬖人，其別致不可測也。

元春婢名抱琴者

元春婢名抱琴者，抱衾也，乃備選皇宮之兆。惜春婢名入畫者，入化也，乃寄迹空門之機。迎春婢名司棋，乃主僕之結局皆無，而一着花輪，可參小數。探春婢名侍書，乃夫人之坦床雖可，而一行竹報，莫慰遠行。且夫元春雖有雅謎與詩，而元音蒼狀，非關絲竹，是琴未能取諸懷抱也，豈得謂琴譜細論？瀟湘代補其缺典。且夫惜春惟有寫意之畫，而惜墨素懷，何借鉛華，是書未可語夫細入也，豈得謂畫具多識？蘅蕪爲選夫全材。而迎春之混號木頭也，對局難以期鈍根人勝，試觀其韻脚不親裁，而任抽詩牌，惟從倚門之婢，意則棋譜終遜惜春之講求。而探春有雅號蕉心也，臨池顯然見秀骨天成，試觀其墨迹必拜賜而特詳謝啓，非同邀社之公言，故書法獨奉元春之寵命。是故化被弦琴，而天眷篤琴瑟之友，恩溢晉封者元春也。捷報羽書而家慶深書禮之族，義明歸省者，探春也。讀《感應》之篇而棋中之隨機應變，遠難神會者，迎春也。繪行樂之圖而畫裏之賞心樂事，大與心違者，惜春也。然則抱琴也，司棋也，侍書也，入畫也，惟其名婢也，而其實非婢有也。抑其名之者，非婢也。即其名，亦非婢有也。則元春之抱琴也，迎春之司棋也，探春之侍書也，惜春之入畫也。故曰抱琴者，明元春之有琴也；曰司棋者，明迎春之有棋也；曰侍書者，明探春之有書也；曰入畫者，明惜春之有畫也。則琴有抱琴，棋有司棋，書有侍書，畫有入畫，是元春與三春皆有隨身之伴也，現身之法也。抑言抱琴，則元春見，倍明於言元春以琴也；言司棋，則迎春見，倍明於言迎春以棋也；言侍書，則探春見，倍明於言探春以書也；言入畫，則惜春見，倍明於言惜春以畫也。則抱琴有琴，司棋有棋，侍書有書，入畫有畫，是惜春與三春各有替身之獨也，隱身之法也。顧不有元春及三春爲之主，則抱琴、司棋、侍書、入畫無所得護身之符也，何嘗能敬主人以及僕也？而不與惜春及三春若而人，則入畫、侍書、司棋、抱琴無以爲章身之具也，殊異乎學夫人之有婢也。此在彼多材多藝，取人以身，顧名思義者，類無入主出奴之習氣；而作者宜雅宜風，與人有技，循名責實者，例有借賓定主之法程。

禽鳥得氣數之先

禽鳥得氣數之先，氣數主事機之動，而事機之先見於禽鳥者，又嘗假諸人無心之口以泄之。當湘雲送絳紋石戒指於怡紅院也，與花話深，與玉神遠，時適召玉出見雨村，襲人追隨送扇，望見黛玉與立談，甫去驚聞其迷誤私語，玉移花立，日下遲遲，寶釵疑而詰之，乃以凝視雀鬥爲解，飾辭也。顧相彼鳥矣，相啄相搏，既已非脊令之雅意；載飛載集，又莫比雛鳳之清聲。少時藩蔭徵優，突來鷹逐，梅香作孽，驚出雁行，弟環詭擊，報也有銜。父政痛箠，道之當走，如《易》所謂飛鳥遺之音，有飛鳥之象焉，一似機乎而占合矣。薄晚乘涼，萱闈惜玉，梓舍癖花，無端鶯簧巧弄，竟使鸚架空嗟，長舌更甚於梟鴟，可以人而不如鳥乎？ 噫嘻，瑣瑣事機耳，豈盡關乎氣數，而先見乎禽鳥有如此，其昭著者耶！

愛菊同吟之日

愛菊同吟之日，鳳姐洗手爲賈母掰蒸螃蟹肉； 乞梅共賞之時，李紈洗手爲賈母撕腌鵪鶉骰。螃蟹性原積冷，竟相宜於熱鬧之陽； 鵪鶉健於鬥寒，不見棄於温柔之教。 至作羹洗手，奉饌亦洗手，特婦職耳。 乃若索來數簍，寶釵以心結詩瘋妹妹之歡。 夫豈蟹也，亦如蠡測海，應自愧皮裏春秋。 送到一籠，熙鳳有意釋説媒婆婆之憾。 夫豈鶉兮，本有象占，星欲并悟，躔連參昴，特是聰明人相與，能得益友者語。 則一片冰心，即明告以婦職之不在詩，必且知司馬之夢無足憑，而静聽自甘於洗耳。抑且愚暗人進以欲索解人之言，則三分水性，將愚以爲婦職之不盡禮甚，且謂懸貆之章，可反刺而動悔，尤苦於洗心。 然而菊譜之風雅，允宜矣； 然而梅信之風光，失好矣。 蓋惟賈母壽頤，諳性福履，詒謀堂歌，燕喜閨訓。 鷄鳴一則，嘉其雁行之同體； 忘形一則，嗤其鴻案之低眉。 没齒又可見婦職之所望於兒孫媳媳者，亦竟有雛聲清於老鳳之明徵矣。

鶯兒描花樣

鶯兒描花樣，編柳籃，打梅絡，手已纖纖，而終不若晴雯之裘補孔雀指頭工妙也。 黛玉製香袋，結玉穗，做荷包，情原密密，而終不若寶釵之繡刺鴛鴦胸頭牽掛也。説者曰，鴛鴦綉出，誰度金針；蚊蚋拂來，或摇金鎖。乃胸頭牽掛，遂做并頭蓮；而指頭工妙，如燒斷頭香。與夫枕頭數典，案頭論譜，少小善剪裁者，同是聚頭之冤家，而或竟蓬頭爲鬼，而或與木頭等妖。彼低頭逐隊如鶯花，捧巾帨，抱衾裯，皆難以枝頭好鳥而友之，慨自雙護同鶥，一去如鶴，袈裟飄忽，笠露光頭。一則蛾眉不肯讓人，終以了頭而結局；一則狐媚偏能惑主，卑於粉頭之散場。其在釵也，幸得燕婉，班頭雜佩，報宜無端，鹿野無蹤，刀頭望斷，卒不如溝頭蹀躞，空爲《白頭吟》矣。然則織錦窗下，刺繡樓頭，女紅絶技，競艷翻奇，終無補於紅顔薄命與？又曰：作奇技淫巧，以悦婦人，《尚書》戒之；彼婦人者，又奈何作奇技淫巧，以悦人哉！

寶玉病起涉園

寶玉病起涉園，適逢賈蘭射來雙鹿。明明有生小出群、相并飛騰之象，明明是賢阮同賦《鹿鳴》之兆。至場期伊邇，賈環等夜飲行令，所説『冷露無聲濕桂花』，及『天香雲外飄』之句，不但秋風得意，蟾窟分芳之機已泄，即賈蘭之捷音喜出望外，寶玉之發迹幻出意中，詩讖亦甚分明（卷末有補刊此句下落寫一段）。

寶釵藥裏配了許多花香

寶釵藥裏配了許多花香，香還耐的冷；黛玉藥外禁不住些少花香，香反覺的濃：是一樣香娃，而兩個氣質也。寶釵衣底飄來，不知何物香薰，果否香因藥雜；黛玉袖中溢出，不辨何處香生，自然香比芋清：是一樣香娃，又兩般氣息也。至若惜春蓼風軒裏胸開畫本於米船，而硯香濃醮；探春桐月檻邊思入詩牌於蓮社，而爐香靜焚：是一樣香娃，而兩宗氣格也。又如湘雲卧石床而風醉韶光，瓜或鎮心，從他古矩，梅曾點額，倚彼新妝；寶琴立鐵檻而雪迷冷艷，山中鶴守，雅有仙風，林下人來，皎如美月：是一樣香娃而兩番氣化，故兩種氣韻也。他如香菱咏月三篇，觀蟾窟之花光有感，而天香桂府飄更遠，羅乎星榆宿柳；黛玉歌風一曲，憶鼂山與蘭操同悲，而古香古壇溢更上，溯夫水芑臺薰：是一樣香娃，又一脈氣派而兩等氣概也。更有籃選竹根，鋤攢桃瓣，筒掣梅籤，針穿茉莉，不必香司天闕，蕊珠與榆白兼芳；飯餐粳粒，飲嗜楓茶，羹嘗蓮葉，酒暖葡萄，亦既香絕人寰，筍玉與櫻丹并馥：是則雖非一樣香娃，而兩班氣度，又各有一類相投氣味也。若乃傻大姐綉囊貽誤自愧，難逃於青鑒之中；賈二爺錦匣通忱相思，更在夫紅帕之外；芳競蓉、薔，秀輪蘭、桂，惟喜氣迎人，即暗香襲我，濯濯香閨，雖一樣有香娃嗣起，而兩府之氣勢失憑，而一時之氣焰遂息矣。噫！

賈母大慶

賈母大慶，元春賞壽，則有金壽星焉。寶玉初度，熙鳳祝壽，亦有金壽星焉。夫元春媲瑶池王母之尊，當歸省而啓鴻慈，久推永錫，况賈母年已八旬，即謂爲星輝壽域，金母尊榮，而家慶國恩，且可譬郭令公之得大壽。彼熙鳳恃玉堂王母之寵，遇生辰而通燕賀不過多珍，乃寶玉年未廿歲，而謂之壽應星垣，金童誕降，則嫂恭叔美，何反傲蘇季子之有多金。是知金壽星一也，一則頌揚得體而堂供壽山，大可以稱八仙之慶；一則禱媚過情，而園開金谷，早無以避五鬼之逢。又何疑於元春甫逾二十齡，晉封賢德，而熙鳳即活一千歲，終屬妖精哉！所可惜者，星海三五芒寒，金陵十二釵冷，徒令人神游壽世，而想見夫天邊之壽星、人間之壽考也。

牝鷄之晨

牝鷄之晨，維家之索，《書》特爲婦言垂誡耳。至室有悍婦，則惡積於心，而穢彰於德，家節失而其禍尤逼矣。薛蟠之妻夏桂而兼金，復有寶蟾爲之妾。賈璉之妾秋桐如烈火，實有熙鳳爲之妻。斯固桂森蟾窟，桐簇鳳巢，有因緣之牽合，雖連類而區分，庶可顧名思義矣。顧桐聳蟾顛，婢妾之驕恣，姑無俱論，而桂辛鳳辣，嫂娣之悍妬，實可并稱。大抵謂鳳兮鋒芒太利，失德在深有心機；桂也規矩未閒，匪彝在慢無體統。一似鳳之精刻，桂之暴横，其相伯仲者。又有彼善於此者矣。乃觀妾除尤物，隱用借刀，而婢以善名，暗難防箭，觸犯祖諱，殘毀宗嗣，此其忍心害理，干名犯義，罪孽重重，不更勝於毒痛家室者哉！ 然而閫威未已，菁醜依然，靦厚顔無非掉長舌，逞佚志無非快隱衷。 小叔辛勤而勸酒，亦無解於焦大之醉言； 小姑未倩夫嘗羹，却有意於夏三之飽德。 其於妾也，沉香無雅意，乃亦有秋餘潤，及蟾光爾以爲寶，則又小山之叢，莫非凡鳥之類也已。 嗟夫，嫦娥再世，無法長生，妖精幾年，有慚遄死，此所以剛强必重老氏之誡，而柔順宜利君子之貞也與？ 所可惜者，香菱、平兒，秀外慧中，壼儀是式，或風雅以宜人，或頌聲其在府，并見重於海棠社，諸艷才而引爲同心，同調以共狀大觀。 至鳳與桂也，虎威獅吼，矯人自雄，乃不免貽笑大方，且以其不能正室也，而小之，或遠之。 彼桐、蟾輩，更屬下等女流，鄙鄙不足道。 然則智慧裙釵，顧可以位置之低昂，自甘廢棄，甚至怨無極，德無終，致負有識者，破格物色之貞心，而品題莫能及也乎？ 惟望一二名正琴瑟者，其必務爲静好柔嘉，以勉附於好逑之德，化坤道其順乎，庶淑慎温惠，常昭昭於化行俗美，宜室宜家之際，而女史司箴爲無忝則尤幸。

鳳姐臉上誤抹之蟹黄

鳳姐臉上誤抹之蟹黄，令人撫掌。 黛玉口裏戲謔之鹿脯，令人解頤。 劉老老嘴邊鬧掉之鴿蛋，令人噴飯。 湘雲手中比畫之鴨頭，令人醒酒。 寶玉心裏想吃之鵝掌，令人狠疼。 寶琴意中嘗得之鹿肉，令人狠愛。 賈母面前贊好之雉羹，令人狠喜。 寶釵背底私送之燕窩，令人狠感。

湘雲倚水檻

湘雲倚水檻，石擊孤鶴而飛；賈蘭走山坡，箭射雙鹿而跑。沁芳橋畔，傳竿釣躍躍之魚；滴翠亭邊，揮扇撲飛飛之蝶。一人一物，一静一動，一樣化機，所謂活潑潑地也。至若竹稍鴉警，曉愁也；樹杪鳥驚，暮怨也；月洞調鸚，朝悶也；風簾防燕，宿怒也。他如鷄唱稻香村，逸興也；鶴舞藕香榭，雅趣也。出來玫瑰障前，鳥鳴杏子陰，幽情也；歸自薔薇架下，禽戲蒲辰雨，樂意也。彩禽竞浴乎夕波，綿綿深致也；錦鷄驚飛夫夜月，寂寂虚懷也。此則物之一静一動，與夫人之一静一動，又俱有無限天機，而往往各適其天者，更一一有互相感觸之機，是故一禽一鳥、一静一動，必有一人焉在其前而後，物以之形，即人因之繪，其出乎物之本性，有自然之氣機，而入乎人之會心，有當然之默化，則又浩蕩之天爲之也。

寶玉房裏花籌

寶玉房裏花籌，未免是鬧酒；薛蟠廳中雪藕，不過是娱色：俱徵壽緣之浮而且濁。鳳姐壟斷月錢，有術積私財；黛玉翦斷風筝，無端放晦氣：并見福量之狹而不宏。嘗想賈府家風好於豐年之大雪，有庵水月熱於比歲之散花。以言乎酒，則春演衢罇百瓶餎賜，秋横野酌一套勒嘗。以言乎色，則金陵舊册十有二釵，珠闕新詞一無雙玉。以言乎財，則往來義恰甄帛，或收入出悖符邢資孰帶。以言乎氣，則神傷樛木卅歲遺徽，面變芙蓉百齡永感。吁嗟乎，酬賀客而酒失歡場，觴親朋而酒成禍水，有不如春秋適意花光者矣。生爲出色人，而竟入死地形，是絶色人而徒幻情天，有不如伏臘慰勞風味者矣。花冢泣而氣傲，在孤標；松埂笑而氣矜，歸異派：又有如月吐雲而參差皎皓者矣。夫惟政老世奉青箱而督學觀風，則文氣取乎深厚；賈母堂開白玉以承家愛雪，而詩酒借以流連。元春命補種園花，阜財後信溢薰風。中秋紀共賞臺月，山色間聲涼桂露。是則壽天恩蔭，福地榮華，萱堂則絲鬢雪霏，梓舍則錦心花發。財星與酒星并朗，風月同日月常新。氣宇光昌，天然仙府，豈特富貴之景色而已哉！

薛蟠親邀寶玉食瓜及藕

薛蟠親邀寶玉食瓜及藕，强焙茗假政老傳呼以誑之，蓋只欲速其出，非敢慢其上也。而寶玉正言責之，彼其心豈真須臾不忘恭敬於其父者哉？抑别有拂其意者也。文起即自認忘情，拙詞婉謝，乃未幾華筵甫設，紫英適來，寶玉周旋，問『老伯康健』，紫英酬應曰『家父康健』，若忘其父名康者。夫英、玉皆翩翩佳公子也，此其冒昧，不更加猷大爺一等哉！作者於紫英一來，特表明寶玉等即知爲神武將軍馮康之子。屬辭比事，微婉謹嚴，《春秋》之筆也。

薛蟠寶玉貴姨表

薛蟠、寶玉貴姨表，雖皆心實於舊雨，而不免纏綿於瓜葛之間，莫不情殷於小星，抑且將顛倒於蔦蘿之上。或以菱名其寵，或有花姓之姬，惟色荒與情種稍異耳。當紫英席上，蓮面兒郎笑言浮白，薛蟠豈作冰上之人，胡艷花氣之舊詞，而指爲寶貝。及緑草茵邊，梨香女子，嬉戲踏青，寶玉或逢泥中之婢，何翻菱枝之新樣，而撮合花團。是知霸、玉之猷，魔王之混，藏嬌金屋者，又似欲有桑中之喜矣。顧始不過慕桃渡之名，逞一番之謔浪，繼且將涉瓜田之迹，生幾折之情波，濫情故尤戒濫觴也。及觀香菱師湘竹館，而入海棠社，襲人侍絳芸軒，而適紫檀堡，二女之人品心術，不又有薰蕕之不同哉！斯則憐香意焉而選色心迷，玉之失又有甚於錯認名人者。抑豈霸王合擅美虞兮，而魔王宜獲妖姬也乎！說者曰：紅顏自命薄，主人自情重。花可惜也，菱可歌也，魔難造也，未可混也，霸難繼也，無可猷也，士之耽無殊乎？女之耽其終也已！

主人之於奴僕也

主人之於奴僕也，尊卑有常分，厚薄無定情，嚴則主範峻而情疏，寬則家規弛而分越。夫惟不必略分而言情，而有欲報之德者矣；亦惟不禁感情而循分，而有推養之恩者矣。顧養犬馬之報，望之太奢，則難爲奴者，亦難爲主；養驥鷹之方，辨之太明，則難爲主者，尤難爲僕。古人有言，此亦人子也，可善御之。主人知其然也，故雖一飯之恩，一酌之賜，皆有以宣上德而通下情，而分明上下，位正內外，又足覘家風壼範焉。賈璉之歸自金陵也，熙鳳接風，歡魚得水時，有趙嬷嬷問視前來，坐以矮凳，授以小几。將集葛覃之黃鳥，乳母未聞；孰縶苗遠之白駒，懷人既見。鶯舌調簧，載好音而入耳；豚蹏成器，時反哺以介眉。述南巡之故典，幾家富貴大方；承北闕之新恩，這府神仙下界。三爵灑如，嘉乃老嫗解事；一筵莞爾，暢茲少婦離懷。忱將申夫葵藿，古趣盎然；幸有子兮棟梁，國光錫爾。斯以見家室之和祥，與主婦僕媪之厚謹也。及賈璉將如平安，古驛未馳，新房暫駐，辱承嚴命，興阻濃歡，頃興兒又傳來府信也，適值晚餐，歸視夕膳，乃僮僕之歡迎，有幼婦之妙絕，寢帷、卧榻，綺席款奴，香閣、妝臺、青衣擇主，芝顏蓮舌，本地風光，花刺木頭，這天月旦。他日美人林下，大氣全消；此時尤物筵前，內言盡出。加以遺有細君之肉，餉乃童子之心。一杯更進，愁與同消；二簋俱陳，享非獨用。何幸既有酒肴，令德當歌《碩女》；豈使不能餐食，與言且賦《狡童》。妄辭聳聽而回頭，玩話消魂於屈膝，有如此者，亦已焉哉。《詩》曰小子矯矯，興兒以之；《易》曰婦子嘻嘻，尤娘有焉。以視夫犢舐老饕，雛聲清鳳，其家節之或失，或不失，不又有相鏡而明者乎！夫閨中嬖寵，壎篪迭奏，而相調，而情芳命苦，使彼狗苟談天，竟如童謠游戲，醉顏涎口，豈可等小輩於尋常；抑室裏悍妻，琴瑟和諧，而久曠，而心辣肉酸，使彼龍鍾積世，猶如古俗，游歌飽德飲和，自能守老年之規矩。是則一妻一妾，一嫗一僮，一飲一啄，一話一言，其器宇之不同與臭味之差池，固又有不可同日語者矣。《魯論》有之：『惟女子與小人爲難養也。』養之如何，亦惟內室與私房有異趣焉。難之至也，可不慎乎？傳稱郭汾陽女公子捧盤執帨，皆用裨將，主人知其然也，則有洞房窟室，繡閣錦堂，玉奴金婢，如雲如水，雜遝其間。等躐通詩之婢，芃蘭刺焉；班排勸酒之鬟，櫻桃美焉。鵠立鷄談，鶴眠月檻，供花侍茗，燕入風簾。豈侯門之竹馬，或詬野兮艾豭。何日封侯，悔教婿覓，可風曲子，嬌念奴歌。看主人竹雅好師心，愛君子蓮美稱郎面，外言入梱，内治在堂。古人有言，閨房之私，有甚於畫眉者。蓋夫妻之正反，既當戒於此，而主奴之入出，更當監於此也矣。且觀小廝露話，平兒風聞，鳳姐怒傳興旺等，而追究其事，若輩倚門垂手，搶地撞頭，及自打嘴巴，一切情景，君子是以知熙鳳之爲威風也。其御下嚴肅處，使彼尤而效之，必有所不能焉。但牝鷄之晨，究不可入雄兔迷離之眼，况狼子野心耶！我思古人，君實之老僕應門，李賀之小奚載路，雅正之規，又有不可更僕數者矣。斯其防閒有道，驅策有條，分明上下，位正内外，内外治而上下化。而其於奴僕也，又必衣食有以養其口體，財物有以養其身家，體貼矜憐，誠意愷惻，有以養其力，而并養其心，其斯爲大家風範乎！

平兒之絳芸理妝也

平兒之絳芸理妝也，玉簪粉一莖，已甜香矣，却又翦來并蒂蕙。香菱之鬥草污裙也，石榴紅八幅，亦嬌艷矣，却先採得并蒂菱。若謂蕙兆棣萼聯輝，反叨光熙鳳之殺風景；遂疑菱占花枝連理，竟歸咎文龍之賣風流。吁！信如斯説也，曷不觀瀟湘館之雙朵蘭花乎，徒以助黛玉猗蘭之嘆，無以結絳珠仙草之緣。讓古人金屋同心，未如其臭；悲今者玉堂空夢，不以有香。乃英英輝映者其偶，而落落難合者，又其不偶也。卒如幽谷無人，孤芳自賞，求其與絳洞花主榮華同盡也，且難矣。夫何暇雙眸逆艷，輒欲借花自獻也耶？噫嘻，人壽幾何，物華如此，豈道美人香草，雖則如荼，莫教童子芃蘭，不胥以穀。乃無情之草木，忽焉觸處有心，而與恨之花叢，突爾開來如意。夫惟望觀音柳遍灑竹林露，解語花分潤荇菜流，隨心草并波及桃根，桃葉渡彼美如冠玉。當嬌厥斛珠，將愛花者各固藩籬，而羞花者自分畛域，庶不至香不足如蕙，粉有餘如菱，徒遺花氣襲人也已矣。

薛蟠之爲霸王

薛蟠之爲霸王，不過衆人呼之；鳳姐之爲霸王，竟使賈母言之。霸王有匹夫之勇，乃匹夫更使獃氣，何能免龍王駙馬之譏諷？霸王有婦人之仁，乃婦人反逞威風，何能免閻王老婆之詛咒？所以小像泥雕，而方刻鵠，糊塗奚能以保家，猶之乎無争扛漢鼎之精神也；同名野史，而表求鸞，放浪不能以安室，猶之乎有難別虞姬之意氣也。尤可嘆者，静好間而畏同乳虎困走，則如輕鹿野之鋒；平安醮而戲始斬蛇榮歸，乃如兆烏江之劍。至其一見獅之吼而拈酸，一見猫之饞而潑辣，更使逢人説項矣。

古者命名不以山川

古者命名不以山川，而《紅樓夢》人物以「湘」爲名號者三：曰史湘雲，曰柳湘蓮，曰瀟湘妃子。其名曷爲乎取夫湘也？鼓瑟湘靈之所以至今稱，與水不在深，有靈則名，故其稱名也，於以湘之。其或容想美人之雅態，縹緲兮荆楚岳横，而月明雲白；其或言觀君子之情徽，芬芳兮芷蘅岸闊，而水碧蓮青。且注目於魚鱗鶩影之天，而干雲意氣，覺霄漢臨風，更自競書五色；且凝神於梟藻魚萍之際，而愛蓮情懷，覺晴川流水，更有人畫千章。此其問諸水濱，顧視情高，興托於瀟湘，而稱名取類者也。至若古儕姑射神人，久作君山帝子。蒲坂薰臺，緬觀刑於解愠；篠田梧野，吊離範而銷魂。水心鑒古，波面游神。師竹心於浦南渚北，同蘭臭於沅西澧東。瀟瀟遠漲，目極漢陽；蕩蕩長流，憶遥江水。虞聖先妃，垂木拱副神明，必得之名，流芳帝配；逋仙後裔，獲梅修負顔子，有爲之志，渴慕天人。夫固非泛泛志在流水與古爲徒者，所可等量而齊觀也矣。是知光争松棟，迹托藕船。天裳織出兮銀河濯錦，舒才女之心；星杖撑來兮碧海流鏡，照美郎之面。爾乃攜手風姨月姊，比肩金母水仙。一鑒波光，星源婺影；萬竿濕翠，雷澤漁情。元德好逑，江長屬主；素心罕匹，山小望夫。然則命名之意，無一不顯然易見矣。誠以水之靈，地之靈也，故天光蔚焉，物華萃焉，人傑者不凡焉，此湘雲、湘蓮、瀟湘妃子後之所由名焉耳。雖然，試即其三人之倫落不偶者而進徵之，則又不禁浩然三歎也。夫不見乎化鶴空樓，既光沉弓月蟾魂，而歌悲黄鵠，堪比鴈回，而古怨不勝，又徒慕天歡魚戲，水竟跡染，劍霜鴛血而氣媿青牛，聊同螺疊而舊恨未了，其先貳室而早寡者，更自成一家之有鰥矣。又不見乎牀琴風斷，壁畫雲殘，淚灑幽篁。虛凰賚恨心，焚膹草；戢鴈忘悲禽，言風雅。遥指鸚洲，蟬翼月明，前身蟾窟，鳳翽藻宫，南巡雅典，鳥啼花冢，西貝騷經，木石居人，姻緣或類。蕊珠宫隊，夙慧堪儔，人空史闕，澙汭傳薪，鬼哭字成，淵源斑竹。此又籬下苕生，萍蹤葭思，興之所至，憑吊古人而已矣。嗟嗟如此風波，洪消終古，依然煙水，川濬中天。欒水有名流，願人寰美秀，普成室家之好；彈月皆遺澤，祝聖代神靈，遠被朝野之光。故歌浦雲，歌華蓮，類有非常之遇合；而賦宓妃，賦神女，悉爲可阻之溯從。是則興托於瀟湘而稱名取類者，其如斯乎？良有以也。

賈母每飯

賈母每飯，例菜而外，子媳輩皆别有奉饌。常規也，不及細載。日者晚餐，王夫人自陳齋戒，供蒓薤醬，肥甘不足，未爲諳姑食性也，而賈母垂念菽水之承歡，則云正思此味，美可留茹。鴛鴦旋捧進政老雞髓筍湯，賈母式食，庶幾不啻羹遺潁谷。彼赦老二篚用享，亦應嘗其旨否，乃陳饋之鴛鴦，品題不出膳羞，即未見其馨潔。賈母遂不能下箸，而命和盤託出，循陔之孝養皆虚，蓋爲鴛鴦剪髮之憾未釋，而赦老肉食之謀亦類鄙也。然後知非巧婦之炊者，尚可以朵頤；無孝子之思者，鮮能以養志；而有小鬟之勸者，終不可虧視膳之職也。今人以盛筵饋所尊崇，侍席之人必有染指之物，不敢不豐，夫豈徒然哉！

大觀園之賞菊

大觀園之賞菊也，特於未賞之先，提寫翡翠冰盤内折來數朵。此啓秀未振，花迎人至耳。然非筆端能出色，初難令人一見有情。而其賞梅花也，忽於既賞之後，添寫猩紅斗篷間抱出一枝，乃生香不斷，花留人住耳。然非筆端有餘妍，終難令人一望無際。顧佳色宜人者，菊也，但不上夫蠢姥之頭，亦顯不出菊之雅極而拔俗。清香絶世者，梅也，苟非貽自妙姑之手，亦襯不出梅之仙格而超凡。彼夫野人無芹意而打扮妖精，無端於怡紅深院徒混愛寵，於鏡中奚能去牀間酒氣？不道秋色蕭疎，殘猶傲蒼霜三徑，抑佛地有曇光而醞釀神韻無端，而櫳翠幽庵不負美人，於瓶上有難留檻外香痕，遂覺春光漏洩，寒已銜白雪一園。此以見生花之筆，叙景叙情，繪聲繪色，或於前面點綴，或於後面烘托，或於對面描撫，或於反面刻畫，純用一倍寫法，自然四面玲瓏，面面輝映，令閲者目眩如花，只覺天花亂墜，古藻紛披也。欣賞奇文，樂且無央，洵有不讓賞花時者。吾又烏知世之閲此書而瀟灑冷落如菊與梅者，果有先得我心之所同然否乎？况乎菊成譜矣，而摛藻奪魁，又係林家之英裔；梅有詩焉，而詠花攜幼，更多栗里之弱妹。兩番雅集，一片冰心，百樣風流，十分水乳。其人罔不欲仙，其花但堪獻佛。顧俗謂花爲隨心草，苟其心甘籬下，則白衣酒黄華色，人或望如壽客而榮之，猶不如淡人之契深也。果其心愛山孤，則水踈影月暗香，人或視爲仙妻而豔之，又不如寒友之交素也。噫嘻，菊梅如有知也，吾更將一盡醉永，止羊羔百索笑，常隨鶴子流連消遣，摘豔薰香。試大呼當時大觀園之隱逸高士，遥遥焉而一質之，豈不曰賞心樂事？

且夫古人之没世名稱

且夫古人之没世名稱，亦有幸焉，更有幸而又幸焉。愛無所遺，惜非不朽，而姓氏傳揚閭里，聞知又在流芳遺臭之外。噫，此何以稱焉？乃有風月之場，特地憐香，白衣紅紬，雲雨別腸。煙花舊債，脂粉餘光。蛾眉身價，蠅利肩頭，馬車門下，鴇立勾留，居奇一旦，脚色千秋。入西湖之佳話，擅南士之風流。迄今幾世幾秋，油碧游，油擔榻，尚歸美花街與秦樓，如昔聞花魁適歸之秦鍾是已，則嘗觀《紅樓夢》而有可異焉。伯府彩場，琪官獨占，作戲者一秦鍾，不啻若古之秦鍾至後世留也。尼庵净室，玉女幽期，調戲者一秦鍾，又宛若後世之秦鍾與古會也。一似莫爲之前，秦鍾無以彰，莫爲之後，秦鍾無以傳也矣。顧秦鍾特肩挑生意之細人耳，其所業又心薰世味之鄙事也。趁勾欄而求售，非良賈也；遇傾國而得迷，非蕩子與？積錙銖而買笑，非揮金之豪客也；媚巾幗而乞憐，非倚玉之笨漢與？且彼争利不争名，好色如好貨也。紅顔適承於既醉，青眼實迫於受污。佳人傾心，凡夫換骨。遂使在當時淹没於百千庸衆之中而不足惜者，竟稱揚於後世，而得與遺愛之古人并傳，獨非其幸與？今夫抗心希古者，志士也，循名責實者，乃士之篤志也。而與古爲徒，取法乎上者，又篤信尚志之士，且深鑒彼汲汲於名者，猶汲汲於利者也。乃彼鯨卿驥尾，遥附如是，蝸角微名又如是，豈偶然哉！夫何熟市井之生涯，多於博門楣之世澤；供歌妓之蘭膏，多於照經生之藜火；襲紅妝之光焰，多於藉黄卷之聲華？ 彼也荷下榻於花魁，諒可擬文星和合；此也應同牀而算賬，抑或如經濟支離。 彼也燒燭而伺醉鄉，光餘粉面；此也滅燈而入幻境，趣得饅頭。 固不止梨園生色，花室進身，藍本章臺，薪傳舞館，發思古之幽情也。 故曰，莫爲之後，秦鍾無以傳；莫爲之前，秦鍾無以彰。 使後之人歷指其名而議之曰某也幸也、某也幸而又幸而并稱不絶焉。 特是天下不甚愛惜之名湮没無間者，何可勝道。 彼且以庸碌輩流，豔稱古昔，傳之又傳，傳奇載入，奇傳重出，有不厭相沿襲而益彰者，乃逾歡乎昧昧然而生，寂寂然而盡，而無緣附傳世筆墨之光藉以留名於後世爲可疾也乎！ 且鍾情者，人也； 而鍾美於鍾情者，天也。 則是有命焉，不可幸而致也。 此深有取乎秦鍾而彰往傳來，嘖嘖稱美者，猶如謂情之所鍾，世之不能忘也與。 説既成，或謂花魁適歸者爲秦重，説者曰：誠一時之誤記耳。 顧秦情既同，則情重乎此而不覺，專入而爲鍾，抑情鍾乎此，而不能復出則爲重，我不敢知秦鍾之不爲秦重也。 誠以姓所同也，名所獨也。 要之，名則異也，實則同也，故存其説可也。

菱角花開

菱角花開，誰見香來，此夏金桂所以更名香菱爲秋菱也。 然其言尚不盡意，意謂秋澄萬景，不過香滿一輪，菱洲秋色，何有桂窟天香。 勿使暗犯己諱，即以顯正吾名，妒情嬌態，異乎尋常。 特是同貴之嫌音同桂而置若罔聞，且以蟾宫折桂成語而論寶蟾，不更顯然觸犯乎？ 豈香恐終憐而寶倖可懷，故無所用其忌耶？ 至寶蟾明明與寶釵姊妹名字排列而悍然不顧，益可見其盗蹠之性情矣。 獨惜芳名淹没，始也蓮空英發，繼也菱復香沉。秋娘何落拓，夏姬何恣横也。

香憐等輩

香憐等輩爲薛蟠哄於塾中，湘蓮出群將薛蟠哄於城外，前後之所遇人，嫌名交互而責實迥殊。情欲之私，情誤之苦，一損一虧，情事相連，令人失驚失笑，抑且爲湘蓮辱没了一時，而喜逢玉菡場面；將英蓮辱没了一世，而苦受金桂閫威。此其或謂冤家，或爲業障，或爲情魔，或爲怨耦，日日使濫情顛倒，時時與戾氣乘除。薛蟠於此亦可知樂不可極，欲不可縱，而悔悟稍開，淫蕩漸戢矣。乃其卒爲居奇約伴，挾優招妓，而毆店伙至死，一時犯君子之三戒，因而毁其家財，隕其妻命，幾使一身不保，色荒之報更慘矣。

薛蟠有葦塘之辱

薛蟠有葦塘之辱，香菱有草窪之污，其拖泥帶水之情狀，或遇習爲優伶之柳郎敗焉，或遇甫免優伶之荳官弱焉。明明是爲人所戲也，然非薛蟠萍水相逢，調戲而貪花無眼；非香菱蕙風留轉，嬉戲而鬥草有情，人亦何從而戲之？乃致母猪駙馬揶揄焉，而極意形容；漢子夫妻指摘焉，而盡情嬉笑。甚矣！人之好戲也，未能戲人，反爲人戲。甚矣！人之不可戲也。

劉老老再進榮府

劉老老再進榮府，直上玉堂，見玉砌金鋪之狀麗，見玉食錦衣之鮮華，見玉琢金相之貴重，見老壽星之玉精神，見諸人玉貌花容之文采風流，一時野語村言，不啻抛磚引玉，遂揑造一『若玉』小姐，説得玉磬聲聲，徹而大動寶玉玲瓏之思、瑣碎之問焉。知寶玉爲若玉惜，亦即知若玉爲黛玉寫照也。及觀游大觀園，成老妖精，又恍如在群玉山頭，特地爲祟矣。方入黛玉書房，誤倒苔院，如兆黛玉玉山傾頽，而將形銷影滅也，則是蝗不可攜手，而玉人有情刻畫，反若使蝕食圖間。既入妙玉經房，誤臢茶鍾，如兆妙玉玉水澄清，而終含垢納污也，則是驢不得滿腹，而玉女有情忌器，反俾能投入壺中。比入寶玉綉房，誤迷花障，如兆寶玉玉字逍遥，而歸虚無縹緲也，則是牛不能抬頭，而玉郎有情問喘，反似引酣眠地上。莊子曰：人老成精。傳曰：妖由人興。使非鳳姐玉成，或無其釁，人莫不惜玉等也。然而莊家人亦自己老風流耳，何敢有倚玉之想，何嘗有比玉之思？又可知璧之卒也，以獻圭之磨也，有玷璞之反也乃完，亭亭玉立者所當自惜也矣。鳳姐有言：好像得了玉的便宜似的，你也玉，我也玉。可見吃了玉的虧的不少。詞近指遠，頗極微婉之妙，回環往復之神。

劉老老鬧掉之鴿蛋

劉老老鬧掉之鴿蛋，是一兩銀一個；司棋潑灑之鷄蛋，是十文錢一枚：而其可惜不同。劉老老比畫之倭瓜，是説的越大越好；薛蟠形容之西瓜，是説的越大越奇：而其可笑不同。劉老老揀取麵餜之花樣，是古心之恒拙；周媽探求藥餌之花樣，是世味之隨和：其用意甚殷，而或誠或僞有不同。劉老老却還鳳姐之金鐲，是明誠信之在心；宋媽查交鳳姐之金鐲，是任怨勞而出力：其用情無味，而不忍不敢有不同。劉老老説抽柴女也，有如女清客，乃世情乖覺而隨和；顧賈母笑談問驚心厩火，又禁説抽柴，却是從物性着想；黛玉聽議到賞頭場雪，又戲説抽柴，却是因人意留神；至欣慕如寶玉，若欲抱薪救之矣。劉老老説撞花神也，亦非神巫婆，乃俗見靈通而迎合。顧賈母花園遍游，自是精神，與花神或且感通而瀟灑者，其風趣；巧姐花園偶至，未甚淘神，與花神何所忌諱而爛漫者，其天真；至禱媚如鳳姐，若恐拈花笑之矣。斯則所説之情事，與所説者之人之心，又各大有不同。

天下最令人厭惡的

天下最令人厭惡的，固莫如明是這個，偏立異説不是這個；明不是這個，偏附會説是這個。天下尤令人厭煩的，又莫如本是這個，復依樣説是這個；本不是這個，復分別説不是這個。若劉老老則不然。物非創見創聞，人只好說好笑，是是非非，真真假假，不妨信口開河，出言成趣，反令人歡樂之而不厭。有如說不是茄子定了，實是茄子；說不是楊木定了，實是楊木；不是鷄蛋，却又說是鷄蛋；不是老鴰，却又說是老鴰。斯蓋以本色人說本色話，而於物之稍非本色與夫物之稍似本色者，本本說來，色色動聽，真村言，真野趣，如盲詞，如啞謎，有不滿座傾倒者哉！

滿頭插菊

滿頭插菊，雅事也。至若劉老老佯爲鳳戲，亂堆蓬垢，白首忘慚，未免鬧俗了；然俗尚不帶塵囂氣，竟得與老誥命之一品紅輝映乎？且將與絳洞花主之怡紅快緑争艷乎？散步印苔，静趣也。至若劉老老健不鳩扶，滑倒花泥，紅顔驚笑，未免鬧亂了；然亂尚可破岑寂心，或可與老壽星之萬福窩聯合乎？亦將與瀟湘妃子之露白苔蒼争捷乎？

且古今才子書

且古今才子書，類皆以刻畫佳人爲本色。夫取人於巾幗，難得佳者。難得人，得人而佳曷難？玉人難，妙人尤難。玉人之如玉也，其佳在色；妙人之爲妙也，其佳在心。妙玉之妙若何？曰妙手，曰妙思，曰妙算，曰妙音。手妙於灑墨，思妙於揮毫，算妙於指談，音妙於彈嘯，則知書，知詩，知棋，知琴也。是已學書，則妙取簪花手，名矣；詠詩，則妙成速藻思，仙矣；圍棋，則妙譬聚米算，神矣；鼓琴，則妙選焦桐音，佳矣；則能書，能詩，能棋，能琴也有然。然則謂入其門，聞管香天，補緑焦與，亦入其門，聆鉢響石，埽緑苔與，如此則落落而寡合者，未必自適其天也。夫何妨以因緣現化，而廣爲表章，然且謂設一境，見仙機，松軒日永與，亦設一境，思古調，竹館月明與，如此則安安而能遷者，未嘗不囿於地也。又何必以匿彩韜光，而深爲藏寫而不見乎？壽星年少，門傳仙簡之墨華，而祝來賀燕；皓月宵深，案鋪史林之詩草，而興起續貂。此聖手仙心，莫不有遠光他耀之妙也，而妙師兼妙矣。又不見乎打算饒人，放幾著於涂鴉閣內而參入局外禪關，知音憾我聽七弦於儀鳳館前而悟到曲終化境。彼舟人樵子，尚且有相遇偕臧之妙也，而妙公加妙矣。是故妙莫妙於樂事賞心，縱片刻蘭言而皆成佳會，所以不必於翠庵中而拘拘焉，摹寫其臨池飲茗掃地焚香也。是故妙莫妙於雅人深致，縱常年苔迹而自屬同岑，所以不妨於鐵檻外而歷歷焉，想見其快雪吟風流星停月也。省親墅裏皆風雅，即此染翰擘箋，縱大觀而睥睨當世；供佛龕下有天才，即此敲坪奏操訂同譜，而頡頏古人。惜哉妙玉，慨自河鳩被化，澤潤有年，海燕遭殃，風波無際。換鵝書，慕黄庭，吠龙詩，悲丹室。棋成打劫，當局而柯柄潛迷；琴鮮知機，無弦而萑苻競續。乃彼題門留字，檻外胡忽效于飛；其他畫閣沉吟，閨中竟空成獨守。虧輪却一片冰心，魔障裏分誰黑白；污穢了幾根風骨，慈航中鑒我蒼黄。惜哉妙玉，妙玉惜哉！獨是非妙具隻眼，安能仙趣横生？抑非妙有别腸，安能匠心獨運？作者嘗自寓，而封有文妙真人；讀者亦深服，而恭惟心妙才人。情文相生，言語妙天下，玉成佳作，豈少也哉！

使妙玉非生性而孤高自尚也

使妙玉非生性而孤高自尚也，何以久安於清修？使妙玉不負氣而乖僻自矜也，何至終危於惡夢？蓋櫳翠之入魔也異常，非天魔，豈道魔？而怡紅之爲魔也更久，異乎尋常。曰魔星照玉人，稱魔王混翠庵。飛語之來，瑕難瑜掩，不爲無因，故雖寶玉品茶，謂占閨艷光，而妙玉假器，視比村嫗潔。何地洗抬水之清懷，抑且寶玉乞梅，能分鐵檻香，則妙玉散花，非托寶琴福。當時炫割雲之麗句，噫，寶玉誠寶矣，妙玉何妙哉！觀棋而突打禪語，豈歧路中別設機關？聽琴而隱示知音，似迷津下已經寶筏。何待芳辰一叩，始知其不敢自居爲畸人也。及岫煙轉倩扶乩，而又十分推諉，自好與，抑欺人與？君子是以知妙玉之爲玉也。

古人之名稱後世也

古人之名稱後世也，後世人重之，且愛且惜之，無薄視古人之心。愛其名而無敢褻，無異視古人之見，惜其名而不忍誣，故實至名歸，理通名正，不爭名而名與古人齊尚已。苟稱名取類，義味大公，徒假名而名，與古人混，鄙哉！夫以古今人之不相及，身世不同，道與其趨并不同，乃姓所同也而同之，名所獨也而又同之，而其實卒不能强之相同，又烏知古人之稱，且不因後世之推原爲有無，古人之名，又豈因後世之沿襲爲重輕也哉！若夫辣子聲名，熙鳳既昭，籖語求鸞，復著書題，顧或以鳴竹和聲，頌兼靄吉，或以棲梧比德，諧洽來儀，取義有別，同名特偶合耳。獨異乎擬人不於其倫，妄干茂先，未有如小張名華之甚也。豈以其賭局棲身，故戲取博物君子之稱，若反嘉之而陰諷之，而微以示警與？然揆諸好古竊比之心，未始非作者之千慮一失矣。嗟嗟，慨自我生之後，前不見古人，其亦憾，不能側身於古人之前也。其猶幸，而能追蹤於古人之後也。是故偶得一軼聞遺響，或名氏無稽，尚不勝其慨慕流連，敷求諸先烈前徽，其姓名久著，更不禁夫向往景仰。苟使生古人後，以古爲鑒，而權衡未得，其當以古人爲準，而規矩未得其至，將稱先罔識而蔑古之心頓萌，尚友徒思而成人之美亦失。彼其意豈果謂凡今之人，莫不可與古爲徒乎？抑未之或知也？蓋古人名重而後世重名，然或稱自庸夫俗子，無心暗合，猶無足怪，乃竟出於淹貫古今閲人論世之名手，不可解也。噫，一已之名心過重，則誤矣；古今之名色失重，則更誤矣。究之古人，終有遺愛，後世自不甚惜，天下將孰重？我思古人矣，古人之名稱後世也。

寧國府之石獅子

寧國府之石獅子，其净其乾，原爲門第壯觀，乃無端反言以嘉，竟至闈房减色。士之耽兮，柳道爺洗清石兄，不洗清府中之珍哥也。大觀園之金麒麟，或得或失，不過家庭瑣事，乃無端傳聞又異，竟致市井謡言，盗之招也。張道士賣弄金物，遂賣弄檻外之玉人也。

嘗觀貴家府邸

嘗觀貴家府邸，施行馬則木像棟梁，列踞獅而石雄砥柱，此門第軒峻崢嶸之氣象也。而其富貴之厚豐美大潤澤及一切奢華污濁之有無習染，殊不繫乎此。乃賈氏一樣石獅子也。一則物議可驚，相傳爲無價之玉焉；一則人言可畏，獨許爲無瑕之玉焉。而有可異焉者，夫即謂石獅純乎玉也，而珍重出於無心，西府無損也，乃無端而造言生事者，若非傳訛也，其他之奢華可想矣。抑即謂石獅清如玉也，而乾净亦其本色，東府無妨也，乃無端而重物輕人者，并非微諷也，其他之污濁可知矣。是故巍然鎮宅，而肅清象，非昭乎寶貴也。乃有謡焉，陪房周不覺口傳之，流言所播，覬覦生焉。輝如玉者，豈曰藴諸，於以徵富豪之奢厚豐美，而若是乎，維彼石獅洵有能不愧呼兄之拜者矣。卓爾峙門而雄壯觀，非取乎雅净也。乃可擬焉，出家柳不禁齒及之，清議所歸，指摘加焉。潔如玉者可賦温其於以顯富麗之濁大潤澤，而若是乎，維彼石獅又有無足夸望夫所化者矣。蓋其門閥頭銜，猶如登龍門之身價，而竟招誨盜之謡，而東寧體面，或未聞河東之吼聲，而難免致誨淫之誚。嗟乎！嚴絶叱羊之幻，龍馬精神；著明搏象之威，熊虎顧盼。射一羽而神飛，將軍猛矣，膽喪妖魔；縛百花而香溢，佛乘儼然，形銷鬼蜮。堂哉皇哉，庶不失貴家門第軒峻崢嶸之氣象哉！

天下一事一物

天下一事一物，人皆有不甚了了者，或納罕焉，或納悶焉，而猜疑之下，竟能一語道破，然只明白於口，究竟糊塗於心，其可笑之情狀，無智愚一也。傻大姐喜拾得潘又安香袋，納罕之至，却不知是春意，而竟能理會到兩口子打架，其會心不遠，已將春光漏泄矣。然恐邢夫人要打，即無故自認，再不敢了，是究竟不知愛八哥爲何物也。麝月見燒了賈芸字帖，納悶已極，并不知爲說親而竟能尋思到雲兒雨兒的，弄出事來，復正言厲色，謂與襲人相干，則料事如神，不啻機緣湊合矣。然嗔襲人混搶，爲何又自愁怎麼受呢，是究竟不知浪帖子爲何事也。若夫不明白於心，而又糊塗於口，不值一笑者多矣。

伺候寶玉最得用者

伺候寶玉最得用者，婢首襲人，僮首焙茗，所以主人得意，錫以嘉名，惟更名襲人之意，自述甚詳，而改名焙茗何由，人多易忽。大抵焙茗與襲人同，亦因姓以賜名耳。惟葉焙茗，清芬特著，姓字皆芳。小奚得主，黜華則品比茶清，大雅作人，責實則名非藻飾。至襲人更名芸香爲蕙香，或因與史大姑娘有故主之誼，而諱嫌名之顛倒，未可知也；或日惡其染絳芸之香也，故易之。

茜雪之攆也

茜雪之攆也，非使酒也，非爲茶也，李嬷嬷實連累之。故攆茜雪，李嬷不復久留，是蓄意於未攆之先，而决計於必攆之下也。顧謂茜雪爲能牽率李嬷者，亦非也。蓋自初試雲雨，花樣翻新，盡有風流，梅香耐久，故雖佳立如林，猶以獨木不成爲歉久矣。夫群芳之譜日合，少艾之慕日深，而老朽之勢日益孤矣。今試以玉譬。玉老李琢焉，諸婢磨焉，巧拙相形而疏密判焉，乃其儼然以他山之石自居也。可以攻玉者，不啻若能攻，攻玉之工焉矣。此老貨厭物旁觀，且有清議，而謂當局者尚待指迷哉！且夫自速其去，尚不止此。彼方自謂草草勞人，而花可争勝也。方且欲花嘌解語，方且欲桃謝不言，方且欲掩門中之笑面，方且欲拔渡口之情根，恍若於天台山裏，而必使彼夭夭者去，隨流水而杳，然縱代僵得免，何其自苦如此。况自題匾聯而試才藻，乞筆墨而諛英華，群奉以神童之號者，彼反視之猶孩提如兒戲也。於是争口實，於是争口舌，彼婦之口可以出走自取之也。抑且於飲食起居之間，晨昏出入之際，有以箝制而束縛之，恃烏哺而倚龍鍾，幾嚴於含飴丸膽之重慈，人謂不懂規矩矣，自謂不顧體面矣，必不得已而去，知其不免爲一個行李矣。獨是逞絮叨而喧嚷，實有明除妖精之意，而竟見遠於人；彼夫炫符咒而療瘡，反有暗行魘魔之方，而乃推崇如佛。顧均是積世老婆婆也，而積善積不善，其歸結終有邪正吉凶之不同，究不能以一時之老奸老邁，與世浮沉者遂爲論定也。彼女子兮，曷其鑒此！

李嬤嬤絳芸咆哮

李嬤嬤絳芸咆哮，隔院聞聲，鳳姐一番勸説，拽之使行，而囑豐兒代攜巾杖，事有大可疑者。夫以杖鄉之年，例之李嬤，尊齒似當在花甲以上，且龍鍾之態，亦甚相符，惟斯時寶玉不過十二三齡耳，則回計生小乳哺，李嬤業已年逾半百，恐其血氣將衰，變乳有限也。及觀賈璉歸自揚州，乳母趙嬤嬤過問，笑談之間，雖年高積古，尚不至如李老貨昏瞶，而賈璉且年長寶玉若干，則此有可信，彼益可疑矣。作者或疑以傳疑耳。

馬道婆既爲寶玉寄名乾娘

馬道婆既爲寶玉寄名乾娘，其素得府中恩惠，自當逾恒，觀爲寶玉修福散錢陌路可知，况道婆又巧於騙財，大有術在者哉！故一見寶玉臉上燙瘡，即持咒炫法，談經聳聽，一時費幾星津唾，一年遂得千百斤香油。賈母之供奉虔矣，布施大矣，其沾光亦不爲不多矣，乃旋即爲有限財帛愚弄趙姨，生心反害，雖當時有王夫人命婢邀請一番惠顧，而終不能挽其毒手。然則世之有婆心者，慎勿爲左道所惑也哉！先哲有云：三姑六婆，不許入門。訓家與，抑訓世與？

周瑞以争買田産之人

周瑞以争買田産之人，而經管地租之事，欺弊主人，營私攘利，不卜可知家之蠹也。乃其親子不效犬馬之勞，爲饅頭事捱四十板；而其乾兒已結虎狼之勢，爲果子事打二百鞭；其妻室帷薄不修，敢造謡言於府第，狐媚與蠱惑并行；其女家居奇争利，情托訟事於衙門，狗苟與蠅營交作久矣。夫刁奴心險，烏合於一家；而强盜行爲，鴟張於兩府矣。此亦何待其螟蛉反噬，鬼蜮呈形，而後嚴瘈狗之逐哉！

祖宗勳高汗馬

祖宗勳高汗馬，僕從捍牧圉者，與有犬馬之勞，皆不得奴畜之，況義同生死者哉！如焦大者，允宜居之清閒處以安樂，以示忠勤食報之優，乃昏夜送客，猶派蒼頭，不當馳驟之使若牛馬，然此雖管家職咎，而珍父子御下之失、追遠之疏，亦可見矣。獨嘆焦大之功在忠主，雖當陣馬仰沫，而讓水清懷馬溺喝焉而甘心。不意焦大之罪在謗主，又如驛馬奔波，而戀芻驚噬馬糞填乎其臭口。作者於其語涉閨閣，不能掩其老悖之糊塗；於其欲哭祠堂，不能没其孤忠之磊落。且前日寧府之醉鬧，不受紈絝主之震呼，而厩中縲絏；而後日榮府之痛鬧，不受錦衣軍之威嚇；而街上鎖拿，猶不如當年馬渤果腹馬革裹屍，不遇此泥中之污辱，而目睹祖澤之斬也。於戲，子孫視之不甚惜，於老奴乎何尤？

鳳姐之訊家僮也

鳳姐之訊家僮也，以聞秘事也。秘事謂何？ 賈璉偷娶尤二姐之事也。尤二姐者何？ 尤氏之仲妹，賈珍之小姨，而賈蓉之姨母也。故不能不美其名而曰娶； 而按其實，則爲偷。何偷乎？爾畏鳳姐之閫威也。何畏乎鳳姐？ 鳳姐妬婦也，酸而辣，又悍婦也。其妬悍奈何？ 嘗俾璉納平兒矣，明置之而嚴防之，且暗遏之，懍懍乎不敢犯夜叉之威。前車之鑒，不但一偷鮑人氏，始知其老婆之閻王也。故花巷偷棲，畏而避之也。避之即以蔽之也，曷聞乎鳳姐？ 璉方樂娶女之吉，非若慮偷情之敗露也，秘而不宣，事將終不聞於府中也，又曷聞乎鳳姐？ 從來好事多磨、壞事易彰者，情理之常也。其聞也必也，顧聞之而不曰偷娶，乃曰秘事者何？ 凡事莫不惡出於違心，而聞又每恨遲於入耳。秘事云者，既責已之摘奸發伏也疏，尤異彼之蕩檢逾閑也詭，故謂之秘也。秘之爲言偷也，不以娶予之，故曰秘事也。特是惹事者，二姐也； 謀事者，賈璉也； 主持其事者，尤氏母女； 其名賈珍，其實也； 而始終撮合玉成其事，則賈蓉之處心積慮也。事赫赫在人耳目，今昔共聞，又何秘焉？ 蓋慎事者，機成於密，謂之秘； 而喜事者，迹溺於私，亦謂之秘也。且夫聞也者得其大略，而未悉其詳之辭也，其聞之也，是亦不可以已乎？ 家僮之訊，則又聞之者不無所罪，而言之者未足與戒者也。惟是鳳姐知賈蓉有素，知賈蓉賢阮之凡事相聞亦有素，璉之事既秘之，又秘鳳，必欲更聞所盡聞，曷不姑緩家僮之訊，而召蓉以一詰其究竟哉已？鳳姐憾矣，其憾奈何！鳳之秘事，無不聞之於蓉；蓉既以聞璉之秘事，而卒不聞之於鳳。不相聞問，夫豈鳳之初心耶？訊家僮，失意賈蓉也。賈蓉與聞鳳姐之秘事若何？天祥情事與謀，同蓄奸局陷害，努力異常，乃倡議姨婚，狂兼婢戲，侈言想帳，毫無顧忌。至探春于歸有日，鳳將月夕過談，豐紅隨往，旋皆使去，信步獨行，迭逢鬼物，鳳雖魂驚氣餒，而深恥傳聞不雅，少貶盛名，其不爲外人道也，斷斷如也。迨後蓉母病，半仙卜伏屍白虎爲祟，涉園夜遇，與鳳偶同，蓉遂朗朗爲乃父詳述之，縷陳其見怪情狀，而獨諱言妻秦，益覺鳳失言，悔莫追，是又習聞鳳事不爲稍秘之一證也。然則，蓉也豈薄於鳳而厚於璉者哉？誠以璉之秘事，即蓉之秘事也。方且以璉有事爲幸，故不以鳳有聞爲虞也。及觀東府大鬧，亦復辱母而宥子，蓉果何恃而妄爲？何幸而苟免？何術而周全乎？故曰不相聞問，非鳳姐初心也。噫，璉之秘事成於蓉，蓉能事雖壅於鳳，聞家僮猶可訊也；鳳之秘事隱乎璉，蓉得聞竟播於衆，聞鳳姐終不知也。奈何秘事一聞，奸詐百出，人謂鳳姐爲智，然乎？否乎？訊家僮，遷怒也。說者云。

大觀園花妖而外

大觀園花妖而外，妖由人興者不一而足。其一出於賈恩侯之好怪，其一由於邢夫人之生釁。好怪謂何？拴兒口中之青臉紅鬚緑衣黃裳是也。生釁謂何？傻婢手中之素女風情赤身露體是也。

是故或疑真，或疑假，楞小子膽破塵襟而駭迹幽禽，變爲妖異，然後嘆驅除何事。妖果擒乎，徒見道場上，經雖正焉，而異常赫赫焉，驅神召將，并符龜卜於仙靈，是故若悟色，若悟空。傻大姐目迷香袋而構精醜類，幻與妖同，然後嘆抄檢斯機，妖自作矣。詎知宦室中，法每爲之而自弊，冥冥然作孽造魔，不鑒蟲生於物腐。至若人老成精，一見於劉老老之菊花滿插，妖精老朽而堪憐，顧非賈母之警覺，夫人不自知。一見於老太太之松柏後雕，妖精老横而無謂，亦非賈母之嘲笑自己不及慮。惟鳳姐承歡好戲打扮在一朝，遂能忽現。夫興妖作怪，惟鳳姐禱媚恩慈伺候，期千歲，奚暇遠譬，夫小耗多精，然則必謂妖精在人也，妄矣。壽母一人，不敝之精神焉，可誣也？所惜者難免以訛傳訛耳。然則必謂妖精附物也，誤矣。恩侯兩口，不虞之妖孽，未可料也。尤嘆者鮮能見怪不怪耳。夫維元妃佐化大觀在上，六宫賢德，兩界神仙能使妖魔摧膽，而星月泄其精華，風雲凝夫祥瑞，其一切花妖木怪、野魅山精，莫不潛消漸滅，而無敢或形於光天化日之下，於是乎國楨多，家慶深，人瑞長，世運隆且昌，豈不盛哉！豈不盛哉！

浮生若夢

浮生若夢，《紅樓夢》一書之所以名也。齋惟夢坡，院有怡紅，而造樓名手，總屬大觀。大端則是在在以夢點醒，而又非沾滯如癡人説其間。是夢，非夢，無非是夢，即是太虛幻境也。即無非閲世人真境也，即無非本性人心境也，則又以不夢爲夢矣。至於紅本炎上之色，樓有空中之象，若小紅、嫣紅、猩猩紅，以及酒香紅藥，詩艷紅梅，點染於人物時景者，不可枚舉。或色即是空，空即是色，不妨簇簇出色與。樓則空矣，而無居人，顧惟於藏襲家用紗羅，堆積古玩金錫等材器，與夫取几收屏之際，而偶一遥指焉，又顯寓萬物所歸之義。要知其盈萬物者，乃其空萬物者也。故取樓以名其書，夫豈盡人不好居哉！但必實以人而詳記之，失情空矣，必名以人而重稱之，乏靈空矣，位置非宜，反窒大觀。獨不見於彙芳園，一登斯樓也乎？又不見於清虚觀，一登斯樓也乎？然觀象古人，霓歌鳳覽，曰還魂，曰南柯夢，一似逢樓作戲者，而又無戲之非夢矣，樓則仍空矣。故曰名手造樓，總屬大觀，《紅樓夢》一書之所以名也與！

大觀園銘

樓不在高，有鳳則名；囿不在大，有姬則靈。斯園大觀，花頌椒馨。爵堂封玉白，仙境豁丹青。有光輝之滿目，有渺茫之幻形。富貴繁華地，乾坤一草亭。山子野云：何窺不有？史闡耄稽亥，詩閨婢識丁。可以賦友琴，寫佛經。

賦得屁得香字五言三十二韻，題事見醉卧怡紅院等回。

脈脈通元竅，身空浥古香。高懷舒抑鬱，下氣漫潛藏。掩鼻知皆過，澆胸覺正忙。希夷窮視聽，洗伐費猜詳。莫使心茅塞，難偕意蕊防。爐煙迷筦簟，瓶水瀉笙簧。肺腑寒梅沁，聲音爆竹揚。晚餐生內熱，秋爽入新凉。飽得茹芸蠹，吞來嚙稼蝗。股鳴聞不異，口嚼忌何妨。飯豈蜂留毒，腥胡鮑作殃。髀作驚漢主，胯勿辱齊王。道穀粘餘朽，庭花失後芳。將軍辜此腹，公子笑無腸。野馬塵埃埒，門人糞土墻。䜌腰居易寵，鷄舌鄙詩郎。犢褌臊逾混，鶉衣穢共彰。精肥虧齒礪，食飲困皮囊。腐化堪衝麝，膻滋更勝羊。絳臀疑染黑，粉臉愧流黄。幾度舂糟粕，前生籍稻粱。黯然胡地角，厲也亂宫商。曾否鈎挑筍，依稀矢濫觴。一腔虚若谷，萬籟紹夫莊。造次須如厠，徐紆亦繞梁。獵蠅矜記室，捫虱誦阿房。狐媚回頭哂，蛇憐擊尾忘。披襟頻拂麈，擁被頓醒鴦。蕕既同污器，蘭仍待浴湯。五中消磈磊，三上有文章。淡味甘饘粥，常羞謝酒漿。嘆他東海逐，偏自掠浮光。

病起涉園末一段

更觀庭訓遥傳，諭及鄉科奮志；闈箴并進，説來場藝快心。艱難一第何哉，辟易千人可矣。於以竹林玉筍，章報星聯，攀桂前茅，寶妝月印。香國及香天齊發，青雲與青埂相通。登榜豈有仙根，看花結果；選場或多佛種，撤棘乘蓮。是則窗課題終，歸墨家言，輒自人立，又多先見之明徵矣。

（光緒二年簣覆山房刊本）

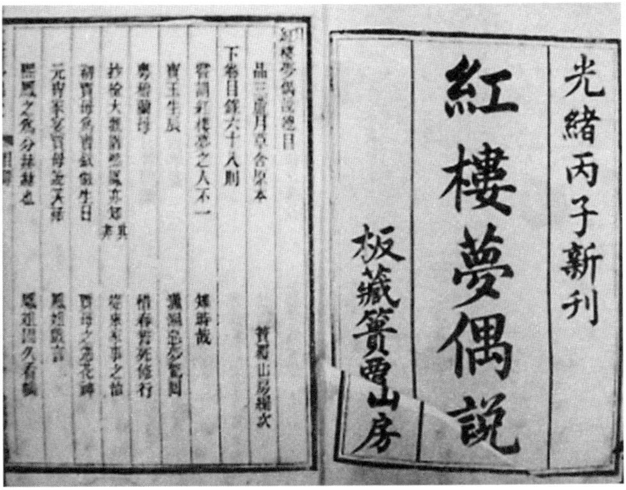
光緒丙子新刊

紅樓夢偶説

板藏贊雪山房

紅樓夢偶説總目

下卷目錄六十八則

寶玉生辰